CAMILLA MORA reside en Buenos Aires (Argentina) junto con su marido y sus diversas mascotas. Ama a los animales, por lo que tiene unos cuantos en casa, y cree en sus derechos como en los de cualquier individuo. Es vegana por convicción desde hace varios años. Le encanta el arte en todas sus manifestaciones (pintura, música, fotografía, cocina, cine, etc.); sin embargo, se ha visto fascinada y cautivada por la lectura, y por el género romántico en particular desde muy temprana edad, cuando encontró las novelas románticas en la biblioteca de su abuela y se escondía para poder leerlas. Poco tiempo después descubrió que podía crear sus propias historias, sus propios mundos, en los que zambullirse y vivir nuevas y muy diferentes experiencias.

camillamora.blogspot.com.ar
Facebook: *@camilla.mora.121*
Twitter: *@camilla_mora*

1.ª edición: noviembre, 2016

para el sello B de Bolsillo
Consell de Cent, 425-427 - 08009 Barcelona (España)
www.edicionesb.com

Publicado originalmente por B de Books para Selección RNR

Printed in Spain
ISBN: 978-84-9070-309-0
DL B 18932-2016

Impreso por NOVOPRINT
Energía, 53
08740 Sant Andreu de la Barca - Barcelona

Corazón sin valor

CAMILLA MORA

[...] me hizo un cuerpo de hojalata pero el que no tiene corazón no puede amar, y por eso decidí ir a pedir a Oz que me dé uno.

BAUM, Lyman. *El mago de Oz*

—¿Y mi valor? —intervino el León en tono ansioso. —Estoy seguro de que te sobra valor —respondió Oz—. Lo único que necesitas es tener confianza en ti mismo. No hay ser viviente que no sienta miedo cuando se enfrenta al peligro. El verdadero valor reside en enfrentarse al peligro aun cuando uno está asustado, y esa clase de valor lo tienes de sobra.

BAUM, Lyman. *El mago de Oz*

1

Denver, Colorado, 1987

Las piernas iban a desconectársele de las caderas. ¡Llegaba tarde!

Había salido antes de la escuela para llegar a tiempo, siempre lo hacía; sin embargo, nunca lo lograba.

El sudor bajaba por sus sienes, le perlaba la frente y le adhería el cabello negro a las mejillas; y su corazón palpitaba tan frenético que bien podría estar compitiendo en el Giro de Italia.

Serpenteaba entre los autos y transeúntes con gran destreza. Ya podía ver las rejas a la distancia, a tan solo una manzana. Aumentó el pedaleo, sintiendo el palpitar en la garganta y la boca seca del aire que inhalaba a trompicones.

¡Las escaleras! Con fuerza presionó los frenos y plantó los talones en la grava. Frenó de golpe, saltó de la bicicleta y subió los escalones de dos en dos, hasta quedar delante de la niña de cabellos rubios, que abrazaba un osito de peluche bastante roñoso al que le faltaba un ojo.

—Sarah —la llamó, y ella alzó el rostro con una sonrisa que reservaba solo para él y dejaba a la vista todos los dientes de leche, un tanto desparejos.

—¡Aless!

—¡Niño! —exclamó la directora del jardín de infancia desde la entrada del establecimiento—. Ya te he dicho que tenéis que venir a buscarla más temprano. Los otros alumnos se han retirado hace casi media hora. Y se os pide que traigáis algo para comer por la tarde y Sarah nunca tiene merienda. Dile a tu padre que tiene que mandarle una para que no pase hambre —le regañó desde lo alto.

Tenía una postura rígida, como un sargento de infantería, y el uniforme azul oscuro que vestía acrecentaba su imagen autoritaria.

El niño, con la cabeza gacha, se limitaba a asentir a todo lo que la mujer iba reclamando, con las mejillas del color de los tomates, y no debido a la carrera que había hecho, sino por la vergüenza que lo envolvía.

Se limpió el sudor con el revés de la mano y mantuvo los ojos en sus propios pies. Sabía de sobra todas las carencias del hombre que era su progenitor, y lo que le hacía falta a su hermana; sin embargo, no era algo que un niño de siete años pudiera solucionar por más que lo intentara.

—Sí, se-se-señora. Lo s-s-s-siento —logró decir, una vez que hubo finalizado el sermón.

El semblante enfadado de la mujer mudó en uno apenado. Había algo en aquel niño, con las mejillas hundidas, que debiera existir y ya no lo hacía. Los ojos ya no brillaban; estaban vacíos, opacos, carentes de vida como el del oso que sostenía Sarah.

—Bien, idos a casa antes de que oscurezca —indicó en un tono más amable.

Alex tomó a su hermana en brazos y la sentó delante de él en el asiento de la bicicleta. Sarah se aferró al manubrio, trabó los pies en el travesaño, como acostumbraba a hacer, y se pusieron en marcha calle abajo.

El sol le daba en la cara y le perjudicaba la vista, pero estrechó la mirada y pedaleó despacio. Ya no tenía prisa por llegar a su hogar, si alguien podía denominar el lugar donde vivían con esa palabra. Él seguro que no lo hacía. Apretó las mandíbulas y pedaleó con un poco más de empuje.

Dispuso a Sarah sobre una silla algo desvencijada de la cocina y escuchó su parloteo mientras calentaba el agua. Una vez que hirvió le tiró dentro un cuarto del paquete de avena que había comprado con las monedas que había ganado repartiendo los diarios para el señor Johnson. El único que se había apiadado de él y le había ofrecido una especie de empleo para justificar el dinero que le daba cada semana.

Sarah continuaba contando lo que había hecho aquel día en el jardín de infancia, con quién había jugado, lo que la maestra le había enseñado... Alex se sorprendía de la cantidad de palabras que salían de entre los labios de una niña de apenas dos años y medio. A decir verdad, envidiaba esa fluidez con la que hablaba. ¡Lo que hubiera dado por decir una frase sin que la lengua se le trabara cada dos por tres!

Se divertía tanto escuchándola que los extremos de

sus labios se curvaban en una sonrisa. A veces ni le prestaba atención porque pasaba de un tema al otro sin previo aviso y era difícil seguirle el hilo. Le encantaba la alegría con que ella contaba, y no iba a dejar que nada la cambiara como lo habían hecho con él.

Se pasó el revés de la mano por la frente sudada, faltaba el aire en la pequeña cocina. Fue hacia la única ventana que había; era bastante chica y daba al pulmón de la manzana del viejo edificio; no servía para eliminar el hedor a humedad. Ni siquiera podían disfrutar de un poco de luz; estaban sumidos en la oscuridad, alumbrados por una sola bombilla en lo alto del cielo raso.

Puso el cuenco frente a la niña, posó la mirada en el mantel verdoso y con manchas marrones y, apoyado contra la encimera, contempló cómo ella comía. Aunque fuera tan solo de avena hervida, ella la degustó como si se tratara de un manjar. Con una cuchara, Alex raspó lo que quedaba en la olla; trataba de que la niña no pasara hambre, por más que su propio estómago rugiera. Pero él era grande y podía soportarlo. Al menos, eso era lo que se repetía por las noches cuando el monstruo hambriento en su interior le reclamaba la falta de alimento.

Observó cómo ella masticaba y las comisuras se le llenaban de avena. El corazón se le contrajo; su hermana todavía no notaba que, fuera de aquellas cuatro paredes, la vida era tan distinta.

Después de haber terminado con la última cucharada, tomó la manzana que le había regalado la señora Rosa: la vecina de al lado. La cortó en cuatro, le dio dos trozos a Sarah y él se comió los restantes. Incluso cuando masticaba, las palabras le salían a borbotones; parecía que nada podía callarla.

Ya era hora de irse a la cama. Llevaba a Sarah al cuarto, cuando la puerta de entrada del viejo apartamento fue cerrada de un brusco golpe, y la luz de la habitación parpadeó un par de veces. Elevó la oscura cabeza y se quedó bien quieto, tratando de escuchar el más mínimo movimiento, al igual que hizo Sarah. Bien podrían haber pasado por dos estatuas de marfil de algún panteón griego.

La tranquilidad y la alegría que había reinado hasta el momento desaparecieron en una milésima de segundo. Un crujido en las maderas del suelo de la entrada anunció que él había regresado y lo había hecho antes de lo habitual, de lo contrario ya estarían en sus camas, fuera de su vista.

Los latidos se detuvieron, la respiración se tornó apresurada y las manos comenzaron a sudarle.

Alzó a la pequeña y, canturreándole bajito, la condujo con rapidez hacia el armario de la abuela, en una de las esquinas de la habitación. Abrió la pesada puerta con cuidado para que no chirriaran las bisagras, la dejó sobre un montón de ropa y la cobijó con ternura, como si no sucediera nada alarmante.

Pero ella sabía más. Los ojos negros, lo único que tenían en común y atestiguaba que eran hermanos, lo miraban con terror.

—Qué-qué-qué-qué-quédate call-call-calladita, Sarah —murmuró el niño, poniendo un dedo sobre sus propios labios—. Pronto vendré a buscarte. Lo prometo —dijo, bajando la voz hasta casi un murmullo, para que la frase pudiera salirle completa; estrategia que había aprendido para sortear su tartamudez.

Sarah asintió lentamente y se mordió los labios para no hacer ruido. Los ojos de la niña se llenaron de lágrimas y estas caían por sus mejillas de color rosado.

Le entregó el osito marrón desteñido, y ella lo abrazó con fuerza, escondiendo la mirada contra la cabeza del peluche. Alex le brindó un breve beso sobre la frente, y con delicadeza cerró la puerta. Tomó aire y dio media vuelta. El terror le apretujaba el estómago. Cada célula de su ser gritaba que escapara, pero no podía. Nunca lo haría, no sin Sarah.

En el vano de la entrada apareció un hombre, algo tambaleante, con una botella de whisky colgándole de dos dedos de una mano. Tenía la camisa a cuadros mal abrochada, y el pantalón sucio y arrugado. El rostro tostado no estaba rasurado y el cabello, de la misma tonalidad leonina que el de Sarah, estaba embrollado y pegoteado. La mirada del tipo se posó sobre el pequeño y se ensombreció al mismo tiempo que un gesto de repugnancia se le plasmaba en las facciones masculinas.

—¡Eres igual a ella! —gritó—. Esa cabellera negra... ¡Debería raparte! De no ser porque tienes un pene entre las piernas, se diría que eres una niñita. Si al menos no fueras tarado —dijo, arrastrando las palabras—. Ven acá, idiota tartamudo —añadió, al tiempo que daba un par de pasos tambaleantes.

El niño observó la salida, vedada por el cuerpo de su padre. No podía correr, y aunque pudiera, ¿qué sería de su hermana? Él era todo lo que ella tenía para sobrevivir y debía asegurarse de que estuviera a salvo y solo había una forma de hacerlo.

Tragando con dificultad, y muy lentamente, caminó hacia él a sabiendas de lo que le esperaba; lo mismo desde que su madre los había abandonado cuatro años atrás.

Se había interrumpido por un breve tiempo, cuando su padre se había casado con la madre de Sarah. Había sido una buena mujer, aunque algo atolondrada. La casa había estado llena de sonrisas, la cena estaba preparada en la mesa cada noche, su cabello era cortado, y la ropa lavada y planchada. Parecía que al fin la normalidad había tocado a su puerta, pero luego ella había tenido que enfermar y fallecer para dejar a Alex solo, y a merced de su padre nuevamente. Golpes e insultos llenaban su corta vida. Si eso hubiera sido lo único... pero ahora estaba a cargo de una pequeña, lo cual hacía el embrollo aún peor.

Se levantaba temprano para cambiarla y darle de comer lo poco que había en la casa. A veces escondía alimentos en el cuarto para que no fueran encontrados, y así a Sarah no le faltaba al menos una comida al día. Después la dejaba en el jardín de infancia y pasaba a buscarla a la salida del colegio, del que se escapaba antes de hora para que Sarah no tuviera que esperarlo demasiado. La bañaba, le cantaba, jugaba con ella y... la escondía cuando el Monstruo aparecía. La niña aprendió demasiado rápido la dinámica. A la primera palabra de Alex se mantenía callada, no pronunciaba ninguno de los balbuceos habituales. La amaba; era lo único que tenía, e iba a cuidarla con todas sus fuerzas.

—¡Ven, te digo! —exclamó al tiempo que aferraba al muchacho por el cabello, algo largo, y lo arrastraba hasta el minúsculo *living*—. ¿Qué has preparado para cenar?

—N-n-no hay n-n-n-nada, pa-pa-papá —tartamudeó Alex, con las puntas de los pies apenas tocando el suelo.

La columna vertebral se le congeló de anticipación y el pecho le ondulaba ante las respiraciones entrecortadas; tenía los ojos abiertos de par en par, fijos en el hombre que lo sostenía.

—¿Qué? —soltó el vozarrón del tipo y, sin soltarlo, le estampó la espalda contra la pared.

—N-n-n-no te-te-tenía dine-ne-nero —logró decir, y tragó una gran cantidad de saliva a la par que un nudo se le formaba en las entrañas.

Una bofetada le cruzó el rostro al instante, tan fuerte que si su padre no lo hubiera estado sosteniendo por la camiseta hubiera sido despedido hasta la pared opuesta; pero simplemente se bamboleó en el lugar. Las frágiles piernas le temblaban como hojas al viento. Maldecía ser tan pequeño y debilucho que no pudiera enfrentarse al ser que más odiaba sobre la faz la tierra, sin contar a su madre.

Porque a ella también la odiaba. La odiaba por haberlo dejado, por no habérselo llevado con ella. En alguna ocasión había intentado hacerle frente a su padre; pronto aprendió que los resultados eran aún peores que si no lo hacía y había desistido. Solo debía aguantar la paliza.

—¡Eres un tartamudo que no es bueno para nada!

—exclamó, tan cerca que, aunque el niño volteó el rostro para no sentir el hedor, no pudo evitar que el espantoso olor a puro alcohol lo cubriera.

Otra bofetada le cruzó la otra mejilla, intacta hasta ese momento; fue tan fuerte que por unas milésimas de segundo quedó desorientado y un intenso zumbido nació en su oído derecho. No podía darse el lujo de estar atontado por mucho tiempo; debía permanecer consciente tanto como pudiera, no fuera que se aburriera de él y se acordara de la existencia de su otra hija. Se sorprendía de la capacidad que tenía el tipo de olvidarse de Sarah; nunca preguntaba por ella aunque jamás la viera. Y él se encargaba de que así fuera. Nunca la dejaba sola por las noches y, cuando sentía la amenaza aproximarse, la encerraba en el armario viejo de la abuela.

Las bofetadas dieron paso a los puñetazos y, a los pocos minutos, las bellas facciones del muchacho se vieron cubiertas de la sangre que se entremezclaba con las lágrimas que saltaban de sus ojos. El protestar o apelar a la piedad solo servía para envalentonarlo y que la tortura empeorara; tenía viejas cicatrices que lo atestiguaban. Al menos eran puños y no había sacado el cinto.

Con el tiempo había aprendido a descifrar los aspectos de la conducta de su progenitor, se podría decir que ya era un experto en el tema. Sabía cuándo estaba de ánimo para darle hasta quebrarle unas cuantas costillas o un brazo, o cuándo solo se trataba de desahogarse un poco; en tal caso, simplemente se satisfacía con ver sangre, como parecía ser el caso esa noche.

Al principio, había preguntado por qué. Las únicas

respuestas que recibió fueron que él era un idiota afeminado que no sabía ni siquiera hablar como debía, y no servía para nada; cualquiera lo hubiera tirado a la basura, pero su padre se había hecho cargo. ¡Por favor! Si recibir una paliza cada noche y ser insultado a cada minuto podía ser llamado «hacerse cargo de un niño», entonces su padre era el hijo de puta más solidario de todo el maldito planeta.

Se había equivocado. No había terminado. Su torturador lo giró, le alzó la camiseta por encima de la cabeza y se sacó el cinturón con un solo movimiento.

«¡No! ¡El cinto no!», gritaba su mente. Trabó las mandíbulas para que ninguna palabra saliera de su boca. Ni se movió ni rogó; nunca lo hacía. Cerró las manos en puños mientras el ritmo cardiaco se le aceleraba a tal velocidad que apenas podía oír algo además del palpitar en sus oídos. Latigazos helados le atenazaban la columna, el pánico entraba en escena, y no había forma de mantenerlo a raya. Se había equivocado, no era una noche de solo sangre.

Su padre elevó el cinto por encima de sí, y de un impulso lo descargó, cruzándole la espalda con tal intensidad que creyó que lo había partido por la mitad. Una línea roja dividió en dos la espina dorsal con antiguas marcas, algunas rosadas, otras ya blancas. Mañana estaría repleto de moretones y dolería como mil demonios.

Se zarandeaba hacia delante ante cada impacto, se mordía los labios con tal fuerza que podía saborear ese sabor metálico tan familiar. Cerró los ojos y se juró no darle jamás la satisfacción de oírle suplicar o sollozar.

Las estampidas se fueron sucediendo hasta que su padre se cansó de su saco de arena personal y, tambaleándose, se encaminó hacia el sillón marrón y se dejó caer como una bolsa de patatas. Dio un sorbo a la botella, que había dejado olvidada, y encendió el televisor, desentendiéndose del niño que apenas podía sostenerse en pie.

Alex apoyó un hombro en la pared y fue deslizándose hasta llegar a su cuarto: la estancia más limpia y ordenada de la casa. No había ropa sucia o botellas vacías que lo adornaran, ni cajas de pizza viejas, o periódicos tirados por los rincones.

Apretando la mandíbula, y siseando, se arrodilló junto al lecho para sacar de debajo una caja de zapatos. La abrió y se fijó en que la mano le temblaba incontroladamente. Dentro se hallaba una botella de alcohol, un puñado de algodón, algunas tiras adhesivas y un espejo de mano. Sacó el último artefacto y se revisó el rostro, teñido de rojo. Le había abierto una herida en la mejilla izquierda y otra sobre el ojo del mismo lado. Tomó una bolita de algodón y, empapándola en alcohol, se dispuso a limpiarse la sangre con sumo cuidado. Hizo una mueca y gruñó.

El dolor lo había acompañado casi desde el inicio; no era algo nuevo para él. Sin embargo, no podía decir que se hubiera acostumbrado.

Tomó otra bolita de algodón, y otra, y otra. No renunció a su cometido hasta que cada gota roja fue borrada de la cara, aunque las hinchazones no dejaban lugar a dudas sobre lo que había acontecido en el hogar de los Peters. Cubrió cada lesión con un apósito adhesivo.

Se observó en el espejo y sopesó la situación. No estaba tan mal como en otras ocasiones. Peor iba a sentirse mañana: como si un camión le hubiera pasado por encima, pero ya había estado ahí. Había otras heridas mucho más profundas que no había forma de que cicatrizaran, y que lo marcarían de por vida. Apartó la vista de su reflejo.

Guardó la caja y, con gran esfuerzo, volvió a pararse. El abdomen le bombeaba, parecía que el corazón había descendido hasta instalársele allí; no obstante, sabía que no tenía costillas rotas; conocía la sensación. Se detuvo frente al armario. Amaba a Sarah, aunque lo hacía todo mucho más difícil, y hasta había veces en que deseaba que no existiera.

Culpaba a su madre por lo que padecía; la culpaba por haberlo dejado con él, por no preocuparse por su hijo, y por haber escapado con el primer hombre que se le cruzó en el camino. Aún recordaba el día en que ella había venido por la noche a despedirse. Estaba hermosa como siempre, con el cabello ondulado y negro como la noche, igual que los ojos que hacían resaltar su piel nívea. Casi podía oler su aroma a violetas, como cuando se había inclinado sobre él mientras dormía, ignorante de lo que ella estaba a punto de hacer.

Lo zarandeó apenas.

—Alexander.

—¿Mmm?

—Cariño, mami se va de viaje —susurró en un tono feliz.

—¿Eh?

Abrió los ojos, parpadeando sin comprender lo que

su madre le estaba anunciando, hasta que vio la maleta colgada de una de las manos femeninas.

—Me voy por unos días y pronto vendré por ti —había prometido. Ya no esperaba a que volviera por él, se había resignado a no ser rescatado.

Se había dado media vuelta luego de rozarle la mejilla con los labios y desapareció de su vida como si nunca hubiera existido.

Desembarazándose de ese recuerdo amargo, abrió la puerta del armario y vio a su hermana hecha un ovillo contra una de las esquinas.

—Aless —lloriqueó la niña al verlo y elevó los brazos hacia él.

—Ya, Sarah. Va-va-vamos a dor-dor-dor-dormir.

La tomó en brazos, ella se le aferró con tenacidad al cuello y juntos se acostaron en el colchón. Con la yema le apartó los mechones más claros que los suyos de la frente y le sonrió, aunque más fue una mueca espantosa que la sonrisa tranquilizadora que deseaba brindarle.

Ella le devolvió la sonrisa, feliz de que él estuviera de nuevo con ella, le daba terror cada vez que la encerraba en aquel lugar oscuro. Aunque algo dentro de ella, a su corta edad, ya le anunciaba que padecer aquel terror era mejor que quedarse a ver qué es lo que se encontraba fuera del escondite. Jamás había preguntado y él nunca le había comentado. Además, él siempre regresaba y no había nadie que la hiciera sentir más segura y a salvo que su poderoso hermano. Porque para ella, él era similar a un superhéroe, era su propio Superman, aunque cada día que transcurría se parecía más a un Bruno Díaz, taciturno y apagado. Claro que aún ella no era muy consciente de semejante cambio. Pero sí se percataba de las variaciones que surgían en sus facciones y que poco a poco se iba gestando en las conductas y actitudes del niño.

—Algún día nos iremos, Sarah —dijo con los labios sobre la frente de su hermana y de esa forma tan baja que daba escalofríos.

La espalda le dolía horrores y percibía cómo la sangre iba empapando la mejor camiseta que tenía.

—¿Con mami?

—No. A una ciudad donde podremos ser lo que queramos —declaró, aunque la niña no comprendió a qué se refería.

Libre, fue la palabra no pronunciada por el muchacho. Ansiaba la libertad como alguien podía ansiar agua en medio del desierto, un oasis donde no tuvieran que vivir aterrados ni sobresaltarse ante cualquier sonido. Algún día lo lograrían, lo presentía en lo más profundo de su ser. Hasta entonces debían aguantar.

Con aquel pensamiento el sueño lo invadió. Los ojos se le cerraron y la respiración se le ralentizó. Imágenes de una gran mujer de piedra se conjuraron en la mente del niño y pudo palpar con las puntas de los dedos el sentimiento que más anhelaba, casi podía respirar el aire fresco y sentir la tan ansiada libertad.

2

Ocho años después

La directora de la escuela llamó a Sarah a su despacho para comunicarle que su hermano se encontraba en el hospital debido a que había sufrido un accidente. Un sudor frío le bajó por la columna vertebral, el aire se le escapó de los pulmones y una piedra se le alojó en el estómago. Sin pensárselo dos veces, agarró la mochila violeta que Alex le había regalado y salió disparada.

Una enfermera la encontró con un semblante tan blanco como las paredes del establecimiento y con la mirada perdida. Se le acercó y una vez averiguado a dónde iba, la condujo a la sala en la que el hermano estaba internado. La mujer descorrió las cortinas que cubrían al joven que se encontraba en el lecho.

Apenas lo vio, Sarah no pudo evitar emitir un gemido angustioso y que los ojos se le empañaran.

—Alex —susurró.

Él volvió el rostro hasta que los ojos hinchados se posaron en ella. Intentó dibujar una sonrisa, pero ni siquiera pudo conjurar una horrible mueca. Cada músculo del que era un atractivo rostro, cuando no estaba cubierto de moretones azulados y cortes, estaba rígido. Por el dolor que sentía cuando trataba de gesticular, se podría decir que le habían clavado miles de agujas en la piel y no había tenido una sesión de acupuntura precisamente.

—Oh, Alex —sollozó antes de correr a su lado y apoyar la frente sobre el pecho del adolescente.

—Shsh. N-n-n-no llo-llo-llores, S-s-s-sarah —tartamudeó y golpeó con el puño el colchón.

Odiaba no poder decir una frase de corrido y hablar como un maldito idiota, como le manifestaba su padre a la menor oportunidad.

—¿Vas a morir? —preguntó la niña con un hilo de voz, encerrando en la frase todos sus miedos.

—N-n-n-no —dijo mientras acariciaba el cabello rubio—. S-s-s-solo voy a qu-qu-qued-quedarme... —tomó aire y bajó la voz hasta que fue un pequeño murmullo acerado— unos días —logró decir al fin.

Ambos sabían lo que ello significaba, ella estaría sola en casa con el Monstruo, como lo habían tildado a escondidas.

—Qu-qu-quiero que vayas a la c-c-c-casa de T-t-t-t-t —golpeó en la cama con el puño al no poder decir el nombre de corrido—... t-tina.

Cuando estaba nervioso o algo lo preocupaba su tartamudeo se acentuaba hasta serle casi imposible articular una palabra completa.

Tina era la mejor amiga de Sarah, una compañera del colegio con quien se quedaba algunas noches, cuando su hermano lo indicaba. Los padres de Tina eran trabajadores, humildes, pero sobre todo unas personas que adoraban los niños. Aunque no tenían idea de qué ocurría en la casa de los Peters, al ser Sarah tan correcta no tenían ningún reparo en tener a la dulce niña en el hogar.

Ella asintió en un breve gesto casi imperceptible ante la orden de Alex. Nunca lo cuestionaba ni ponía en duda su decisión, él sabía lo que debía hacerse y jamás la había defraudado.

Si tan solo pudieran irse. No era un idiota, sabía que un adolescente nunca podría hacerse cargo de una niña, como que tampoco podía denunciar a su padre. Si lo hacía, ¿quién sabía dónde irían a parar ellos? No se preocupaba tanto por él, pero Sarah... ¿Qué sería de ella?

Sintió un tirón por dentro de tan solo pensar en todas las cosas que había oído que ocurrían en los orfanatos y en las familias de acogida. No, ella se quedaría con él para siempre.

Como un idiota había pensado que en esa ocasión podría hacerle frente a su padre, sin embargo, se había dado cuenta de que aún era demasiado enclenque. A pesar de igualarlo en altura, todavía no lo hacía en fuerza y de ahí el resultado obtenido: hospitalizado por varios días.

—Dic-c-c-cen que en un par de di-di-di-días —tomó aire y bajó su voz— ya estaré listo para ir a casa.

Sarah ya se había acostumbrado al tono que hacía que se helara hasta el mismo infierno, era la única manera en que él lograba expresarse sin tartamudear. Aunque el resto de las personas, especialmente los compañeros de Alex, habían comenzado a alejarse cada vez que él entraba en una sala. En un comienzo se habían burlado como hacen todos los niños, no por nada dicen que los niños son crueles, pero al tiempo él había comenzado a hablar de esa manera tan gélida y pausada que hacía que escalofríos te recorrieran la columna vertebral ante la expectativa de algo, sin saber qué, pero con la comprensión de que no sería nada bueno.

Alex maldecía la lengua que no le permitía pronunciar una frase de corrido. Si hubiera algún dios, le encantaría tener una pequeña charla con él y preguntarle por qué no le dio ni siquiera una carta ganadora entre las tantas que le habían tocado.

—¿Y nos iremos como prometiste? —preguntó la niña a sabiendas de la respuesta.

El alma del muchacho se le cayó hasta los pies y el corazón se le partió en mil pedazos.

Le venía haciendo la misma promesa desde que ella era un bebé: que algún día se irían de aquel infierno, escaparían a una ciudad de luz y alegrías. Sin embargo, a él ya no le quedaban alegrías por dentro, su corazón estaba llenándose de agujeros hasta que un día se convertiría en un montón de polvo en algún rincón oscuro de su interior. El espíritu que lo había dominado de niño se había ido apagando hasta que ya ni una pequeña llama le quedaba.

—Un p-p-p-p-poco más.

—Bien —concedió aún abrazada a él.

Ella sabía que debía irse, solo le habían dado unos minutos para visitarlo, pero temía dejarlo. Temía que él la abandonara y desapareciera, al mismo tiempo deseaba que lo hiciera con lo más profundo de su ser. Ansiaba que él fuera libre; sin embargo, lo conocía demasiado bien, cuidaría de ella hasta el final y era por lo que Sarah se reprocharía eternamente. Se sentía tan culpable de la cantidad de veces que él se interponía entre ella y los golpes, en las que la escondía o la sacaba por la ventana para ser el único que cargara con la estampida.

—Te quiero —dijo ella muy despacio porque las lágrimas contenidas le cerraban la garganta.

—Yo también. V-v-vete ahora —dijo, acariciando la rubia cabellera por última vez.

Ella no sabía qué le había ocurrido para tener que quedarse internado unos días. Tampoco lo preguntó. Deslizó la mirada por el brazo enyesado, por la cantidad de apósitos que tenía en la piel y, por último, por los moratones en el rostro. No le pasó desapercibido el ritmo acelerado de la respiración que le hacía subir y bajar el pecho de manera tan ondulante. Se le contrajo el alma solo al pensar en que podría haber muerto.

—Vendré a verte mañana —anunció, y antes de que le indicara lo contrario, con un dedo en alto y apuntándolo, añadió—: no puedes prohibírmelo.

Le dio un breve beso en la frente y se proponía a retirarse cuando él le habló.

—V-v-v... —Golpeó con la mano sana el colchón de nuevo—... ve a lo de T-t-tina.

—Lo haré —prometió y se fue dejándolo solo en aquella sala de color blanco como el papel, tan fría que parecía una nevera helada y lúgubre.

Las diversas camas estaban separadas por cortinas

grisáceas otorgándoles, al menos, algo de privacidad a los diferentes pacientes.

Alex cerró los ojos y se concentró en lograr que el aire le entrara en los pulmones. Le había fisurado varias costillas y dolía como mil demonios el respirar. Si tan solo no necesitara hacerlo para vivir... pero, por desgracia, el aire era un elemento importante, así que debía dejarlo entrar y salir. La enfermera le había dado un par de calmantes, por lo que el dolor había menguado un tanto, aunque seguía sacándole unas cuantas lágrimas cada vez que se movía por poco que fuera.

—Hola, viejo —saludó Mark—. Estás hecho mierda —dijo como si fuera lo más habitual del mundo estar tirado en una cama de hospital con un brazo enyesado, todo cubierto de moretones y el torso fajado.

—T-t-t-te has dado cuenta. ¡Qu-qu-qué percepción! —bromeó, o al menos lo intentó.

Mark dibujó aquella sonrisa que le daba apariencia de idiota, la que era sumamente amplia que dejaba ver todos los dientes, pero que nunca le llegaba a los ojos. Hacía un año que se habían conocido y desde entonces eran los mejores amigos. Uno extrovertido y jocoso, el otro oscuro y retraído. Dos caras de una misma moneda.

El rubio tomó una silla que había en un rincón y la arrastró con gran ruido hasta la cama del moreno. Le dio la vuelta, se sentó a horcajadas y cruzó los brazos sobre el respaldo.

—Tenemos que planear la huida —aventuró Mark, tornándose serio.

—N-n-n...

—Ya sé que no puedes dejar a Sarah —dijo con la

mano en alto deteniéndolo—. Pienso en llevárnosla con nosotros.

—N-n-no p-p-p-p-podemos —añadió al punto que negaba con la cabeza.

—Claro que sí.

—M-m-mark —lo amonestó.

—Lo sé, pero no hace mal a nadie soñar un poco —mascullό y suspiró.

—En un-un-un-nos años tú...

—No sin ti, viejo. Esperaremos a que Sarah cumpla los dieciocho y luego nos largamos a Nueva York como siempre quisiste.

—S-s-sí. Lo s-s-s-siento, yo n-n-no...

—Lo sé, nunca podrías dejarla, yo tampoco, viejo. Al fin y al cabo es como mi hermana, también.

—Pero tu po-po...

—No sin vosotros, no podría irme sin Sarah y sin ti, Alex. Somos hermanos, ¿cierto? Los tres unidos contra todos, ¿recuerdas?

El moreno asintió. Cuando podía, evitaba hablar, puesto que tanto le costaba plasmar una mínima idea. Era por lo que adoraba a Mark: con él nunca tenía que decir las frases completas, lo comprendía en el acto.

—¿Tú c-c-cómo estás?

Mark giró el rostro y fijó la mirada en el florero vacío que descansaba sobre la estrecha mesa que había junto al lecho. Trabó las mandíbulas y un incómodo rubor le tiñó el rostro tan hermoso como el de un querubín.

—Las pesadillas continúan —dijo con una voz que denotaba su propia oscuridad, después de una larga pausa, prosiguió con la jocosidad habitual—. ¿Sabes?, conseguí trabajo en una empresa de construcción cargando bolsas de arena, cemento y carretillas con ladrillos, entre otras cosas. Si quieres, cuando salgas te presento al jefe. Dijo que está buscando gente que ayude en esos quehaceres y no le importa contratar menores. No es mucho, pero paga mejor que el señor Johnson.

—G-g-gra...

—Ni que lo digas. Además, creo que nos vendría bien el trabajo físico, a ver si ganamos algo de músculo en esos brazos. —Clavó la mirada en el moreno—. A ambos nos vendría bien —añadió, rotundo y transmitiéndole un mensaje silencioso con su mirada verdosa.

Alex comprendió a qué se refería. Si él hubiera tenido algo de músculo en los flacuchos brazos, habría podido enfrentarse al Monstruo, sospechaba que era algo que Mark ya había hecho con el suyo.

Se presentaría al empleo y vería qué ocurría. Además, a Sarah y a él les vendría bien un ingreso mayor. Quizás hasta pudiera compaginar ambos empleos, era poco probable dado que ya le costaba repartir los diarios, asistir a la escuela, ocuparse de Sarah y estudiar.

No iba a dejar la escuela, quería ser alguien en la vida, estudiar una carrera, conseguir un verdadero empleo y poder ofrecerle a su hermana un futuro mejor.

A los pocos días de salir del hospital, se presentó para el trabajo y se vio cargando bolsas con un peso de alrededor de diez kilos sobre el hombro. Él y Mark salían corriendo del colegio para buscar a Sarah y la llevaban a la casa de la señora Rosa, quien a pesar de que nunca lo mencionaba, estaba al tanto de lo que ocurría en el apartamento junto al suyo. Alex se había percatado ya que hacía unos años que se había ofrecido a cuidar de la niña cuando él estaba trabajando. Asimismo, se ocupaba de que ella recibiera aunque solo fuera una cena contundente y al hermano le daba un *tupper* con los sobrantes, que comía apresurado en el corredor del piso antes de entrar en su propio apartamento.

Luego de dejar a Sarah, se dirigieron a la constructora y comenzaron a cargar las bolsas de arena del camión. Cuando terminaron, era alrededor de las diez de la noche y estaban agotados, pero agradecidos de estar fuera de sus respectivos hogares. Más que un hogar, dulce hogar, sus casas eran sus infiernos personales, el lugar del que querían huir en vez de regresar.

—¿Ya vuelves? —preguntó Mark con ansiedad plasmada en las facciones.

—T-t-t-tengo que...

—Sí. Te acompaño a buscarla.

Uno al lado del otro, comenzaron una lenta caminata hasta el edificio en el que vivía Alex. Ninguno habló a sabiendas de lo que les esperaba. Al llegar a la entrada de la vivienda, Mark se contemplaba los zapatos que de pronto habían captado toda su atención. Alex lo abrazó de sopetón y apretó bien fuerte los brazos alrededor del chico, quien a su vez lo rodeó con los suyos.

—N-n-nos irem-m-mos. Lo pr-pr-prometo.

—Claro que lo haremos, solo faltan unos años.

Alex estrechó más los brazos alrededor de Mark, no quería dejarlo ir, quería esconderlo en algún lugar donde ponerlo a salvo del martirio que sufría. No sabía qué hacer por el gran amigo que se había convertido en su hermano, su único confidente, la persona en quien más confiaba y amaba, además de Sarah.

—Lo s-s-s-siento.

—Alex, no tienes nada que sentir. No es tu culpa, así que déjalo estar. Cuando Sarah tenga la mayoría de edad, tú, ella y yo tendremos un pasaje a la libertad y nada podrá impedir que dejemos Denver de una vez por todas, sin mirar atrás nunca más. Toda nuestra mierda procuraremos que se quede aquí y al fin podremos ser lo que queramos, lo que estemos predestinados a convertirnos. Grandes, Alex. Seremos grandes.

Los adolescentes se soltaron, uno siguió el camino hasta su casa unas manzanas más arriba y el otro subió los escalones hasta adentrarse en el edificio de ese barrio de clase baja.

A cada escalón que subía, las emociones se iban encapsulando en el interior del joven. Hacía años que había aprendido a disociarse y si no fuera por Sarah y Mark, sabía que ya se hubiera dejado atrapar por la locura. Es más, en varias ocasiones la sentía adentrándose en él, tratando de aferrarlo con sus garras, aunque nunca lo había poseído al completo.

Cruzó la puerta de entrada y mandó a Sarah a que se fuera a la cama de inmediato. Oía el televisor encendido, por lo que aventuraba que el Monstruo estaba bebiendo tirado sobre el sofá frente a la gran caja hipnotizadora.

Cuando se disponía a ir tras su hermana, una mano cayó sobre su hombro deteniéndolo.

—¿Dónde has estado, niñita?

Ni le dio tiempo a contestarle, le cruzó la cara de

una bofetada. La mejilla le palpitaba y ardía. Al ver un puño venir contra su rostro de nuevo, Alex lo detuvo con un brazo y con el otro le dio un puñetazo en el estómago a su padre. Al principio quedó paralizado por la sorpresa, pero reaccionó en el acto y le dio otro y otro antes de que su agresor pudiera recuperarse y volver al ataque.

Se detuvo, con la respiración agitada y los nudillos en carne viva, al tiempo en que se daba cuenta de en lo que se estaba convirtiendo, en la persona que más odiaba: su padre. Presentía que en el fondo él también podía llegar a ser un monstruo y ahí mismo se prometió que nunca lo sería, antes muerto.

Dejó caer los brazos a los costados, cerró las manos en puños tan fuertes que las uñas, aunque bien recortadas, llegaban a clavársele en las palmas. Contempló la sangre que caía de la comisura de la boca de su padre, la que él mismo había provocado y dio gracias a los meses que hacía que descargaba bolsas de arena.

—Nunca vuelvas a ponerme una mano encima —advirtió el joven con un tono tan bajo que parecía cortar el aire, la temperatura podría haber jurado que descendió unos cuantos grados.

Desde aquel día, el Monstruo ya no fue un problema. El muchacho se había convertido en hombre, uno que hablaba poco y cuando lo hacía congelaba el infierno con cada palabra. Poseía un alma teñida de negro y ya no tenía retorno.

3

Manhattan, Nueva York, 2013

—¡Grrr! —un gruñido brotó al empaparlo el líquido caliente.

Sam estaba tan ensimismada en sus pensamientos que tomó el café para llevar que le entregó el dependiente de la cafetería sin prestar la menor atención, y al darse la vuelta chocó contra una dura, bien formada y muy alta pared enfundada en un traje gris. Sin embargo, el gris varió a una tonalidad más profunda y opaca.

Notó que era un atuendo de diseño y muy elegante. ¡Oh, no! Esto no era nada bueno. ¿Por qué tenía que pedir el vaso extra grande? Una camisa azul claro apareció en su campo de visión. Pecho y hombros fuertes y fornidos. Descendió despacio, cadera estrecha, muslos y piernas largas hasta llegar a unos zapatos negros todos moteados por el líquido derramado. Había decidido que iba a ser su gran día y ya comenzaba con mal pie.

—¡Lo siento tanto! —exclamó Sam con el rostro rojo como la grana mientras trataba de secar el torso masculino con una servilleta de papel, lo que hizo que la humedad se extendiera aún más—. No estaba...

—No, definitivamente no estabas —sentenció una voz fría como el hielo y acompasada. Se sobresaltó y pareció que la temperatura en el atestado local había descendido unos diez grados—. Deja, ya —pidió el hombre al apartarle de manera brusca las manos.

Un nudo se le formó en el estómago y recorrió todo el camino hasta ubicársele dentro de la garganta. Bajó la vista y clavó los dientes en su labio inferior al ver esos zapatos, suponía que antes estaban impolutos y ahora se veían cubiertos de gotas color crema. ¡Qué desastre!

A pesar de que no era una situación graciosa, no pudo evitar que una risa comenzara a burbujearle en la garganta, por lo que se mordió las mejillas por dentro para contenerla.

Elevó la vista y se topó con unos ojos penetrantes que la estremecieron y le borraron la sonrisa al instante, tenían tal carga de superioridad que se sintió como un mosquito a punto de ser aplastado. De color negro como la noche, eran despiadados, gélidos y velados. Definitivamente, algo tenían de encantadores, dado que no lograba apartar su vista de ellos. Se aterró, podían traspasarla y viajar hasta su mismo centro sin dejar ningún secreto oculto.

Dirigió la atención al resto de las facciones, las cejas negras perfectamente delineadas, la nariz aguileña y unos labios finos. El rostro anguloso y tan duro que parecía perfilado en acero, enmarcado por el cabello algo largo, negro como el carbón y aún húmedo. ¡Cielos! Fue la única palabra que su mente pudo conjurar al imaginárselo dentro de una vaporosa nube, recién salido de la ducha con el cuerpo apenas cubierto por una minúscula toalla. Unos cosquilleos recorrieron su columna y casi, tan solo casi, soltó un gemido.

Era el hombre más... más... más ¿qué? ¿Buen mozo? ¿Atractivo? Cada calificativo parecía quedarse corto al estar frente a este ser que rayaba la perfección y al que en ese instante lo envolvía un aroma a café y leche de soja. Soltó un lastimero sonido.

Sin embargo, no pudo evitar que otros adjetivos irrumpieran en su mente: masculino, peligroso, sensual, primitivo. Un calor abrasador la recorrió entera al instante y los pulmones acusaron la repentina falta de aire. El corazón de Sam se hallaba totalmente desbocado y participaba en una maratón sin igual ensordeciéndola con los fuertes golpes. De pronto se encontró sedienta y parecía que los labios del desconocido eran el agua que precisaba. Sacudió su cabeza para deshacerse de las imágenes perturbadoras.

—¿Terminaste? —preguntó la voz acerada, haciendo referencia al escrutinio del que era objeto.

—Yo... —comenzó a explicarse con la cara roja y de nuevo la cortó en seco.

—Eres una idiota —juzgó.

Aún no se había dignado a dirigirle ni una sola mirada, sino que evaluaba el estado de sus ropas mientras reanudaba con otra servilleta la tarea dejada por ella.

Sam se sacudió de forma automática el encantamiento que el hombre había vertido sobre ella y se apartó de él como si quemara. Ahora era ella quien lo fulminaba, los ojos color chocolate lanzaban dardos mortíferos de fuego.

—¿Qué? —preguntó, indignada.

No iba a permitir que un extraño la insultara, nadie más lo haría otra vez.

—Que eres una total idiota —argumentó—. Además, ¿eres sorda? —preguntó, sardónico, en la misma imperturbable voz.

Aquella tranquilidad la sacó de quicio. Poseía un porte de seguridad, arrogante y autoritario. Hablaba como si diera una conferencia del clima y no como si mantuviera una discusión delante de una gran cantidad de personas que los observaban expectantes.

—Pero ¿quién te has creído? ¿Con qué derecho me hablas así? —exclamó ella al tiempo que con uno de sus dedos golpeó sobre el pecho masculino tres veces.

Tensó la mandíbula, cerró los puños y las uñas carmesí se le clavaron en las palmas, no había duda de la irritación que sentía.

Él arrojó las servilletas húmedas sobre el mostrador ante la vista sorprendida de los dependientes.

—El derecho que me da el estar todo empapado por tu culpa.

Alex no lo podía creer, una niña estúpida le había arruinado el traje y por si fuera poco estaba enfurecida con él. Después de la noche interminable que había pasado, esa mañana había comenzado con el pie izquierdo.

—¿Y también te autoriza a insultar gratuitamente a

quien se cruce en tu camino? —le cuestionó la muchacha, con el cuerpo en constante tensión.

—Si me arrojan toda una bebida encima por andar volando, supongo que sí —argumentó él como si tal cosa con aquel tono bajo y profundo, al tiempo que se acomodaba la chaqueta arruinada.

—¿Sabes qué? Iba a disculparme, pero me has hecho cambiar de idea, así —dijo Sam, y acompañó las palabras con un fuerte chasquido de sus dedos medio y pulgar.

Un profundo odio fue arremolinándose dentro de la joven por aquel extraño.

—¿Ah, sí? —preguntó Alex mientras sostenía la mirada de la alterada mujer y la sopesaba en silencio—. Eres un poco voluble, ¿cierto?

—Mi nuevo lema es: «por algo suceden las cosas» —vaticinó con una voz un tanto histérica.

Sam no podía creer lo que ocurría, lo que le ocurría a ella. Cuanto más calmado se mostraba el hombre, más irritada estaba ella. Quería verlo perder los estribos aunque parecía imposible, era una piedra insensible.

—Y con eso te refieres a... —dijo aún más pausado si se pudiera.

Parecía que la voz del tipo era tan baja y gélida que podía helar al mismo sol.

—¡Que quizás te lo merecías! ¡Que debe haber una gran cantidad de personas que festejarían este incidente! —gritó al tiempo que apuntaba hacia fuera del local.

Estaba nerviosa, había transcurrido por varias situaciones que la mantenían en un estado de alerta y nerviosismo constante. Trataba de comunicarse con su cuerpo, suplicarle que se calmara, decirle que estaba exagerando, pero no la escuchaba.

—¿Eso crees? —cuestionó él, enarcó una ceja y observó a través de las puertas de cristal de la cafetería. Permanecía imperturbable frente a la joven, que cada vez se veía más alterada, a pesar de la cantidad de clientes que los observaba, algunos de manera disimulada; otros, sin ninguna vergüenza.

—Por lo poco de tu personalidad que se desplegó en los últimos cinco minutos, sí, lo creo —afirmó ella, cruzándose de brazos y asintiendo con la cabeza.

Un fuego incontenible corría por dentro de Sam, tenía la impresión de que la furia que desplegaba no estaba dando contra el objetivo correcto. Sin embargo, necesitaba una descarga y ese tipo parecía el blanco perfecto.

—Ah, ya veo. ¿Eres psicóloga o psiquiatra, quizás? —ironizó Alex.

Deslizó su oscura mirada por el cuerpo de la mujer, hacia abajo y de abajo arriba. Alex tenía que admitir que la desquiciada mujer era preciosa. Un cosquilleo lo recorrió, pero lo detuvo en el acto.

—¡No! ¡Grrr! ¡Eres insufrible! —masculló ella.

—No, claro, niña, para eso tendrías que haber estudiado, y ahora mismo pongo en duda de que hayas podido finalizar la escuela secundaria dado tu bajo nivel intelectual. Lo más seguro es que seas una paciente que olvidó tomar la píldora azul, ¿o quizás fue la rosa? —se burló y pareció que las comisuras de sus labios se hubieran elevado un poco.

—¿Qué? ¿Me acabas de llamar loca? —cuestionó ella, imitando el tono pausado del extraño.

Sam no podía creer lo que este tipo había insinuado. En menos de cinco minutos de esa boca solo habían salido un insulto tras otro.

—Déjame pensarlo un momento. Sí, creo que sí. Sí, estoy seguro de que lo hice —afirmó.

—Y no solo loca, sino también retrasada mental. Ya van dos diagnósticos que me has dado en un instante —puntualizó Sam, cada vez más enfadada con ese individuo.

Le escocían los ojos, sin embargo ninguna lágrima se atrevió a salir de ellos.

—Y eso que yo tampoco soy psicólogo. Pero es algo que definitivamente salta a la vista de cualquiera.

Él, a diferencia de la joven, tenía el cuerpo relajado y se mantenía imperturbable.

Sin que mediara pensamiento alguno, Sam alzó la mano abierta y lo abofeteó en la áspera mejilla. Un jadeo colectivo se oyó en todo el local, las personas se mantenían congeladas en el lugar esperando la reacción del hombre, una que nunca vino.

Ella dio media vuelta y escapó como alma que lleva el diablo.

Alex sentía arder su mejilla tras la tremenda bofetada. Notó que aún mantenía la mirada fija en la puerta vidriada por la que había desaparecido la mujer.

Ella se lo había quedado observando como embobada hasta que Alex había pronunciado la primera palabra. Una tonta de cabello rizado y desordenado en diversas gamas de castaño con brillos cobrizos como llamaradas. No era preciosa, un tanto bajita, apenas le llegaba a los hombros. Tenía los ojos demasiado grandes y una boca... Se había quedado por un momento hipnotizado por esos labios, rellenos y rosados, y también más grandes de lo esperable para aquel pequeño rostro. No entendía por qué la encontraba apetitosa, pero el conjunto de sus facciones lo era. Sacudió la cabeza y se desembarazó de la imagen. Lo más difícil era sacarse aquel aroma envolvente a gardenias, afrutado y dulce, que parecía que le iba directo a la entrepierna.

No debía tener más de veinte años, apenas una niña. Seguramente era demasiado temprano para ella, su día comenzaría cuando el sol ya no echaba sombra.

No importaba lo que pensara de ella, le había hecho calentar la sangre de tal manera como hacía tiempo no le ocurría. Y pensar que todo el espectáculo había comenzado por un tonto café derramado. Si lo meditaba por un segundo, no era para tanto. Lo que lo asombraba aún más era el estocar contra ella una y otra vez.

La gente lo observaba y cuchicheaba. ¡Qué gran espectáculo habían brindado!

Estaba tan extenuado después de pasarse con la dichosa cuenta McCarthy toda la noche, que solo ansiaba un maldito café bien cargado para poder afrontar el largo día que recién comenzaba. Esa cuenta lo había estado volviendo loco desde hacía una semana.

Miró su reloj, ya pasaban de las nueve. Llegaría tarde por primera vez y tendría que aguantarse las bromas de Marcus. Dio media vuelta decidido a dejar la cafeína para más tarde, cuando se encontrara un poco más tranquilo. En aquel preciso instante podría estrangular a cualquiera que se cruzara en su camino.

Emoción inusual en él, más bien, cualquier emoción era extraña en su persona. La frialdad y la indiferencia eran sus eternas compañeras. Podría jurar que desde el incidente un calorcito se había instalado en su pecho, siempre gélido e imperturbable.

Solo le había apetecido espabilarse un poco y la cafetería se encontraba a media manzana de su empresa. Casi siempre pasaba por allí antes de entrar, no podía fiarse de la asquerosa pócima que le esperaba en su despacho.

Bajó la vista a su reloj, las nueve y diez... ya debería estar allí.

Cruzó las puertas de cristal del suntuoso edificio donde residía el imperio Hayworth sobre la calle Water en el Distrito Financiero. Se trataba de una de las empresas de comunicaciones más importantes del país, contaba con varias cadenas de televisión, medios gráficos y radiales. Él y su socio coordinaban el galardonado, nacional e internacionalmente, departamento creativo.

El personal de seguridad lo miraba por detrás del mostrador y trataba, sin lograrlo, de disimular las risas. Observó a esos dos especímenes, bajos y rechonchos, vestidos con un uniforme azul al tiempo que enarcaba una ceja; tenía en cuenta el aspecto siniestro que le proporcionaba, ante lo que los guardias se enderezaron y borraron las muecas de sus caras.

A aquella hora de la mañana, la recepción estaba

atiborrada. Cada persona en su camino, desde la entrada hasta los ascensores, clavó la curiosa mirada en él o más bien en su ropa arruinada.

«¡Sí, tenía la mitad del traje mojado por culpa de una idiota de cabello como llamaradas y labios apetecibles!», quería gritarles. Pero él nunca gritaba, a duras penas hablaba.

4

Marcus se hallaba reclinado en la silla con los pies sobre el escritorio de color blanco. Un ordenador de última generación, varios lapiceros, papeles y carpetas acompañaban a los caros zapatos. Los haces de luz procedentes del enorme ventanal a su espalda iluminaban sus cabellos rubios, dándoles una gradación de colores semejante a un arco iris.

Un aura de falsa despreocupación lo rodeaba.

¿Dónde estaba? Se había extrañado al no encontrarlo con la cabeza metida en el PC, diseñando una nueva genialidad.

Tenía la mirada, verde como las hojas en primavera, perdida en la estantería que albergaba los innumerables premios alcanzados y las portadas de revistas encuadradas.

Nueve y veinte, marcaba el reloj en su muñeca. ¿Dónde estaba? Tendrían que celebrar una fiesta, la primera vez que Alexander Peters llegaba tarde al trabajo.

—Al fin, hombre, ¿dónde estabas? —expresó en voz alta lo que venía preguntándose en la mente, con un tono más severo de lo que pretendía.

—En la cafetería de la esquina —repuso Alex escuetamente al tiempo que se dejaba caer en uno de los dos sillones de tapiz burdeos frente a su amigo.

Últimamente, Mark había notado que tenía la mirada más vacía de lo habitual. Desde hacía un tiempo se lo veía agotado, sin embargo, en aquel momento, lo notaba... vivo. Tenía las mejillas rosadas, nada común en él, y un conjunto indefinible de emociones habitaban en la mirada oscura.

—¿Qué pasó? ¿No quisiste dejar propina? —bromeó, aludiendo a la gran mancha húmeda que se extendía desde el hombro derecho hasta la cintura de Alex. ¡Auu! Eso debía de haber quemado.

—Muy gracioso.

Alex adoraba a ese personaje alegre, pero había veces en que lo irritaba sobremanera y hoy era una de esas ocasiones. Esa mañana, definitivamente, se había olvidado la paciencia en casa.

Marcus era uno de sus mejores y más viejos amigos, veinte años hacía que se conocían. Se podría decir que casi era el único. El único que soportaba su carácter taciturno, la falta de diálogo y que lo comprendía como ninguno. El único que lo conocía.

Cuando se vieron por primera vez se generó entre ellos una amistad profunda, mucho más de lo que demostraban al mundo. Ambos tenían treinta y tres años y habían vivido demasiado. Uno de cabello tan negro como el otro era de un rubio encandilador. Uno iracundo y oscuro, el otro risueño y de risa fácil. Dos polos opuestos entre la complejidad y la ligereza, pero con un mismo maldito punto del que partían.

—En serio, Alex. Estás hecho un asco. ¿Qué te ocurrió? —incurrió sin dejar el tono de diversión.

Mark trataba de mantenerse serio y no soltar una carcajada, aún más viendo la mirada iracunda que Alexander le estaba dirigiendo. Su esfuerzo fue en vano y lanzó finalmente una gran risotada. No podía evitarlo, ese era su fuerte, siempre estar de buen humor. Una característica que intensificaba el contraste con la personalidad de Alex cada vez que se hallaban juntos.

En ciertas ocasiones, Mark tenía la impresión de que él, también, quisiera reírse como en aquel momento en que las comisuras de su boca se habían elevado unas pulgadas, sin llegar a formar ni siquiera un atisbo de sonrisa. Evitaba hacerlo, como si el sonreír lo volviera vulnerable de alguna forma.

—Una chica me arrojó todo su café encima —contestó mientras se servía una gran taza de aquel líquido oscuro, que anhelaba desde hacía unas horas, de la mesa situada en diagonal al escritorio donde mantenían una cafetera eléctrica. Dio un sorbo, poniendo gesto de repugnancia—. Dios, Charlie es terrible. Te juro que un día de estos voy a dejar vacante el puesto de secretaria. Y la entrevista de la nueva se limitará a que me haga un buen café, lo demás me tiene sin cuidado —afirmó, exasperado.

Alex ansiaba el exquisito brebaje que le permitía apreciar la calidez a través de las manos, inhalar el aroma picante y especiado, bajar los párpados presintiendo el viaje que el líquido recorrería a través de la garganta e invocar una mañana cálida de noviembre. Frunció el ceño. ¿Cuánto hacía que no estaba al sol, al aire libre? Ya ni lo recordaba.

—Quisiera ver eso. Sabes que es la única que te hace frente y que te pone en tu sitio aquí dentro. Y te viene bien de vez en cuando. Todos los demás te temen, como si un día te los fueras a comer. Eres un demonio. —Mark finalizó su exposición con otra carcajada. Tenía pequeñas arrugas junto a los ojos y a los lados de las comisuras de la boca.

—Si yo soy un demonio, ella es el diablo mismo. Estoy convencido de que lo hace a propósito —declaró al darse la vuelta y apoyarse con la cadera en la mesa. Tenía un semblante cansado.

—Además, hombre, el que estás bebiendo es el de mi cafetera, el tuyo está unas salas más allá —hizo referencia al despacho que poseía Alex, de igual amplitud que el suyo—. ¿O me dirás que los arruina todos por las dudas? —ironizó el rubio, mientras cruzaba los brazos tras su dorada cabeza y se balanceaba sutilmente en la silla.

—No me extrañaría. Voy a darle el crédito de que es eficiente, educada con los clientes y reservada, pero se ha puesto como meta el incomodarme. Cuando le hablo, es como si tratara de comunicarme con una pared, hace lo que le parece y en los tiempos que cree convenientes.

Unas cosquillas cálidas le burbujearon en el estómago a Alex, al percibir cómo sus pensamientos se inundaban con el rostro de cierta mujer de unos ojos despidiendo odio y del color del chocolate y unos deliciosos labios crispados. Se presionó con el índice y el pulgar el tabique de la nariz y cerró fuertemente los párpados para deshacerse de la imagen, o Mark pensaría que su entrepierna estaba muy feliz de verlo.

—Mira, será todo lo que quieras, pero es la mejor que hemos tenido y la única que nos ha durado. No podríamos habernos hecho cargo del departamento de creatividad sin ella y lo sabes —puntualizó Mark.

—¿Eh? —Alzó la mirada a esos ojos verdes, volviendo al presente—. Sí, lo sé, igual es que me odia. Definitivamente —sentenció al tiempo que vaciaba la taza de un trago—, lo que no me importa demasiado, pero me arruina el inicio de todas mis mañanas con este líquido horripilante —añadió, alzando la taza.

Marcus frunció el ceño fingiendo un semblante serio.

—¿Qué le has hecho? —preguntó cada vez más divertido.

—¿A Charlie? Qué sé yo. ¿Haber nacido? —ironizó mientras volvía a sentarse en el sillón con una impecable postura a diferencia de su amigo, que se hallaba todo repantigado en la silla.

—No, a la chica del café. No terminaste de contármelo.

Marcus se acomodó en el asiento, los codos sobre el escritorio, y posó la barbilla en las manos entrelazadas, a la espera de lo que suponía sería una buena historia.

Alex tendía a aterrar a la gente, aunque no se lo propusiera. Era tan inherente a él que lo lograba sin tan solo intentarlo. Simplemente tenía que poner su ceño fruncido, enarcar una ceja y exudar aquel aire de superioridad e indiferencia. En realidad, atemorizaba de tal forma que solo querías fundirte con el fondo y pasar desapercibido en su presencia.

Había visto cómo hombres que lo superaban en tamaño se empequeñecían ante su ceja alzada. Ni siquiera había requerido pronunciar palabra, y menos aún elevar el frío tono de voz. Lograba congelar en el acto a quien tuviera delante.

Marcus lo conocía mejor, intuía que solo era su gran ataque, o mejor dicho su gran defensa ante el mundo exterior. Ese ademán lo mantenía a resguardo. Pero a esta chica la había cabreado y no era usual que alguien le hiciera frente. Le hubiera gustado presenciar la guerra que había tenido lugar y conocer a tan formidable oponente.

—Te aseguro que nada. Esta vez soy inocente de culpa y cargo —alegó Alex, acentuando su expresión furibunda.

—Vamos, hombre, puedes decírmelo. Seguro que era una pobre muchachita como un cervatillo que se topó con tu mirada de «apártate o muere» y solo quiso defenderse del gran demonio —bromeó Mark, ya no enmascarando las carcajadas que brotaban de sus labios.

—Me abofeteó —susurró enfocado en el gran ventanal que le iluminaba todas las facciones, restándole así gran parte de su ferocidad.

—¿Quién? ¿La muchacha? —preguntó Mark.

La sorpresa se dibujó en la expresión del rubio.

—¿Y continúa con vida? —ironizó.

Alex mascullló una inteligible respuesta y asintió.

—Lo único que me gratifica un poco es que ella también se quedó sin su cafeína al igual que yo. Aunque no estoy seguro de qué clase toma, porque tengo un olor nauseabundo encima —replicó y arrugó la nariz al tiempo que inhalaba el olor que destilaba su chaqueta hecha a medida.

—Amigo, eso es porque no conoces el concepto de una ducha matutina —lo atizó Mark, desafiante.

Tenía la tendencia de irritar a Alex cada vez que podía. Le agradaba hacerlo tambalear de la zona de confort en la que se ubicaba. Además, era el único que podía. En muy contadas ocasiones su amigo dejaba de lado su habitual indiferencia e imperturbabilidad y se embarcaba en una lucha oral, pero solo con él. Ambos sabían que no era una discusión real, pero sí una pequeña vía de escape para cuando se veía sobrepasado. A Marcus lo divertía, de todas formas todo lo hacía, y a Alex le proporcionaba un poco de liberación a la oscuridad que lo embargaba y consumía.

—¡Oh, cállate! Siempre me olvido de que no se puede hablar en serio de nada contigo. Tengo que pensar en qué demonios ponerme para estar presentable lo que resta del día —replicó, exasperado.

Alex no lograba desembarazarse del ardor que se había instalado en su pecho y eso lo irritaba aún más que la situación del café. No podía sacarse el rostro de la muchacha de la mente.

—¿Y al menos estaba buena? —preguntó Mark, ladeando la cabeza y apoyando la mejilla sobre una de sus manos, mientras sopesaba al hombre que tenía delante.

Un gruñido escapó de los labios de Alex, la pregunta invocó de nuevo el hermoso rostro. Esos labios que habían exigido a gritos la necesidad de ser besados, los ojos color chocolate derretido, brillando y cargados de furia. ¡Maldición! Hacía mucho que no estaba con una mujer. Eso, necesitaba una mujer, no una chiquilla de cabello cobrizo cayendo desordenado sobre sus hombros. Esa niña era un desastre andante. Le agradaban las mujeres elegantes, ordenadas, serias y altas. Ella no tenía ninguna de esas cualidades, era más que evidente, así que ya podía ir sacándosela de la mente.

—¡Cielos! Debe de ser toda una belleza.

—¿Ya llegó el nuevo asistente? —preguntó bruscamente y frunció el ceño al ver la hora—. Ya debería estar aquí, si no se presenta en media hora no podré hablarle de sus obligaciones. Además, ya te tengo a ti para impuntual. —Alex esperaba que Mark admitiera el súbito cambio de tema. No quería describir a la joven, si ponía en palabras las raras facciones y la silueta de ella, no iba a poder decirle a su pene que se quedara en su lugar, tranquilo y dormido.

—Hombre, ya estará aquí. Además, ¿qué cosa tan importante tienes que hacer que no puedes aguardarlo unos minutos?

Mark no era estúpido, se percató de que su amigo había evitado responderle en cuanto al aspecto de la mujer, lo que lo intrigaba aún más y dibujaba aquella mirada inquisidora en su rostro angelical.

—Espero que hayas elegido bien. Yo me esmeré cuando te elegí al tuyo.

—No te preocupes, es el asistente adecuado para ti. —Una expresión pícara se le esbozó en la cara al pronunciar las palabras.

—Tengo una reunión con el responsable de Quickwood y Deveraux. Al menos ese proyecto ya está aprobado, solo me falta presentarle algo del material para ultimar algunos detalles y determinar la vertiente por la que continuar —declaró Alex, antes de agarrar una nueva chaqueta y una camisa limpia de un pequeño armario que poseían en el despacho para alguna contrariedad como la que le había sucedido.

—¡Esa es mi ropa! —exclamó Mark, con falsa amonestación.

—Lo sé, mi armario está vacío. Te la repondré —contestó al tiempo que se cambiaba.

—Más te vale, hombre. Nunca se sabe cuándo voy a necesitarla.

Marcus lo observaba con una mirada sumamente divertida mientras se desvestía. Quería ver la cara que pondría cuando viera al asistente que le tenía preparado. Estaba seguro de que era el fresco cambio de aire que él necesitaba. El currículo era extremadamente completo, altamente recomendado por muy buenas compañías. Había algunas irregularidades en cuanto al periodo que había permanecido en cada una de ellas, pero había decidido pasarlo por alto al ver el rostro y el temple del postulante.

—Ya debería estar aquí —reprochó Alex.

Se hallaba de nuevo frente a su amigo, sentado siempre de manera correcta y elegante; Mark, en cambio, tenía una postura relajada y distendida.

—No seas impaciente y no te pases de estricto, todavía faltan algunos minutos. Además, así te dará tiempo de acicalarte y calmarte un poco. Al menos no muestres tu característica mirada asesina de entrada, espera hasta que hayan transcurrido al menos unos diez minutos para comenzar a aterrorizarlo —sugirió—, y a que termine el día para asesinarlo —bromeó.

Haciendo caso omiso de las palabras de Marcus, Alexander continuó:

—Después debo reunirme con la parte del equipo que se dedica a esta cuenta, tengo que darles las nuevas directivas que han surgido. Xavier debe entregarme el último informe de Fabrizzi. También hace falta que supervisemos lo que están haciendo con la cuenta de BrandStyle. Andrew tiene que ponerme al tanto de la investigación que hizo. Y todavía tengo que terminar algunos detalles de la cuenta McCarthy...

—¡Tiempo, tiempo! —espetó Marcus mientras mantenía las manos en alto hacia Alex—. Escucha, vamos por partes. Apenas llegue, te entrevistas con tu nuevo ayudante, le explicas algo de lo que hacemos y se lo presentas al resto. Luego te vas a la entrevista de Quickwood y a partir de ahí vemos qué sigue. Mi día acaba de comenzar y hablando contigo ya me encuentro agotado.

Marcus también tenía una agenda atiborrada de tareas pendientes y reuniones, no obstante se lo tomaba con más calma. Lo que no significaba que no realizara su trabajo o que no lo hiciera con la misma eficacia y eficiencia, sino que le gustaba ocuparse de cada cosa en el momento apropiado. No le agradaba funcionar bajo tanta presión.

Dirigió una mirada a su reloj y sonrió de oreja a oreja. En cualquier momento llegaría el nuevo asistente de Alex y quería ver el espectáculo en primera fila.

5

—¡No lo puedo creer! —gruñó.

Este iba a ser el primer día del resto de su vida. Hoy resurgiría de las cenizas para finalmente ser feliz, o al menos acercarse a rasguñar la felicidad con la punta de sus uñas. Aquella decisión rondaba por su mente justo cuando chocó contra el maldito sujeto en la cafetería.

Ahora, estaba escondida en el primer baño que encontró al cruzar las puertas de cristal, aguantando las ganas de tirarles su maletín por la cabeza a los idiotas guardias de seguridad que le habían preguntado a dónde se dirigía con una burla plasmada en la mirada. Se había contentado con enarcarles una ceja, fulminándolos, sin embargo parecía haberlos divertido aún más, si cabía.

—¡Grrr! ¡Qué desgracia!

Estaba hecha un asco. Una mancha de color marrón claro teñía la mitad de su camisa blanca y tenía el cabello enmarañado. Naturalmente que esto último no tenía nada que ver con el accidente del café, sino con el viento que soplaba en las calles esa mañana. Tendría que habérselo recogido en lugar de llevarlo suelto, pensaba mientras intentaba desenredarlo, usando los dedos como un peine.

Y encima de todo, al entrar al aseo sus ojos comenzaron a derramar lágrimas sin poder evitarlo, unos grandes surcos se dibujaban sobre las sonrosadas mejillas.

«¡Soy una cosa impresentable!»

No era de las que lloraban; sin embargo, se sentía en carne viva. Sus emociones le bullían en el interior como un volcán en erupción y precisaban una vía de escape. «Tengo que recomponerme», pensó a la vez que se secaba el rostro con una toalla de papel.

La cara del hombre de ojos negros se conjuró en su mente. No había podido librarse de él ni de la sensación que le había provocado en el cuerpo desde que había abandonado la cafetería. Lo que la hacía cuestionarse su estado mental, tal como él había hecho.

Tenía que olvidarse del odioso sujeto y concentrarse en su trabajo. No obstante, primero tenía que lograr estar algo más presentable que la imagen que le reflejaba el espejo frente a ella.

El cuarto de baño era enorme y decorado con diversos tipos de mármoles italianos y tan solo el soporte del papel higiénico debía de valer mucho más que su minúsculo departamento. Varias luces iluminaban cada rincón y cada grifo se abría de forma automática cuando se ponían las manos por debajo.

Suspiró y repasó su aspecto hasta detenerse en la salpicadura, que por más que la había refregado seguía viéndose. No contaba con el dinero necesario como para ir a comprarse una camisa nueva, y aunque pudiera permitírselo, no habría ninguna tienda abierta a esa hora de la mañana, al menos tardarían una más en hacerlo. Además, no podía darse el lujo de llegar tarde el primer día.

Había estado perfecta antes de salir del apartamento, pero ahora la camisa se transparentaba dejando a la vista su sujetador. No importaba qué hiciera, siempre terminaba hecha un desastre, pensó al tiempo que se empapaba el rostro con el agua fresca.

Se cubriría con la chaqueta. ¿Justo tenía que sucederle hoy? Había veces que juraba que todos los dioses conspiraban contra ella.

Se trataba de uno de esos días de primavera en que parecía más una tarde de verano, por el calor y humedad que se sufría. No le quedaba otra opción, entraría con la chaqueta roja puesta y luego, cuando hubiera tomado un poco de confianza se la quitaría y explicaría lo que le había ocurrido. Se reirían y pasarían a otro tema de más importancia. Al menos es lo que esperaba.

Volvió a gruñir pensando en aquel idiota insufrible.

Salió del baño complacida con su aspecto. El cabello se encontraba un poco más ordenado y el rostro aseado y suavemente maquillado. Sintió sonar en su mente los compases de *What a feeling* y mientras tarareaba la melodía, se dirigió hasta el ascensor. Se abrieron las puertas metálicas, subió junto al resto de las personas que aguardaban y presionó el botón con el número 18. La expectativa le hizo cosquillas en la punta de los dedos.

Era un viaje eterno, serían los nervios que lo hacía interminable. A pesar de estar intranquila y del accidente previo, se sentía contenta. Iba a ser un día especial, lograría este puesto que tanto ansiaba, estaba segura.

Tomando aire salió del ascensor y se encaminó a la puerta que tenía el distintivo del departamento que buscaba. Dentro se acercó a un escritorio en el que se encontraba una mujer aproximadamente de su edad. Llevaba su cabello en un moderno peinado recogido con algunos mechones sueltos. Vestía una blusa de un tono coral y sus orejas estaban adornadas por unos largos aros rojos. Era preciosa y un poco de envidia surgió en ella al contemplarla.

La recepcionista le dirigió una mirada de arriba abajo en un segundo, a la legua desaprobando la vestimenta austera de Sam.

—Buenos días, tengo cita con el señor Sanders —se anunció.

La mujer dibujó una sonrisa leonina, como si predijera algo desagradable sobre el futuro cercano de la joven y ello la deleitara. A Sam no le agradó para nada el gesto. No necesitaba estar más nerviosa de lo que ya se encontraba, sin embargo, la aspirante a modelo de pasarela lo había logrado.

—Su nombre, por favor —pidió la mujer al tiempo que alzaba el auricular del teléfono y presionaba unos botones.

Las tantas pulseras de argollas tintineaban al ritmo del movimiento de la muñeca de la mujer altiva.

—Samantha Hart.

—¿Con el señor Sanders? ¿Está usted segura? —preguntó la mujer con una mirada inquisidora.

—Sí.

Samantha frunció el ceño. ¿Por qué era tan extraño que tuviera una entrevista con él?

—Señorita Hart, ¿tiene cita?

La secretaria la escudriñaba como si se tratase de una criminal.

—Sí —respondió con el ceño fruncido.

—Esperábamos a un hombre —sentenció la mujer mientras clavaba los ojos en ella.

—Eh, ¿ah, sí? ¿Por qué? —preguntó, extrañada.

—Nunca ha habido una mujer en el equipo. —Fue la respuesta directa de la recelosa secretaria.

—Bueno, pues me ha contratado a mí —afirmó al tiempo que sostenía la mirada, aunque su corazón martilleaba disparado. Temía que hubieran cometido un error, no estaba tan segura como se mostraba.

—Ya veo.

La recepcionista pronunció su nombre por el auricular y para qué estaba allí.

—Bien, tome asiento —le dijo al tiempo que apuntaba a un sofá con el dedo índice extendido. Sam clavó la mirada en la uña de color rojo sangre.

—Gracias —dijo al tiempo que alzó el mentón con obstinación y encuadrando sus hombros.

—Mi más sentido pésame —ofreció la mujer por lo bajo.

—¿Qué?

—Nada.

Sam la había oído bien claro. No iba a sucumbir, iba a lograr permanecer en el equipo y les demostraría lo capaz que era. Ya se arrepentiría de esas palabras la maldita recepcionista, aspirante a modelo.

Reunió todo el valor que pudo, aunque por dentro estaba aterrorizada, siempre le ocurría lo mismo. En las oportunidades anteriores, sus jefes habían sido hombres de mediana edad muy simpáticos, con los que no había tardado en sentirse cómoda y relajada.

No estaba preparada. ¡Sí, lo estaba! ¿Qué demonios estaba diciendo? Estaba más que preparada, había logrado la licenciatura con honores, trabajado con los más variopintos individuos y en cada grupo había encajado a la perfección. Tenía una gran capacidad de adaptación y brindaba el cien por cien de su habilidad.

Se encaminó al sofá de cuero con las piernas temblorosas y tratando de que no se notara lo agitada que se encontraba.

Escuchó cuando la mujer hablaba al teléfono aunque simulaba que su atención estaba en la extensa alfombra bajo sus pies. Le debían haber replicado algo desagradable, dado que su expresión se tornó sombría.

Se concentró en unos cuadros que tenía delante, se recreó con una pintura réplica de un Monet. Le encantaba el artista, la forma en que se notaban las cargadas pinceladas, la luz, los colores, especialmente la serie Nenúfares. Esta era una de ellas.

Se trataba de una serie de pinturas de un lago repleto de nenúfares flotando en él, habían sido pintados para que estuvieran colgados en círculos, dando la idea del transcurso del día o el paso de las estaciones del año. Simplemente maravilloso. Era uno de sus pintores impresionistas favoritos. Cada vez que contemplaba una de sus obras un éxtasis la embargaba, se le erizaba la piel y se sentía cargada de energía.

El ruido de una puerta al abrirse la sacó del ensimismamiento y apareció el señor Marcus Sanders.

—¡Samantha! —exclamó su nuevo jefe con una expresión que denotaba lo contento que estaba de verla.

Sam se puso de pie rápidamente mientras él se acercaba con paso ligero. La tomó por las manos y le dio un cálido beso en la mejilla.

—Qué bueno que hayas llegado. Ahora vamos, te presentaré a alguien que está ansioso por conocerte —dijo mientras entrelazaba el brazo con el de ella.

Sam se tensó ante la confianza que el hombre demostraba siendo tan solo la segunda vez que se veían. Tiraba de ella como si temiera que escapara y la ponía un tanto tensa. No le agradaba el contacto físico, tampoco podía despreciarlo, a decir verdad él no hacía nada indebido, solo la tenía tomada del brazo. Dejó que la condujera por otra entrada que se abría a un nuevo corredor.

«¿Cuán grande es esta compañía? Si alguien no me guía, no creo ser capaz de encontrar la salida.»

—¿Ansioso? —preguntó al cabo de unos segundos, retomando lo que le había dicho unos minutos antes.

—Oh, sí, cariño. Es que tiene muy en cuenta la puntualidad, pero no te preocupes, estás dentro del horario —comentó Mark al tiempo que la conducía a lo largo del corredor, pintado en colores claros y decorado con cuadros de artistas abstractos.

—Siento llegar tarde, señor Sanders. Tuve un pequeño problema, le aseguro que no volverá a ocurrir —afirmó la joven un tanto intranquila.

—No te preocupes, preciosa. Y llámame Marcus o,

aún mejor, Mark. Aquí todos nos tratamos por nuestro nombre de pila, nada de señor —anunció, presionando un poco su agarre en el brazo de ella.

—Bien, Marcus. Gracias —dijo ya más relajada, cómo no estarlo ante la sonrisa amplia del hombre. Era como si estuviera ante un Robert Redford de los años sesenta. Suponía que era igual si no fuera por los ojos, porque Robert tenía ojos azules. ¿O no?

Sam sintió que el aire le volvía a entrar en los pulmones. No sabía bien por qué, aquel hombre le agradaba, aunque, como en la primera entrevista que habían mantenido, se sentía turbada. Había algo en él, todavía no llegaba a dilucidar qué.

—Te va a encantar trabajar aquí. El equipo es genial —aseguró y le guiñó un ojo—, y ni hablar que yo soy un jefe atractivo, pero creo que el tuyo... mmm... está bien —finalizó con una carcajada.

—¿El mío? ¿No es usted? —preguntó, desorientada y con el ceño fruncido.

—¿Yo? No, primor, yo soy un encanto. Él solo es pasable —bromeó, ajeno a las emociones que aquellas palabras generaron en la joven.

Sam se quedó estupefacta. No entendía si estaba coqueteando con ella, puesto que terminaba sus dichos con alguna palabra que evidenciaba afecto, como «cariño» o «primor», y eso la incomodaba sobremanera.

—Tranquila, preciosa. Ya te acostumbrarás a mí, también. No te voy a saltar encima, lo juro. Sin embargo, vas a tener que aprender a jugar un poco. —Apenas las palabras abandonaron su boca, Mark se percató del error.

La mujer se puso rígida al instante y una expresión de sospecha y miedo apareció en el bello rostro.

—¿Jugar? No comprendo —masculló Sam al tiempo que clavaba los pies en el suelo para mirarlo directamente a los ojos.

El corazón le corría frenéticamente, tenía la mandíbula floja, lo próximo serían las arcadas, y luego, todo lo ingerido aquella mañana se desparramaría por la oscura alfombra del suelo. Era consciente de lo que el miedo despertaba en su físico, el ataque de pánico se desataría en cualquier momento y una vez que lo hiciera no habría forma de detenerlo.

—Sam, preciosa, no me refiero a esos juegos —le aseguró, serio y muy despacio.

Mark había notado la reticencia de ella a trabajar rodeada de hombres en la primera entrevista que habían mantenido, y la incomodidad ante la forma en que él se comportaba y el contacto físico se lo confirmaban. Algo le había pasado y no era bueno. Tal vez esto no fuera una buena idea, después de todo.

—Aquí todos somos algo así como una gran familia y nos llevamos muy bien. Y yo... bueno, como te dije, te acostumbrarás. Solo procura soltarte un poco. Ya verás, te divertirás. Es esencial en este lugar para que las ideas fluyan. Ten algo presente en todo momento, nadie, y con nadie me refiero a absolutamente nadie, va a molestarte en ese sentido —declaró, fijando sus ojos en los de chocolate—. Si llegara a ocurrir algo así, cosa que creo imposible, vienes a mí sin dudarlo. ¿Entendido? —dijo con gravedad.

—Sí —susurró la muchacha, más calmada y el rostro convertido en un rojo camarón. El haberse delatado frente a su jefe, supuesto jefe o lo que fuera, la avergonzaba.

—Bien —dijo el hombre retomando el aire de superficialidad—, ahora continuemos si no queremos que, quien nos espera, nos arranque la cabeza a ambos. —Y así reanudaron el andar por el largo pasillo.

Llegaron a otra puerta, la tomó de la mano y le dio un pequeño apretón como si le diera fuerzas. Dios, ¿qué le esperaba al otro lado? Los latidos se le dispararon y la boca se le secó. No le gustaban las sorpresas.

Ya no estaba tan segura de estar preparada para lo que fuera que hubiera al otro lado. Ni siquiera quería saberlo, quería darse media vuelta y salir corriendo.

—¿Lista? —preguntó el rubio, con una expresión divertida en el rostro.

Ella asintió. Las palabras parecían haberla abandonado y un sudor frío la envolvió.

Sam presentía que lo que hubiera detrás de aquella puerta no sería nada grato y su mente le instaba a que huyera mientras pudiera.

Marcus alzó la mano de la mujer, la sentía fría y frágil. Depositó un pequeño beso en el dorso, tomó el picaporte al tiempo que le dirigía una sonrisa que pretendía brindarle confianza, y abrió la puerta.

6

—¿Tú? —exclamó el hombre al otro lado de la puerta.

La voz gélida y cortante como el acero rezumó en los oídos de Sam, imágenes no aptas para todo público le invadieron la mente y un intenso rubor coloreó las mejillas femeninas. No entendía cómo lograba abrasarla como ni la voz más dulce había hecho nunca. Debería haber huido, la próxima vez escucharía a sus instintos.

—Yo... —balbuceó la joven.

Parecía que su mente se hubiera tomado el día libre y que en su lugar se encontrara un cartel de «vuelvo en cinco minutos».

—¿Siempre estás tan corta de palabras? Ah, no. Lo olvidaba, se trata de tu bajo nivel intelectual, ¿cierto? —ironizó el sujeto odioso de la cafetería, mientras se incorporaba de su asiento y le dirigía una mirada fulminante.

Sam se quedó boquiabierta. ¿Qué le pasaba a este tipo? Está bien, le había arrojado todo su café encima, pero, ¡maldición, había sido sin querer! Había intentado disculparse antes de que comenzara a insultarla, y luego, ya no pudo soportarlo.

Aquella mañana, los pensamientos nostálgicos acerca de los giros que había tomado su vida la habían asaltado, y luego el accidente la había sacado de quicio. ¡Ella no era así! Y ahora se encontraba con la boca abierta como una tonta, sin lograr pronunciar ni una sola palabra. Él la ponía así, era enteramente su culpa, odiaba al tipo.

—Bueno, por lo que veo ya os conocéis —constató Marcus, mientras su mirada iba de uno a otro sin disimular su curiosidad.

—Sí, es la chica —replicó Alex de manera escueta.

El hombre se mantenía en pie frente a ellos, con aquella postura imponente y una expresión en el rostro que parecía aplastar a cualquier ser indeseable que se le posara enfrente.

—¿Qué chica?

—La del café —añadió Alex.

Mark le dirigió una mirada divertida y luego soltó unas carcajadas a mandíbula batiente. No podía creerlo, sí que la había hecho buena, pensaba el rubio, al tiempo que miraba a uno y otro. Y ambos lo miraban a él con enfado evidente.

—¡Basta! —gritó Sam, mientras se quitaba, de una vez por todas, la dichosa chaqueta y dejaba al descubierto la espantosa mancha en su camisa.

No tenía claro a cuál de los dos se había dirigido, si a Mark para que dejara de reírse o al otro para que renunciara a su imperturbable expresión. Ambos la miraban fijamente.

Ya no le interesaba mantener la compostura, sabía que no conseguiría el puesto, lo había echado a perder sin haber siquiera comenzado. La idea la apesadumbró. Miles de preocupaciones se abrieron paso en su mente: ¿cómo iba a subsistir? ¿Cómo iba a pagar el alquiler? ¿La luz? ¿El gas?

¿Hacía cuánto que estaba sin empleo? Lo suficiente para que sus reservas se estuvieran desvaneciendo rápidamente. Se dejó caer en uno de los sillones como si el peso del mundo estuviera sobre sus hombros.

—¿Qué haces aquí? —preguntó Alex, con una tranquilidad y tan bajo que a Sam la recorrió un escalofrío y le puso la piel de gallina.

Ella aún no había encontrado las palabras que la habían abandonado. ¡Esto no estaba ocurriendo! Se había quedado dormida en el baño y estaba sufriendo una pesadilla. Tal vez se había golpeado la cabeza y solo era el resultado de un traumatismo craneoencefálico, eso debía ser. «Por favor, que así sea.» Pero sabía que no. Que estaba allí, con un rubio riéndose a carcajadas de ella y otro, moreno, que no dudaría en colgarla del mástil más alto.

—Es Samantha Hart, tu nueva asistente —anunció de golpe Mark—. Samantha, te presento a Alexander Peters, tu nuevo jefe.

Mark esbozó una enorme sonrisa ante la cara de incredulidad de ambos, la tensión afloró en el aire tornándolo denso.

—¿Qué? ¡No juegues! —Al ver que Mark no decía nada más, exclamó—: ¡No! Olvídalo, no tiene lo que hace falta. ¡Maldición, Mark! Esta vez pensé que te ibas a esmerar —exclamó Alex.

Su imperturbabilidad se tambaleó levemente, aunque logró controlarla a tiempo.

—Y lo he hecho, es perfecta. Definitivamente, lo es —insistió el rubio, mientras le volvía a guiñar un ojo a la joven.

Samantha salió de su entumecimiento, y comenzó a enfadarse realmente. ¿Cómo se atrevían a hablar como si ella no estuviera allí delante de ellos? ¿Y qué era, un mueble? ¿Un nuevo escritorio?

—Perdón, pero sigo aquí —anunció poniéndose de pie—. Y sí, tengo lo que hace falta... —Al abandonarla las palabras, se arrepintió inmediatamente. Ambos le dirigieron una mirada de arriba abajo, analizando su cuerpo con detenimiento—... para el trabajo —concluyó, al tiempo que los taladraba con los ojos.

Marcus sonrió de oreja a oreja, complacido, luego asintió despacio. Parecía que lo hacía todo el tiempo, sonreír. El otro hombre parecía cada vez más gélido y distante, si es que fuera posible. Estalactitas eran disparadas de sus ojos oscuros e iban dirigidas en exclusiva hacia ella.

—Definitivamente, lo tienes, cariño. Bueno, os dejo para que ultiméis los detalles acerca de tus responsabilidades y obligaciones.

Sin agregar más, Mark giró sobre sus talones y se retiró del despacho.

Sam rogaba que se la tragara la tierra, pero nadie atendía a sus súplicas silenciosas. ¡No quería encontrarse a solas con él! De pronto, parecía que las paredes se estrechaban, transformando un cuarto amplio en una caja de zapatos demasiado pequeña. Él parecía agrandar su talla y cernirse sobre ella, amenazador. Las manos comenzaron a sudarle, el corazón parecía querer salírsele del pecho. La falta de aire le dificultaba respirar. Mantuvo la vista fija en él, esperando el golpe de gracia.

Era tenebroso, un demonio con letras mayúsculas, protagonista de esas películas que luego la hacían dormir con la luz encendida.

Así permanecieron unos minutos, quizás solo habían transcurrido unos pocos segundos, si bien para ella fue una eternidad. Al fin, él se dignó a dirigirle la palabra.

—¿Así que tienes lo que hace falta? ¿De dónde te sacó Marcus? No estará jugándome una broma desde el remojón que me ofreciste hace un rato, ¿no? —sugirió el hombre con una ceja arqueada.

Sam carraspeó y le contestó.

—Mar... El señor Sanders seleccionó mi currículum de su base de datos, lo había dejado hacía un tiempo.

Se fijó en su chaqueta, se la había cambiado por una negra y la camisa azul claro por una blanca. ¡Qué suerte! Ella continuaba con la suya pegada a su cuerpo y expidiendo un olor inmundo.

—¿Qué carrera estudias? —preguntó el hombre mientras volvía a tomar asiento sin ofrecerle a ella hacer lo mismo, por lo que permaneció de pie.

—Soy licenciada —contestó, elevando la barbilla.

Él alzó una ceja.

¡No la creía el muy descarado! Sam retiró una carpeta azul del maletín y se la extendió. Él miró lo que ella le ofrecía y la tomó. Tenía manos grandes y fuertes, un ligero vello oscuro recorriéndolas, dedos largos y finos que bien podrían ser de un pianista. ¿Qué le importaba a ella cómo eran sus manos? «Concéntrate.»

Él estaba echándole una rápida ojeada a las páginas, deteniéndose en algunos sectores.

—Así que eres licenciada en publicidad —dijo sin alzar la vista de las hojas—. Y tienes veintiséis años —puntualizó.

Clavó la vista en ella, como esperando que lo corrigiera sobre lo que acababa de decir. Ella continuó en silencio y le sostuvo la mirada, no iba a apartarla aunque le lanzara aquellos dardos glaciares. No iba a ser rebajada. Nadie más lo haría.

—Sí, y tengo suficiente experiencia en el área, como puede ver —añadió.

Alex volvió a bajar los ojos hacia el currículum.

—Veo que cambias rápidamente de trabajo. ¿No te conformas con lo que encuentras en ellos? ¿O fueron retiradas forzadas? —preguntó, volviendo a arquear una ceja.

Había una expresión en el rostro masculino que Sam no descifró. ¿A qué demonios se refería con retiradas forzadas?

—¿Qué quiere decir? —preguntó al tiempo que una bombilla le iluminaba las ideas. ¿El muy descarado estaba insinuando lo que creía que insinuaba?—. No, mejor no me lo aclare —pidió Sam. Alzó una mano con la palma extendida frente a él, deteniendo cualquier nueva palabra ofensiva que pudiera pronunciar—. Si lo hiciera me tendría que ir dando un portazo y realmente necesito el empleo. Guárdese las palabras hirientes, los diagnósticos psiquiátricos y limitémonos a lo laboral que nos concierne. —Él volvió a enarcar una de sus cejas, otorgándole un aire más siniestro aún.

¿Cómo hacía la gente para que las rodillas no le flaquearan al estar apostados frente a ese tipo? Le tambaleaban las piernas, y les encomendaba que la sostuvieran el tiempo suficiente como para no ridiculizarse una vez más. Tampoco estaba muy segura de si se debía al temor que le generaba o a algo más a lo que ni siquiera pensaba darle un nombre. Sus ojos parecían no poder dejar de vagar por el cuello abierto de la camisa ni dejar de notar el vello oscuro que se insinuaba, o el mentón tenso y, mucho menos, las duras facciones. Si al menos su corazón dejara de jugar una carrera en su pecho. ¿Qué le pasaba? Su mente debía volver a tomar el control sobre su cuerpo, ahora.

De nuevo sus ojos quedaron enganchados y el silencio los rodeaba. Si él no decía algo pronto, ella no aguantaría más, daría media vuelta y echaría a correr.

No le agradaba para nada el remolino de emociones que estaba experimentando en sus entrañas. Sentía una mano invisible tironeando de ella hacia él, un hombre que solo podía describirse como odioso.

Era evidente que se desenvolvía con soltura en aquel ambiente, se erigía como una gran deidad contemplando a los simples seres terrenales como si no fueran más que un conjunto de insectos indignos de estar en su presencia. Era la imagen misma de un hombre de clase alta: autoritario y arrogante. Pero ella no era un insecto, era alguien de gran valía y ese tipo iba a disfrutar de la gran suerte de tenerla en el equipo. Ella le estaba haciendo el favor, no al revés.

Quizás si se lo repetía un par de veces más, en una de esas se lo terminaría creyendo.

—Siéntate. —No fue un ofrecimiento, sino una orden.

Ella no se lo discutió, necesitaba tomar asiento o caería redonda al suelo. Trató de calmarse, respiró profundo un par de veces. En su vida jamás se había puesto así frente a un trabajo. ¡Todo era culpa de ese hombre!

Él no le quitaba la mirada de encima, ni siquiera parpadeaba, tan solo mantenía sus ojos clavados en ella. Sam sentía ganas de huir a su casa y esconderse bajo las mantas de la cama. De pronto, se percató de que estaba logrando en ella lo que se proponía, atemorizarla. Solo que no estaba haciendo nada más que observarla fijamente con una arrogante ceja arqueada. Cierto, era una expresión que daba miedo, pero era solo eso, una ceja en alto. Y ella sí sabía lo que era el verdadero miedo. Por supuesto que era un instrumento de lo más eficaz, lograba mantener a distancia a cualquier ser insignificante de esa gran deidad del infierno. ¡Vaya, qué arrogante! ¡Pero no iba a poder con ella! Estaba realmente enfadada. ¿Por qué tenía que ser ella la que se doblegara?

Se obligó a no apartar la mirada de aquellos turbadores ojos oscuros y frunció el ceño a su vez. Un poco de valor creció en su interior y clavó sus ojos en los oscuros, tal como él hacia con los suyos, enviando un millar de estalactitas hacia él. ¡Dios! Había pasado por un infierno una y otra vez y sobrevivido, ¿la iba a empequeñecer una simple expresión?

La autoestima de Sam había sido pisoteada literalmente en incontables oportunidades, le había costado recuperarla y no estaba dispuesta a que una simple ceja la amilanara. No era una mujer temerosa, solo a veces, pero luego recordaba la valentía que vivía en su ser y el calor le retornaba al cuerpo. Un poco más tranquila, dibujó una amplia sonrisa en el rostro.

Alex notó el cambio que tuvo lugar en ella, no sabía bien qué había ocurrido. Parecía un pajarillo mojado en un instante y de golpe, alzó el mentón y una mirada de desafío que no había estado allí unos segundos antes apareció en las bellas facciones. ¿Qué había variado? Lo estaba retando a que intentara someterla, ni siquiera el hombre más experimentado se atrevía a no bajar la mirada frente a él. Había que admitirlo, la chica tenía agallas. Ni siquiera era una chica, ¡tenía veintiséis años! Se trataba de toda una mujer.

Aquellos ojos revelaban la verdadera edad, no así su complexión. Era una mujer frágil, delicada, de talla pequeña. Eso era otra cosa que esa mirada desmentía, no era frágil, quizás sí delicada pero no frágil. Había tal caudal de fuerza en su interior que parecía poder hacer frente a cualquier adversidad con uñas y dientes.

¿Qué iba a hacer con esa mujer? Una imagen que incluía gemidos, jadeos y mucha piel lo asaltó. Sacudió la cabeza de un lado al otro, espantando aquella escena totalmente perturbadora. No quería trabajar con ella, no quería tener nada que ver con una mujer y menos con una como la que tenía delante. Con ninguna en realidad, siempre había tenido asistentes masculinos y no estaba dispuesto a variar su costumbre, pero ya había sido contratada para un periodo de prueba por su «buen» amigo. ¡Iba a matar a Marcus!

—Tu trabajo consistirá en concurrir de nueve a diecisiete de lunes a viernes —comenzó a decir, resignado—. Dispondrás de una hora para el almuerzo. A veces se te pedirá que te quedes algunas horas de más, que te serán pagadas como extras. Nunca se te exigirá que nos regales tu tiempo, pero sí que nos des lo mejor de ti... siempre. —Realizó una pausa y prosiguió—: Te encargarás de elaborar los perfiles de las empresas que se decidan por nosotros a fin de buscar la imagen favorecedora y el *target* de público al que irá dirigido cada proyecto. Obviamente se trata de una investigación que harás bajo mi entera y completa supervisión, además trabajarás junto a uno de los miembros del equipo que se dedica a esta área específica. —Volvió a realizar una pausa—. ¿Sabías que estarás a prueba por un lapso de tiempo? —preguntó con el ceño fruncido.

—Sí, Marcus, perdón, el señor Sanders me comentó que lo estaré por un periodo de tres semanas —expresó con un hablar tranquilo y apacible.

—Sí... así es —dijo, quedando prendado de la sonrisa que aún mantenía ella en el rostro, logrando que se distrajera y no pudiera pensar con claridad, no entendía qué había ocurrido con ella—. Y Marcus está bien. En este departamento todos nos llamamos por el nombre. Puedes llamarme Alexander.

Sam quedó atónita, no podía llamarlo por su nombre de pila. Necesitaba la distancia entre ellos.

—El equipo consta de cuatro personas. También transitarás por cada una de las áreas: cuentas, producción e investigación, en las que tendrás una responsabilidad específica. También me acompañarás a alguna que otra reunión con los clientes y a las presentaciones de los proyectos. La idea de este puesto es que poseas una idea general de cómo trabajamos y aprendas lo más que puedas, que adquieras la experiencia necesaria, tanto si te quedas como si no. —Guardó silencio por unos segundos, para luego continuar—: Por si no lo has notado, trabajarás codo con codo conmigo la mayor parte del tiempo. ¿Hay algún problema con ello? —preguntó, en su fuero interno esperaba que ella dijera que sí y asunto terminado.

—No, para nada —contestó, sorprendiéndolo—. Hasta ahora es un trabajo como cualquier otro —dijo ella, y su expresión se tornó inocente.

Él frunció el ceño, no la creía ni por un segundo, sentía que de alguna forma se estaba burlando de él. Y eso reavivó el sentirse sapo de otro pozo, inferior, un idiota, siempre *fuera*. Respiró varias veces, esperando calmarse.

Sabía que no quería trabajar con él, al menos no más de lo que él quería trabajar con ella, pero por alguna razón necesitaba ese empleo, lo había mencionado antes. Sí, pagaban bien y trabajar con ellos era un antecedente importante en un currículum como el de ella, pero no estaba tan seguro de que valiera la pena el esfuerzo.

—¿Podrás con todas las responsabilidades que enumeré? —inquirió en un tono glacial y casi un murmullo.

—Claro, ningún problema —expuso de manera alegre.

Alex mantuvo silencio, sopesaba la respuesta que

ella le había dado. Presentía que esa mujer se burlaba de él, no obstante no lo creía posible, nunca nadie lo había intentado. Al menos, no desde que había cumplido los dieciséis años. Pero su expresión afable lo estaba irritando, aunque su exterior no demostrara absolutamente nada de lo que rugía por dentro.

Se incorporó y rodeó el escritorio hasta llegar a ella.

—Vamos —anunció, para acto seguido salir por la entrada del despacho y desaparecer por el corredor sin detenerse a ver si ella lo seguía.

—Mark, ¿puedes explicarme qué hace una mujer en mi equipo? —le exigió Alexander, con ese hablar pausado tan característico.

Una vez que hubiera dejado a Samantha con los chicos del equipo se dirigió inmediatamente al despacho, unas puertas más allá del propio.

—Era la mejor para el puesto. Alex, no seas machista —le respondió el rubio, mientras dejaba las carpetas que estaba revisando sobre el escritorio.

Mark sabía que no era esa la razón por la que Alex no la aceptaba. Lo conocía como nadie, aunque tuviera esa impenetrable expresión, el interior del hombre se le revelaba como un libro abierto. No por nada hacía más de veinte años que se conocían.

Alzó una ceja en respuesta, con una mirada airada, a lo que Marcus simplemente sonrió. Se percataba de que nada tenía que ver con estar o no calificada y todo con el café derramado y el torbellino de emociones que le había hecho experimentar, a lo que su amigo no estaba habituado. Si hubiera sido cualquier otra, no tendría inconvenientes.

Alex no era así, respetaba y valoraba a las mujeres, tanto en el trabajo como fuera de él. Ah, pero esta mujer era diferente, le había tocado algo dentro y lo había hecho tambalearse. Debería felicitarse, no se había equivocado con ella. Apenas la había visto, supo que era la indicada.

—Sabes que elegí a los mejores para las entrevistas y ella es la más calificada. ¿Te mostró su historial?

—Sí —respondió al acercarse al escritorio y posar sus manos sobre la superficie de madera.

—Entonces viste que tiene amplia experiencia en el área. No es una chiquilla recién salida —explicó, al punto que ordenaba las carpetas que había estado revisando.

—¿No notaste nada extraño? —inquirió Alex, con un aire de sospecha plasmado en las facciones.

Permanecía de pie frente al rubio, cualquier otro se hubiera empequeñecido al verse cernido por aquel hombre con expresión gélida e imperturbable, pero Mark no, solo le dedicó su sonrisa, aquella radiante y que dejaba todos sus dientes a la vista.

—¿Su breve permanencia en cada empleo? Sí, lo noté —replicó, al tiempo que hacía un gesto de indiferencia con los hombros.

—¿Qué te dijo ante eso?

Con un profundo suspiro, Alex se dejó caer en uno de los sillones tapizados en color burdeos.

—No le pregunté —respondió Mark.

—¡Maldición, Mark! Es algo importante, ¿por qué

me haces esto? —exclamó, irritado y sin ningún rastro de su imperturbabilidad habitual.

—Ella está cualificada —insistió Mark, relajado.

—¡Vamos! No niego que tiene experiencia, pero no me vengas con que no es raro que cada tantos meses cambie de empleo. Además —añadió, enfadado—, me prometiste encargarte a fondo del asunto y que no le hayas preguntado sobre ello es una falta importante —sentenció.

—Alex, dale una oportunidad. Además, está a prueba —puntualizó Mark, restándole importancia al asunto.

—Es una tonta, Mark —soltó de golpe.

La luz proveniente del ventanal hacía resplandecer el oscuro cabello e iluminaba ese rostro oliváceo.

—Vamos, Alex. Déjate de tonterías, fue un pequeño accidente. No es para tanto. —Mark se elevó del asiento para acercarse a la mesa donde descansaba la cafetera—. ¿Quieres? —Alex lo miró con tal cara de horror que le provocó una carcajada, mientras el aludido negaba con la cabeza.

—Es inconstante —añadió, con tono exasperado.

Tenía el ceño fruncido y la mirada perdida en el paisaje que se proyectaba de la gran ciudad.

—Estás exagerando. Y aunque lo sea, ya está hecho —agregó Mark y dio un sorbo a la taza.

De pronto, Alex lo contemplaba como si hubiera descubierto qué se ocultaba tras todo aquello y no le gustara en lo más mínimo. Marcus captó la tensión en su cuerpo y la peligrosidad en el semblante masculino.

—¿Te gusta? ¿La quieres para ti? —Las preguntas

fueron pronunciadas en un muy bajo tono, que presagiaba una aniquilación inminente.

Alex se alzó de manera lenta de su asiento y con aquel andar tan gatuno se acercó a su amigo.

Marcus dibujó una sonrisa bien amplia, sabía que su amigo no podría verse inmune frente a la joven. Lo presintió apenas la vio e intercambió las primeras palabras. No sabía del todo a qué se debía, pero había captado algo en ella, una mezcla de vulnerabilidad y poder que, por alguna razón que aún se le escapaba, lo había hecho pensar en su amigo, en que ella sería la que lo tambaleara. Y ya lo estaba logrando. ¡Vaya, vaya! ¿Quién lo hubiera dicho? Que el imperturbable Alex se sintiera amenazado por una mujer bajita y de cabello despeinado. También entendía que la muchacha ocultaba algo, pero ¿no lo hacían todos? Al menos, él y su amigo sí.

—Alex, yo cumplí mi parte. Te elegí la que creí adecuada para ti. Ahora pruébala. Si te gusta, te la quedas, si no, la dejas.

A Alex no le pasó desapercibido el doble sentido de las palabras de su amigo. Probarla, jamás. Quedársela, nunca.

7

Había sido un día agotador.

Sam estaba arrellanada en el destartalado sofá, con sus piernas dobladas junto al pecho. En sus manos tenía una gran taza humeante llena con una infusión de una mezcla de hierbas, los pies se hallaban enfundados en unas pantuflas con forma de pata de oso color rosado. Le encantaban sus pantuflas rosadas. Un libro, una de las tantas novelas románticas que le encantaba leer, yacía abierto a los pies del deteriorado asiento, olvidado. Su cabeza descansaba sobre el respaldo mientras una lenta melodía erradicaba el silencio de la única sala del apartamento.

Se podría decir que se trataba de una ratonera más que de un apartamento. Era en extremo diminuto, pero para ella alcanzaba. Además, era lo que podía permitirse hasta que tuviera su primer sueldo. Y venía con muebles. Recorrió la habitación con la mirada, sí, venía con unos muebles desvencijados y con un fuerte olor a humedad. Había fregado hasta el cansancio cada centímetro, sin lograr eliminar tal hedor. Tenía una cocina integrada que quedaba oculta en una especie de armario junto a una reducida ventana. Eso era lo que más lamentaba, la única ventana de la sala no permitía entrar la luz natural suficiente como para caldear la estancia, pero al menos allí se podía respirar, a diferencia de lo que se suponía fuera un dormitorio.

Absorta, evaluaba la secuencia de acontecimientos de la jornada accidentada.

Al salir del despacho de su nuevo jefe, Alexander Peters, este la había conducido al departamento de al lado, la «sala de los chicos», como él la había llamado.

Era enorme. Contaba con una mesa larga rodeada de cómodas sillas, atriles, pizarras, papeles en blanco, lápices de colores, revistas, ordenadores, proyectores, expendedora de diversos cafés, una de golosinas y otra de gaseosas.

Apenas habían puesto un pie dentro, los hombres detuvieron lo que fuera que estuvieran haciendo para pasar a observarla con detenimiento.

—Chicos, os presento a Samantha Hart, mi nueva asistente. —Al terminar la frase ocho pares de ojos se ampliaron y se podría jurar que a alguno se le abrió la mandíbula de golpe.

El primero en acercarse fue un hombre alto con cabello castaño claro hasta los hombros y amplia sonrisa.

—Hola, Samantha. Soy Nicholas Bale. Nick para ti. —Se presentó, le estrechó la mano y le guiñó un ojo.

—Bien, la presentas a los demás y explícale las tareas. —Tras decir aquello, Alex giró sobre sus talones y desapareció.

Ella se había quedado mirando la puerta con la boca abierta, no podía creer que ese idiota la dejara así, sin explicarle absolutamente nada y con un montón de extraños. Ni siquiera se había tomado la molestia de presentarla al resto del equipo.

—Sam, puedo llamarte así, ¿verdad? Ven, te presentaré a los muchachos. Tranquila, que no nos comemos a nadie —aseguró Nick al observar los ojos femeninos salirse de sus órbitas y la rigidez de su cuerpo—. Alex dejó aquí unas carpetas que debes revisar.

Cuando ella dirigió la mirada a la cantidad de trabajo que le había dejado sobre la mesa, sus dientes rechinaron y se podría jurar que el humo salía de sus fosas nasales. Era algo imposible que ella llegara a terminarlo en el plazo de un día. ¡Maldito! Él quería que ella claudicara, pero no sabía con quién se estaba enfrentando.

—Yo me encargo de la parte de producción, mi responsabilidad es evaluar la manera artística y técnica en la que se plasmará el mensaje que queremos lograr, como también el soporte en que se hará —explicó Nick—. Él es Frederick Lahr —anunció al presentarle al hombre de cabello rubio algo rojizo, de talla baja y cuerpo de jugador de rugby.

—Mucho gusto —dijo ella, mientras estrechaba la mano grande del hombre.

—Hola, bueno, mi área son las cuentas. Soy el nexo entre lo que el cliente quiere y lo que el departamento va realizando. La parte más complicada de todo —añadió al tiempo que fruncía los labios y ponía una falsa cara compungida, que daban ganas de soltar una risotada.

—Vamos, no seas tonto —dijo un muchacho, al punto que le propinaba un codazo. Tenía unos impresionantes ojos, de un celeste tan claro que sus iris no se distinguían—. Hola, yo soy Andrew Morgan, realizo junto con Xavier Bolger —explicó, mientras hacía un ademán al muchacho que tenía a su lado— la parte de investigación del departamento. Nosotros recaudamos todo lo que nos pueda interesar y servir sobre el cliente a fin de que entre todos podamos elegir la estrategia de trabajo, la idea creativa, el *target* de público y los medios necesarios para llevarlo a cabo. Algo así como lo que tendrás que hacer tú. ¿Te explicó algo ya el jefe? —preguntó, haciendo un alto en su discurso.

—Eh... en realidad, casi nada —dijo ella, al tiempo que alzaba y bajaba los hombros en un gesto breve.

—Hola, Sam —la saludó Xavier, un muchacho de cabello claro y ojos tranquilos; parecía algo tímido y, al dirigirse a ella, las mejillas se le sonrosaron—. Tendrás que revisar esas carpetas y plantear el público potencial y, en algunas, revisar las campañas. Dentro de cada una, Alex te dejó una nota con indicaciones.

Todos debían estar cerca de la treintena, al menos eran un par de años mayores que ella. Sin darse cuenta, se halló rodeada por los cuatro hombres que la contemplaban con curiosidad y...

Inconscientemente, dio un paso hacia atrás. Eran demasiados, y estaban muy cerca.

—Escucha, no te preocupes. Siéntate tranquila y revisa cada papel con calma —le dijo Nick, estrechando la mirada, y la guio hasta una de las sillas—. Aquí todos formamos un equipo y ahora tú eres parte del mismo. Cualquier consulta o problema nos lo dices y entre todos veremos cómo lo solucionamos —agregó y los otros tres hombres asintieron.

Había tratado de hacer lo mejor posible todas las tareas dadas, sin embargo, en algunas ocasiones, había tenido que pedir ayuda a los chicos y, sin dudarlo, habían acudido a salvarla.

Lo más gracioso e incómodo, también, había sido a la hora del almuerzo. Habían insistido en que fuera a la cafetería de la empresa con ellos. Eran muy agradables. Aunque al principio había sentido cierto resquemor, del que se había desembarazado al instante, la habían relajado con su buen humor. Se había divertido con las anécdotas que le fueron relatando y, sin proponérselo, habían logrado que el día se le aligerara.

—Nunca ha habido una mujer en los equipos —planteó Nick.

Sam se hallaba a la mesa del amplio comedor junto con todos sus nuevos compañeros.

—Cierto —afirmó Fred, antes de dar un gran mordisco a la enorme hamburguesa.

—¿Y por qué es eso? —les preguntó.

—Ni idea —respondió Nick, mientras enrollaba el espagueti con su tenedor y se lo llevaba a la boca.

—Hasta ahora, ¿qué tal te va? —le preguntó Andrew, quien daba cuenta de un gran plato de raviolis con salsa.

—Creo que bien. En realidad, no lo sé. Tengo unas cuantas carpetas todavía por revisar y plantear ideas, target potencial, todo lo que se me ocurra y entregárselo a Alexander, pero parece que ha desaparecido —puntualizó con el ceño fruncido.

—No te preocupes, así es él —aclaró Xav, mientras masticaba un bocado de salmón—. Te deja un sinfín de actividades y aparece cuando menos te lo esperas. Así que procura tener todo listo... siempre —le aconsejó.

—Sí, se pasa todo el día de reunión en reunión. En realidad, ambos lo hacen —comentó Andrew y luego bebió un sorbo del vino tinto que habían pedido.

—Cierto, Mark está igual de ocupado. Aunque es una persona más llevadera —aclaró Nick—. Con Alex aprenderás mucho, ¿qué decir mucho?, muchísimo. Trabajar a su lado es alucinante. —Todos rieron ante tal afirmación—. No te voy a negar que te tiene saltando del susto cada vez que aparece, pero no hay nadie como él. Su cabeza es una generadora de ideas increíble. Ya verás cuando trabaje junto a nosotros en la sala.

—¿Trabajar con vosotros? ¿No se pasa con las relaciones sociales? —Ante tales preguntas todos la miraron sin comprenderla.

Al fin fue el tímido de Xavier quien le preguntó:

—¿Relaciones sociales? ¿A qué te refieres?

—Ya saben, almorzar con los posibles clientes, convencerlos de que firmen con nosotros, charlar sobre lo que quieren y esas cosas.

Los chicos intercambiaron unas miradas cómplices, unos sonreían y otros trataban de contener la risa.

—Pues en realidad, no. No se dedica a ello. Las reuniones que mantiene son en las que presenta los proyectos. De vez en cuando, se reúne con algún CEO, pero de las relaciones sociales me encargo yo —le aclaró Fred, con una amplia sonrisa.

—Sí, creo que a él le desagrada sobremanera estar en contacto con ellos —expresó Xav al punto que tomaba un pan y cortaba un trozo con los dedos.

—Prefiere estar encerrado, diseñando y creando. Lo hemos visto, se transforma totalmente. El tipo realmente lo disfruta —esa vez fue Andrew el que habló—. Tiras un par de ideas, le das un cuaderno y un lápiz y ¡tachán!, tienes un diseño increíble en segundos.

Todos asintieron ante sus palabras.

Y así prosiguieron vaciando los platos, charlaron de los coordinadores del equipo, hasta que el tema varió a la rara alimentación de Sam. Odiaba cuando ello sucedía, sentía que era puesta en un banquillo y, automáticamente, tenía que armar una buena defensa.

—¿Qué es esa cosa que comes? —inquirió Fred, observando el extraño sándwich que ella sostenía en las manos.

—Es un sándwich de pan de lino y *zucchini*.

—¿Lino y *zucchini*? ¿Qué es eso? —continuó Fred, con el ceño fruncido mientras tomaba una patata frita.

—Bueno, pues... una semilla y una verdura —respondió ella, haciendo con sus hombros un gesto de indiferencia.

—¿Y qué lleva? Porque no veo nada de jamón, carne o algo contundente —fue el turno de Nick de cuestionarla.

Estaba asombrada de que parecieran interesados y que no se estuvieran burlando de ella, que no la llamaran conejo o le cantaran «no se vive de ensalada» a un buen estilo simpsoniano.

—Tiene un queso untable de almendras, aguacate en rodajas, hojas de espinaca, aceitunas negras, lechuga y pimiento rojo. ¿Queréis? —les extendió el bocadillo.

—¡Dios, no! Gracias —dijo Andrew al instante,

e hizo un gesto con las manos para detenerla mientras reía.

—¿Eres vegetariana? —preguntó, tímidamente, Xav.

—Sí, algo así. En realidad, soy vegana —dijo en voz baja, temía lo que fueran a pensar de ella, algunas personas, en el momento que se enteraban, comenzaban a verla como a una loca.

—¿Qué es eso? —le preguntó Fred, mientras agarraba otra patata frita.

—Significa que no como absolutamente nada de origen animal, en cambio el vegetariano puede consumir huevos y derivados lácteos. Yo... mmm... bueno, soy un poco más extremista —aclaró, otra vez realizó el gesto con los hombros y bajó la mirada al sándwich en sus manos.

—¿Queso de almendras? ¿Eso se compra en alguna parte? —se interesó Xavier.

—Pues, la verdad, no lo sé. Este lo hago yo —dijo por lo bajo, como si hubiera cometido algún crimen imperdonable.

—¿En serio? —preguntó Andrew—. ¿Y qué más haces?

—Pues... —Tragó en seco, pensando en todas las veces que había sido ridiculizada por sus creaciones, pero esa persona no era la que tenía delante de ella—... galletas saladas y dulces, tartas con frutas frescas y cremas de frutas secas, no sé, de todo, supongo —comentó ella, rehuyéndoles la mirada.

—¿Y cuándo nos vas a traer algo para probar? —inquirió Andrew.

—Eso, amor, ¿cuándo nos vas a traer algo para probar? —repreguntó Nick, con aquella expresión alegre en el rostro.

Nick tenía una cualidad que la hacía sentirse protegida y querida. Sería la forma en que la trataba, como a alguien especial y delicado.

No obstante, los cuatro la habían hecho sentirse cómoda y que formaba parte de ellos, eran un grupo extraordinario. Claro que le habían dejado bien claro que no iba a convencerlos de que dejaran de comer carne, lo que no era para nada su intención.

Al volver al departamento, Xav había puesto una expresión anhelante al pasar junto a aquella recepcionista que tan mal la había tratado.

—¿Quién es ella? —le había preguntado por lo bajo a Nick.

—Es Charlotte Garland. A Xav lo trae loco, el pobre no se anima ni siquiera a hablarle. Mejor, ella no le hace caso, y el chico anda bien enamorado.

Le había dado una gran pena a Sam, era un hombre decente, tierno, tímido y estaba enamorado de la altiva mujer, quien ni siquiera se dignó alzar la vista hacia él.

Más tarde ella había ido a buscar a su jefe, pero no lo había encontrado. ¡Por suerte!

Lamentaba que Marcus no fuera su superior, él había aparecido en varias ocasiones para preguntarle qué tal iba y relajarla con su charla intrascendental. Alex no había dado ni una señal de vida, simplemente había desaparecido.

—Hola, cariño. ¿Cómo va eso? —La voz alegre la sorprendió.

Sam tenía el ceño fruncido y mordía la punta de un lápiz mientras revisaba una de las cuentas y analizaba el posible *target* al que dirigir la imagen publicitaria.

—Bien.

Si solo fuera cierto. Estaba perdida, su supuesto jefe la había dejado sola, sin explicarle realmente nada y dependía de unos muchachos para que la guiaran.

—¿Solo bien? —insistió.

Sam asintió con un breve gesto.

—Mira, ten paciencia. Lleva su tiempo acostumbrarse, es un buen jefe, aunque ahora no te lo parezca. —Trató de convencerla.

Él se sentó sobre el escritorio y fijó sus ojos verdes y risueños en ella.

—Supongo —respondió y se encogió de hombros.

Había tenido un comienzo pésimo. Ni aunque hubiera deseado que las cosas le salieran tan mal, hubiera tenido tanto éxito. Empapar a su jefe incluso antes de comenzar a trabajar, sí, ella se ganaba el título de la «empleada del mes».

Él amplió aún más la sonrisa, guiñó una de esas esmeraldas y fue en busca de los muchachos.

Su pesadilla había vuelto en algún momento del día, le había explicado escuetamente de qué se trataba su función y la había abandonado otra vez, excusándose con que tenía una reunión importante. No lo había vuelto a ver en el resto del día salvo hasta una hora antes de retirarse. Cuando se la cruzó, sus ojos se mostraron sorprendidos al encontrarla en el despacho, como si se hubiera olvidado de su existencia.

La simple presencia de Alexander Peters la trastornaba, él le resultaba insoportable y le generaba una rabia inaudita. Nunca nadie le había caído tan mal y no lograba dilucidar a qué se debía. Las personas le caían bien, era muy raro en ella estar tan mal predispuesta a alguien, tendía a encontrar un aspecto positivo en cada una. Claro que había algunas que no tenían ni siquiera uno.

Pero este hombre la sacaba de quicio, bullía en su interior una lava hirviendo buscando una vía de escape y a duras penas podía contener las ansias de enfrentarse a él.

Desde que había cruzado las puertas de cristal de la empresa al irse, su mente no le había dado cuartel. El rostro del hombre se le conjuraba a cada momento y un ardor distinto la recorría de pies a cabeza. Era la falta de sexo que la estaba trastornando, pero maldición, se había topado con un puñado de tipos guapísimos y su cuerpo elegía justo a ese. Tampoco comprendía qué tenía de especial, no era que fuera el más atractivo del universo, estaba segura de haber visto hombres mucho más guapos que él.

Basta de hacerse la tonta, sabía lo que ocurría. Le hacía sentir algo por dentro, unas chispas caldeaban su piel cada vez que lo contemplaba.

El cuerpo femenino despertó a la vida ante el recuerdo del hombre, una calidez la recorrió entera burbujeando en su interior. Él la atraía, ese hombre, arrogante y pedante, la atraía como un imán atrae al metal y lo odiaba por ello. Evidentemente no aprendía de sus errores.

Hacía tiempo había decidido que su próxima relación sería con alguien apacible, encantador y tranquilo.

En quien pudiera confiar al cien por cien, que no la sorprendiera en su proceder; más bien, alguien predecible. Mientras seguía enumerando las cualidades que debería tener el indicado, sintió que se iba aburriendo. ¡Demonios, ese era el hombre que necesitaba! ¡No uno totalmente irascible, que trataba de pisotear a cualquiera que se interpusiera a su paso! ¡No uno cuya voz helara el Sáhara!

¿A quién trataba de engañar? Se había topado con un centenar de hombres como aquel que veía como ideal, y no la habían atraído en lo más mínimo. Sí, era una idiota, como él mismo le había dicho.

Sin embargo, había una cualidad digna de resaltar en él. Aunque era autoritario, no escatimaba en alabar a sus hombres cuando habían resuelto sutilmente una situación o habían creado algo susceptible de admiración. Aquellos jóvenes y anhelantes rostros se habían iluminado con orgullo al escuchar las alabanzas del jefe. ¡Cielos! Le rendían pleitesía y alimentaban a la deidad. Era realmente odioso e insufrible.

¡Basta! Tenía que admitir que no era un ogro, al menos no con ellos. Quizás ella se había ganado el premio mayor. Por supuesto, que ninguno de los empleados le había arrojado un café con leche de soja encima.

No pudo evitar sonreír al recordarlo, estaba guapísimo con el traje todo empapado. Se le escapó una risa que se fue convirtiendo en una carcajada. ¡Lo había mojado completamente!

A su insufrible y autoritario jefe.

Esa misma tarde, él había tenido un problema con uno de los programas nuevos de diseño. Era uno en el que ella tenía amplia experiencia y él lo sabía, dado que estaba en su currículum. Ella guardó silencio y esperó. Y podría haberse muerto esperando. Él luchó hasta el cansancio, el humor tornándosele cada vez más sombrío. Se había vuelto hacia ella una vez, seguro que había estado a punto de pedirle que le ayudara, no obstante, no lo hizo. ¡Por favor, qué orgulloso! Se había levantado, evidentemente enfadado, y se había marchado del estudio sin pronunciar palabra.

No iba a aguantar tres semanas. Si él no la despedía, terminaría yéndose ella solita.

Alex le había encargado todas esas tareas imposibles de ser realizadas en un día adrede, pero no sabía a quién se enfrentaba, ella no daría su brazo a torcer. Así que ahí estaba, en el sillón de su pequeño *living*, mientras vagaba la vista por las carpetas que se había traído a casa y que se hallaban desperdigadas sobre la mesita auxiliar.

Él quería guerra y guerra tendría.

8

Alex estaba extendido sobre la cama, con los brazos cruzados tras la cabeza. Tenía sentimientos encontrados y no sabía cómo manejarlos.

Su nueva asistente lo tenía totalmente confundido, realmente tenía agallas. Estaba preciosa cuando se enojaba, aunque nada lo había preparado para el golpe que sufrió al entrar a la sala del equipo.

Ella se reía junto a los muchachos y resplandecía, haces de luz emanaban de ella iluminando todo el lugar. Los ojos le brillaban, sus mejillas estaban sonrosadas y esos labios... No había podido dejar de pensar en ellos. «¡Maldito seas, Marcus!»

¿Qué le estaba sucediendo? Tenía que volver a centrarse. Hoy había estado distraído, cometiendo toda clase de errores no característicos en él. Nunca cometía ninguno.

Ella estaba tan ensimismada en el trabajo que no había notado su presencia y él había podido contemplarla a su antojo. El esmero con el que Samantha se zambulló en cada tarea que le había encargado, lo había sorprendido.

Una vez que ella se hubo retirado, él había revisado algunas de las carpetas que le había dejado sobre el escritorio. Era muy buena, eficiente y ordenada y tenía amplios conocimientos acerca de los programas de diseño de última generación.

Lo había sorprendido favorablemente al ver el logotipo que había diseñado para una de las cuentas menores de la compañía. Uno de los errores que él había cometido había sido el subestimarla. Claro que algunas cosas habría que revisarlas y hacer pequeñas modificaciones. Era su primer día y, por serlo, había logrado impresionarlo y en más de un sentido.

Se removió incómodo en la cama.

Mañana iba a ser otro largo día.

Hacía tiempo que no sentía unas ganas irrefrenables de comerle la boca a una mujer, de alzarla por esos redondeados glúteos y estamparla contra la pared con todo su cuerpo, anidar entre sus piernas y hacerla suya sin más. Sentir sus pequeños senos rozar su pecho, arrancarle la ropa y besárselos, lamerlos, comerlos como una bestia desatada.

¡Maldición, estaba ardiendo!

Se la daría a Marcus, él no necesitaba una asistente, que la usara su amigo. Al imaginarse las manos de Mark recorriendo las curvas femeninas, una furia le hirvió por dentro.

¡Ella era suya!

¿En qué estaba pensando? Era su asistente, nada más. Por eso no quería mezclar mujeres y trabajo. Los oscuros ojos se cerraron paulatinamente hasta quedarse profundamente dormidos. Los sueños del hombre estuvieron poblados de una bella guerrera con una ceja enarcada de manera desafiante, cabello cobrizo al viento y bien ligera de ropa empuñando una espada contra un inmenso dragón de color negro. Así trascurrió la noche, con imágenes de la mujer dando vueltas en sus sueños, desafiándolo, excitándolo.

Allí estaba él, su némesis, con el rostro tras el ordenador.

Se oía el tecleteo de esos fuertes dedos en el PC, estaba totalmente ensimismado en su trabajo, ajeno a la presencia femenina que lo contemplaba. Tenía unos botones de la camisa abiertos y dejaban a la vista el ligero vello del pecho.

Se le secó la boca y sus mejillas se sonrojaron al instante. No había derecho a que un tipo tan odioso estuviera tan bueno como el pan caliente recién salido del horno. ¡Mierda! Ya estaba acalorada. Ahora podía constatar que realmente él se arremangaba la camisa, puesto que así la tenía, con sus antebrazos al descubierto. Ella se pasó la lengua por los labios resecos mientras hacía una ojeada por los brazos hasta recorrer el torso masculino. ¿Quién lo había esculpido? ¿Miguel Ángel?

Había pretendido llegar antes que nadie. Quería dejar las carpetas que se había llevado sobre el escritorio sin que él se diera cuenta, sin embargo él había llegado primero. Miró el reloj en su muñeca, las ocho y media, todavía faltaba media hora para la hora de entrada. ¿A qué hora había llegado este hombre? ¿No se había ido siquiera? ¿Es que no tenía una vida?

Sam dio unos pasos, él alzó la vista y la fijó en ella, paralizándola en su sitio. En primera instancia, Alex la miró como si no la reconociera, luego aquellos ojos oscuros acusaron recibo. Miró su reloj con una ceja arqueada.

—Buenos días, señor Peters —lo saludó al tiempo que plasmaba una amplia sonrisa.

Ante sus palabras, él acentuó la ceja enarcada. La voz gélida y la ceja enarcada eran sus deportes predilectos. Debía de ser el campeón mundial, ya se imaginaba que tendría una repisa en su casa repleta de trofeos al «mejor enarcador de cejas» y a la «voz más gélida».

Él ni se dignó contestarle, sino que emitió una especie de gruñido para volver a descender la cabeza hacia el monitor, sin prestarle la menor atención. Estuvo así unos largos segundos haciendo caso omiso de ella.

—Alex —dijo aún sin mirarla.

—¿Qué?

—Te dije que me llamaras Alexander o, en su defecto, Alex. No señor Peters. Aquí todos utilizamos nuestro nombre de pila, al menos dentro del departamento —puntualizó aún sin elevar la vista.

—Lo... olvidé —balbuceó.

Estaba nerviosa al continuar de pie, delante de él, sin hacer otra cosa más que observarlo mover sus manos de largos dedos sobre el teclado y cómo algunos mechones de cabello le caían sobre los ojos. El corazón se le disparó y la boca se le hizo agua. Le picaban los dedos ante el impulso de apartarle ese conjunto de hebras negras de la frente. De manera abrupta, apartó la mirada y la clavó en el ventanal que él tenía detrás.

Transcurrieron unos dos minutos en total silencio. Él seguía con la actividad como si ella hubiera desaparecido. De pronto, ordenó sin alzar la vista:

—Tráeme un café.

Ante las abruptas palabras en un tono tan helado y bajo, ella tuvo un sobresalto. Lo maldijo por dentro ante la falta de consideración por cualquier persona que no fuera él mismo. Despacio esbozó una pícara sonrisa en el rostro.

Alex estaba enfadado. Se había despertado esa mañana antes de la salida del sol con una dolorosa erección. Y estaba atónito, desde el día anterior experimentaba una espiral de emociones, más específicamente, desde que ella había accidentado su vida. Emociones que no quería sentir, estaba muy bien con su frialdad y su congelamiento.

Desde que se había cruzado con esa mujer, había comenzado a bullir algo en su pecho, algo que se encontraba dormido y que se había desperezado, y no le agradaba para nada. Si volvían las emociones, vendrían de la mano del dolor. Y era un sentimiento que había erradicado de su vida hacía tiempo.

Al transcurrir la mañana, su humor se fue tornando cada vez más negro. Unas ansias irrefrenables de descargarse con ella lo acompañaban, no era justo pero al fin y al cabo la vida no lo era, ¿por qué iba a serlo él?

Una mano apareció con una taza humeante. Bien, al fin tomaría un café. Una idea se le iluminó en la mente, quizás ella hiciera un café exquisito. Casi elevó una plegaria a un dios en el que no creía por que así fuera. Bebió un pequeño sorbo.

—¡Puaj! Samantha. —Tomó aire, tratando de calmarse—. ¿Quieres decirme qué es esto? —preguntó tan bajo que por un momento ella creyó que los vidrios del ventanal se astillarían.

Dudó por un momento, tal vez había ido demasiado lejos. Estaba harta de la impasibilidad que lo caracterizaba. ¿Acaso nada lo sacaba de quicio? ¿No tenía sangre en las venas? Parecía que no.

—Un café a base de algarroba. Es genial para comenzar el día —replicó ella, con total inocencia mientras tomaba asiento.

Él la miraba como si le hubieran crecido serpientes en la cabeza.

—Samantha, ¿qué es este veneno que hay en mi taza? —preguntó otra vez, tranquilo y atemorizante.

Sam sintió que se le ordenaba bajar la cabeza y pedir perdón por la ofensa perpetuada. ¿Cómo es que él lo lograba sin apenas elevar un decibelio la voz?

—No es veneno —afirmó ella.

Se negó a apartar la mirada de la masculina y dio un sorbo a la taza que se había preparado para ella.

Él no podía creer lo que estaba ocurriendo. Esta chica era suicida y lo había elegido a él como método para terminar con su vida. Alex respiró profundo y trató de apaciguarse, aunque era una labor imposible. Por fuera parecía tan indiferente como siempre, pero por dentro, estaba en ebullición.

—Te pedí un café —expresó con unas palabras tan gélidas que parecieron bajar la temperatura varios grados, al tiempo que se incorporaba y se inclinaba sobre el escritorio.

Trataba de controlar la furia que lo embargaba, apenas logrando mantenerla a raya.

—Eso sí que es veneno, esto es mucho mejor. Además, noté que toma demasiada cafeína, lo que no es nada bueno. ¿Sabe lo que eso le hace a su cuerpo, a su mente? Aparte, quizás piense que le va a dar más energía, nada más alejado de la...

—¡Silencio! ¡Maldición, cá-cá-cállate de una vez! —gritó, dando un puñetazo sobre el escritorio.

Sam se calló en el acto y un sudor frío le recorrió la espina dorsal, era la primera vez que él le alzaba la voz. Se pegó al asiento y clavó las uñas en los apoyabrazos. ¿Él había tartamudeado? Lo escudriñó con el ceño fruncido y el miedo se esfumó de golpe.

—¿De qué demonios estás hablando? —preguntó Alex, en el mismo tono bajo y helado que utilizaba, ajeno a las emociones de la joven—. ¡No! Es retórico, no te atrevas a contestarme. Ya me duele la cabeza —agregó, mientras se presionaba con dos dedos el tabique de la nariz.

—Esa es otra razón para dejar de lado la cafeína. Mejor probar con el café de algarroba, o mejor aún, con alguna infusión de hierbas. Tomo nota para la próxima. —Ella se aventuró a continuar con otra expresión de pura inocencia en el rostro.

Alex la contemplaba, extrañado, casi se le caía la mandíbula ante las palabras de la joven, dichas tan alegremente ¿Qué era esto? ¿Un duelo a través de una taza de...? ¿Qué había dicho que era aquello? ¿Café de algarroba? Miró el brebaje con desconfianza. Tenía aroma a chocolate.

Volvió a tomar asiento y dio un nuevo sorbo a esa cosa. Una fresca risa lo hizo alzar los ojos hacia ella y un puñetazo certero le fue dado en medio del pecho. Ella estaba totalmente resplandeciente, tenía un aire alegre que lo atraía como un encantador de serpientes lo hace con su flauta. Ella era el flautista de Hamelin y él una sucia rata.

Ella dejó unas carpetas en un costado del escritorio ante lo que Alex frunció el ceño, al ver los legajos color amarillo. ¿No eran los que él le había entregado el día anterior?

—¿Qué haces con esto? —inquirió.

—Hice lo que me pidió.

Alex tenía la sensación de estar manteniendo una conversación sin sentido. Esta mujer no era normal, le fallaba un poco el intelecto, solo era capaz de dar respuestas escuetas que no decían nada de nada.

—¿Por qué las tenías tú? —preguntó él al borde de sus límites.

—Usted me las dio —aclaró la joven.

—Samantha —dio un profundo suspiro—, ¿por qué las estás trayendo de afuera?

—Las llevé a casa para terminar mis tareas —contestó.

Ella lo observó tomar aire y soltarlo lentamente, tenía el ligero presentimiento de que había vuelto a pasarse. Una cosa que le concedía era que tenía gran paciencia y no explotaba. Ahora era ella quien fruncía el ceño. ¿Por qué no lo hacía? ¿Y por qué ella lo estaba desafiando a cada instante? ¿Acaso no apreciaba su cabeza sobre sus hombros? ¿Por qué él no le daba miedo?

—Nada de esto tiene que salir de aquí, Samantha —explicó como si de una tonta se tratase. Se alzó de su silla y se inclinó sobre el escritorio, otra vez—. ¿Y si hubieras extraviado algo? Son documentos muy importantes, es lo que se ha avanzado con cada una de estas cuentas —le argumentó con esa pausada voz—. ¿Sabes lo que han trabajado en estos documentos los muchachos? ¿Qué les habrías dicho a ellos? Ya trabajan demasiado, ¿querrías que no tuvieran tiempo libre? ¿O preferirías que me enfadara tanto que me descargara con ellos también y no solo contigo? Dado que ya no estarías aquí para que pudiera hacerlo —añadió, rotundo.

Sam notaba que la estaba haciendo sentir culpable y lo estaba logrando. ¿Quién se creía que era? Lo odiaba, lo tenía bien patente y no iba a darle el gusto de verla acongojada.

A pesar de lo que acababa de decir, ella ni se inmutó, como si él no estuviera a punto de explotar. Definitivamente no era una mujer con todas las luces o no estaba en sus cabales. Seguía sentada en la silla, al otro lado del escritorio, como si nada. Lo miraba con esa hermosa, maldición, hermosa no, deslumbrante sonrisa en el rostro. ¿Es que no se daba cuenta de que él estaba a punto de arrancarle la cabeza?

—Todo está ahí. Revisé hoja por hoja, nada se ha extraviado. Además, si no lo hubiera hecho, hoy tendría un motivo para despedirme. Ya no lo tiene —argumentó en un tono tranquilo, no le cabía duda de que él lo haría en un abrir y cerrar de ojos si ella no hubiera finalizado lo que le había encargado.

—Ya tengo varios motivos para echarte de aquí. Uno de ellos está aquí mismo, en mi mano —gruñó, mientras alzaba su taza.

Ella amplió aún más la sonrisa, como si él la hubiera alabado de algún modo. Alex la miraba con tal expresión que podría decirse que el rostro de Sam se hubiera teñido de azul y tuviera grandes cuernos saliendo de su cabeza.

—¿Funciona? —preguntó ella.

—¿Qué cosa? —inquirió él, confundido.

—La ceja arqueada... —dijo ella.

Se había confirmado, pensó Alex, ella estaba muy mal, tenía una grave enfermedad mental.

Ante el silencio del hombre, ella prosiguió:

—... contra el mundo. Es la mejor herramienta, quería saber si funciona. Supongo que sí, dado el terror que padecen las personas en su presencia —añadió la joven, divertida.

—Y supongo que tú no. —Tomó aire y prosiguió de manera lenta—: Samantha, ¿quieres hacer el favor de explicarme de qué demonios hablas?

—Oh, sí, yo también. En este momento estoy siendo recorrida por unos horribles escalofríos. Al usted enarcar una ceja, los simples humanos debiéramos apartar nuestra indigna mirada de la suya y bajar la cabeza en ademán de sumisión.

Él no pudo evitar clavar la vista en los ojos color chocolate. ¿De qué estaba hablando? Cambiaba de tema de conversación tan rápido que no hacía más que marearlo.

—¿Ve? Como hace ahora mismo. Pero he decidido tomar prestada su arma y ponerla en uso. Espero arreglármelas igual de bien que usted y ser una experta en el arte de la guerra. Ahora... ¿cuáles son mis tareas de hoy?

9

—¿Por qué esa cara, Sam? —preguntó Nick al ver la expresión de la joven cuando entró a la sala de trabajo.

Ya estaban los cuatro allí. Xavier y Andrew metidos con las cabezas en los PC y Fred enfrascado en una conversación por teléfono mientras se mesaba el cabello rubio y algo rojizo.

—Alex acaba de darme como un millón de cuentas para que investigue y planifique la estrategia de posicionamiento —protestó al punto que se dejaba caer en su asiento—. ¡Te juro que me odia!

—Bueno, chica, tú te lo buscaste. Te metiste con su café y eso no se hace —dijo al tiempo que soltaba una risotada y negaba con la cabeza haciendo que su cabello, largo hasta casi alcanzar los hombros, se meciera de un lado al otro—. Sí, nos hemos enterado al igual que toda la planta —le contestó a la pregunta no formulada.

—Pues se lo merece —refunfuñó.

—Eso no te lo discuto, bonita. Pero ándate con cuidado, no sea que no pases las tres semanas. —Se levantó de su asiento, se aproximó a las carpetas que ella tenía sobre la amplia mesa—. Veamos todo lo que te dejó y establezcamos prioridades. Acostúmbrate a hacerlo con él, si no nunca llegarás a alcanzar los objetivos —le aclaró mientras revisaba los expedientes.

—Gracias.

La tomó de la mano y la obligó a incorporarse para acto seguido envolverla en sus brazos y besarla en la mejilla.

Sam quedó totalmente petrificada ante el inesperado contacto físico. No le gustaba que la tocaran, que invadieran su espacio personal.

Nick notó la rigidez del cuerpo femenino, se apartó despacio y posó sus manos sobre los hombros de ella mientras clavaba la mirada en los ojos asustadizos.

—No entres en pánico, Sam —pidió y le sonrió, formándosele un hoyuelo en la mejilla izquierda.

—Es que yo... —balbuceó.

—No te confundas. Soy gay, amor —confesó al tiempo que le masajeaba los hombros tensos sin importarle el arrugarle la blusa celeste que ella llevaba.

—¿Eres gay? Pero si estás... —No terminó la frase y un intenso rubor le subió desde el cuello hasta cubrirle el rostro completo.

—Bueno, sí, estoy para chuparse los dedos, pero ya ves. Lo mío son los tipos —comentó con una pequeña risa.

—Lo siento.

Sam lo miró con atención y esta vez fue ella quien lo abrazó. Tuvo que parpadear para alejar unas lágrimas que amenazaron con deslizarse de sus ojos.

Desde el primer momento, sintió algo por Nick, no

de tinte amoroso, sino algo diferente, más bien fraternal. Era el que mejor le caía en la oficina y saber que era homosexual, que no iba a hacer ningún avance con ella, que no tenía nada que temer de él, lo hacía aún mejor. Siempre tenía palabras de cariño y aliento para con ella, y acudía en su ayuda cuando lo necesitaba. En realidad, los otros tres chicos también lo hacían, pero con Nick era distinto. Ella se fundió en el abrazo y tuvo una sensación de confianza plena en alguien como hacía tiempo que no sentía. Como la que había tenido hacia su padre. A pesar de que Nick no era más que unos cuantos años mayor que ella, le daba esa sensación, como familia.

El resto de los muchachos los miraba con atención sin comprender qué sucedía del otro lado de la sala.

—Sam... yo también te quiero —afirmó Nick, en tono de broma, puesto que aún estaba rodeado por los brazos femeninos.

—Supongo que ya has empezado con las tareas ¿verdad, Samantha? —preguntó una gélida voz que provenía del umbral de la sala.

Sam y Nick pegaron un salto ante la inesperada presencia.

El aire que ella respiraba se tornó helado. Él estaba allí y los observaba con aquella mirada que lanzaba dardos de hielo directos al corazón. ¿Desde hacía cuánto estaba allí? ¿La había visto lanzarse a los brazos de Nick? ¿Lo habría oído a él decirle que la quería? ¿Qué estaría pensando?

¡Qué le importaba! Que pensara lo que más le gustara, ella no estaba haciendo nada malo, ni que estuvieran dando una representación obscena o algo parecido.

La tensión en el ambiente se tornó tan densa que casi podía cortarse con cuchillo. Los chicos retornaron a sus actividades mientras ella permaneció en el lugar clavada por los ojos de su jefe. Un intenso hormigueo le fue recorriendo desde los dedos de los pies hasta la cima del cabello, su cuerpo despertó a la sensualidad que emanaba de él. Las palabras la abandonaron, la sangre se le atropellaba en las venas a punto de explotar y una mano invisible la obligaba a acercarse a él. Posó los ojos en la boca masculina y la suya propia se le hizo agua, moría por saborearlo.

—Alex... Sam y yo... —fue a explicar Nick, para verse interrumpido.

—Está bien, muchacho. No hay nada que aclarar, solo una, estas cosas no van aquí, afuera lo que queráis. Ahora vuestro tiempo es mío —remarcó la última palabra con intensidad.

Él también combatía con emociones encontradas. Tenía una injustificada noción de posesión sobre la mujer, lo corroía por dentro y tenía unas ganas irrefrenables de golpear a Nick. Si no fuera porque el muchacho le agradaba...

—Te hice una pregunta, Samantha. ¿Acaso te han comido la lengua los ratones... o alguien más? —la atizó y ella sintió que un baldazo de agua fría le caía encima.

—Sí, ya estaba con las carpetas, pronto tendré algo que mostrarle —declaró ella sin rastro de su alegría anterior.

Lo desafiaba al no apartar los ojos, lo sabía, pero no podía evitarlo. La exasperaba su conducta imperturbable. ¡Él agitaba todo su mundo y estaba tan impasible!

—Bien. Voy a la reunión de Dupers. Cuando vuelva quiero ver un adelanto.

—Bien —acordó Sam, aún más irritada al aparecer aquella ceja arqueada, se moría por borrársela de un bofetón.

Él dio media vuelta y desapareció, dejando todo su mundo patas arriba.

Un ardor lo carcomía por dentro. Cuando la vio abrazada a Nick, tuvo ganas de sacarle la cabeza de una mordida al hombre. Una violencia intensa lo consumía. Necesitaba romper, pegar, destruir cualquier cosa, daba igual.

Era la primera vez que le sucedía algo similar. Jamás un sentimiento como los celos había anidado en su pecho. No había duda, estaba celoso de Nicholas. ¡De todos ellos, de cualquier hombre al que ella le dedicara una simple sonrisa!

Iba tan cegado por el corredor que chocó con Marcus y ni cuenta se dio.

—¡Eh!, hombre, ¿qué te pasa?

—Lo siento —dijo Alex sin detenerse.

—Alex, ¿qué pasa? —insistió Mark, mientras se ponía a su lado y trataba de equiparar las grandes zancadas que daba el otro.

—Ahora no —advirtió.

Estaba a punto de explotar y no estaba habituado. Ansiaba ir a algún sitio a calmarse, la sangre le hervía y la capacidad de razonamiento lo había abandonado, dejando tan solo a una fiera desbocada. ¿Qué demonios le estaba ocurriendo?

Sí, necesitaba una mujer, urgente.

Marcus lo tomó de un brazo y lo volvió hacia él.

—¿Qué te pasa, hermano? Tienes una cara terrible —puntualizó, con aquellos ojos siempre risueños, ahora bañados en preocupación.

—¿Por qué demonios tuviste que elegirla a ella? —dijo tan bajo y pausado que hasta Mark sintió que se helaba.

—Te refieres a Sam. —Una simple afirmación.

El rostro desencajado de Alex no hizo más que aumentar la preocupación del rubio. Tal vez se había equivocado con ella y no fuera la mujer para Alex o... tal vez sí. Quería que Alex sintiera, pero no le gustaba lo que veía en las facciones de su amigo. No lo quería sufriendo, eso sí que no.

—Sí, a Sam. ¡Maldita sea, Mark! ¡Ha puesto mi vida patas arriba! —exclamó, al tiempo que se mesaba los cabellos con una mano.

—Supongo que te refieres a algo más que a la oficina. —Fue la tranquila respuesta de Mark.

Al fin alguien había logrado tambalear a su amigo, sacarlo de su zona de confort. ¿Era eso lo que deseaba? ¿Verlo así? Lo dudaba, pero quizás fuera lo que él necesitaba para despertar.

—Tengo una reunión ahora mismo, Mark, no puedo seguirte las bromas.

—¿Y quién está bromeando? Bien, huye tranquilo, hermano —exclamó mientras Alex se alejaba.

Y así fue, Alex huyó por el corredor hacia lo que lo centraría de nuevo: el trabajo.

Sam se había pasado toda la tarde ocupada con las tareas que le había encargado su jefe. Estaba muy cansada, ni siquiera se había tomado la hora de almuerzo, quería finalizar todo lo que pudiera antes de que él regresara. Además, tenía terminantemente prohibido llevarse alguna de esas malditas carpetas amarillas a su casa.

Andrew, Fred, Nick y Xav le habían insistido en que fuera con ellos a almorzar, pero había desistido. Decidió que lo mejor era comer el sándwich allí y avanzar en sus objetivos, aunque en aquel instante necesitaba un poco de distracción. Solo estaba ella, aquellas carpetas y sus pensamientos, malditos y traicioneros.

Le costó concentrarse e idear estrategias de marketing, su mente no le daba cuartel con su jefe de voz gélida y ojos oscuros. No importaba con qué tratara de despejarse, él siempre volvía a su mente, como una maldita enfermedad.

Sonó su teléfono móvil y ella agradeció la interrupción.

—Hola. —Ninguna respuesta del otro lado—. ¿Hola? —De nuevo nada.

Bajó la vista hacia la pantalla del aparato: «Llamada desconocida.» Un sudor frío la recorrió entera. ¿Tan rápido? No era posible, antes había tardado unos cuantos meses más. Tal vez, realmente, era una llamada equivocada, sí, seguro que era eso. Trataba de tranquilizarse, pero no podía dejar atrás la sensación que se había apoderado de ella. El ataque de pánico tan solo a la vuelta de la esquina, taquicardia, manos sudorosas, escalofríos y un terror sin igual. Los síntomas iban apareciendo uno a uno, mientras su mente gritaba: «corre».

—Muéstrame lo que has hecho —ordenó una voz abrupta.

Sam pegó un salto y un grito tan alto que hasta él se sorprendió.

—¿Pasa algo? —preguntó, extrañado.

No podía articular palabra, oía un pitido en los oídos, una sensación de ingravidez la rondaba y tenía la visión desenfocada. Tragó con fuerza. No iba a desmayarse, no iba a temer, ya no más. Esta vez, le haría frente.

—Te espero en mi despacho —anunció y desapareció tras la puerta.

Por un instante, Sam había olvidado dónde se hallaba. Toda su atención se había dirigido a los síntomas que presentaba su cuerpo mientras trataba de mantenerlos a raya, sin poder lograrlo del todo.

Se concentró en un punto fijo más allá de la abertura por la que el hombre se había desvanecido como un fantasma. Una vez recompuesta, recogió los documentos y salió.

—Aquí —le explicó Sam sentada frente a él en el escritorio, un tanto más tranquila—, el *target* debería ser un poco mayor, habría que variar el tipo de publicidad que vienen desarrollando hasta el momento. Tienen un error de dirección —decretó—. Supongo que esa debe de ser la causa por la que vienen a nosotros ahora.

Alex asintió ante lo que la muchacha decía. Era buena. Sin embargo, a duras penas lograba concentrarse en las palabras femeninas, la cadencia de su voz lo tenía hipnotizado y tenía que hacer un gran esfuerzo para que sus ojos no se desviaran hacia su pecho que subía y bajaba suavemente al inhalar y exhalar. ¡Maldición, parecía un preadolescente virgen! Hasta percibía la erección que se iba formando en sus pantalones.

—Bien. ¿Pensaste en alguna idea para la publicidad? ¿Qué tipo de campaña iría mejor con esta empresa y con el nuevo público al que nos dirigiremos?

Al menos se las había arreglado para preguntar algo coherente, cuando tan solo podía pensar en los labios rosados que tenía delante, en saborearlos, lamerlos, introducir su lengua en ellos y enrollarla en la de ella.

El color en su rostro había regresado, a diferencia del blanco fantasma con el que la había encontrado un rato antes. Algo le había ocurrido, había notado su estado de agitación, casi de desesperación diría él, sin embargo no le había preguntado nada, no era su problema y no quería que lo fuera. ¡Si tan solo él se lo creyera!

—Pues, se me había ocurrido una gráfica... para empezar, y luego... con algo audiovisual —balbuceó Samantha, nerviosa.

Se removió en el asiento, incómoda. Se sofocaba ante la abrasadora mirada de su jefe, los latidos se le agolpaban y tenía la piel en carne viva, totalmente excitada ante él. ¿Cómo es que podía pasar de unas emociones angustiosas a aquellas placenteras en un instante? Él era eso. Él la ponía a mil en un segundo, como un Ferrari pasaba de 0 a 100km/h en 3 segundos.

—De acuerdo. —Alex carraspeó y volvió a tomar el ritmo de la conversación—. Evalúa qué estilo quisieras darle y cómo lo harías. —Se concentró en las hojas del documento que tenía en las manos—. Lo analizaremos y luego lo pasaremos al área televisiva o fotográfica. Allí tendrás que trabajar codo a codo con quien se encargue de la realización.

—¿Trabajaré con los fotógrafos, directores y modelos? —preguntó ella, entusiasmada.

—Claro, debes esbozarles nuestras ideas y lo que el cliente quiere. Ellos se encargarán de plasmarlas. —Él cometió el error de alzar la vista otra vez hacia el bello rostro femenino y quedó encandilado—. ¡Vete! —ordenó de golpe, sin pensar.

Necesitaba que desapareciera si no quería cometer alguna tontería, como rodear el escritorio que lo separaba de ella, tomarla en brazos y comerle la boca de un profundo beso.

—¿Qué?

Sam no otorgaba credibilidad a lo que había oído. ¿Acaso él le había ordenado que se fuera, así sin más?

—¡Que te vayas! Tienes trabajo que hacer y yo también —le ordenó, aunque más bien fue un gruñido.

—Bien —pronunció sin esconder la irritación en la voz.

¡Así que ella le hacía perder el tiempo! ¡Qué hombre más odioso! ¡Él la había llamado al despacho! Había estado de lo más tranquila con esas condenadas carpetas hasta que él llegó para importunarla, no al revés. Bueno, no tan tranquila, pero ese era otro tema.

Salió de la oficina de su jefe tan apurada que en el corredor chocó contra Marcus.

—¡Eh!, ¿qué demonios pasa hoy por aquí? ¿Todos

se han confabulado para pasarme por encima? ¿O acaso soy de vidrio? —preguntó, irritado.

—Lo... siento. No te vi, iba pensando en algo y... —balbuceaba la asistente.

—¡Ya me he dado cuenta, ten más cuidado! —vociferó, asombrando a la mujer con el tono enfadado.

—¡Pues tú también chocaste contra mí! —exclamó ella y al darse cuenta de que le había gritado a quien no era su jefe, pero que estaba cerca, abrió los ojos de par en par y se tapó la boca con ambas palmas.

—Lo siento —susurró.

—Perdóname tú a mí, ricura —se excusó ya más calmado—. Es solo que no he tenido un buen día. Vengo de una reunión que fue para el diablo con un cliente de lo más idiota y recomendado de arriba —dijo, a medida que apuntaba al techo—. ¿Entiendes? Son los peores, porque tienes que dejarlos contentos, si no se quejan con papá Hayworth y luego él viene y me tira de las orejas —finalizó con una sonrisa.

—Comprendo —dijo no sin estar algo sorprendida. Era la primera vez que lo veía fuera de sus casillas.

—Bueno, ¿y a ti qué te ocurre? ¿Algo que ver con mi amigo? —preguntó, puesto que advirtió que la muchacha salía de la oficina de Alex—. Ven, cuéntame —pidió, mientras tomaba la mano femenina en la suya y le acariciaba los nudillos con el pulgar.

Sam se lo quedó observando. A pesar de que este hombre saltaba a la legua que no era gay como Nicholas, no la asustaba. Sus ademanes no eran sensuales para con ella, aunque la tocara como estaba haciendo ahora o empleara apelativos cariñosos. Se mostraba realmente preocupado por su bienestar y por cómo estaba ella encajando en el equipo de trabajo. ¿Por qué no podía sentirse atraída por él?

—Nada grave, solo que mi jefe y yo no estamos en sintonía, eso es todo —fue la vaga explicación que le dio.

—Preciosa, ¿te ha tratado mal de alguna manera? ¿Quieres que hable con él?

—¡No! —exclamó, con los ojos desorbitados mientras apretaba la mano masculina—. No —repitió, más calmada y un intenso rubor le cubrió las mejillas.

—¿No a qué? ¿No te ha tratado mal o no hablo con él? —preguntó, con una sonrisa esbozada en el rostro ladeado.

—No a ninguna. Gracias, Marcus, yo puedo manejarlo.

—¿Estás segura?

Sam fijó la vista en las brillantes esmeraldas y quiso dilucidar a qué se refería exactamente con la pregunta. Tenía la impresión de que había un doble sentido que todavía no era asequible para ella. Asintió a modo de respuesta, ante lo que el hombre amplió la sonrisa, le dio un suave apretón a sus dedos y se fue.

¿Podía manejarlo? No estaba tan segura, ni tampoco de poder manejarse a sí misma cuando estaba frente a aquel hombre de voz acerada y ceja enarcada.

10

—Sam, ¿quieres venir a tomar algo con nosotros? —preguntó Luis, su compañero de yoga.

Él había estado pendiente de ella desde que comenzó a concurrir a la clase, se sentaba junto a ella en la sala, le charlaba ante la mínima oportunidad y con cualquier excusa. Era un muchacho alegre y tranquilo. Sin embargo, no le generaba ninguna sensación en el cuerpo, nada comparado con el odioso jefe que la esperaba todas las mañanas en su despacho.

—Gracias, Luis, pero aún tengo cosas que hacer en casa y mañana entro temprano al trabajo. Quizás la próxima —se excusó mientras trataba de que su rechazo no sonara demasiado tajante y no denotara cuán mentira era.

—Está bien. La próxima —la despidió con un beso en la mejilla y se fue junto el resto de sus compañeros.

Todo el grupo solía ir a un bar a tomar un par de copas después de la clase, ella aún no había ido. Le costaba relacionarse con las personas, se sentía sapo de otro pozo. Le costaba generar tema de conversación o sentirse cómoda en lugares atiborrados y ruidosos. Prefería irse a casa, ponerse sus pantuflas de oso y leer una novela romántica.

Tal vez se tratara de que hacía mucho que no tenía amigos con los que compartir, o que cada vez que había hecho alguno había tenido que abandonarlo y eso había dolido, demasiado.

Caminaba por la vereda en dirección a su apartamento, cuando el vello de la nuca se le erizó. Presentía que alguien la seguía. Giró la cabeza de derecha a izquierda, pero no vio nada extraño, aunque la sensación de estar siendo observada no desapareció.

A pesar de que no era tarde, el sol hacía tiempo que se había escondido. Todavía había gente por las calles, apurada, queriendo llegar a sus casas tras un día largo de trabajo.

Se estaba volviendo una paranoica, tenía que empezar a dejar aquellos fantasmas atrás. Tampoco podía olvidarlos del todo, por si acaso volvían. Y él volvería, siempre lo hacía.

—¡Tenemos que ir! Vamos, chicos —rogaba Andrew en un tono suplicante.

—¿Adónde queréis ir? —preguntó Samantha al entrar.

—Andrew está desesperado por ir a la Convención de Cómics. Se hace una vez al año y comienza mañana —explicó Xav, quien estaba sentado frente a ella y bebía una taza de café.

—Tened, os traje unas galletas —anunció y al instante la rodearon como gatos famélicos.

—¡Galletas! —exclamó Nick, aplaudiendo—. Gracias, amor. —La abrazó por detrás y le estampó un fuerte beso en la mejilla.

Sam sonrió ante semejante conducta. Adoraba a Nick, era un ser dulce en extremo y no solo con ella sino con los chicos también, y a ninguno parecía importarle. Al ser el mayor del grupo, los había adoptado a todos de una manera un tanto paternal o como un hermano mayor. Los chicos sabían de su condición sexual y ella adoraba que a ninguno lo afectara. No había mucha gente así en el mundo, sin prejuicios y que solo se interesara por el ser.

Apenas abrió la bolsa de papel, cuatro manos saltaron al mismo tiempo como si de ambrosía se tratase.

—¡Despacio, chicos, que hay para todos! —exclamó Sam antes de lanzar una risa.

—¡Uh!, mujer, están buenísimas. ¿De qué son? —preguntó Fred con la boca llena.

Sin lugar a dudas, era el goloso del grupo como Andrew el charlatán, Nick el dulce y Xav el tímido. Eran cuatro personas tan dispares que al paso de los días se habían ido metiendo en su corazón.

—Son de lino, zanahoria y algunas cosillas más, pero es mi secreto —comentó Sam y les guiñó un ojo.

—¿Zanahoria? Vaya, me has abierto todo un mundo con esto —añadió Andrew—. Vienes con nosotros mañana, ¿verdad? Es cosa de grupo, vamos todos y tú tienes que venir. Además, como dijo Xav, se realiza una vez al año, conseguí entradas y...

—Aguarda un poco, Andrew —pidió, cortando el monólogo del muchacho—. ¿A la convención? No creo, no sé mucho sobre cómics, apenas vi *Batman* y *Superman* en televisión —confesó.

Era consciente de que a estos muchachos les encantaba todo aquello, se la pasaban hablando de revistas de superhéroes, nuevos lanzamientos cinematográficos, coleccionaban muñecos y eran fanáticos acérrimos de los juegos online.

—Pues eso hay que remediarlo —apuntó Fred.

—Vamos, nos divertiremos —dijo Nick mientras volvía a abrazarla desde atrás y posaba la mejilla junto a la de ella.

—Tengo mucho que hacer —argumentó ella sin demasiado convencimiento.

—Sam, mañana es sábado, ¿qué tienes que hacer que no puedes dejarlo para después? Vamos. Es toda una experiencia, lo prometo —afirmó Andrew con pasión.

—¿Lavarme el cabello? —ironizó y carcajadas de diferentes gravedades brotaron por el lugar.

—Iremos todos, ¿verdad, chicos? —dijo Fred y todos asintieron confirmándolo.

—Bien, iré —concedió ella.

A Sam no le agradaban los lugares atiborrados de personas, como tampoco los muy solitarios. Una contradicción y una realidad con la que vivía día a día.

—¿Bien? ¡Fantástico! —exclamó Nick—. Ahora, muchachos, volvamos al trabajo. Tengo que irme a una presentación con Alex en cinco minutos —anunció a medida que se colocaba la chaqueta marrón.

Sam se inquietó al oír el nombre de su jefe, no lo había visto esa mañana, él le había dejado las carpetas sobre el escritorio con una nota en la que le daba todas las indicaciones para la jornada.

Una sensación de nostalgia la invadió. Era absurdo, pero al llegar y no encontrarlo tecleando en el PC, se había dado cuenta de lo mucho que esperaba verlo. ¡Por Dios, qué tonta!

Parecía que no podía dejarla en paz ni en sus ratos libres, en el trabajo la sepultaba de actividades y fuera de él inundaba su mente con imágenes que la dejaban sudorosa y agitada.

Abrió el primer folio y se puso a tomar notas. De nuevo, los puntos a realizar eran desmesurados, imposibles de terminar para la hora de irse. Eso es lo que le hacía odiarlo, él esperaba que ella no cumpliera. Ya vería el muy sádico. Establecería prioridades, como venía haciendo desde que la aconsejara Nick.

Regresaban de la cafetería y Xav volvió a dedicarle una mirada cargada de anhelo a Charlotte, la recepcionista, quien parecía que ni se había enterado de la existencia del hombre.

Samantha lo tomó de un brazo y lo apartó un tanto del grupo.

—Xav, ella te gusta —dijo por lo bajo e hizo un gesto hacia la mujer del otro lado del escritorio.

—¿Tanto se nota? —preguntó él, rojo como la grana y esbozando una tímida sonrisa.

—Sí, un poco —mintió la joven y le dedicó una mirada cómplice—. ¿Por qué no le hablas?

—¿Tú crees? —preguntó él, algo indeciso.

—Sí, ¿por qué no?

—No sé, es que no soy del tipo que atraiga a mujeres como ella —argumentó al tiempo que se encogía de hombros.

—¿De qué hablas, Xav? Eres... espero no arrepentirme ni que te hagas falsas ilusiones, pero eres muy atractivo, solo un poco tímido, eso es todo —señaló ella mientras ponía una mano sobre el brazo masculino.

Él alargó los labios hasta convertir la vacilante mueca en una sonrisa amplia.

—Gracias, Sam. Hablaré con ella. Solo que no ahora.

—La próxima semana empezarás a ir a las presentaciones conmigo —expresó Alex mientras miraba los progresos hechos por Sam en algunas de las cuentas—. Me agrada lo que planificaste para Deveraux, hay que ampliarlo, es una muy buena línea —aprobó.

—Gracias. —Una pequeña calidez surgió en su interior, era la primera vez que él alababa su trabajo—. Aún no terminé con la cuenta McDougal y la de BrandStyle —confesó.

Sam observaba atenta los largos dedos girando las hojas de los documentos y se vio asaltada por unas ansias de tomar esas manos en las suyas y poder percibir su fuerza. Sentía... ¡sentía mariposas en el estómago! ¡No, no y no! Creía que no iba a volverlas a percibir revolotear en su interior nunca más, pero ahora mismo lo estaba experimentando frente al hombre que había decidido que odiaría con toda su alma.

Alex alzó la mirada para ser sorprendido por aquellos ojos chocolate fijos en sus manos. Enarcó una ceja y se la quedó mirando. Estaba preciosa, con el cabello castaño algo desordenado; hiciera lo que hiciera nunca se quedaba en su lugar. Tenía los labios entreabiertos y el perfume frutal y dulce de ella le llegaba como una fuente hipnótica.

Ella continuaba prendada de las manos masculinas sin ser consciente de que él ya no estaba pasando las hojas. El tiempo se había detenido y ambos estaban atrapados en un limbo, sensual y sofocante.

—¿Samantha? —la llamó y atrajo la atención de la mujer al presente al mismo tiempo que la suya.

—Mmm —murmuró ella y fijó la vista en esa boca de labios finos.

Alex respiró profundo. Estaba alzándose para ir hacia ella y comerle los labios que se le antojaban deliciosos y dulces como una fruta madura.

—Jefe —llamó Nick desde la entrada del despacho.

El clima se perdió, Alex se removió incómodo en el asiento y Sam se sobresaltó. Un intenso rubor la cubrió por completo y tuvo que darse algo de aire con una mano. Debían de haber encendido la calefacción, porque casi no podía respirar.

—Ya me voy —anunció el recién llegado, observando las posturas rígidas e incómodas de su jefe y de la joven.

—Está bien, Nick. Que tengas un buen fin de semana. Nos vemos el lunes —dijo Alex un poco más centrado y agradecía que el escritorio lo cubriera de la cintura para abajo.

—Ah, Sam. Mañana ¿paso por ti a las once? —preguntó el muchacho antes de retirarse.

—¿Eh? —Se giró hacia él sin comprender al principio a qué se refería. ˆAh, la Cómic Con», recordó—. Sí, está bien. Mañana a las once —balbuceó todavía acalorada.

—Bien, amor. Hasta mañana, ponte guapa. Ah, lo olvidaba, ya lo eres. —Y con un guiño desapareció dejando un aire espeso entre las dos personas que restaban en la habitación.

Ella se giró hacia su jefe y unos ojos oscuros la taladraban. Los sentía llegar hasta su nuca y revisar todo lo que pudiera tener dentro de la cabeza. El rubor se intensificó hasta adquirir la tonalidad de un tomate maduro.

—No es lo... —comenzó a explicarse ella.

—¿No? —preguntó él.

Cuando iba a continuar, una llamada a su móvil la salvó. Ella miró la pantalla: «Llamada desconocida.» Un escalofrío le recorrió la espina dorsal, drenándole cualquier color que hubiera tenido su rostro, que ahora estaba tan blanco como un papel.

—¿Estás bien? —preguntó Alex, notando el cambio que se había producido en ella—. ¿Samantha? —La joven no contestó—. ¿Samantha? —dijo en un tono más alto.

—¿Sí? —exclamó aturdida—. Perdón, ¿me decía?

Cerró los ojos por un segundo y tragó la poca saliva que tenía en la boca seca y arenosa. La había encontrado, no eran ideas suyas, estaba sucediendo una vez más.

—Nada, ya has terminado por hoy. Que tengas

buen fin de semana —la despidió con un tono suave, muy diferente del acerado habitual.

Una temblorosa Sam se alzó, huyó del despacho y luego de la empresa.

Xavier se retiraba y se dirigía hacia el ascensor. Al pasar por delante del escritorio de Charlie, se detuvo. Pensó en la breve charla que había compartido con Sam e, inhalando profundo, se dio ánimos para encarar a la recepcionista.

—Hola, Charlie, ¿preparándote para irte? —le preguntó a la joven rubia.

Charlotte estaba reclinada hacia el suelo, guardaba algunas pertenencias en su bolso que mantenía bajo el escritorio de nogal. Al oír a alguien nombrarla, se incorporó haciendo tintinear los largos aros que colgaban de sus orejas. Sabía de antemano de quién se trataba, solo había una persona que la llamaba de aquella manera.

—Sí, ya me estaba yendo. Y veo que tú también, Xavier —dijo antes de volver a inclinarse.

—Sí. Me preguntaba si... quisieras ir a tomar algo conmigo un día de estos —dijo el muchacho mientras clavaba sus ojos color cielo en los de la mujer.

—¿Tú y yo? —preguntó la recepcionista para luego lanzar una carcajada—. Vamos, Xavier. No creerás que saldría con un simple asistente —expresó la joven de manera sardónica.

Un dolor agudo como una estaca clavada en el corazón lo traspasó.

—No soy un asistente, pertenezco al grupo creativo de la empresa —apuntó, serio, sin la luminosidad que había tenido segundos antes—. Entonces, la respuesta es no, creo —repuso al tiempo que hundía sus manos en los bolsillos de la chaqueta azul oscuro.

—Eres rápido —concedió la recepcionista al tiempo que le brindaba una sonrisa para luego continuar guardando sus pertenencias.

—Supongo que si fuera alguno de los jefes del grupo, tu respuesta hubiera sido otra —apuntó con cierta amargura en la voz.

—Pues... —ella se encogió de hombros—, tal vez —añadió sin dignarse alzar su azulina mirada.

—Bien, mensaje recibido, Charlie —dijo Xav antes de dar media vuelta y dirigirse, finalmente, al ascensor tal como debía haber hecho desde un principio.

Cuando el hombre desapareció tras las dos hojas de metal, Charlotte relajó sus facciones dejando de lado la expresión altiva que la caracterizaba. Dio un profundo suspiro, levantó su pesada cartera y siguió los pasos del hombre al que había herido a la espera de que el ascensor volviera a subir para poder irse a casa.

11

—Vaya, ¡allí está Batman! ¡Y Superman! —exclamó Sam al entrar en uno de los eventos más importantes del estado, que tenía lugar en el Javist Center de Nueva York.

Andrew, Fred, Xav y Nick reían ante los ojos desorbitados de la mujer.

—Bien, ¿qué es lo que va a hacer cada uno? —preguntó Andrew al tiempo que releía el programa de actividades—. Yo, muchachos, voy a ver la conferencia de esa bomba sexy de Resident Evil. ¿Tú, Nick?

—¡Oh, mi Dios! —volvió a exclamar Sam mientras se colgaba del brazo de Nick—. Ahí está Mark y allí Downey —susurró casi sin aliento al apuntar a los actores que habían interpretado a *Hulk* y a *Iron Man*, respectivamente.

—Sí, amor. —Nick reía ante la emoción de la muchacha—. Ya puedes ir agradeciéndome que te trajera. Están para comérselos, ¿cierto? —A lo que ella solo asintió sin apartar la mirada de los «vengadores» más guapos—. Vas a ver muchos actores que han interpretado a superhéroes dando vueltas, también directores, creadores de cómics y más. Yo voy a ver el tráiler y la conferencia sobre *Hotel Transilvania* —anunció dirigiéndose a Andrew.

—Yo te acompaño —dijo un recién llegado Mark, que apareció sorpresivamente junto a ellos.

—¿Qué haces aquí, jefe? —preguntó Fred mientras le estrechaba la mano.

—Vine a ver qué hay de nuevo en el cine de ciencia ficción y además va a estar Tim dando una conferencia sobre su nueva peli en *stop motion*, es un *remake* de un corto que hizo hace años. Va a estar espectacular, el tipo es un genio —comentó con pasión.

Mark era un cinéfilo nato. Le encantaban las películas, no importaba su época, si eran en blanco y negro, mudas o sonoras, animadas o actuadas, le fascinaba el cine en general y veía todo lo que podía.

—Hay varios anticipos de estrenos que quiero ver y algunas pelis antiguas que se van a estar proyectando. No iba a desperdiciar la entrada que me dio Andrew ¿verdad? —continuó Mark.

—Y también vienes a practicar tu otro *hobbie*, veo —puntualizó Xav, haciendo referencia a la cámara réflex analógica que traía colgada al cuello.

—Sí. —Mark elevó su Nikon Fm2, le sacó el cobertor de la lente, estableció la apertura del diafragma y la velocidad en relación a la luz—. Esto es fenomenal, la gente disfrazada de sus héroes preferidos. —Apuntó con la cámara a unos fanáticos disfrazados como los personajes de la *Liga de la justicia*, focalizó y disparó un par de veces.

—¿Eres fotógrafo? —preguntó Sam al ver la fusión del hombre con el artefacto hasta ser solo uno.

—Sí, cariño, pero no ejerzo, solo lo hago por gusto —le aclaró al tiempo que la tomaba de la mano y le posaba un beso en el dorso—. Me agrada verte aquí, necesitas divertirte un poco.

—¿Y Alex vendrá? —preguntó ella, mirando por detrás de él.

Por un momento, Samantha deseó que el hombre de cabello y ojos oscuros apareciera, un picor la recorrió ante la ansiedad de que así fuera y su corazón se saltó un latido ante la expectativa.

—¿Alex? —Mark rio ante la idea de ello—. No, para nada. Se moriría en un lugar así, atestado de personas y todas medio desquiciadas —afirmó. Se giró y se dispuso a tomar fotos de las personas disfrazadas que pululaban alrededor de ellos.

Temor fue lo que Sam sintió cuando Mark dijo que él no vendría. Temor al anhelo de verlo, a lo que ello significaba. Él no era el hombre para ella, definitivamente no lo era. Era odioso, irascible y egocéntrico. ¡Lo odiaba! Tal vez si lo convirtiera en un mantra acabara por creérselo de una vez por todas y su corazón acallara los gritos de placer que daba cada vez que él estaba cerca.

—Bueno —dijo Andrew, trayéndola de nuevo a la realidad—, a ver, concentrémonos. Nick y Mark van a ver la presentación de la peli animada, yo a Milla, ¿y vosotros? —Andrew se dirigía a Fred y Xavier que aún no habían elegido la actividad del programa.

—Pues, yo voy a darme una vuelta antes, quiero ir al sector de los juegos retro, tengo ganas de darle al *Pitfall* o *Asteroids* —contestó Fred.

—A mí me interesa la peli *Wreck it Ralph*, es en la que se juntan todos los malos de esos juegos retro que te gustan, Fred —dijo Xav.

—¿En serio? Me parece que te acompaño, amigo. Entonces me voy con Xav —cambió de opinión Fred—. Luego voy al área de videojuegos.

—Bien. ¿Qué os parece que nos encontremos aquí en dos horas? Así nos llenamos los estómagos —concluyó Andrew—. Y luego, nos damos unas vueltas por los *stands*, tengo unas ganas locas de ver lo último en cómic y a los dibujantes en plena acción, y después...

—Sí, hombre, ya está bien —lo cortó Fred—, nos vemos aquí en dos horas, comemos y luego ya veremos.

—¿Y tú, Sam? ¿Qué harás? —preguntó Nick—. ¿Quieres venir con nosotros? Más tarde hay una conferencia de los actores de *Los vengadores,* si quieres vamos a contemplar a esas ricuras, ¿te parece? —propuso Nick.

—Sí, gracias.

Ella aún no salía de su asombro ante tan tremendo lugar. Miraba atentamente a la cantidad de actores que deambulaban por allí, los miles de *stands* con revistas, muñecos, camisetas, tazas y todo lo que un apasionado del cómic y de las películas podría desear.

—Xav, ¿estás bien? —le preguntó Samantha cuando volvieron a reencontrarse, aprovechando que se había aislado un tanto del grupo.

—Sí, lo estoy.

—Es que no lo parece. ¿Tiene algo que ver con

Charlotte? —inquirió al tiempo que enlazaba su brazo con el del hombre y comenzaban un caminar acompasado a lo largo de los *stands*, perdiendo al resto de los muchachos—. ¿Hablaste con ella? —le preguntó al ver la expresión tensa de él.

—Sí.

—¿Y? —lo instó a continuar.

—No tengo el suficiente rango en la compañía como para salir con ella —declaró el hombre al tiempo que le rehuía la mirada.

—¿Te refieres a que ella te rechazó por tu cargo? —Una furia inaudita burbujeó en ella—. ¿Quién se cree esa aspirante a modelo? —exclamó ella, indignada.

—¿Aspirante a modelo? —preguntó, elevando un poco las comisuras.

—Bah, es una tonta. No es para ti, Xav.

Él solo asintió con un breve gesto mientras parecía demasiado interesado en un tipo que se hallaba realizando los bosquejos de unos dibujos para cierto cómic.

No pronunciaba palabra. Admiraba a Charlotte desde hacía tiempo, aunque solo había intercambiado algún que otro comentario con ella, y se había permitido llamarla Charlie. Era una mujer hermosa, sin embargo no era eso lo que lo atraía. Había algo más debajo de la superficie y le hubiera gustado averiguar qué. Ella le había dejado bien claro por qué no saldría con él y había sido como un baldazo de agua fría.

Estaba harto de las mujeres que solo lo buscan a uno por la profundidad del bolsillo o el relleno de la billetera. Lo absurdo es que esta vez había ocurrido al revés de lo que acostumbraba.

—Lo siento —dijo de pronto la joven, con voz apesadumbrada.

—¿Por qué? —preguntó él, un tanto desconcertado al estar perdido en sus propios pensamientos.

—Fui yo la que te instó a que hablaras con ella —declaró la joven con la cabeza gacha.

—No es tu culpa, las cosas se dieron de esta manera, a veces pasa.

Ella apretó el agarre al brazo del hombre y le correspondió a su sonrisa con otra similar.

De súbito, Mark apareció y los abrazó a ambos, poniéndose en medio.

—¿Qué pasa aquí, niños? —bromeó el rubio.

—Aquí estamos, contemplando cómo algunos demuestran su arte —expresó Xav—. Bueno, yo voy a dar una vuelta por ahí y quizás vaya a otra conferencia —añadió antes de escapar, porque literalmente escapó para poder borrar la falsa sonrisa de su rostro y dejar salir la amargura que lo corroía.

—Solos al fin, preciosa —dijo Mark con aquel resplandor como un halo que lo rodeaba.

Parecía que siempre había un rayo de luz tratando de alcanzarlo, aunque él quisiera evitarlo.

Sam ya no se encontraba incómoda ante el hombre, así que aquellos comentarios cariñosos con los que se dirigía a ella no la importunaban como solían hacerlo.

—¿Te agrada lo que está dibujando? —preguntó él, hacía alusión al trabajo que realizaba el dibujante junto a ellos.

Sam asintió con los ojos fijos en esa mano que esgrimía el bolígrafo.

—Entonces, deberías ver alguna de las creaciones de Alex. No sabes lo que son, te llegan al alma —declaró el rubio.

—¿Alex dibuja? —preguntó, sorprendida.

—Sí y también pinta, pero no lo divulgues. Lo último es como su gran secreto. Solo lo sabemos yo y Sarah —añadió sin percatarse de lo que provocó a la mujer la mención de aquel nombre femenino.

¿Quién era Sarah? Se moría por preguntarle, pero no era de su incumbencia. ¿Sería su novia, su amante? Sin creerlo posible, un fuego le atenazó las entrañas y todo comenzó a teñirse de rojo, podía sentir unas garras arañándole las entrañas. Un odio incomprensible por una mujer llamada Sarah, que, además, no tenía idea de quién era, fue creciendo en su interior.

—Quería preguntarte cómo te estás llevando con él, Sam, pero realmente. Olvídate de que soy su colega, su amigo, su hermano —expresó y soltó una risotada—. No, en serio, ¿cómo te llevas con él?

¿Su hermano? Ella no sabía que los unía un fuerte lazo, los había contemplado desde lejos mientras hablaban, pero no se había percatado de la amistad que compartían. Eran tan dispares, uno resplandeciente y alegre, el otro, furibundo y seco.

—No muy bien, creo. No somos muy compatibles. A veces, parece que trata de hacer lo posible para que renuncie —declaró, apesadumbrada.

—Puede que sea cierto, preciosa. No des el brazo a torcer, no es una persona injusta y siempre va a reconocer tu trabajo. Tiene cierta dificultad para conectar con las personas —estableció él.

—Sí, me he dado cuenta. Conmigo es hasta aún peor que con el resto, como si me tuviera algún resentimiento extra. Ya sé que lo del café del primer día es un motivo, pero no me parece que sea suficiente para un trato tan arisco —comentó, un poco exasperada, dejando salir la frustración que la consumía.

—Preciosa, lo sé, trataré de hablar con él y...

—¡No! —espetó ella, cortándole el paso.

—Vamos, déjame interceder un poco, quizás pueda lograr que...

—Por favor, no. Si lo hicieras, sería como cuando una mamá va a hablar al colegio porque unos compañeros molestan a su hijo, luego siempre estos se vengan y lo maltratan peor que antes —dijo con vehemencia y poniendo énfasis al negar con la cabeza.

—Está bien. Aunque creo que debería hacer lo posible para que te sintieras cómoda en el empleo, al fin y al cabo, estás aquí porque yo te elegí —añadió.

—Y no sabes cómo te lo agradezco. Es más, estoy cómoda, salvo por él.

Mark asintió, le pasó el brazo por los hombros y emprendieron la caminata en silencio, observando los diversos *stands*.

Sam estaba agotada, miró a ambos lados antes de poner la llave en la entrada del edificio. Algunos hábitos nunca se pierden y ella jamás se descuidaba, una vez que se cercioró de que no hubiera nada sospechoso, entró. Subió los escalones con ánimo.

Había sido una gran experiencia. Conoció a tantos

personajes y lo había pasado genial junto a los chicos, quienes se desvivieron por divertirla. Eran un encanto, cada uno tan diferente y especial al mismo tiempo. Sin desearlo, se había topado con grandes amigos que le habían llegado al alma. La alegraba y al mismo tiempo la colmaba de angustia, si en algún momento tuviera que abandonarlos... No pensaría en ello. Estaba contenta y lo disfrutaría durara lo que durase.

Estaba tan agotada que ni siquiera tenía ganas de comer, simplemente tomó una manzana del refrigerador y se sentó frente al televisor a ver una comedia romántica francesa: *El rompecorazones*, con el bombonazo de Romain.

De cabello y ojos oscuros como su jefe, aunque con una cara más dulce y de risa fácil. No, en realidad no se parecía en nada a él. Al actor le faltaba la intensidad de la mirada, no enarcaba la ceja ni tenía la voz acerada. No era Alex, punto. ¿Qué estaría haciendo él? ¿Tendría... tendría a alguna mujer en su vida? ¿Estaría con Sarah? Pesadillas de él con otra mujer revolcándose en la cama la inundaron y le dejaron unas ojeras horribles al otro día.

—¡Puta! —gritó un hombre dentro de un auto.

Un tipo había venido a buscarla por la mañana y habían vuelto bien entrada la noche. Poco le había faltado para saltar del vehículo y asesinar al bastardo ahí mismo. Pero se había refrenado.

Se mesó los cabellos en señal de nerviosismo, arrojó la colilla del cigarrillo por la ventana y dio un sorbo a la botella de whisky que tenía en el coche. Giró la llave de encendido y, pisando el acelerador, desapareció en la negrura de la noche.

Pensar, eso debía hacer ahora. Planear bien cada movimiento, esta vez ella no escaparía.

12

No podía creer que su vida estuviera patas arriba desde ese fatídico día en que ella le había arrojado el café encima.

Ella no le temía, aunque dijera lo contrario. No le respetaba. No le obedecía. ¡Maldición, no realizaba nada como le decía que hiciera! Sí, era sumamente eficiente, rápida e inteligente, y el resultado final era el que él esperaba, pero no acataba ninguna de las consignas que él le daba. Lo que más lo abrumaba era que seguía dándole ese brebaje extraño llamado infusión, así como el «café» de algarroba.

Tenía que reconocer que se estaba acostumbrando a esos líquidos y ya no le sabían tan mal. Es más, hasta esperaba que llegara el horario a media mañana en que ella cruzaba su puerta con una gran taza y una bolsa de papel repleta de unas extrañas galletas. Todavía se acordaba del día en que le trajo las primeras, de girasol y algo llamado cúrcuma. No cocidas, sino deshidratadas, le explicó, puesto que parecía que su asistente era vegana. Entendía qué era ser vegetariano, pero ¿vegano? Lo había tenido que *googlear* y, por si eso no fuera poco, dentro del veganismo se practicaba un tipo denominado «alimentación viva». De nuevo, había tenido que *googlearlo*.

—Voy a tener que acostumbrarme a esta nueva faceta tuya. Juro que lo haré, pero dame tiempo. —Lo sacó de sus pensamientos el abrupto comentario de Marcus.

—Me tienes perdido, ¿de qué demonios me hablas?

Mark, con el cabello algo despeinado, entró y se dejó caer en el sillón frente a su amigo. No llevaba corbata al igual que su colega, ninguno de los dos eran amantes de aquella prenda rodeando sus cuellos. Las ataduras los ponían algo nerviosos, claustrofóbicos.

—A que estés tan pensativo últimamente y no trabajando a lo loco. Hasta te he visto sonreír una vez, no lo niegues. —Apuntó con un dedo al pecho del hombre del otro lado del escritorio—. Es algo que me está costando armonizar con tu personalidad. —Realmente le sentaba bien, y sabía gracias a quién estaba ocurriendo ese cambio.

Le gustaba este amigo más sonriente, no obstante su carácter seguía igual de irascible, pero ya llegarían a ello.

—¿Tienes el proyecto de la cuenta Michigan? —preguntó Alex, haciendo caso omiso a las palabras de su interlocutor.

—¡Uf!, volvimos al trabajo. Sí, lo tengo —le contestó Mark al tiempo que tomaba una de las galletas que su amigo tenía sobre el escritorio—. Los chicos ya terminaron los últimos detalles, en una hora tengo la presentación. Estamos listos.

—Bien.

—¿Sigue en pie lo de hoy? —Una expresión de desconcierto se plasmó en Alex—. Habíamos quedado en que hoy jugaríamos al tenis, ¿recuerdas? Dijimos que hacía mucho que no nos juntábamos y decidimos que hoy sería el día.

Acostumbraban a jugar un partido una vez por semana, hacía un tiempo que habían comenzado a distanciar esos encuentros hasta casi anularlos.

—Lo lamento, lo olvidé.

—Amigo, tienes que ponerte en órbita. No puedes vivir para esto, debes volver al ruedo. Ya no sales, no ves a nadie. Estás hecho un ermitaño —señaló con una seriedad nada característica en él, salvo en contadas ocasiones como aquella en la que se preocupaba por el hombre que era su hermano.

—Lo sé. Deja que pase por casa, busco las cosas y nos encontramos en el club. Supongo que la cancha la tienes reservada.

—Claro. Nos vemos allí en una hora. —Sin mediar más palabras, abandonó la sala.

Lo había olvidado y él no era olvidadizo. Últimamente parecía que andaba por la estratosfera. Hacía mucho que no jugaba un buen partido con Mark y se asombraba cuánto le apetecía, cuánto quería compartir unas horas con su amigo, sin que el trabajo se interpusiera entre ellos.

Mark tenía razón, se había recluido más de lo habitual.

Había tenido mujeres con las que salía, nada de importancia. La última había sido hacía unos seis meses.

La ruptura, si así se podía llamar el finalizar con una relación basada meramente en la mutua satisfacción física y compartir alguna que otra salida social, no fue dramática. Se circunscribía a ello, jamás los sentimientos se habían visto comprometidos. Era una de las razones por las que él había comenzado a frecuentarla. De improviso, el acuerdo tácito entre ambos varió sin que se le informase. Comenzó a exigirle cierto grado de compromiso que él no pretendía dar.

Alta, rubia y curvilínea, así era Constance. El cabello lacio y platinado le caía hasta la cintura, lo seducía con él, los calculadores ojos verdes y los labios en forma de corazón. Siempre iba al último grito de la alta costura, ella no se permitiría menos. Preciosa y ambiciosa. Entendía que buscara asegurar el futuro con alguien de su categoría: joven, exitoso y, no millonario, pero con un pasar económico considerable que le posibilitara sus gustos un tanto caros.

A diferencia de ella, él no buscaba más de lo que tenían. Se sentía harto de las situaciones en las que la relación comenzaba sobre ciertas bases y al pasar del tiempo cambiaba a una clase de ahogo colmado de exigencias, escenas de celos y reproches. Había creído que con Constance sería diferente, más similar a la forma de ser de él. Al final, ella había terminado comportándose como las demás, demandándole lo que no podía ofrecer.

Él no exigía ni pedía nada, esa era una de las cuestiones que ellas más le criticaban. Él nunca les había mentido, había sido claro con cada una de ellas, sabían qué esperar de él, pero parecía no importarles y se empeñaban en transformarlo. No entendían que así era él, no iba a cambiar.

Más allá, aunque escarbaran en su interior, no había nada que valiera la pena de sí por desenterrar. No restaba nada. Lo poco que había anidado allí, hacía tiempo que había muerto.

Alex cerró el *notebook*, agarró su chaqueta azul marino y se dirigió hacia la puerta.

—Buen partido, amigo —dijo Mark mientras se secaba el sudor de la frente con una toalla.

—Sí, pero me mató. Estoy en baja forma.

Alex tenía la respiración agitada y estaba empapado de sudor. El cabello se le apelmazaba en las mejillas, al igual que la camiseta al torso.

Mark le había ganado dos de tres sets y estaba destrozado, hacía alrededor de un mes que no hacía actividad física. Acostumbraba a pasar por el gimnasio al menos dos veces a la semana, sin embargo, en el último mes, el trabajo lo estaba dejando sin tiempo libre. Se sentía como una olla a presión, necesitaba liberar un poco de vapor o explotaría.

—Menos mal, si no me hubieras aniquilado. Casi lo has hecho —bromeó Mark.

Mientras caminaban hacia los vestuarios, las pocas mujeres que se encontraban en el corredor se giraban para admirar a esos dos especímenes del género masculino.

—Te tengo una sorpresa fuera, así que ponte guapo —dijo Mark a la par que le ofrecía un guiño.

Ante esas palabras, la sospecha anidó en el estómago de Alexander.

—¿Qué has hecho, Mark? —No le agradaba la sonrisa lobuna en el rostro de su amigo y lo conocía demasiado bien como para temerle.

—¿Yo? —preguntó con cara de querubín—. Nada. Solo les he dicho a un par de amigas que nos acompañen a tomar una copa —replicó el muy bribón con expresión de falsa inocencia mientras se quitaba la ropa.

—No. —Fue la simple respuesta del hombre de cabello oscuro al tiempo que se sacaba la camiseta por la cabeza.

—Vamos, amigo. Te juro que te gustará. Es una de esas chicas que no espera nada más que un buen revolcón, lo prometo —dijo mientras se dirigía totalmente desnudo hacia las duchas.

El buen humor que Alex había mantenido hasta el momento se esfumó de golpe. No quería recordar cuánto hacía que no estaba con una mujer, y la manera que lo traía desquiciado cierta asistente lo ayudó a decidir darle una oportunidad a la que le presentaría.

—Está bien. Aunque no aseguro que pueda ponerme guapo.

La noche no estaba yendo como había querido. Se hallaban junto a dos hermosas mujeres en uno de los restaurantes más exclusivos de la ciudad, sentados a una mesa en un privado, por lo que estaban resguardados de los otros comensales.

Esperaba que su compañero pudiera disfrutar de la

velada con Laura pero no era así. Distenderse. ¿En qué estaría pensando? ¿Alex distenderse? Jamás. Vivía en guardia, jamás lo había visto relajado, ni una sola vez en los veinte años que hacía que lo conocía.

De todas formas, la pareja que había elegido para él estaba entusiasmadísima con el hombre. ¿Y cómo no estarlo? Aunque los hombres no eran de su preferencia, admitía que el tipo estaba para comérselo. Aquel aire indiferente y rudo fascinaba al sexo femenino. Alex tampoco podía quejarse, le había elegido una rubia despampanante, pura curvas y desinhibición. Lo conocía bien para saber que era la clase de mujeres que lo mantenían en un lugar seguro, como él prefería.

Dirigió la mirada a la preciosa pelirroja y amplió la sonrisa, él tampoco se quejaba. La suya era un encanto y le había dejado bien claro que hoy tenía intención de calentar su cama, a lo que no pondría ni un solo reparo. Sin embargo, mientras la observaba, no estaba tan entusiasmado como aparentaba.

Acostarse con mujeres se había convertido en un deporte en el que era el número uno. Cada noche tenía una diferente dispuesta a practicarlo con él, pero la cama estaba más fría al día siguiente.

Quería... ¿Qué? No lo sabía, pero sí tenía claro que debía encontrarlo, en alguna parte se hallaba aquello que le faltaba por dentro. Aunque no supiera bien qué.

Recientemente había comenzado a pensar más en un quién, alguien que le diera la calidez de la que escaseaba, que le hiciera el amor, no solo compartir la sesión de sexo diaria. Hablar, anhelaba hablar. Hablar en serio y no de las cosas intrascendentes que acostumbraba.

A veces se cansaba del aire risueño que lo envolvía y en ocasiones envidiaba a Alex. La cantidad de veces que había querido mandar todo al diablo, estar malhumorado y agarrársela con el primero que tenía delante.

Repentinamente, alguien inundó la mente de Mark. La hija del presidente de la empresa, Keyla Hayworth. Esa mujer... si es que se la podía llamar así, dado que era más una chiquilla. Ella hacía que explotara, que de ser alguien alegre se transformara en un ser despiadado y desagradable. Solo ella tenía ese poder. Con ella podía mandar todo al diablo sin importarle nada.

Cinthia, la pelirroja, le comentó algo, sacándolo de sus cavilaciones, pero no sabía qué. Él, simplemente, asintió. Sería la última, estaba cansado del habitual recorrido. Le apetecía solo ver una buena película en blanco y negro, le fascinaban esos fotogramas que se sucedían hasta otorgar el movimiento. Era un cinéfilo implacable, veía de todo aunque siempre solo. Era su santuario privado, algo que no compartía con sus citas, de vez en cuando lo acompañaba Alex, si es que lograba convencerlo. Ver un buen film y... comerse una pizza y una cerveza roja. Sí, su noche ideal.

Sin embargo, esa velada era para Alex. No estaba seguro de que fuera lo que su amigo necesitara, sino una cierta mujercita que rondaba la oficina desde hacía un par de semanas. Pero lo veía muy taciturno desde un tiempo y precisaba algo que lo incentivara, tampoco tenía muy claro qué.

Él no era el indicado, pero al ser el único amigo de Alex, no tenía más opción.

Alex nunca le contaba algo privado, jamás se abría

a él. Eso no era del todo cierto, ambos se habían contado mucho, parecía ya que hacía un siglo de distancia. Hubo una vez en que habían necesitado sacarse mierda de encima y con un par de cervezas en las manos habían comenzado y no habían podido detenerse hasta sacárselo todo de dentro. Desde allí nunca habían vuelto a tocar el tema, ni a hablar de lo que realmente importaba. Sin embargo, sin pronunciar palabra, ellos se decían todo, se comprendían.

A su amigo le ocurría algo similar a él y notaba que tampoco esa salida era lo que le hacía falta. Al menos le había organizado una noche de buen sexo con una hermosa mujer y después verían.

—Entonces, bailas tango —afirmó Cinthia.

—¿Qué? ¡No! —exclamó Mark, asustado al escuchar las primeras notas de un dos por cuatro.

—Pero acabas de decirme que sí —comentó la mujer con una mueca de disgusto dibujada en el rostro.

—Lo siento, había entendido si comía tanto —explicó el rubio y frunció el ceño ante la mirada irónica que le dirigió Alex.

—¿Y tú, bailas? —preguntó Laura a su pareja al tiempo que se le pegaba al costado.

—¿Tango? No. —Fue la cortante respuesta del moreno mientras retiraba la mano que la mujer había posado sobre su entrepierna. En otro momento hubiera dado la bienvenida a tan extrovertida conducta, pero hoy solo podía pensar en una sirena de ojos color chocolate.

—Pero ¿bailas? —insistió la mujer al tiempo que se inclinaba para darle mejor acceso a lo que apenas ocultaba el escotado vestido.

—No.

Alex no tenía ganas de pasar la noche con Laura. Sí, era preciosa, rubia, despampanante y lujuriosa. Un rojo vestido que no dejaba nada a la imaginación marcaba sus prominentes curvas. Sin embargo, no se sentía atraído hacia ella, no le provocaba nada, solo unas terribles ganas de irse a casa y hacer algo cotidiano como escuchar a Bowie, Radiohead o a The Cure. Por lo que veía de la poca atención que Marcus le prestaba a la mujer pelirroja, algo similar le ocurría a su colega.

Laura transcurrió la velada posando la mano sobre el muslo masculino, la dirigía cada vez más arriba hasta que él la detuvo en seco con la suya. La miró fijamente a modo de advertencia. Ella no volvió a intentarlo, aunque no perdía oportunidad de comunicarle cuáles eran sus intenciones una vez abandonaran el restaurante.

Desilusionada, fue como se sintió al llevarla a su casa al término de la cita, sin querer aceptar nada de lo que ella le ofrecía.

—¿Quieres pasar a tomar un café? —A pesar de que le ofrecía el brebaje siempre tan ansiado, en ese momento Alex anhelaba una infusión de hierbas impronunciables para él.

—No, gracias.

—Eh, ¿y venir a charlar un poco? —insistió mientras se giraba hacia él y elevaba el pecho.

—No.

El semblante de Laura mudó a enfado y cerró la puerta de su Audi de manera brusca. Alex se quedó allí por unos minutos y aguardó a que ella entrara a su hogar. Al mismo tiempo, cavilaba acerca de por qué no había aprovechado la oportunidad de pasar una buena noche con una hermosa mujer.

No podía negar que se había divertido, no tanto por su acompañante, sino por Mark. Parecía querer que él lo pasara bien a toda costa, le reconocía el intento. En una ocasión lo miró fijamente y notó una sombra en la mirada verdosa del hombre que hacía mucho que no veía allí. Algo estaba mal con Mark. No le agradaba aquello. Sin embargo, ¿qué podía hacer cuando él mismo era un desastre?

Esa noche le había permitido darse cuenta de algo o, más bien, darle nombre a un estado que antes no entendía del todo de qué se trataba. Se sentía... vacío. Hacía un tiempo que un agujero se había instalado en su interior. Sarah ya estaba casada. Tenía su vida, aunque él formaba parte de ella. No era que la envidiara, pero en el último periodo se sentía... solo. Lo que lo desconcertaba aún más. Siempre había estado solo y nunca se había resentido por ello. Sin embargo, la situación había cambiado, definitivamente se estaba haciendo viejo. Un viejo sentimental. Dio vuelta a la llave de encendido y emprendió el retorno a su solitario hogar.

13

Pasó por delante del escritorio de la recepcionista aspirante a modelo y la observó mientras hablaba por teléfono. Distinguió el aire altivo que la caracterizaba, las bellísimas facciones y su atuendo impecable. ¿Quién se creía que era esa mujer para tratar de aquella manera a Xavier? El pobre andaba suspirando por cada rincón por ella.

Sin pensarlo dos veces, avanzó hasta detenerse frente a Charlotte. La joven, con el auricular aún en la mano, frunció el entrecejo y le dedicó una expresión de: «Y a ti ¿qué te pasa?», a lo que Sam le dedicó una de: «Corta ya, si quieres averiguarlo.» Acto seguido el auricular fue puesto en su lugar.

—¿Querías algo? —preguntó la mujer de cabellos claros y recogidos como al descuido, aunque debió de haberse pasado unos buenos veinte minutos realizándolo.

—Sí, quería hablarte de un amigo. Xavier, ¿lo recuerdas? —preguntó y, por un segundo, solo por uno, creyó ver un velo de dolor en aquellos ojos azulinos, pero luego la mirada engreída retornó.

—¿Qué ocurre con él? —inquirió, poniéndose a la defensiva y estirando toda su columna, lo que le daba una postura sumamente rígida.

—¿Cómo has podido? —rugió Sam con un tono que parecía que fuera igual de escalofriante que el de Alex.

—¿Y quién eres tú para meterte en donde no te llaman?

—Me meto porque es mi amigo y has roto algo importante dentro de él. ¡No puedo creer que aprecies más una billetera que un corazón de oro! —exclamó, desatando toda la ira que sentía por dentro. Si tan solo ella se hubiera topado con alguien como Xav en el pasado...

—Es un asunto entre él y yo. Y si ya ha ido con cuentos, no estaba tan errada en darle una patada, ¿no crees? —apuntó con un aire de superioridad que a Sam solo le dio ganas de zarandearla.

—Estás demasiado equivocada, él no es de esos. Si te hubieras tomado la molestia de conocerlo, sabrías la clase de hombre que es, uno de los que ya no existen...

—Si tantas virtudes tiene, ¿por qué no sales tú con él? ¿O es que fuiste rechazada y proyectas en mí tu frustración? —le espetó, alzando la barbilla y brindándole una mirada de «eres un mosquito».

Samantha se quedó atónita ante la desfachatez que mostraba la joven, que no podía ser más que unos años mayor que ella. Sin embargo, había algo en sus ojos claros que se le escapaba, había veces en que la notaba vulnerable y... ¡paf! de pronto, sacaba todo el arsenal y atacaba a matar directo a la yugular.

A veces se sentía en un baile de máscaras y que todo se trataba de quién llevaba la que más cubría el interior, la que distraía de lo que había debajo y nos ocultaba del mundo. ¿Quién iba a llevarse el primer premio?

Xavier era una persona en extremo tímida y algo insegura sobre sus cualidades. No era un hombre que se lanzara a una mujer como quien se lanza a una piscina y menos si no supiera que habría agua en ella. Sin embargo, lo había hecho con Charlotte y se había estrellado contra el fondo.

—Eres superficial y tonta —dijo dando media vuelta para alejarse de su contrincante.

—¡Muy maduro, Samantha!

—¿Ves? Aquí tienes la gráfica definitiva. En la cuenta de esta automotriz venimos trabajando desde hace mucho. Es uno de los clientes más antiguos que tenemos —le explicaba Alex.

La había hecho sentarse a su escritorio para enseñarle en su PC los avances del equipo con respecto a algunas de las cuentas que manejaban, en ese instante le estaba mostrando unas gráficas que habían hecho para lanzar el último vehículo. Sin embargo, Sam no lograba mantener la atención en nada de lo que le estaba diciendo, dado que tenía a su jefe inclinado sobre ella, muy pegado a su espalda, con una mano sobre el ratón y con la otra encerrándola en una pequeña cárcel seductora.

El cuerpo masculino desprendía un calor que le abrasaba la espalda y hacía que le chisporroteara desde la cintura hasta la cima de la cabeza. Necesitaba aire, se ahogaba entre sus brazos, sintiendo el aroma masculino inundar sus fosas nasales, con el corazón desbocado y unas ansias irresistibles de comerle la boca.

Cada vez que inhalaba y su aroma la inundaba, se mareaba. Se estaba bamboleando como drogada, casi cayéndose contra él, cuando su voz la despertó:

—En esta le dimos una orientación más familiar. —Le enseñaba la gráfica publicitaria que comprendía a una familia junto al automóvil—. En cambio, aquí se trata de la imagen que estamos creando para una empresa que recién se está lanzando en nuestro país. Hicimos una presentación y ahora estamos analizando la repercusión en el mercado. Quisiera que estudiaras todo lo relacionado con la publicidad de este producto a ver qué se te ocurre y me tengas veinte ideas listas. ¿Podrás? —Se giró hacia ella de nuevo.

—¿Eh?

—Que si podrás hacerlo.

Sam continuaba con la vista fija en la pantalla, se negaba a darles ni un mísero vistazo a los labios finos formando una línea plana que tenía a escasos centímetros. Era tan tentador... Maldición, se estaba ahogando, necesitaba una bocanada de aire urgente.

—¿Samantha? —Alex frunció el ceño ante la falta de respuesta—. ¿No estás atendiéndome? —preguntó.

Se alzó y bordeó el escritorio hasta apostarse frente a ella con los brazos cruzados sobre el pecho enfundado en una camisa gris claro. Ya había sido demasiado tenerla tan cerca, con el aroma a gardenias inundando su nariz y excitándolo de tal forma que poco había faltado para que la arrojara sobre el escritorio y la desnudara ahí mismo.

—Yo... sí. Sí, me pondré ahora mismo con ello —dijo, esquivando la mirada oscura.

—Bien, porque quiero ver lo que tengas en una hora. En unos minutos voy a una reunión con el presidente de la empresa McDougal y luego con los de McCarthy, quiero que me acompañes a esta última, por lo que ponte al día y echa un vistazo a lo que venimos haciendo —la informó con su indiferencia habitual.

Ella pensó unos segundos en lo que él le exigía en tan poco tiempo y fue como un baldazo de agua helada. Se le escapaba a su entendimiento el por qué él buscaba que ella claudicara. No podía seguir tratándose del asunto de la cafetería. Además, ya faltaba poco para que cumpliera las tres semanas de prueba.

—¡Es imposible que logre todo eso en tan poco tiempo! —le espetó sin más.

Se levantó de su asiento y se enfrentó a él.

—¿Estás diciéndome que no eres capaz? —preguntó él al tiempo que arqueaba una ceja.

—¡Claro que no! —Tomó aire y trató de calmarse sin lograrlo—. Solo que nadie puede hacer tanto —declaró aún con la voz alzada—. Desde que comencé aquí, me ha dado tareas imposibles de tener finalizadas a tiempo. ¡Si no quiere que continúe, simplemente dígalo con todas las letras! —gritó al tiempo que todo su cuerpo temblaba como una hoja al viento.

Él escuchó su perorata con la ceja cada vez más elevada y con una expresión de pura incredulidad.

—Samantha, ¿estás insinuando que tengo algo personal contra ti? —preguntó tan bajo, casi un susurro, que unos escalofríos recorrieron la espalda de la mujer.

—Yo... sí, creo que sí. Eso es exactamente lo que estoy insinuando —le contestó con toda la reserva de valor que poseía y que no era mucha.

Él lograba sacar lo peor de ella y solo ansiaba arrojarle algo a la cabeza, desequilibrarlo un poco. Odiaba esa postura segura e impenetrable que mantenía, si tan solo lo viera alguna vez un diez por ciento de lo alterada que estaba ella.

—Entiendo. Antes de que venga a buscarte, abotónate adecuadamente la camisa —pidió Alex para luego dar media vuelta y salir del despacho.

—¿Qué? —preguntó ella sin comprender hasta que descendió la vista a su atuendo para darse cuenta de que se había saltado un botón.

Giró sobre los talones hacia el gran ventanal y comenzó a arreglarse.

—¡Argh, qué hombre tan terrible!

Pegó la frente contra el vidrio y dejó escapar un pequeño gemido. Había discutido con su jefe. ¿En qué estaba pensando? Había estado preparada para ir tras él con toda su artillería pesada. Todavía tenía ansias de sangre que no habían sido satisfechas. Definitivamente, estaba loca y de atar.

—No es para tanto —dijo una divertida voz desde la puerta.

Sam se sobresaltó. Por un escaso momento creyó que había verbalizado su idea de atacar a su jefe, pero se dio cuenta de que Marcus se refería a la opinión que había formulado sobre él. Nada más ni nada menos. Como si todo no pudiera empeorar.

Apoyado en el quicio de la puerta, Marcus la observaba con su deslumbrante y habitual sonrisa.

—Lo siento —se excusó, y comenzó a ordenar algunos papeles sobre el escritorio a la espera de que Mark se fuera.

¿Por qué tendía a meterse en problemas?

—No lo hagas. Es terrible, pero es así con todos. No es privilegio tuyo —decía a medida que se aproximaba.

¡Maldición!

—¿Nos oíste? —preguntó sin alzar la vista.

—Algo. Cariño, no te abrumes. Alex va a exigirte hasta el límite y más. Pero recuerda esto: al final se lo vas a agradecer. Estarás preparada para cualquier puesto al que te presentes —le aseguró, para luego tomarle la mano y darle un ligero apretón.

—Puede ser. Ahora mismo estoy más preocupada por estar preparada para la reunión que tendremos, y tener esto otro listo —dijo, señalando las diversas carpetas.

Mark permitió el cambio drástico de tema.

—Un consejo: comienza con McCarthy; luego haz lo que puedas con la otra. La reunión es lo más importante: como una especie de prueba.

—Gracias.

¡Una prueba! Parecía que todo lo era, en lo laboral y lo personal.

—Bien, voy a ver a mis muchachos. Cualquier duda, puedes venir a mí sin problemas, lo sabes. —Le brindó un guiño, otro apretón, y desapareció tras la puerta.

Ella se lo quedó observando mientras salía. No comprendía a ese hombre tampoco; lo había visto coqueteando con cada cosa que caminara. ¿Lo hacía con ella? Sam era medio tonta para esos temas, y casi nunca se daba cuenta hasta que era un tanto tarde. No lo creía, parecía que era algo que no podía evitar, un rasgo de su personalidad.

Tenía la mente puesta en lo que debía hacer cuando su vista recayó sobre la enorme cafetera que permanecía en una mesa. Ya faltaba un cuarto del líquido, aunque Sam continuaba sirviéndole las infusiones a Alex como aquel día que le había tocado té verde, coriandro, canela y mandarina disecada. Le encantaba la mezcla, por eso la había elegido para él.

Alex había dejado deslizar ese líquido por la garganta: tan despacio... De pronto, Sam conjuró en su mente la imagen, y lo sensual que había sido. Una gota resbalando por la comisura de los finos labios, la lengua masculina recogiéndola antes de que cayera demasiado lejos. Ella podía prestarse a ayudarle con ese menester. ¡Estaba perdida!

A él le había gustado la infusión. Claro que nunca iba a reconocerlo; era un maldito egocéntrico orgulloso.

Agarró la cafetera y vertió todo el líquido en el lavamanos del baño privado de Alex. Ahí tendría su adorada bebida. «No más café para usted, jefe.» Él habría ganado esa batalla, pero aún faltaba mucho para que ganara la guerra.

14

Gabriel McDougal, presidente de Chocolates McDougal, y Alex discutían acerca de los cambios que había que realizar a la imagen de la empresa.

Gabriel quería variar la esencia, conservadora a ultranza, que tenía la compañía: una chocolatería que había sido fundada por su abuelo y que, en la actualidad, era conducida por él después de fallecer su padre.

Era un hombre que igualaba en altura a Alex, también de cabello castaño oscuro, pero sus ojos eran de un color gris que emanaba una similar frialdad. Inclusive Alex sentía helársele la piel cuando el hombre lo miraba fijamente. Gabriel era un hombre inteligente, serio, calculador... pero, a diferencia de Alexander, no tenía una imagen de indiferencia, sino de un estado de enfado constante. Era directo, y cuando las cosas no le agradaban, lo hacía saber, y a veces no del mejor modo.

Por lo que Alex conocía de su historia, tenía un hermano en alguna parte; había escuchado que se trataba de un gemelo, pero jamás lo había visto ni oído y, ciertamente, Gabriel jamás lo había nombrado.

—Quiero comenzar con la imagen comercial. No

me gusta. Quizás algo más abstracto —decía Gabriel, mientras enseñaba los documentos al hombre sentado al otro lado de la mesa.

—Bien, también sería bueno modificar los colores con los que el público los identifica y ampliar el *target* al que están dirigidos —estableció Alex al tiempo que hacía algunas anotaciones en los documentos que observaban—. Están muy desactualizados.

—Sí, solo captamos a los viejos. La imagen es aburrida y tediosa.

No era la primera vez que se reunían, generalmente en esta etapa era Frederick quien se hacía cargo de los tratos. Sin embargo, Alex se sentía a gusto con el sujeto; algo inusual en él, que rehuía todo tipo de contacto. Había algo en Gabe, como había insistido que lo llamara, que no lograba dilucidar; una cualidad que lo hacía sentirse a gusto. Se identificaba con él en ciertos aspectos, lo que lo desorientaba aún más, dado que no podían ser más diferentes.

Se trataba de un hombre que había nacido en una cuna de oro; la familia era rica desde hacía generaciones. No había tenido que luchar por nada; aunque, en realidad, no lo sabía a ciencia cierta. A decir verdad, no sabía nada acerca de él, salvo lo que era publicado o se decía en las noticias. Joven, el soltero más codiciado del momento, y dirigía una de las compañías más antiguas y prestigiosas de la ciudad. Nada más.

Cuando se estrechaban las manos, a modo de despedida, algo le hizo a Alex preguntarle:

—Gabe, ¿te gusta el cine? —preguntó, provocando una expresión de desconcierto en su interlocutor.

—Eh... Sí, supongo.

—El jueves vamos con Marcus a ver una película de ciencia ficción —comenzó sin saber muy bien qué lo motivaba a proponerle algo así a ese hombre—. Mark es fanático del cine y me ha convencido para que lo acompañe a ver un film de los años cincuenta.

—¿Qué película? —preguntó Gabe, un poco vacilante.

—*El ataque de la mujer de cincuenta pies de altura*. Mira, a mí no es que me fascine ese tipo de películas; yo voy más para las comedias tontas —afirmó, con una media sonrisa, gesto que sorprendió aún más a Gabe.

—¿En serio? —dijo Gabe, y su expresión se tornó divertida. No terminaba de creer de lo que estaban hablando, ni podía imaginar al tipo viendo alguna comedia de Adam Sandler o algo por el estilo—. Lo mío son las de acción, épicas o de ese estilo. Pero bien, acepto —anunció, un tanto atónito por la propuesta y por el hecho de haberla aceptado.

Gabe hacía tiempo que no socializaba; más específicamente desde que una empresa entera le cayó en los hombros, y sus sueños se vieron truncados en un abrir y cerrar de ojos; si tan solo hubiera podido ser más como Doug..., pero no lo era.

—¿Sí? Nos encontraremos en el teatro Walter Read de Lincoln Center Plaza, en la 65 y Broadway, a las nueve y media.

—Bien, allí nos vemos. —Y cuando iba a girarse para irse, Gabriel se detuvo y dijo—: Gracias.

Se despidieron, y Alexander, extrañado de su propia conducta, se dirigió a buscar a su asistente. La mente volvió a inundársele con imágenes de la mujer que lo traía loco.

La discusión que habían mantenido hacía unos días aún le rondaba por la cabeza. ¿Tenía algo personal contra ella? La respuesta inmediata sería «no», pero no estaba del todo seguro. Sí, exigía el máximo de todos; así obtenía los resultados que quería. Confiaba en que a ella la trataba de forma similar al resto; sin embargo, no era igual a los demás, era una mujer. Ni siquiera se trataba de una más, sino de una que le calentaba la sangre y en quien no podía dejar de pensar. No lo dejaba en paz ni aun dormido, invadiendo sus sueños.

Ella le hacía cuestionarse ciertas cosas sobre sí mismo, lo cual no le agradaba nada. Tampoco lo complacía cómo se le había enfrentado. Nunca nadie se había levantado así contra él; es más: todos lo temían. Parecía que ella no. Lo que no hablaba muy bien del estado mental de la muchacha, ¿acaso no era consciente de que podía despedirla?

Entró en su despacho, pero Samantha no se encontraba por ninguna parte. Se dirigió a la sala del equipo, donde la halló sentada a la mesa, rodeada de los chicos. Comían galletas y ella reía, haciendo que el lugar adquiriera mayor luminosidad.

Ella repartía sonrisas y risas sin escatimarlas, salvo con él. Envidiaba a los que podían producir ese estado en ella; él solo lograba enfadarla y que le dirigiera una mirada de odio fulminante.

En aquel momento, ella se apoyó contra el costado de Nick, y él le pasó un brazo por los hombros, atrayéndola más cerca. Un enojo sin igual creció en Alex.

Esos dos no podían mantener sus manos apartadas; cada dos por tres los encontraba abrazados como ahora. ¡Ella le pertenecía, era suya!

Alex se tambaleó ante ese pensamiento tan primitivo. ¿Desde cuándo pensaba que era «suya»? Pero así lo sentía. Al fin y al cabo, él la había conocido primero; bueno, en realidad lo había hecho Mark, pero él no contaba.

Lo peor de todo era que realmente no tenía ningún derecho sobre ella, y peor aún era que Nick le cayera demasiado bien. Era un tipo inteligente, rápido, eficiente en el trabajo, leal y ético. Sin embargo, al contemplarlo acariciar el hombro de Sam, su visión se tiñó de rojo sangre.

—¡Samantha! —vociferó y, literalmente, ella saltó del asiento—. Muéstrame lo que has estado trabajando —continuó con voz tan baja que cortaba.

Sam lamentaba tener que dejar a sus compañeros; se habían estado divirtiendo, comiendo sus galletas, y Fred les había estado obsequiando con ciertas anécdotas de sus reuniones con algunos clientes exasperantes. Decía que en este mundo había gente muy extravagante, y de pronto había hecho un ademán con la cabeza hacia ella. Todos comenzaron a reírse, ella incluida.

—Una vez vino un tipo gordo y calvo, con un gran bigote blanco que se curvaba en las puntas —contaba Fred entre risas—; quería que su esposa fuera la imagen de la empresa. Pero lo que no sabéis es el rostro que tenía la mujer, uuuh, daba miedo. —Más risas incontrolables se unieron a las suyas—. Era un espanto: puro plástico, nada de su fisonomía natural restaba ya.

—Lo peor fue que se hicieron las pruebas fotográficas —añadió Andrew—, y al final tuvo que darnos la razón: era realmente espeluznante, con unos labios así —explicaba dando vuelta a sus labios para hacerlos parecer desmesuradamente grandes, y alzando ambas cejas, tenía una expresión horrible.

Le dolía el estómago de tanto reír. Distracción era lo que había necesitado después de analizar y estudiar los puntos de la campaña de cada una de las cuentas.

—¡Samantha! —volvió a bramar Alex—. A mi despacho, ¡ya! —Y desapareció.

Ella se alzó, despacio. Desde que se habían enfrentado, él la había evitado. Presentía que ahora se desquitaría por haberle hecho frente al Gran Señor.

—Ánimo, amor. Va a estar todo bien —la calmó Nick, y antes de que se fuera le estampó un beso en la mejilla.

—Gracias. Temo no estar por mucho tiempo más por aquí —murmuró la joven para que nadie más que él la oyera.

—¿Por qué? ¿Qué pasó?

—Eh, discutimos.

—Él nunca discute con nadie; mejor dicho: nadie discute con él —declaró Nick; sus ojos color miel mostraban lo preocupado que estaba por ella—. Amor, ya casi estás en las tres semanas. Solo unos días más. Compórtate, que no quiero que te vayas. —Nick le tomó los brazos y, al notarlos helados, comenzó a frotarlos arriba y abajo.

—Yo tampoco quiero irme. Deséame suerte —le pidió, casi al borde de las lágrimas.

Con paso de plomo se dirigió a lo que suponía sería su funeral, al menos en lo profesional.

—Estuve pensando en un mensaje efectivo y en el medio necesario para potenciar la marca del producto —decía Sam—. También analicé el logo específicamente; quizás sea demasiado grande y tenga un mal uso del espacio, no siendo amigable con el consumidor...

Sabía que estaba balbuceando, y que lo hacía a gran velocidad. Entre que él no mencionaba absolutamente nada sobre la discusión que habían mantenido unos días atrás, y que estuviera con el cabello algo despeinado y los botones del cuello de la camisa abiertos, no podía pensar con claridad.

Su corazón estaba desbocado, le costaba mantener la respiración tranquila, sus manos sudaban y las cosquillas le burbujeaban en el estómago.

—Estoy al tanto de la campaña publicitaria de Swissland...

—Silencio —ordenó él—. Primero muéstrame lo que has desarrollado: tus ideas, y luego hablaremos de la reunión. La próxima vez que me vea con McDougal quiero que vengas. Tienes que empaparte en eso tanto como te sea posible, te dediques luego a la parte creativa, investigación o lo que sea; tienes que tener experiencia en cuentas también. En relacionarte con los clientes y lo que quieren. ¿Entiendes?

—No se me da demasiado bien el área de relaciones sociales —murmuró con el ceño fruncido.

La conversación no iba por donde había pensado;

creyó que él la despediría sin más, pero no solo no lo había hecho, sino que le estaba explicando qué harían más adelante. Es decir: se quedaba.

—No importa. Solo tienes que estar allí, junto a mí, y aprender.

—¿No sería mejor que fuera con Fred? —preguntó Sam; al fin y al cabo, era quien se dedicaba al área.

—No.

La expresión de superioridad al decirlo no podía parecer más pedante en aquel sujeto, tanto que los dedos femeninos hormigueaban de las ganas de darle una bofetada en aquel rostro perfilado en granito, tan atractivo que la movía a odiarlo aún más.

Charlotte entró en el despacho con un enorme ramo de flores de distintos colores, envueltas en papel celofán rosado.

—Samantha, esto llegó para ti.

—¿Para mí? —preguntó al tiempo que lo agarraba y buscaba una tarjeta.

Cuando encontró aquel pequeño trozo de cartón blanco se le heló la sangre. «Eres mía.» Solo aquellas dos palabras lograron que su corazón se disparara en una mortal carrera, su sangre se drenara de su rostro y su respiración se atascara.

—¿Todo bien? —preguntó Alex.

Los celos lo carcomían por dentro; sin embargo, ella no había reaccionado como se esperaría ante semejante presente. Empalideció de súbito y dio la impresión de que, en cualquier momento, caería redonda al suelo.

Sam solo asintió; las palabras no salían de su garganta, un nudo se le había instalado allí y no podía tragar ni respirar.

—¿Samantha? —la llamó en un tono bajo, algo no iba bien con ella.

Sam tomó asiento y solo se concentró en respirar. La había encontrado; ya no había duda.

—Sí, todo está bien.

A una distancia prudencial, un hombre, con una gorra roja ocultando sus cabellos, observaba atentamente desde su vehículo la entrada del edificio Hayworth.

Los ojos se le estrecharon al ver a su objetivo salir por las grandes puertas de cristal, junto a un hombre distinto que la vez anterior. Lanzó un cigarrillo sin finalizar por la ventanilla, al tiempo que los observaba subirse a otro vehículo. Dio vuelta a la llave de arranque y se puso en marcha, siguiéndoles la pista.

15

Permanecía con las manos apenas apoyadas sobre el volante de cuero del Audi A6, de color negro brillante e interior gris titanio. Era un vehículo exquisito y él lo manejaba con soltura y relajo.

Samantha contemplaba el paisaje de la ciudad, evitaba mirar al hombre que tenía a su lado, quien no le había dirigido la palabra en todo el viaje. Regresaban del restaurante donde habían presentado el proyecto de la cuenta de unos clientes en que había estado trabajando Alexander desde hacía tiempo.

Se trataba de una campaña compleja, con diseño de imagen desde el inicio, producción gráfica y televisiva; asimismo, le habían sugerido al cliente hacerse con un jefe de prensa, para posicionar la marca en el mercado de una manera más completa.

Sam giró el rostro y le dedicó una mirada de lleno. El cabello: algo largo y oscuro, un tanto ondulado; el rostro: distinguido, siempre serio; nariz recta y pómulos altos. Iba impecablemente vestido con un traje azul marino y una camisa de un blanco azulado. Siempre vestía de colores azules o grises, en diversas gamas.

Estaba relajado, podía notarlo por la respiración pausada, la postura distendida y los dedos que apenas tocaban el volante.

—¿Te gusta lo que ves? —preguntó Alex, al tiempo que la miraba por el rabillo del ojo, sin apartar la vista del frente.

—¿Y si así fuera?

¿Qué estaba haciendo? ¿Acaso se había vuelto loca? Así parecía. Se lamió los labios, repentinamente resecos, y esperó con el corazón acelerado la respuesta.

Ante las palabras de la mujer, Alexander enarcó una ceja y clavó la oscura mirada en esos ojos color chocolate.

—¿Y qué vas a hacer al respecto? —replicó.

—Por el momento, seguir observando; luego... ya veré. Quizás lo asalte en el estacionamiento.

Sam se sonrió ante el gesto estupefacto de su jefe.

Alex retornó la mirada hacia el frente, como si la conversación nunca hubiera tenido lugar. Necesitaba calmarse; si no lo hacía, sería él quien la asaltara, y ni siquiera pensaba esperar a llegar al estacionamiento. Le saltaría encima en medio de la autopista.

No podía creer que le hubiera dicho tales cosas; la mujer no hacía más que burlarse de él. Porque estaba más que seguro de que era eso lo que se proponía: mofarse de su jefe. Y había soportado demasiadas burlas en su vida como para dejar que ella también lo hiciera.

Alex estaba cada vez más enfadado, a medida que

su mente conjuraba todos los motivos por los que ella hacía de él una broma constante. La ira iba acumulándose en su interior a modo de volcán en erupción.

—¿Qué demonios te ocurre? —le bramó en cuanto entraron a su despacho, con todo el cuerpo hacia delante y las manos cerradas en puños a cada lado.

Al principio, Sam se sobresaltó. Nunca le había oído gritar a ninguno de los empleados antes; por eso la sorprendió. Sin embargo, no iba a dejar que lo hiciera con ella. Porque, por más que bramara como una fiera, ella no le temía, lo que la asombraba aún más.

—¿A mí? ¿No tiene espejo en su casa? —exclamó ella, alzando la voz a su vez.

—¿De qué estás hablando? ¡Eres una mujer totalmente desquiciada! —Alex ya no trataba de calmarse; la rabia, la frustración de tenerla cerca todos los días lo estaba haciendo explotar—. Y no creas que no me he dado cuenta de cómo estabas hoy.

—¿Hoy? ¿De qué habla? —preguntó; la tenía desorientada.

—Con los chicos del grupo, repantingada en el asiento, junto a ellos, sin el más mínimo decoro —la atizó.

Se dispararon dardos de unos ojos a otros. Un duelo de actitudes se estaba dando lugar entre hombre y mujer.

El ambiente comenzó a caldearse y la tensión fue creciendo hasta hacer imposible respirar.

—¿Qué? ¡Esto ya es el colmo! No tiene ningún derecho a tratarme como una... una...

—¡Prostituta!

Sin mediar palabra, ella se le arrojó encima, con sus puños en alto, golpeándolo donde fuera.

—Ah, no. ¡Esta vez no vas a hacerlo! —Alex la tomó de las muñecas, doblándoselas por la espalda, y pegó su pecho al femenino evitando que realizara el más mínimo movimiento.

Sam trataba de forcejear, pero él limitaba sus movimientos manteniéndola pegada a su torso. Las respiraciones agitadas resonaban en el silencio de la habitación. Un choque de voluntades tenía lugar en esa contienda, en la cual los ojos de ambos lanzaban dardos de hielo.

La frustración y el forcejeo de un cuerpo contra otro fue caldeándolos hasta sentir que un magma corría por sus venas. El placer los recorrió, enviándoles una corriente eléctrica como un cortocircuito de alto voltaje.

Permanecieron quietos por unos segundos; una mirada fijada en la otra. Agitados. Alex se sentía envuelto en aquel aroma a gardenias que lo enloquecía; clavó los ojos en los labios, apenas abiertos, por los que ella dejaba salir el aire; y sin pensárselo dos veces descendió sobre ellos. Conquistó esos labios suaves y rellenos, primero con suma delicadeza y luego con mayor voracidad, ahondando en el beso.

Samantha tardó en responder, estaba hipnotizada por el hombre que la estaba llevando a una cima de placer nunca antes conocida. Era duro, severo y delicado; tanto que estaba flotando en una nube. Esa boca era exigente y estaba hambrienta de ella. Acompasó sus labios a los masculinos, y ahora era ella la que reclamaba más. Él le liberó las manos y ella se aferró al cuello de Alex, al tiempo que él la tomaba por los glúteos y la alzaba. Sam lo rodeó con las piernas, y ambos gimieron cuando la dureza masculina se apoyó entre las piernas de ella. La llevó hasta el escritorio; de un manotazo tiró las carpetas que tenía encima y la sentó en él. Sin saber cómo, ella tenía la falda arremolinada hasta la cintura, dándole libre acceso.

Jadeos y gemidos musicalizaban el silencio del despacho, al tiempo que las llamas los abrasaban. Una intensa necesidad de satisfacción los poseía.

Ninguna palabra los interrumpió, ni tampoco el raciocinio hizo aparición.

Los labios de él bajaron por la boca de ella, pasaron por su delicado cuello hasta llegar a la parte alta de los senos.

Sam estaba totalmente perdida en un mar de sensaciones; nunca había sentido nada igual, tal excitación que parecía que estallaría en cualquier instante. Lo agarró del cabello para dirigir la boca de él de regreso a la suya.

Desesperación y salvajismo.

Una lengua la invadió. Sam no creía que pudiera cansarse alguna vez de saborearlo, tenía un gusto dulce y profundo, como el chocolate con pimienta de Cayena. Estaba totalmente embriagada; era la única justificación.

No era real. Se había dormido y estaba soñando. Él no era este hombre que la estaba haciendo sentir la mujer más excitante sobre la faz de la tierra.

Estaban totalmente poseídos, ajenos a que seguían en el despacho de él, a que en cualquier momento alguien podía entrar. Solo estaban ellos y el torbellino de emociones que los poseía.

Ella lo aferró por la camisa y la abrió, haciendo que los botones salieran disparados por doquier. A nadie pareció importarle. Pasó las manos por el pecho de él, deleitándose con el cosquilleo del sutil vello sobre sus palmas. Le clavó las uñas, arrancándole un profundo gemido.

Alex no aguantaba más, necesitaba sentir los senos sobre su pecho, ansiaba acariciarlos, devorarlos. Comenzó a desabrocharle la blusa, pero era demasiado lento, así que se la sacó por la cabeza; desabrochó el sujetador con una mano con extrema pericia y... eran hermosos. Blancos y con unos pezones redondos, perfectos, rosados. Descendió la boca hacia ellos y los degustó con devoción.

Sam se aferró a la cabeza oscura y le dejó hacer. Se limitaba a gemir y a clavarle las uñas en el cuero cabelludo. Era demasiado, demasiado intenso, demasiado erótico, demasiado sensual.

Él jugueteaba con el pezón, lo mordisqueaba, lo soplaba, poniéndolo duro como una pequeña roca. Ella no podía más, estaba mareada del anhelo de tenerlo dentro y que la llenara y la sacara del calvario que le estaba haciendo vivir.

Alex tampoco se quedaba atrás; eran tantas las ansias de sentirse dentro de ella que, de un tirón, le bajó las bragas y dirigió el pene a su cueva húmeda y oculta entre las piernas femeninas. De repente, una pequeña mano detuvo la invasión. Él alzó la vista a las excitadas y oscuras pupilas que tenía delante. Si ella le indicaba que no prosiguiera, iba a morirse ahí mismo por combustión espontánea. Casi no podía ni respirar de la expectación de sentirse dentro.

—Hace mucho que... —dijo ella, con una expresión avergonzada al tiempo que le rehuía la mirada.

No era virgen y tampoco había estado con un único hombre, pero hacía tiempo que no estaba íntimamente con nadie, y nunca había estado con un hombre como él, que la llevara a tal escalada de placer.

Él tomó su rostro entre las manos, la observó unos segundos y bajó los labios para regalarle un beso extremadamente dulce; no como los que hasta el momento le había brindado: salvajes, prometedores de sexo y satisfacción arrasadora. Ese era de una ternura que la desarmó. La besaba despacio y con la lengua le acariciaba las paredes internas de la boca, los blancos dientes; succionaba la lengua femenina de una manera pausada y erótica. Introducía su lengua de manera lenta, la deslizaba fuera, y volvía a adentrarse de un modo erótico que la hacía vibrar de anticipación. Era la clase de beso que sabía que se le grabaría a fuego en el alma, del cual no podría olvidarse mientras viviera.

La excitación de Sam creció a pasos agigantados hasta llegar a una subida inimaginable y sin fin. La forma de comportarse de Alex, tan tierna, la dejaba en carne viva; no podía resistirse al hombre dulce, tan dispar al insufrible y taciturno.

Él volvió a posicionar su pene en la entrada de la vagina de la joven, penetró solo unos centímetros y poco a poco fue introduciéndose en ella.

Sin embargo, ella apenas sintió dolor cuando él avanzó en su interior. El camino fue largo, y en tandas, hasta que se adentró hasta el fondo. Se detuvo por unos segundos, posando la frente sobre la de ella.

Comenzó con un lento vaivén, hasta que ella clavó sus uñas en su espalda. Continuaron con un bombeo rápido y frenético. Ella se aferró a él, y él a ella, mientras se fundían en uno solo y jadeaban a la par. El sudor corría por sus cuerpos a medida que continuaban con aquel baile acelerado de placer, hasta que alcanzaron un precipicio y un grito agudo escapó de ella como uno ronco de él.

Los bombeos se ralentizaron hasta detenerse, mientras permanecían abrazados con la respiración entrecortada; unos jadeos brotaban de sus bocas, que trataban de recuperar el aliento.

Ella se estremecía, acurrucada en su pecho y rodeada por sus brazos.

Alex trató de mirarla a los ojos, pero ella no alzaba el rostro, sino que lo mantenía escondido contra su pecho. Le acarició la mejilla y notó que estaba húmeda. ¡Estaba llorando!

La abrazó más fuerte, sin saber bien cómo manejarse con la mujer que tenía aferrada a él. Por un instante se le cruzó por la mente que quizás la había forzado de alguna manera, pero no; sabía que había estado tan desesperada como él. Sin embargo, hacía tiempo que ella no intimaba con nadie. No lo entendía, él creía que ella y Nicholas... Tal vez había sido demasiado bruto con ella y la había lastimado de alguna forma.

—¿Sam? —pronunció el nombre femenino en apenas un susurro al tiempo que acariciaba su suave cabello.

—¿Mmm?

Sam no deseaba pronunciar palabra, quería mantenerse rodeada de aquellos brazos sin pensar en los aspectos negativos de lo que acababa de suceder. Se sentía flotar y... segura, él la hacía sentir segura.

—T-t-t-t —tartamudeó.

Alex cerró los puños contra la espalda de Sam, la frustración y la vergüenza lo embargaban. No estaba seguro de poder pronunciar palabra y el maldito tartamudeo emergía en su garganta.

Sam se percató de la rigidez repentina del cuerpo de él. Los músculos de la espalda se le tensionaron. Pensó un segundo y se percató de que él había tartamudeado como aquella vez en que ella le había dado todo un discurso sobre lo malo de tomar café. Él estaba respirando profundamente, como si tratara de calmarse.

—¿Alex? —dijo mientras alzaba el rostro hacia él.

—¿Te lastimé? —preguntó tan bajo que a ella le costó distinguir lo que le había dicho.

Ella quedó atónita ante la expresión de él, una ráfaga pasó por los ojos de Alex a lo que no le pudo poner nombre. Duró tan solo un instante, luego la mirada masculina volvió a ser tan insondable como era habitual, la mantenía a ella y a cualquier otro fuera del interior que tan recelosamente resguardaba.

—No —susurró ella, enfatizando la respuesta con una negación de la cabeza.

Él se dispuso a enjuagarle las lágrimas con los pulgares. Tenía que detenerlo, antes de que no quisiera hacerlo, de que fuera demasiado tarde y estuviera perdida. Iba a destruirla.

Ella se alzó del escritorio y lo apartó sin sutileza. Se

desenrolló la falda, se colocó la blusa y cruzó los faldones sobre su pecho, mientras buscaba con su mirada dónde había ido a parar el sujetador. Le rehuía la mirada sin disimulo. Él tan solo la contemplaba, sin moverse del lugar, mientras Sam se paseaba por toda la sala en busca de su prenda.

—Detrás del escritorio —le indicó Alex con voz sombría mientras el rechazo de ella revivía los miles que había tenido a lo largo de su vida.

Ella corrió hacia donde él le había señalado, aferró su corpiño y se alzó lentamente.

—Gracias —dijo en un tono bajo mientras se quitaba la blusa y se ponía la prenda recién hallada, de espaldas al hombre—. Esto fue un error —susurró ella, más para sí misma que para él.

—Quizás.

Alex no estaba de acuerdo. Jamás se había sentido tan completo como cuando la tuvo entre sus brazos y culminó en su interior. La deseó y aún la deseaba, no creía que una sola vez bastara para que el deseo disminuyera, si era que alguna vez lo hacía.

La fija mirada masculina la comenzó a caldear nuevamente, sentía cómo sus pezones se endurecían y un cosquilleo le surgía por dentro. Sam se atemorizó de las emociones que él hacía surgir en su interior. No podía permanecer ni un segundo más en su presencia, iba a claudicar y no podía, tenía que escapar. El miedo tomó control sobre su cuerpo.

—Me voy —anunció y aguardó.

Estaba paralizada, no lograba mover los pies ni apartar la mirada de la de él.

—Bien —eso fue todo lo que contestó—. Siento haberte acusado antes.

—No importa. —Sam ni siquiera recordaba de qué estaba hablando.

—Sí, importa y lo siento —aclaró Alex al tiempo que daba un paso hacia ella.

Aterrorizada, Samantha rodeó el escritorio y salió corriendo con desesperación sin mirar atrás. Llegó a los ascensores y presionó el botón con insistencia. Se abrieron las puertas, se metió dentro antes de cambiar de opinión, y al fin pudo respirar.

Un automóvil se puso en marcha apenas la vio salir por las puertas de vidrio sin que la mujer se percatase de su presencia.

16

Cuando cruzó las puertas del departamento creativo, vio a un hombre que le hizo hervir la sangre de inmediato. Era un espécimen sumamente atractivo, no como aquellos con los que acostumbraba a salir, y de eso ya hacía un tiempo largo. Tenía el cabello castaño cortado a la moda, ni muy largo ni muy corto, y vestido con un traje gris inmaculado. ¡Hasta llevaba corbata! ¡Mmm!, las cosas que se imaginaba haciendo con esa prenda.

Era como si Ryan Gosling estuviera ahí mismo.

—Límpiate la baba, Nick —bromeó Andrew a su lado.

—¿Quién es él? —preguntó sin apartar la mirada de tan exquisito macho que charlaba con su jefe y sonreía iluminando su rostro.

—El primo de Mark, es abogado y está ayudándolo a él y a Alex con algún tipo de negocio. No sé muy bien de qué se trata, aunque me lo imagino dado lo extraños y escurridizos que están últimamente...

—¿Qué sabes de él? —inquirió, cortando el soliloquio de su amigo.

—Eh, no mucho, creo que se llama Brian algo, es primo

de Mark, como te dije, y tiene un estudio aquí en Nueva York, pero nada más. Ah, solo una cosa, no es gay, Nick, de eso estoy seguro. Totalmente fuera de tu liga, hermano —afirmó mientras contemplaba al hombre en cuestión.

—Eso está por verse, Andy.

—Vamos, no te metas en problemas. Bien sabes que Mark es encantador hasta que deja de serlo y no sé si no prefiero enfrentarme a Alex antes que a él cuando está enfadado.

—No te preocupes, no voy a tirarme sobre el tipo como un lobo hambriento.

Por la mirada que le dedicó Andrew, no estaba del todo seguro de que no fuera a hacerlo.

Nick no recordaba cuándo un hombre lo había cautivado de tal manera y sin ni siquiera intercambiar un par de palabras acarameladas. Es que irradiaba excitación, no era guapo, sino más bien interesante.

De pronto, el hombre de cabello castaño, traje impecable y, se percató Nick, azulina mirada, alzó la vista y la clavó en él. Nick sintió cómo el corazón se le saltaba un latido para luego ponerse a correr al galope, su entrepierna pegó un tirón y una vocecilla le anunció «Mío». ¿Qué era, un hombre de las cavernas? ¿Mío? ¿De dónde había salido aquello?

Los ojos del primo de Mark se clavaron en los suyos. Frunció el entrecejo y la respiración se le aceleró, tanto que hasta Mark le preguntó si le ocurría algo. Brian negó en un movimiento brusco. Le lanzó dardos mortíferos con la mirada, para después apartar la vista y posarla en su primo, que continuaba hablándole.

Bien, había captado la indirecta. Andrew tenía razón, el tipo no era gay, mejor dicho, aún no sabía que lo era. Porque, que un rayo le cayera encima si él no había distinguido interés en esos ojos azules.

Nick ya estaba viejo para ayudar a iniciantes a salir del armario. Deseaba algo apacible para variar, una pareja estable. Lo hartaban los encuentros de una noche, aunque tampoco estaba dispuesto a meterse con novatos.

Miró su reloj, era la hora del almuerzo. Tomó su cartera en la que traía sus provisiones, las sobras de la noche anterior. Su economía no estaba como para comprar una comida cada mediodía. Solía ir al parque Battery a tan solo unas manzanas de la empresa, a sentarse sola en uno de los bancos frente al río Hudson. Antes de salir, Charlie pasó por el cuarto de baño.

Se disponía a salir de uno de los cubículos cuando entraron otras dos empleadas del mismo piso, aunque de otro departamento. Como no socializaba, permaneció donde estaba. No se llevaba bien con el resto de sus compañeros, espantaba a todo el mundo y cuando no lo hacía, igualmente terminaban odiándola.

—Te digo que el equipo está repleto de hombres como no hay otros, empezando por sus jefes. El de cabello negro está para comérselo, pero tiene una expresión que te espanta nada más verlo —decía una de las mujeres.

—¿Y el otro, el rubio? —preguntó la otra sin ocultar el interés que tenía por aquellos hombres.

—Ah, aquel es un encanto, pero solo es para una noche, querida —dijo la de mayor edad.

—¿Por qué lo dices? —inquirió la de voz más aguda.

—Se nota, aunque no he oído que haya salido nunca con alguien de aquí, y esas cosas se saben enseguida —dijo la primera al tiempo que soltaba una risita.

—¿Y qué me dices del resto?

—Pues, están todos para chuparse los dedos, pero hay uno que es una joya en bruto.

—¿Cuál?

—Xavier.

En el mismo instante que oyó el nombre, Charlie paró la oreja. Hasta el momento, estaba ensimismada en sus pensamientos, esperando a que las dos mujeres se fueran para poder irse tranquila. Ahora quería saber qué tenían que decir sobre él.

—¿Qué hay con él? —preguntó la de la voz chillona.

—¿Es que no lo sabes? Es el hijo del multimillonario Bolger, el dueño del imperio empresarial y que sale todo el tiempo en las revistas de negocios. Lo que no me explico es qué hace su hijo aquí trabajando como uno más, teniendo el dinero que debe tener acumulado en su cuenta bancaria —anunció la mayor.

—Vaya, no hubiera apostado ni un céntimo por él. No voy a negar que es atractivo, pero es tan retraído y tímido, quizás hasta virgen —dijo antes de soltar una carcajada.

—Pero un virgen forrado —afirmó la otra al tiempo que se unía a su amiga.

Charlie no podía creerlo, ¿Xavier era el heredero del imperio Bolger? ¿Qué hacía trabajando allí? ¿Y ella lo había rechazado por ser poca cosa? Apoyó su frente contra la puerta del cubículo, cerró los ojos y dio una profunda inhalación. Una idea descabellada se le iba formando en su cerebro. Se iba a odiar de por vida si la llevaba a cabo. Por Dan, haría lo que fuera.

Las mujeres, quienes habían estado retocándose el maquillaje, cerraron los grifos del lavabo y partieron, ajenas a la mujer que se encontraba debatiéndose entre lo que debía hacer y lo que su alma y corazón le indicaban que no hiciera, pues después de ello no habría vuelta atrás.

Salió y se dirigió a la puerta del cuarto de baño como si sus pies estuvieran enfundados en hormigón, cada paso la acercaba más a la carga que llevaría por siempre si continuaba. Alzó la barbilla, puso su expresión habitual de «nada me importa, ustedes no son nadie» y fue, con su falso andar despreocupado, a tomar el almuerzo al parque.

—Hombre, te estoy hablando —dijo Mark a su primo, al tiempo que fruncía el ceño—. ¿Dónde estás?

—Disculpa, estoy con muchos asuntos en el estudio y a veces mi mente se va —mintió, su mente tan solo pensaba en aquel hombre de mirada ardiente que lo había estado contemplando como si fuera un apetitoso filete.

—Bueno, trata de que no te apabulle, primo. ¿Tienes todo listo entonces? Mira, que en seis meses ya hacemos el traslado, aunque no lo hemos anunciado. No queremos tener ningún problema legal en cuanto a los permisos ni al personal...

—Cálmate, Mark. Tengo todo bajo control, no te preocupes. En una semana te podré ir dando más noticias. Desde que abrí mi propio despacho, no te digo que el trabajo me esté lloviendo encima. Solo tengo que adaptarme —anunció Brian mientras se masajeaba el cuello y volvía a posar la mirada en aquella puerta por donde había desaparecido ese tipo de cabello algo largo atado en una cola de caballo.

¿Qué demonios le pasaba con aquel hombre? Sabía bien que se había sentido atraído por él, lo había visto en la expresión de sus ojos y en su boca, apenas abierta, que dejaba a la vista la punta de su lengua. ¡Mierda! ¿Qué le pasaba? A él no le iban los hombres, le encantaban las mujeres y mucho. Ninguna podía quejarse de él, siempre salían bien satisfechas de su cama. Cerró los ojos y trató de sacarse al sujeto de cabello largo y ojos penetrantes y seductores. ¿Penetrantes? ¿Seductores? ¿De dónde había salido aquello? Un cúmulo de emociones encontradas se arremolinaban en su interior.

Brian se despidió de su primo, prometiendo que en unos días le traería algunas novedades acerca de los trámites que se había ofrecido a realizarles a él y a su colega. Alex no le caía del todo bien, para decir verdad, no había compartido mucho con el tipo. Era tan hermético que no terminaba de cuadrarle. Lo que sí sabía era que en el instante que Mark estuvo mal, fue el primero en tenderle una mano y por ello le estaría agradecido de por vida, lo que también probaba que había más debajo de la superficie.

Cuando se giró en el ascensor antes de que se cerraran las compuertas metálicas, dirigió una última mirada a aquella puerta. Y un odio que nunca había experimentado se desató en su interior contra aquel tipo de cabello castaño oscuro y ojos dorados como la miel.

17

—Bien, muchachos, tenemos un desafío —anunció Alexander al entrar al departamento, su voz no enmascaraba lo molesto que se encontraba y en las manos cargaba unas cuantas carpetas amarillas—. Tenemos una fecha de entrega de dos días —añadió a la par que cinco cabezas se giraban en su dirección al unísono.

—¿Dos días? —exclamó Nick al aproximarse hacia su jefe.

—¿De qué se trata? —preguntó Fred.

Andrew y Xav se incorporaron de sus asientos y se acercaron al hombre en espera de la respuesta.

—La directiva nos viene de arriba —dijo. La expresión seria del hombre turbó a cada uno de los miembros del equipo—. Es una empresa que va a lanzar al mercado un nuevo producto y tenemos que desarrollar toda la campaña publicitaria —sentenció Alex con los hombros rígidos y sus labios formando una línea delgada y tensa.

—¿En dos días? —repitió Nicholas.

Era imposible de llevar a cabo y lo sabían.

—Xav y Andrew, vosotros tenéis que empezar rápidamente, chicos —señaló—. Aquí os dejo algunos de los informes que me entregaron. —Le extendió unos documentos a Andrew, quien comenzó a analizar los datos. Se giró hacia otro de los muchachos—. Fred, necesito que te entrevistes de inmediato con el responsable de Smart Co, establecer qué quieren específicamente y, bueno, ya sabes qué hacer —puntualizó al tiempo que apoyaba los puños sobre la mesa, hundía un poco los hombros y daba un profundo suspiro.

—Ya mismo, jefe. —Fred giró sobre sí mismo y salió de la estancia, sin perder un solo segundo.

—Supongo que aún no me necesitas —apuntó Nick.

Alex alzó la mirada cargada de violencia, las fosas nasales abriendo y cerrando, estaba a punto de explotar. No era alguien acostumbrado a acatar directivas y menos unas tan poco consideradas para con él y su equipo.

—No, sigue con lo que tienes pendiente. —Se detuvo por unos segundos—. Después tendrás que ponerte de lleno a esto. Hoy, muchachos —afirmó—, terminaremos tarde. Si alguien tenía planes, que los cancele. Samantha. —Clavó la oscura mirada en la mujer y por un momento perdió el hilo de lo que estaba por decir—. Tú... ayuda a Xav y a Andrew en la búsqueda. —Apartó los ojos de ella, recuerdos de la fogosidad compartida lo invadieron—. Estableced objetivos, mensaje, público potencial, lo que ya sabéis —dijo al tiempo que se masajeaba el cuello, tratando de liberar las tensiones que había ido acumulando.

—Lo volvió a hacer, Mark —reprochó Alex.

Marcus estaba sentado al escritorio en su despacho, realizaba el diseño de una campaña gráfica en el PC. Agradecía el verse interrumpido, necesitaba una distracción del trabajo arduo en el que había estado sumergido desde hacía un par de horas.

—¿Qué y quién? —preguntó con aire distraído.

—Lawrence. Volvió a comprometerse con una empresa y nos estableció un límite imposible, dos días para llevar a cabo toda la campaña. E-e-e... ¡Argh! —gruñó mientras se dejaba caer en una silla frente a su colega y perdía la vista en el ventanal.

—Sí, lo sé. Es una locura —acompañó las palabras con un breve asentimiento, dio un profundo suspiro y elevó la clara mirada a los ojos oscuros—. A mí me dio otra cuenta, no con tan poco margen de tiempo para desarrollarla, pero algo similar —reprochó.

Hartos los tenía el despotismo evidenciado por el gran señor Lawrence Hayworth. Era una persona con la que no querías mantener una diferencia de opiniones. Era autoritario, severo y retrógrado.

El tipo adoraba a Mark como no lo hacía con nadie, cuestión que él no terminaba de comprender, pero lo hacía hasta más desagradable, pues se sentía culpable cada vez que le daba una negativa.

—Ya nos queda poco, amigo. No te preocupes —aseguró, Mark.

—Lo sé —concedió y se mantuvo en silencio por unos segundos, ensimismado—. Más que nada, tenemos que darle nuestra opinión acerca del uso que hace del equipo —repuso. No le apetecía reunirse con el presidente de la empresa, no era alguien que le agradara demasiado—. No me gusta abusar de los muchachos y tampoco que nos use de esta manera para lograr sus propósitos y congraciarse con la gente «indicada».

—A mí tampoco me agrada. Si quieres, vamos ahora y dejamos los puntos claros.

Alex se lo quedó mirando, Mark aquel día tenía un aire desesperanzador y necesidad de una pelea, algo no usual en el hombre siempre despreocupado.

Los coordinadores del departamento creativo se dirigían al despacho de la presidencia acompañados por Samantha. Habían pensado en ir solos, pero en el último momento, Alex había decidido que era algo digno de ver por su aprendiz el enfrentarse al jefe supremo.

Se detuvieron junto al escritorio de la secretaria de la presidencia, en el amplio recibidor tapizado en papel color madera. Marcus se acercó a la mujer distinguida y de cabello cano.

—Hola, preciosa. ¿Qué cuentas? —saludó con una sonrisa pícara.

—Por ahora todo tranquilo, aunque no podría decirte por cuánto tiempo —anunció la mujer de unos cincuenta años y esbozó una gran sonrisa con sus labios color carmesí.

—Bien, ¿a qué hora sales, cielo? —continuó el joven al sentarse sobre el escritorio y coquetear abiertamente con ella mientras el resto permanecía apostado a corta distancia.

Marcus solo bromeaba con la secretaria y ella era muy consciente de ello por lo que le seguía el juego.

—A las seis, pero tendrás que hablar con mi marido al respecto.

—No hay problema, yo no soy celoso —agregó Marcus al tiempo que le guiñaba un ojo y le soplaba un beso imaginario.

—Ah, pero él sí, primor.

De pronto, la puerta de la presidencia se abrió dejando salir a una muchacha, de apenas pasados los veinte años.

En lo primero que se fijó Sam es que tenía unos impresionantes ojos violetas al estilo Elizabeth Taylor. Vestía una elegante camisola blanca, ajustada a la cintura con un enorme cinturón de tela color verde oscuro, debajo unos pantalones capri del mismo tono y unas sandalias doradas que enfundaban los delicados pies. La vestimenta de la muchacha era sencilla, para nada ostentosa, más bien delicada y simple. Sin embargo, al contemplarla, Sam pensó que no era para nada simple, la palabra que la describía sería «exquisita».

No era que la atrajeran las mujeres, aunque no podía negar lo hermosa que era. Claro que no se trataba de una hermosura evidente y clásica, sino única.

Sam advirtió cómo la postura relajada de Marcus cambiaba, no parecía en absoluto contento de encontrarse frente a la joven que caminaba hacia ellos.

—Hola, ¿cómo estáis? —saludó la muchacha.

—Bien, hasta hace unos segundos —fue la sorprendente y sombría respuesta de Marcus.

Se había incorporado del escritorio y acercado al

grupo, cuadró los hombros y los claros ojos lanzaban llamas de odio hacia la recién llegada.

Samantha quedó estupefacta, no le había oído ese tono áspero al siempre risueño hombre, ni esa mirada asesina. Lo que la hacía preguntarse qué ocurría entre Marcus y la preciosa joven.

—¡Mark! —lo amonestó Alex y se giró hacia la recién llegada—. Bien, Keyla —contestó—. Esperando para hablar con tu padre.

—¿Pidiendo algún capricho nuevo? —la atizó Marcus, ante los sorprendidos ojos de Samantha y los aniquilantes de Alexander.

Keyla lo fulminó con sus grandes lagos violáceos. «Vaya, el odio es mutuo», se percató Sam. Aunque visualizó algo más en la mirada de la joven, algo que no iba bien.

—¿Estás bien? —le preguntó Sam.

Se acercó unos pasos a Keyla. Algo le decía que ella estaba sufriendo y que nadie alrededor parecía darse cuenta de lo frágil que era en aquel instante.

Keyla se colocó una máscara que escondió por completo la vulnerabilidad, como si nunca hubiera estado ahí. Alzó el mentón de manera pedante, con una mano acomodó su cabello de un rubio oscuro y le dirigió tal mirada a Sam que la convirtió en un ser insignificante. ¡Vaya, el cambio en la joven!

—Claro que sí, querida —contestó Keyla en un tono agudo y una sonrisa vacía, que no llegaba a sus ojos y que le daba la impresión de tener una cabeza hueca.

Esbozó una sonrisa conocedora, una que anunciaba

que ella también había estado ahí, y por un segundo contempló la gratitud en el semblante de Keyla, para dar paso a la actuación de mujer vacía de entendimiento.

—¿Vais a ver al jefe? —les preguntó la joven, mientras examinaba con una falsa indiferencia sus uñas perfectamente esculpidas mientras que inadvertidamente, por el rabillo del ojo, vigilaba a Mark.

Marcus simplemente se dio media vuelta y retornó la atención a la secretaria olvidada.

—Sí, ¿cómo está? —preguntó Alex.

—No es su mejor día, pero seguro que el niño dorado puede hacerse cargo de él —dijo en un tono bajo, para que el aludido no la oyera, y con un ademán de la cabeza señaló hacia Marcus.

Envidia, era el sentimiento que expresaban los ojos de la muchacha al contemplar a Mark, notó Sam. ¿Envidia por qué? Sin embargo, había algo más, estaba pendiente de todos los movimientos del hombre.

—Bueno, os dejo, adiós. —Y así se despidió.

—¡Uf!, al fin se fue la princesa pedante. ¡No me mires así! —le espetó a Sam—. Cuando la conozcas mejor, te darás cuenta de lo egocéntrica que puede llegar a ser.

—Disculpad, dice el señor Hayworth que ya podéis entrar —anunció la secretaria.

Al fin habían salido del despacho. El hombre era un tirano y un machista. Se había sentido indignado de que Alexander tuviera una mujer como asistente, aunque su jefe se había alzado en toda su altura y la defendió a rajatabla. Argumentó uno a uno todos los motivos contrarios a tenerla como aprendiz que le presentó el presidente. El mayor inconveniente que encontraba Hayworth era su sexo.

—No es un puesto para una mujer.

—Es la mejor en el área y no voy a tener otra persona como asistente —argumentó, tajante, Alex.

El hombre se lo quedó mirando con desagrado.

—Hemos comprobado su currículum, yo lo he hecho personalmente y es impresionante —intervino Mark.

—No la quiero en ese puesto, como recepcionista tal vez. Como asistente con posibilidad de formar parte del equipo, no.

—Se queda —lo fulminó Alex.

Luego había comenzado otra discusión con respecto a los compromisos que el dueño adquiría en nombre de ellos. El intercambio de palabras fue acalorándose, sin embargo Marcus había logrado apaciguarlo. Keyla había tenido razón, el hombre lo adoraba. Sam pensó por un minuto cómo sería la relación de ella con su padre, que en tan mala estima tenía a las mujeres. Ahora entendía mejor el vislumbre de envidia que había notado en la mirada violeta de ella. Envidiaba a Mark.

De nuevo volvían a estar solos, ella y su jefe, en el despacho de él. Desde que habían intimado ahí mismo, no habían vuelto a encontrarse a solas. No tenía muy claro cómo manejar la situación en la que se hallaban, aunque había decidido que si el tema no salía a la luz, haría como si nada hubiera sucedido en aquel escritorio con dos cuerpos acalorados y sudorosos. ¡Era imposible!

Había soñado con él, toda la noche transcurrió dando vueltas en la cama, enredada entre las sábanas pensando en el hombre, sus caricias y labios ardían sobre su piel. No había podido sacarlo de su sistema. Tenía que cortar por lo sano, simplemente se trataba de algo físico. ¿Cómo iba a tratarse de algo distinto si ella lo odiaba? ¡Lo hacía! Lo odiaba.

Alex cerró la puerta, se acercó a Sam con pasos lentos, sin previo aviso la tomó en los brazos y comenzó a besarla con urgencia. Ella estaba tan desconcertada que no podía reaccionar, se sumió en el embriagador sabor de la boca masculina inundándola, tentándola. Él la alzó en un fuerte abrazo. La llevaba hacia el escritorio nuevamente. «¡No! —gritó la mente de Sam—. ¡No!» La mente de la mujer se impuso, Sam lo apartó, aunque él todavía la sostenía contra su pecho. Ella colocó los brazos en medio de los dos cuerpos y lo empujó unos centímetros. Necesitaba aire para ordenar las ideas.

—¡No! —le gritó, ella en un tono agitado y agudo—. ¿Qué es lo que quieres de mí? —preguntó sin aliento.

—Retomar donde lo dejamos —dijo él, también con la respiración agitada.

El ardor en la mirada masculina la abrasó al completo como hierro caliente.

—No lo dejamos en ningún lado. Ocurrió, listo —sentenció ella, se incorporó en toda su altura y clavó la mirada en él; el pecho de ella subía y bajaba, tenía la mandíbula tensa y las manos cerradas en puños—. Allí quedó. No soy una puta. —Sam alzó la barbilla y cuadró los tensos hombros—. Creí que había quedado claro —estableció, mientras se salía del abrazo y rehuía la mirada masculina.

—Me disculpé por el calificativo —aclaró Alex al tiempo que enarcaba su habitual ceja.

Él notó la expresión y postura de ella; estaba avergonzada. Avergonzada de lo que habían compartido. Él se sentía como un hijo de puta, como si se hubiera aprovechado de ella de algún modo, quizás había sido así; tal vez había hecho uso de la situación de poder que le otorgaba ser su jefe.

—¡Pero es en lo que quieres convertirme! —espetó en tono enfadado.

Sam alzó el rostro hacia él y si las miradas pudieran asesinar, él ya no estaría respirando. El odio que se reflejaba en aquellos dos ojos color chocolate fue un fuerte golpe en el pecho.

—No —apuntó.

Sam temblaba de la irritación que la embargaba.

—Entonces, ¿qué me estás ofreciendo? —bramó la joven a la par que estrechaba los ojos y posaba las manos en su cintura.

—Y-y-yo...

—¡Ahora eres tú el que se ha quedado sin palabras! —vociferó sin dejarlo concluir. Se giró con violencia y se acercó a la ventana de la habitación—. Venir, acostarnos aquí —señaló el impúdico escritorio y tragó en seco—, ser discretos. Sí, pasarlo bien como sabemos que podemos. Pero nada más, ¿verdad? —le recriminó.

—Y l-l-os... —se detuvo, tomó aire y continuó con voz tan baja que daba escalofríos—... beneficios que te otorgaría —añadió con semblante serio.

Mantenía una postura relajada, las manos en los bolsillos de la chaqueta, y la observaba con el rostro impasible; sin embargo, en su interior un torbellino de emociones lo mareaba.

—¿Beneficios? —Sam no podía creer lo que oía—. ¿Te refieres en el trabajo? —Estaba indignada, con los ojos desorbitados y las mejillas ruborizadas. ¿Cómo era capaz?

—Te he ofendido. —No era una pregunta, sino la declaración de un hecho.

—¡Claro que lo has hecho! ¿Cómo puedes plantearme algo así? —Ella sentía que le escocían los ojos y el principio de las lágrimas no derramadas emergían.

—N-n-n... —Calló y respiró profundo—. No era esa mi intención —aclaró mientras daba unos pasos hacia ella.

Posó una mano en la mejilla femenina y la acarició con el pulgar, apenas tocándola como el aleteo de una mariposa. Al contacto una electricidad los recorrió, los ojos de uno se clavaron en los del otro y por un momento nada importó; solo ellos dos allí, en una habitación y con un deseo arrebatador que los consumía.

—No, claro que no. Era comprarme —susurró Sam—. ¡Pues vete enterando, señor jefe, que yo no estoy a la venta! ¡Ya puede ir despidiéndome cuando quiera! —exclamó en un tono ahogado, sin embargo no se apartó de la caricia que seguía abrasando su mejilla.

—Nadie habló de ningún despido —dijo y frunció el ceño.

Bajó la cabeza, quería deleitarse, solo una vez más, con el sabor de su boca.

—Bien. —Sam se apartó de él de manera brusca, se volvió y escapó rápidamente del despacho antes de que él la hiciera flaquear, y si se permitía el beso, lo haría sin dudarlo.

Podría haberlo matado, estaba tan enfadada e indignada. El muy maldito le había propuesto ser algo así como su amante clandestina. Quería llorar, llorar porque había estado a punto de aceptar. No iba a mentirse, ella también deseaba compartir de nuevo esa intimidad, sin embargo, no estaba dispuesta a rebajarse. Había estado a punto cuando la tocó tan delicadamente, cuando casi la había besado. ¡Dios, cómo lo había anhelado! Pero sabía que si lo hubiera dejado, no habría podido mantener firme su decisión.

La desconcertaba, la trataba como si no valiera un centavo y, de pronto, la sorprendía con unas conductas dulces y nada acordes con la personalidad de un ser odioso e insufrible. Además, estaba esa vulnerabilidad que notaba en él, como cuando tartamudeaba, porque lo hacía, aunque tratara de disimularlo.

Había tomado la resolución correcta, le caía mal, lo odiaba, debía recordárselo.

Se quedó observando la puerta por la que había escapado.

No había pensado en nada con respecto a ella, es más, había decidido que no volvería a ocurrir. No le agradaban esa clase de enredos en el trabajo, pero cuando estuvieron solos en su despacho otra vez, las reminiscencias lo invadieron. Quería volver a saborear la tentadora boca. El ardor y la excitación instantáneos que sintió lo habían desconcertado, la deseaba aún más que antes.

Alex bordeó el escritorio y tomó asiento en su butaca. Se reclinó con la cabeza apoyada en el respaldo y contempló el ventanal, los tenues rayos de luz del atardecer iluminaban su rostro taciturno.

La había ofendido. Notó la indignación y el dolor en su mirada. No había tenido la intención de rebajarla, ni herirla, como tampoco le agradaba la posición en que la había puesto, ni las insinuaciones que había hecho. ¡Le había prometido beneficios!

Odiaba esa clase de personas y él se había convertido en una de ellas. La había puesto entre la espada y la pared. ¿Qué estaba sucediendo con él? Se estaba volviendo un maldito hijo de puta, eso era.

Cerró los ojos y sostuvo su rostro sobre las manos.

También estaba el hecho de que ella hacía resurgir su tartamudez, y lo odiaba. Hacía años que había logrado controlarla, salvo algunas veces con Mark o Sarah, pero con nadie más. Odiaba lo que ella hacía con él, en todos los sentidos.

Todavía estaba sorprendido de la pasión arrebatadora que compartieron sobre su escritorio. No sabía muy bien cómo había sucedido, en un momento estaban discutiendo de cosas sin sentido y al siguiente la tenía en los brazos, comiéndole la boca y entrando en su interior. Había sido la experiencia más magnífica que había experimentado junto a una mujer. Tenía razón, la había tratado como a una cualquiera. Le había ofrecido beneficios en el empleo, por si no había quedado claro de lo que opinara de ella. ¡Maldición, él no era así! La deseaba y solo podría ofrecerle un asunto sin complicaciones. ¿Verdad?

—¡Al fin llegas! Hace un rato que te espero. ¿Todo bien? Traes una cara... —dijo Mark de pie al frente de la entrada vidriada del cine con las manos en los bolsillos del sobretodo negro de cuello alto.

—Sí, todo está bien. Se me hizo tarde, unas cosas que no podía dejar en la oficina. Además, estamos esperando a alguien —anunció mientras realizaba una ojeada alrededor de la acera.

Estaban frente al teatro Walter Reade del Lincoln Center, donde se realizaba un ciclo de cine en el que se proyectaban películas de culto. Mark era un fanático del género y alguna vez lograba convencer a Alex de que lo acompañara.

—¿A alguien? ¿A quién?

Por un momento, a Mark se le cruzó por la mente que quizás la pequeña asistente había sido invitada, pero pronto descartó la idea. Alex no traía buena cara, parecía que una apisonadora le hubiera pasado por encima.

—A Gabriel McDougal —anunció, luego de ver la hora en el reloj de su muñeca.

—¿Gabriel McDougal? ¿Y qué viene a hacer aquí? —inquirió un asombrado Marcus.

Era la primera vez que Alex se relacionaba con un

cliente fuera del trabajo o con alguien más que él. Un sentimiento para nada apacible se fue gestando en su interior.

—Yo lo invité —dijo Alex, sin prestarle la menor atención a su amigo, quien tenía los ojos verdes abiertos de par en par.

—¿Tú lo invitaste?

Marcus pensó que algo de la situación se le escapaba. «¿Quién eres tú y que has hecho con mi amigo Alex?» ¿Sería un extraterrestre que había tomado su lugar?

—Mark, pareces un loro repitiendo cada cosa que digo. Sí, yo lo invité cuando me reuní con él —respondió, volvió a vagar con la mirada esperando encontrar al hombre que aguardaban.

—Pero ¿por qué? —demandó al tiempo que no salía de su asombro.

Sabía que estaba quedando como un tonto, pero necesitaba más afirmaciones para que sus neuronas comprendieran la situación.

—No lo sé, fue un impulso. Sentí que el tipo lo necesitaba, qué sé yo.

—¿Tú sentiste? —preguntó.

Sí, definitivamente este no era Alex, lo habían cambiado.

—Estoy igual o más extrañado que tú, no sé qué demonios me ocurre últimamente —anunció cabizbajo.

—Oye, no te estoy condenando, me alegra de que lo hicieras —dijo al tiempo que palmeaba la espalda del hombre.

A Mark no le agradaba la expresión de su amigo, pero algo de las barreras se estaban resquebrajando y estaba dejando entrar a otras personas en el interior recelosamente guardado. Eso era bueno, ¿no?

—¿Seguro? —Le dedicó una mirada de soslayo.

—Sí, te hace más humano —afirmó con una amplia sonrisa el rubio y acompañó sus palabras con un ademán de la cabeza en señal de asentimiento.

—No sé si me agrada serlo.

—Comprendo, pero debes tener más contacto con el órgano palpitante de tu pecho, amigo, para que no se atrofie —ironizó Mark, sopesando a su amigo.

—Ahí viene —anunció Alex al ver acercarse a Gabriel.

—Hola —saludó Gabe al tiempo que estrechaba las manos extendidas de los dos hombres—. Siento la tardanza, cosas de última hora.

—Pero aquí estás. No te preocupes —concedió Mark—. ¿Sabes lo que vas a ver? —El recién llegado asintió—. Bien, luego no quiero reproches... de ninguno —añadió al tiempo que miraba fijamente a Alexander.

—Hombre, si es mala, lo siento pero serás el único responsable —bromeó Alex.

Cruzaron las puertas de cristal para dar paso a una amplia estancia bastante iluminada y con algunas personas esperando para entrar a la sala en donde se proyectaba la película.

—Yo no tengo la culpa de que no sepas apreciar el buen cine —añadió el rubio al tiempo que abonaba las tres entradas—. Vamos, que quiero agarrar buenos asientos. —Tomó a cada uno de un brazo y los arrastró dentro de la sala.

18

Desde el último enfrentamiento, Sam y Alex evitaban estar a solas.

Alex creía estar volviéndose loco. No podía dejar de pensar en su asistente, aún podía saborear sus besos y su pecho cosquilleaba ante el recuerdo de los senos de ella contra él.

Ella era un verdugo que lo había colmado de emociones. ¡Se estaba volviendo loco! Ya ni podía concentrarse en el trabajo, ella se le colaba en la mente en todo momento. De una intrusión mental no se podía deshacer, ansiaba verla desnuda de cuerpo entero y lo deseaba tanto que dolía. Ardía, se estaba incendiando como si se hallara en el mismo infierno.

¿Qué tenía esta mujer de diferente? Ni idea. No era alguien a quien hubiera elegido para una cita. Era desordenada, distraída, siempre un poco desarreglada, prepotente, contestataria, y así podría seguir enumerando un sinfín de calificativos negativos. En el fondo, sabía que primarían los positivos. Ya tenía suficientes problemas sin que se pusiera a enumerar todo lo bueno que ella tenía.

No podía hacerla su amante, ella no lo deseaba y tampoco él quería ponerla en ese entredicho. Primero había concluido que no podía ofrecerle algo más comprometido, aunque, en aquel instante, se estaba cuestionando por qué demonios no.

¿Por qué no podía tener esa permanencia como el resto? ¿A qué le temía? A que ella fuera la indicada, le gritaba su mente.

La mañana había transcurrido de reunión en reunión para Alex. Estaban en una altura álgida del año en el que debían hacer varias entregas de proyectos para comenzar su realización y presentación en los medios.

Su humor estaba cada vez más taciturno, no obstante, Marcus tampoco se quedaba atrás. Los coordinadores del departamento creativo de Hayworth estaban pasando por un momento sombrío. Y se notaba en que cada miembro de su equipo y empleado del piso les rehuían como si fueran el diablo mismo.

Alex se encontraba tan ensimismado en sus problemas que no se había percatado de que algo aquejaba a su compañero. Le preocupaba lo mal que estaba llevando el trabajo, ni siquiera podía pensar en una buena campaña gráfica para el producto del que se ocupaba.

Estaba bloqueado creativamente como hacía mucho no le ocurría. Comenzaba a impacientarse, hacía unos días que continuaba estancado en un punto y su avance era ínfimo.

Necesitaba café. Dirigió su mirada a la cafetera vacía de su despacho. ¿Desde hacía cuánto no se bebía uno? Su mente le dio una rápida respuesta. Desde que ella estaba aquí. ¡Maldición! Cada vez estaba más enfadado.

¿Y por qué Charlotte no mantenía su cafetera llena? Él no le había indicado lo contrario, lo bebiera o no. Se levantó del asiento y salió de su estudio hecho una furia, no tanto por la falta del brebaje oscuro, pero le servía como excusa.

—¿La cafetera está averiada? —preguntó de manera brusca, lo que hizo sobresaltar a la secretaria.

Charlie se encontraba ordenando unos papeles cuando la voz apareció de golpe, resquebrajando el calmado silencio que había disfrutado hasta unos segundos antes.

—No. Que yo sepa no tiene ningún inconveniente.

—Entonces, ¿puedes explicarme la razón de que no tenga café hecho en mi oficina? —preguntó cada vez más exasperado.

—Claro. —Y no añadió nada más.

Alex aguardó a que continuara, pero al pasar unos segundos y seguir delante de ella como un completo idiota, no pudo más que preguntar:

—¿Y bien? —insistió con una carga de irritación en su voz, puesto que ella todavía no lo había mirado ni una sola vez.

—¿Y bien qué? —replicó ella.

Le hablaba como si él fuera un idiota que no comprendiera de qué estaban hablando. Y debía ser algo idiota, porque realmente no comprendía la conversación insana, parecía que no era Samantha la que propiciaba ese tipo de intercambio, sino que era él.

—¿Por qué no tengo café? —inquirió con aquel tono bajo y pausado que hacía erizar la piel y anunciaba una explosión en breve.

Alex se aproximó unos pasos más hacia el escritorio de la recepcionista. La luz lo iluminaba desde atrás dejando su rostro en sombras, lo que le otorgaba un semblante en extremo demoníaco.

—Porque ha dejado la cafeína —anunció Charlie, sin darse por enterada del estado irascible de su jefe.

—¿Quién lo dice?

—Su asistente.

¿Samantha le había dicho a la mujer que él había dejado la cafeína? Su instinto le compelía a arrastrarla delante de él y exigirle una explicación, pero sabía que no podría hacerlo, no después de lo que había ocurrido entre ellos. ¡La había cagado y a lo grande!

—Charlotte, prepárame café ahora mismo —dijo tan acerado que la mujer se sobresaltó.

—No hay —respondió Charlie con su barbilla en alto en signo de altivez.

—¿Que no hay? —preguntó al tiempo que enarcaba una ceja.

—Eso mismo, como ya no bebía no se ha vuelto a comprar. Parece ser que todo el equipo se está haciendo adepto a las infusiones y al café de algarroba.

Se la quedó mirando unos segundos, luego salió del área en que estaba su departamento, dirigiéndose a los ascensores.

Entró, después de tanto tiempo, a la cafetería de la esquina. No había vuelto allí desde la dichosa mañana en que ella lo había empapado. Sin poder evitarlo, sus labios se estiraron hasta formar una extraña sonrisa. Miró los diversos cafés que ofrecían, sin saber cuál le apetecía. Quizás pidiera una infusión. Frunció el ceño.

¿Él una infusión? No, llevaría un café, había venido por uno, y uno se llevaría, y, además, bien cargado. Pidió un *ristretto* para llevar.

Entró en su despacho con el vaso de poliestireno repleto del café cargado recién comprado y la vio. Quedó paralizado, ella se hallaba frente a él, ordenaba unas carpetas sobre el escritorio.

—Sam —susurró y captó la atención de la pequeña joven de cabellos castaños.

Samantha dio un respingo ante el sonido de aquella voz, aunque continuó dándole la espalda por unos segundos y luego se volvió.

—Hola —susurró Sam, con las mejillas ruborizadas y la mirada dilatada.

La pasión estaba en el aire y los tenía atrapados a ambos.

—Hola.

Alex dejó el vaso en una repisa y dio unos pasos hacia ella.

—Estaba dejando los documentos en los que he estado trabajando hoy. Ya están listos —anunció la asistente al tiempo que rehuía la mirada de su jefe.

Todavía estaba parada junto al escritorio, congelada allí.

—Bien.

Sam comenzó a caminar hacia la puerta, iba a rodearlo para salir cuando Alex la tomó de la muñeca. Saltaron chispas y jadearon ante el sutil toque.

—Sam —susurró él con la voz cargada de excitación.

—¿Quiere que haga algo más? —preguntó con una voz temblorosa.

Electricidad le recorría la columna, el corazón le galopaba y solo quería saltar sobre él. Decirle que no le importaba nada, que sería su amante, con o sin beneficios si tan solo le hacía el amor.

—No. Sí. —Él no estaba muy seguro de cómo plantear el asunto que se traía. Cómo hacerlo adecuadamente esta vez—. Quiero que salgas conmigo.

—¿Adónde?

—No. —Se pasó la mano libre por los cabellos—. A pesar de cómo eres, me siento muy atraído por ti. Y no hay nada que nos impida salir juntos —anunció, esperaba la respuesta de la mujer con ansiedad y unos nudos anidaban en su estómago.

Sam no podía dar crédito a lo que estaban oyendo sus oídos. «A pesar de cómo eres...» Una furia ciega la envolvió y hubiera podido matarlo en aquel instante, si no hubiera mantenido el poco control que le quedaba. Parecía que la boca de aquel hombre no podía evitar denigrarla en toda oportunidad.

—¿A pesar de cómo soy quiere salir conmigo? —cuestionó sardónicamente.

—Sí —respondió y arqueó una ceja.

Algo andaba mal. Y se dio cuenta de cómo habían sonado sus palabras. ¡La había cagado de nuevo!

—No puedo creer tanta desfachatez. ¡Que quieres salir conmigo! ¿Qué podrías ofrecerme? —espetó Sam, quien no podía creer que estuviera volviendo a suceder, la insultaba de nuevo.

—En eso no habrá problemas, tendrás todos los regalos que desees, posición a nivel laboral, viajes. Lo que quieras —ofreció lo que siempre las mujeres le habían exigido.

—Una salida romántica, cena, cine, caminata bajo las estrellas tomados de la mano; quedarnos acurrucados en un sillón un sábado por la noche viendo una estúpida comedia; planes de futuro; casa, hijos, hasta un perro; comprensión, compañía, ternura y lo más importante... amor. ¿Puede ofrecerme amor un «hombre de hojalata» como tú? —exclamó la joven, al tiempo que el pecho le subía y bajaba, debido a la respiración agitada.

—No, no creo que un hombre de hojalata pudiera ofrecerte lo que anhelas. A menos que hubiera un mago de Oz que me otorgara aquello de lo que carezco. Sin embargo, no creo que lo haya y mucho menos que, de haberlo, Dorothy me dejara acompañarla por el camino dorado.

Una emoción fugaz apareció en los ojos masculinos, tan negros como su cabello. Sin embargo, antes de que Sam pudiera interpretarla había desaparecido y dio lugar a la habitual mirada insondable. Ella había dado a entender que él no tenía corazón y él había aceptado esa afirmación, sin refutarla.

Alex soltó la muñeca femenina y se retiró del estudio. Los ojos de Sam escocían y sin previo aviso grandes lágrimas caían por las mejillas.

¡Lo odiaba! ¡Era insufrible!

Sam podía convencerse bajo cualquier argumento, pero ella sabía que lo había herido y una gran tristeza la embargó. Como pudo se arrastró a un sofá y se dejó caer en él, se acurrucó y abrazó sus rodillas dando rienda suelta al llanto que tenía almacenado en la garganta. Fue cruel, como no lo había sido antes con nadie. Vislumbró el vaso olvidado sobre un estante, con la bebida sin tocar, y nuevos llantos la sacudieron violentamente.

Su rostro era azotado por el viento como si esperara que las violentas ráfagas borraran de su cuerpo las caricias que anhelaba y los besos que la mantenían en vilo noche tras noche. Ansiaba su tacto, sentirlo cerca, verlo. Quería sacar de su mente la expresión en él cuando ella le había echado en la cara esas palabras crueles, pero sabía que estaba grabada a fuego en ella para el resto de sus días.

—Hola, amor. —La sorprendió una voz que provenía de detrás de ella.

—¿Qué haces aquí, Nick?

—Pregunté por ti y Charlotte me dijo que te habías peleado con Alex, otra vez.

Sam, apoyada en la barandilla, volvió a contemplar la apacible agua color plata del parque Battery y la estatua que se encontraba en medio a medida que una lágrima se derramaba por su mejilla.

No había nadie alrededor. El día estaba nublado y anunciaba que en cualquier minuto caería una lluvia torrencial, el viento soplaba tanto que hasta el más valiente se había acobardado de salir un día como aquel.

—¿Qué sucede? —preguntó Nick con la expresión cargada de preocupación—. Desde hace unos días que te veo así, ¿qué es lo que ocurre? Es culpa de Alex, ¿verdad?

El silencio de la muchacha fue toda la respuesta que precisó Nicholas para confirmar sus sospechas. No le preguntó más, solo se apostó a su lado, le pasó un brazo por los hombros y la acercó a su costado permitiendo que las silenciosas lágrimas empaparan su camisa de tonalidad púrpura y que ella diera rienda suelta a la tristeza que la asaltaba.

—No puedo continuar trabajando aquí —confesó Sam al cabo de unos minutos, con la respiración todavía entrecortada.

—Vamos, amor. Quizás no sea para tanto y pueda solucionarse —comentó al tiempo que sacaba un prístino pañuelo de uno de los bolsillos de su pantalón grisáceo y limpiaba la humedad esparcida por las sonrosadas mejillas de la muchacha.

—Me acosté con él.

—¿Con quién? —se aventuró a preguntar aunque ya sospechaba de quién se trataba, pero necesitaba la confirmación.

El silencio volvió a confirmarle sus sospechas.

—Con Alex, ¿verdad, Sam?

Ella seguía rehuyendo la mirada escudriñadora. Nick posó un dedo bajo la barbilla de la mujer y poco a poco la elevó hasta que sus ojos se encontraron.

—¿Verdad, amor? —Un leve asentimiento le dio la respuesta que tanto la había instado a dar—. Te preguntaría cómo estuvo, pero no creo que sea el momento oportuno para ello —trató de bromear al tiempo que le dirigía una sonrisa algo ladeada.

—Maravilloso —susurró Sam y nuevas lágrimas brotaron de sus ojos.

Sorbió por la nariz y se aferró a la cintura de su amigo, enterrando el rostro en su pecho. Nick le devolvió el abrazo y con una mano acarició el cabello enmarañado. Aún le costaba digerir lo que le había confiado, sin embargo, algunos sucesos de las pasadas semanas comenzaban a cobrar sentido.

—Gracias —pronunció Sam en una ronca voz, pero ya calmada; aún tenía los ojos empañados y la cara húmeda—. Eres el mejor amigo que tengo.

Nick ensanchó la sonrisa.

—Te quiero, ¿lo sabías?

Una melancólica sonrisa se dibujó en el rostro de la mujer.

—Y yo a ti. —Terminadas de pronunciar las palabras volvió a abrazarse a su amigo, pero esta vez no hubo lágrimas de por medio.

—¿Qué vas a hacer? Y ni me vengas con que renuncias, no te lo permito y punto.

—No lo sé.

—Hay algo más, ¿verdad? —preguntó Nick aún con sus brazos rodeando a la joven.

Un escalofrío le recorrió la columna al recordar las flores recibidas, las llamadas sin respuesta del otro lado y la sensación de ser seguida en todo momento. Con las palabras de Nick, había tomado una resolución: no perdería lo que había ganado en las últimas semanas, los amigos que había encontrado, ni por Alex ni por... nadie.

19

Hacía días que pasaba delante de su escritorio y solo le dedicaba un saludo haciendo un ademán con la barbilla. Aquellos ojos claros, en un rostro que se ruborizaba cada vez que la contemplaba, se habían vuelto vacíos. Sabía que ella era la culpable y con lo que iba a hacer iba a ganarse, en lugar de un pedacito de nube en el cielo, unas cuantas llamas en el infierno. Se odiaba a sí misma por eso, todo fuera por Dan. Solo debía pensar en él y darse el valor que necesitaba.

Tragó en seco, inhaló profundo y lo llamó:

—¡Xavier!

El aludido se detuvo en el acto. Estaba junto a sus compañeros de equipo y la nueva asistente, quien la observaba con atención y parecía decirle, con aquellos ojos convertidos en gélidas piedras de chocolate, «si lo lastimas, eres historia».

—Charlotte, ¿pasa algo? —preguntó Xav mientras dedicó una mirada por encima del hombro a sus amigos y constatado que habían proseguido la marcha y que no los escuchaban.

¿Charlotte? No se acordaba bien cuándo, pero desde que lo recordaba, Xav siempre la había llamado Charlie, nadie más lo hacía en la oficina. Es más, él nunca le había consultado, simplemente comenzó a llamarla así. Era la primera vez que le decía su nombre entero con una voz fría y desprovista de toda emoción.

Ella salió de atrás de su escritorio y se detuvo delante de él.

—Xav, yo... —Puso su mano sobre el brazo masculino y le brindó una mirada ardiente—. Creo que me precipité el otro día.

Cómo se odiaría después de hoy.

—¿Sí?

—Sí. Estuve pensando en que quizás no sería una mala idea que tú y yo saliéramos alguna vez —añadió mientras acariciaba con un dedo el brazo del hombre de una manera sugerente.

Xav contemplaba aquel dedo con el ceño fruncido, se sorprendió al notar que no tenía las uñas demasiado largas, sino cuadradas y limadas casi al ras. El teléfono comenzó a sonar, pero ella no hizo ningún movimiento en aras de atender la llamada entrante.

—¿Xav?

Charlie quedó atónita ante la mirada de él, que lejos de ser gélida, estaba cargada de emociones atribuladas.

—Si no quieres, lo entiendo. —Ella iba a dar marcha atrás, cuando Charlotte, «la altiva», se hizo cargo de la situación—. Pero creo que te mereces tener una oportunidad conmigo —añadió y le dedicó la mejor sonrisa seductora de su repertorio.

—¿Cuándo? —fue lo único que dijo.

—El viernes estoy libre —anunció, componiendo una expresión seductora.

—¿Tienes decidido algún lugar? —preguntó Xav con una aparente falta de interés y en sus ojos se veía que le habían clavado una daga en las entrañas y se la estaban retorciendo.

—No, eso te lo dejo a ti. Un lugar bonito, eso sí.

—Bien, anótame tu número de teléfono y a las ocho pasaré por ti —afirmó al tiempo que le pasaba su teléfono móvil y ella se disponía a marcar en el teclado su número—. Te enviaré un mensaje de texto y respóndeme mandándome tu dirección —dijo apenas ella le extendió el aparato.

—Muy bien —aprobó y le guiñó un ojo azulino.

—Nos hablamos o nos vemos directamente el viernes, Charlotte —agregó para luego girar sobre sus talones y seguir a sus amigos, quienes ya habrían llegado a la sala de trabajo.

De nuevo, aquel «Charlotte» carente de emoción. Charlie bordeó el escritorio y tomó asiento en su butaca, se colocó los auriculares alrededor de la cabeza, que habían reemplazado al antiguo teléfono, con la intención de economizar tiempo y esfuerzo, aplastando su cabellera rubia.

Se miró en el reflejo de la pantalla del ordenador y se insultó por dentro.

Entró sin llamar, como usualmente hacía al tener que mostrarle algo urgente a uno de sus superiores. Al ver con quién se encontraba Mark, se paró en seco.

—Oh, lo siento. Vuelvo más tarde —dijo listo para dar media vuelta y salir por donde había entrado.

—Espera, Nick, ¿que querías? —preguntó el jefe. Trataba de no posar sus ojos sobre el hombre que se hallaba sentado delante del rubio y que apenas ingresó le dirigió una mirada fulminante.

—Nada, jefe. Solo traía novedades de la producción de la cuenta enviada directo de arriba —anunció a la par que apuntaba al cielo—. Puedo volver más tarde.

—No, déjame las carpetas —dijo al tiempo que extendía una mano y tomaba los documentos que le entregaba el hombre—. ¡Qué modales los míos! Nick, te presento a mi primo, Brian Sanders. Brian, Nicholas Bale, el encargado de producción del equipo, y es excelente en lo suyo —añadió con orgullo.

—Mucho gusto —dijeron al unísono Nick y el abogado.

Nick dejó que su mirada vagara por el tipo, quien no hacía otra cosa que enviarle unos dardos mortíferos mientras se estrechaban la mano. Casi esperaba que se la limpiara en su pantalón, una vez que lo soltara, pero solo la apartó como si fuera un ser inmundo. ¡Malditos fueran los homofóbicos! Y eso que él no era el típico gay, es más, si no lo dijera nadie se daría cuenta. Era varonil y vestía a la moda, sin embargo no era afeminado.

No podía negar lo guapo que era el primo de Mark y de seguro necesitaba un babero de lo apetecible que estaba. Era uno de esos sujetos que podía afirmarse que habían servido de modelos para realizar a «Ken». Cabello castaño perfectamente peinado, cada mechón en su lugar y eso que no estaba engominado, ojazos de un azul cielo y un cuerpo que evidenciaba lo trabajado en un gimnasio que estaba, no era que tuviera unos músculos tipo «Vin Diesel» o a lo «Stallone», gracias a Dios, no obstante estaban bien formados y firmes, por cómo se le marcaban bajo la camisa blanca.

Los tres quedaron en silencio por un instante bastante tenso. Mark los contemplaba con el ceño fruncido; no entendía qué se estaba cocinando allí, puesto que se acababan de conocer.

Pero ni siquiera Nick podía precisar qué era lo que ocurría, salvo que lo ponía a mil, lo que comprendía aún menos. ¿Cómo era que un homofóbico, que debiera ser miembro del club de campo y novio de alguna «Brittany» platinada y ex porrista, lo hacía sudar y palpitarle la entrepierna?

Estaba viejo para ayudar a explorar la sexualidad a nuevos gais. A pesar de tener tan solo treinta, había vivido demasiado y había tenido todo el sexo fácil para toda una vida. Ahora estaba a la espera de algo más permanente. Y este hombre no era permanente, eso seguro.

—Me gusta esto —dijo Mark, cortando sus pensamientos al punto que revisaba una de las carpetas amarillas—. Sigue con esta línea, Nick. Siempre das en la tecla.

—Gracias, jefe —agradeció mientras hundía las manos en los bolsillos del pantalón, dado que se encontraba sin chaqueta y necesitaba ponerlas en alguna parte.

—Mark.

Todos se giraron hacia el hombre que apareció en la

puerta, dos sentados al escritorio y el otro apostado en medio de la sala.

—Ah, hola, Brian —dijo Alex al tiempo que daba unos pasos hacia el primo de su amigo, sentado al escritorio, y le estrechaba la mano.

No le caía mal el primo de Mark, pero el que siempre estuviera tan impecable, algunas veces lo sacaba de quicio, parecía ser el tipo perfecto, ese que cualquier hombre querría como yerno. Y no podía dejar de envidiar la infancia normal y el amoroso hogar que había tenido. No obstante, Brian se estaba encargando de todo el papeleo de manera impecable, y por eso le estaría eternamente agradecido.

—¿Qué pasa, jefe? —preguntó Nick, quien tenía la suficiente confianza con cualquiera de sus dos superiores como para meterse.

—Sí, Alex. ¿Ocurre algo? —preguntó Mark a su vez mientras se inclinaba y apoyaba los codos en la superficie de madera.

—Tengo que viajar a Chicago de inmediato. Es por la dichosa cuenta Kessell. El viernes tengo una cena con el CEO —anunció no muy complacido mientras apoyaba las manos en el respaldo de la butaca que quedaba libre.

—Deberías llevarte a Samantha contigo —sugirió Mark.

Alex quedó petrificado tras la idea de Mark, al igual que Nick, dado que sabía lo que había ocurrido entre ambos y la resolución de Sam de mantener la distancia con el hombre.

—Ya veré —dijo—. Bien, sigo con lo mío. Adiós,

Brian. Nick, luego tengo que hablar contigo con respecto a McCarthy —añadió y se retiró de la estancia.

—Bueno, Mark, si eso es todo, voy a ver lo que precisa Alex.

—Ve, tranquilo. Después seguimos con esto.

Nick saludó con un ademán de su cabeza al primo de su jefe y salió con una expresión tan seria que no parecía tratarse del Nicholas que todos conocían.

Brian quedó con la mirada fija al frente, no pensaba girarse a contemplar la puerta por la que había salido el tipejo ese. No era como si le hubiera hecho algo, pero no podía evitar la furia que le generaba. Lo observaba como si fuera un oasis en medio del desierto y no le gustaba nada lo que esa mirada de puro placer generaba en él.

—¡Brian!

—Eh, ¿sí? —preguntó al recordar que se hallaba con su primo y que comentaban los detalles de la pequeña empresa.

—Estabas ido —le dijo con el ceño fruncido—. ¿Pudiste solucionar todo? —preguntó con un semblante serio.

—Sí. Todo está aprobado, la compañía ya puede comenzar a funcionar. ¿Tenéis el lugar?

—Sí, ya lo tenemos, aunque falta acomodarnos aún.

—Conozco una diseñadora de interiores, si te hace falta. Es muy buena —comentó el hombre, que era cinco años menor que Mark.

—Primito, ¿en qué andas? —preguntó—. Desembucha, no te guardes las ardientes historias para ti solito.

—No te hagas ideas que no son —dijo a la par que

esbozaba una sonrisa—. Solo es una amiga, me ayudó con mi estudio. Teníamos un conocido en común —aclaró Brian.

—Déjame sus datos y lo hablo con Alex, si está de acuerdo, nos pondremos en contacto con ella.

Brian sacó una tarjeta de su billetera y se la extendió.

—Morrigan Forester, diseñadora de interiores —leyó Mark el pequeño cartón blanco con letras negras.

—Ella misma. Eso sí, te advierto, primito. Ningún paso en falso con ella, ¿me oyes? —advirtió.

—Me extraña, me conoces. No soy un depredador de mujeres —ironizó Mark con una amplia sonrisa en su rostro.

—Porque te conozco, te lo dejo claro —dijo con un semblante serio.

Continuaron ultimando más detalles del motivo que los hacía juntarse tan seguido en las pasadas semanas y que los haría seguir reuniéndose en los próximos meses.

—Samantha —la llamó su jefe desde la puerta de la sala del equipo.

Ella se hallaba escribiendo las ideas que se le iban ocurriendo con respecto a una nueva cuenta que tenían, cuando él la interrumpió. Al oír su voz, su corazón se saltó un latido y un nudo se le formó en el estómago. Miró por encima de su hombro hacia él.

—Te espero en mi despacho.

Ella se incorporó de su silla como si su cuerpo pesara una tonelada y sus pies se hubieran convertido en cemento. Evitaba a toda costa encontrarse a solas con él, no quería arriesgarse a mantener otra conversación en la que acabara resurgiendo aquella maldita discusión en la que lo había acusado de no tener corazón y menos aún, que él volviera a proponerle alguna clase de relación entre ellos. Pero lo que más la asustaba, y por lo que en realidad evitaba toparse con él, eran las emociones que él hacía arremolinar en su interior, esas que estaban atrofiadas y que al verlo parecían volver a la vida mágicamente.

—¿Sí, señor?

—Sam, el viernes partimos para Chicago. Solo estaremos fuera una noche, tenemos una cena con el responsable de la campaña de Kessell y volveremos al día siguiente por la mañana —anunció al tiempo que mantenía la vista fija en unos documentos sobre su escritorio.

—¿Solos? —fue lo único que atinó a decir y se maldijo al segundo.

Alex la miró con aquellos ojos negros sin pronunciar palabra. Ella quería que se la tragara la tierra, pero no podía evitar que sus latidos se dispararan de expectación.

—Sí.

Ella asintió con un breve gesto.

—Tendré todo listo, señor.

—Alex, Sam, llámame Alex —dijo su jefe al tiempo que se incorporaba de su asiento y daba unos pasos hacia ella a lo que Sam retrocedió la misma distancia.

—Prefiero señor Peters, si no le molesta —declaró la joven ajena al puñal que le estaba retorciendo en el pecho al hombre.

—Como quieras, Sam —concedió, cansado de la situación en la que se hallaba y de la que no veía salida.

Un dolor desgarrador, como hacía tiempo que no sentía, lo inundó; no obstante, era un profesional matriculado en el arte de contener sus emociones a raya, o al menos que no se vieran en la superficie, aunque le carcomieran el interior.

—Nos iremos desde aquí, aún no sé a qué hora, tengo que reservar los pasajes en la aerolínea, así que vente preparada —dijo mientras volvía a tomar asiento tras su escritorio y retomaba la revisión de los informes que le había dejado Andrew.

—Si no me necesita...

Clavó su vista oscura en aquella de color chocolate y que le hacía pensar en lo dulce que era la mujer cuando no mantenía el control y le arrancaba los botones de su camisa; al tomarle la boca con la suya y saborearla a consciencia.

Bajó la cabeza y leyó sin entender nada de lo que decían las letras impresas en las hojas que tenía en sus manos.

—Puedes retirarte.

20

—¡Samantha! —la llamó su jefe apenas la vio llegar al piso.

Iba corriendo para no llegar tarde, tenía el cabello revuelto y no encontraba dónde había dejado su móvil, así que estaba palpándose los bolsillos y, cuando él exclamó su nombre, se hallaba a punto de vaciar su cartera. Igualmente, se alegraba de perder la maldita cosa que, desde unos días a esa parte, no hacía más que sonar sin que del otro lado alguien respondiera. Tan solo pensar qué significaba aquello, unos escalofríos le recorrían la espalda.

—¿Sí, señor Peters? —contestó ella al tiempo que dejaba sus preocupaciones de lado y trataba de recuperar el aliento.

Alex la miró de la cabeza a los pies, estaba hecha un desastre: el peinado desbaratado, la camisa arrugada y el bajo del pantalón daba la vuelta hacia arriba.

Ella bajó la vista hacia donde él tenía fijada la suya y se percató del estado de su pobre pantalón, de una sacudida intentó poner como corresponde la incorregible tela, lo que precisó unos cuantos movimientos de su pierna y pasó sus manos repetidamente por su ropa para poder hacer desaparecer algunas de las arrugas.

Al alzarse, notó que él la contemplaba con un deje de diversión en el rostro, lo que la dejó estupefacta. Nunca lo había visto sonreír, no era que lo estuviera haciendo en ese momento, aunque era lo más cercano a ello.

—Tan solo quería avisarte de que partimos a las diez hacia el aeropuerto, el vuelo sale a las doce y llegaremos a Chicago alrededor de las cinco —anunció Alex.

—¿De las cinco? —preguntó extrañada por la cantidad de horas que tardarían en llegar.

—Sí, tenemos que hacer una escala en Carolina del Norte de dos horas, lo que me dará tiempo a ponerte al corriente sobre el proyecto que vamos a presentar —comentó mientras se dirigía hacia su despacho—. ¿Trajiste alguna de tus galletas? —preguntó al tiempo que le dedicaba una mirada por encima del hombro.

El cerebro de Sam se detuvo por un instante. ¿Él le estaba preguntando por sus galletas? ¿Él, que tanto había vociferado con respecto a su cafeína y la harina de trigo? Sin poder evitarlo una sonrisa se esbozó en su rostro.

—Siempre llevo unas cuantas conmigo. Voy a tener que ir pensando en comercializarlas, porque, vaya si se están consumiendo por aquí. ¿Desea una infusión también? —preguntó con un aire burlón a la espera de una rotunda negativa.

—Si vas a hacerte una, tráeme a mí también —dijo antes de entrar en su despacho.

Su mandíbula cayó y los ojos se le abrieron de par

en par. Si antes había tenido una apariencia terrible, en aquel instante parecía una tonta absoluta. ¡También quería una infusión!

Un tremendo griterío salía de la sala del equipo, aunque se notaba que no se trataba de una pelea, sino de un grupo de hombres divirtiéndose. Al asomar la cabeza por la puerta, Sam se encontró a cada uno de sus cuatro compañeros con el rostro metido en sus ordenadores mientras manipulaban unos controles negros en las manos.

—¡Ahora vas a ver, Andrew! —gritó Nick al tiempo que se oía una explosión—. Eso por eliminar a mi ejército —dijo al punto que soltaba una carcajada.

—Voy por más —anunció el atacado, apuntando hacia su compañero.

—¡A ver si puedes con esto! —exclamó Xav.

—¡Xav, tienes que venir en mi ayuda! —pidió Fred mientras movía sus dedos en el control con suma rapidez.

—Primero tengo que vencer a Nick, si no acabará conmigo —dijo Xav con una gran sonrisa mientras achicaba los ojos y tenía la punta de la lengua entre los dientes a la par que se predisponía a aniquilar al batallón de Nick.

Samantha se los quedó observando por unos segundos. ¡Uf! Increíble, que aquellos hombres maduros y apuestos se hubieran convertido en unos grandes niños. Sonrió al tiempo que se adentraba en la habitación y dejaba su cartera sobre una de las sillas vacías y su pequeño bolso, que había preparado para el viaje relámpago, debajo del escritorio. Se dirigió a la jarra eléctrica y puso a calentar agua.

Dio un profundo suspiro y tomó asiento. Vagó la mirada por sus nuevos amigos, quienes aún no la habían notado. Otra vez estaban jugando online durante un receso de las obligaciones.

En medio de todo aquel barullo, ella asió una de las carpetas amarillas, tomó un lápiz y se dispuso a comenzar con su trabajo diario mientras aguardaba a que el agua estuviera lista para la infusión de su jefe.

Estaba por entrar cuando lo escuchó hablando al teléfono con un tono de voz que nunca le había oído. No tenía ese tinte acerado, sino que en aquel instante tenía un deje de ternura.

—No, no puedes ir a mi apartamento, pequeña. No, solo me voy por hoy, mañana al mediodía ya estoy aquí —anunció Alex a quien estuviera del otro lado. Escuchó la respuesta y prosiguió—: Sarah, querida, ya lo sé, yo también te extraño. Sí, mucho. ¡Vamos, no me vas a hacer jurarlo! —exclamó al tiempo que reía—. Te prometo que este fin de semana soy todo tuyo...

Samantha se asomó por la puerta y lo vio... ¡sonriendo! ¡Estaba sonriendo! No cabía duda, no era una mueca esa vez, era una auténtica sonrisa. Sus rodillas se aflojaron y casi deja caer la taza hirviendo y la bolsa de galletas que llevaba en las manos. Toda la cara masculina parecía haberse iluminado como si miles de focos de un escenario hubieran sido dirigidos hacia él. No podía quitarle la mirada de encima, si antes le parecía atractivo, así, relajado y sonriente, era irresistible.

Él estaba reclinado en su sillón, detrás de su escritorio, mientras se balanceaba y hablaba con una mujer al teléfono.

Sin poder evitarlo, un sabor amargo le subió por la garganta y miles de preguntas le inundaron la mente. ¿Quién era ella? Sarah, la persona que había nombrado Mark, la otra única persona que sabía que él pintaba. Ella sabía sus secretos. El sabor amargo se tornó más agrio. Lo que era peor aún, había utilizado calificativos amorosos: pequeña, querida. La semilla de los celos se había plantado en su ser y empezaba a germinar.

Un gemido salió de sus labios y volvió a esconderse en el corredor al tiempo que apoyaba la espalda en la pared. Estaba al borde de las lágrimas. Él tenía novia y, el muy maldito, había tenido relaciones con ella. ¿Cómo había podido? ¡Bastardo!

¿Y las propuestas que le había hecho? No debía olvidar que primero le había pedido que fuera su amante, dado que el puesto principal estaba reservado para otra. Entonces, eso de que salieran juntos, había sido una vil mentira, otra manera de encandilarla y obtener lo que quería de ella. ¡Argh! Unas ganas irrefrenables de gritar y clavarle las uñas en sus malditos ojos tan negros que hipnotizaban la asaltó.

Tomó aire, refrenó su instinto asesino, se dio valor y entró en el despacho.

Él alzó la mirada hacia su asistente y al instante, su rostro retomó su impasibilidad habitual.

—Aquí tiene —dijo ella a la par que dejaba la taza y las galletas sobre la superficie de la mesa y sin darle lugar a que él agregara nada, dio media vuelta y salió.

Iban caminando con paso apurado. En realidad, iba tratando de seguir el ritmo del hombre que daba tales zancadas que la dejaba atrás sin el más mínimo esfuerzo. Tenía la respiración agitada y su bolso parecía contener un centenar de piedras. De pronto, el peso desapareció y cuando se giró una mano le sostenía la tira de su mochila; en algún momento, Alex se había rezagado, le quitó el equipaje y se lo colgó del hombro para luego retomar la rápida marcha. Lo que sucedía era que, para variar y por culpa de ella, estaban llegando tarde a pasar el chequeo. Justo cuando debían salir de la empresa, ella se había manchado al cambiar la tinta de una impresora y tenido que ir al baño a limpiarse, sin percatarse de que él la estaba buscando y que nadie sabía dónde se encontraba.

Llegaron, él impecable, ella, con la lengua fuera. Realizaron todo el trámite y se dirigieron a la sala de espera para el abordaje. Tomaron asiento en las butacas de color azul oscuro y él abrió un periódico que se dispuso a leer, haciendo caso omiso de la joven.

Ella tomó asiento a su lado, nerviosa por lo que suponía pasar juntos todo un día. No era como si fueran a estar solos, pero sí lo estarían durante varias horas. Faltaba al menos una hora para que abordaran el avión y luego tendrían dos horas en Carolina del Norte al hacer los cambios de vuelo, por no mencionar cuando estuvieran en el hotel.

¿Y en el vuelo? ¿Qué iban a hacer durante tanto tiempo juntos? ¿Hablar? ¿De qué? De trabajo. Al menos, ella tenía que asegurarse de que se mantuvieran en aquel límite, nada personal y mucho menos de lo que había ocurrido entre ellos y de las propuestas de él o de las cosas que se habían dicho, que ella le había dicho.

Había sido hiriente y no tenía disculpa por ello. Pero se lo merecía, más por lo mentiroso que había descubierto que era, si no con ella, al menos con la tal Sarah.

Media hora había transcurrido y él seguía sin dirigirle la palabra. Así lo había preferido en un primer momento, pero ya estaba aburrida y sin saber qué hacer, lo que le daba la perfecta oportunidad a su cerebro para rumiar sobre miles de cuestiones y el tener a ese hombre a su lado, lo hacía ser el perfecto protagonista de las tantas imágenes que su mente conjuraba. Estaba tan guapo con el traje oscuro y la camisa celeste sin corbata... Nunca usaba una, ¡lo que podría hacerse con una! Necesitaba una distracción, su mente ya plasmaba miles de imágenes de lo más sensuales, el ritmo cardiaco se le había disparado y la respiración se le estaba agitando.

—¿Qué está leyendo? —preguntó de un modo más brusco de lo que pretendía.

Alex bajó un poco el periódico, lo suficiente para clavar un ojo en ella y arquear una ceja de forma interrogativa. El silencio se prolongó sin que ninguno de los dos dijera nada.

Al final fue él quien se dio por vencido y terminó por contestar la pregunta.

—Una noticia sobre un perro que salvó a su dueño de un robo, algo impresionante y que demuestra la lealtad que poseen los animales —dijo y retomó su lectura.

—¿Y qué más dice?

Él volvió a descender el periódico y la ceja enarcada hizo su aparición aunque, tan solo por un instante, ella creyó ver la misma mirada, algo divertida, que le dirigió cuando había notado su pantalón doblado hacia arriba.

—Bien, el dueño cuenta que su perro, un border collie... es de esos de pelo largo negro y blanco. Los que aparecen en la película *Babe, el cerdito valiente* —aclaró al ver la expresión de desconocimiento de ella—. Parece ser que el animal es muy manso y cariñoso, pero cuando vio al sujeto apuntando a su amo con un arma, no dudó en tirársele encima y atacarlo sin piedad —dijo y volvió a alzar el periódico.

—¿Y qué ocurrió con el ladrón? ¿Y con el perro? ¡Ay, si le hizo daño, no quiero saberlo! Se me encoge el corazón cada vez que un animal es agredido —comentó ella con un semblante angustioso.

Alex la contempló fijamente y, por un instante, estuvo a punto de esbozar una sonrisa, pero solo elevó una de sus comisuras dando por resultado una curiosa mueca.

—No, nadie le hizo daño, al menos al perro, pero este sí que se lo hizo al ladrón. Huyó despavorido de las fuertes mordidas que estaba recibiendo. Así que ahora *Anton*, el perro, es un héroe —afirmó él antes de quedar en silencio contemplándola; después se enderezó en el asiento y se concentró en la noticia que tenía delante.

—¿Tienes uno? —preguntó ella al cabo de unos minutos incómodos, sin percatarse de que volvía a tutearlo y olvidando el hecho de que él tenía novia y de que le había mentido.

De pronto, una gran curiosidad por el hombre que tenía a su lado la embargó. En definitiva, ¿qué sabía de él? No mucho y había intimado con él.

—¿Un qué? —inquirió, sin pasarle desapercibido el cambio de actitud.

—Un perro.

—No.

—¿Nunca?

—En una ocasión.

Vaya, sí que era escueto en sus respuestas y eso que era ella la que se había propuesto no pisar ni un solo tema personal, y ahí estaba, preguntándole si había tenido un perro.

—¿Cómo se llamaba? —preguntó a su pesar.

—*Nubarrón* —dijo antes de posar la vista en el material de lectura que tenía en sus manos y que, debido a ella, había quedado olvidado.

—¿Por qué? —inquirió ella.

Parecía que estaba determinada a toda costa a no dejarle continuar con la apacible espera. No era que no quisiera hablar con ella, era solo que, después de la última vez que lo habían hecho, se sentía muy incómodo. Era muy bueno en comunicar con las imágenes, sin embargo las palabras nunca fueron lo suyo. Con ella parecía hasta hacerlo peor que con el resto. No podía expresar lo que realmente quería, teniendo un resultado espantoso. Sin contar con que encima había vuelto su tartamudeo, ella ya tenía una mala impresión de él como para que encima se percatara de su defecto, su minusvalía.

—¿Por qué, qué? —preguntó un tanto desconcertado.

—¿Por qué se llamaba *Nubarrón*?

—Pues... era pequeño, lanudo, tenía el pelo rizado y de color grisáceo. Es que parecía una nube de tormenta —dijo al tiempo que cerraba el periódico y lo doblaba por la mitad.

—¡Huy, qué bonito! ¿Y no has pensado en tener otro? Yo moriría por tener uno —dijo ella con una expresión radiante.

Alex se quedó prendido de aquellos ojos color chocolate que resplandecían y de la sonrisa que le estaba brindando. Asimismo, un intenso dolor se propagó por sus entrañas al recordar al amado animal y cómo había dado su vida por la suya como aquel *Anton*. No había más lealtad que la mostrada por un animal, ya lo decía Poe en su frase: «En el amor desinteresado de un animal, en el sacrificio de sí mismo, hay algo que llega directamente al corazón del que con frecuencia ha tenido ocasión de comprobar la amistad mezquina y la frágil fidelidad del hombre natural.» Claro que él no podía decir que no tenía amigos fieles, vale, un amigo, y ni su amistad era mezquina ni su fidelidad era frágil, eso bien lo sabía él.

—No. ¿Por qué no tienes tú uno?

El rostro de Sam se ensombreció.

—Es que...

Él sintió cómo ella rebuscaba en su cabecita qué inventarse, así que llanamente le lanzó:

—Supongo que tiene relación con los frecuentes cambios de ciudad.

—Yo...

Ella tragó en seco y lo miró con tal angustia en su semblante que parecía verse todo el sufrimiento del mundo en sus ojos.

—No hace falta que me cuentes nada, solo establecí un hecho —repuso él, pero sabía que en su pasado había mucho más de lo que se veía a simple vista; ella huía, de qué o de quién, no tenía ni idea.

—Gracias —dijo ella al tiempo que posaba una mano sobre su brazo para ser retirada al instante como si se hubiera quemado.

Una voz metálica llamó a los pasajeros del vuelo de las doce a Chicago. Ambos se incorporaron y, sin pronunciar palabra, se dirigieron a la plataforma de abordaje.

21

Un simple toque al timbre de su apartamento, no insistió más. Charlie repasó apenas su maquillaje en el pequeño espejo junto a la puerta y salió.

Xav la esperaba con una breve sonrisa en las escaleras de entrada, tomó su mano y le dio un ligero beso en el revés.

—Hola —susurró ella.

Él, tomado de su mano, la condujo hacia el BMW E3, color plateado, aparcado a unos cuantos pasos. Le abrió la puerta, como un perfecto caballero moderno. Vestía un informal pantalón y una camisa también negra por fuera de este, lo que hacía resaltar aún más su cabello claro y ojos azules.

Charlie no podía dejar de apreciar lo guapo que estaba y le hubiera gustado sentirse lo suficientemente en confianza como para decírselo, pero a pesar de salir juntos, había una frialdad entre ellos.

Apenas subió al vehículo, él sintonizó una emisora conocida por la elección de temas de los ochenta y noventa, reguló el volumen para que no fuera estridente, sin que interfiriera si acaso intercambiaban alguna que otra palabra. Aunque parecía que él no estaba dispuesto a hacerlo.

—¿Xav?

Una inseguridad la asaltó y tuvo que recordarse por qué hacía lo que hacía; sin embargo, dejó su altivez de lado.

—¿Mmm?

Sí que estaba escaso de palabras esa noche. Rebuscó en su mente para ingeniar algo que decir cuando notó que él ralentizó el avance, maniobró hasta hacer entrar el auto en un pequeño espacio y apagó el motor. Luego la miró, sin decir nada, solo la contempló y sonrió apenas, antes de salir.

Entraron a un restaurante, pequeño y acogedor, La lanterna di Vittorio. Xav le dio su apellido a un camarero y este los condujo hacia un precioso jardín de invierno, adornado por unas adorables y altas lámparas de colores y plantas en las paredes y techo. La asombró que la hubiera llevado a un lugar no ostentoso como esperaba, sino tan romántico que la deslumbraba. Era precioso.

Todavía él no había pronunciado palabra, al menos no con ella, había agradecido a la camarera que les había entregado el menú y lo releía con atención.

—¿Xav? —preguntó al tiempo que alargaba la mano y la posaba sobre la masculina—. ¿Está todo bien?

Charlie sentía debajo de sus dedos la calidez que él desprendía y, por un momento, quiso prolongar el contacto, pero no lo hizo.

—Sí, perdona, no se me dan muy bien este tipo de cosas —confesó mientras todo su rostro se tornaba de un rojo tomate.

—No importa —le dijo con sinceridad—. Solo pregúntame algo.

—¿Has visto algo que te guste? —inquirió a la par que señalaba con la barbilla el menú que ella sostenía.

—Eh, sí, todo parece muy rico, lo que me tiene indecisa. ¿Tú qué vas a pedir?

Las variedades de platos eran casi todos informales, diversos sándwiches, estilos de pizzas y algunos platos más elaborados como las lasañas o las carnes. Un auténtico *ristorante* italiano.

—¿Te parece si compartimos una pizza? —Ella asintió—. ¿Una pizza margherita con rucola? —sugirió Xavier y una sonrisa se esbozó en su rostro.

—Perfecto, pero antes una ensalada Mesclun —anunció y sonrió a su vez.

Quizás fue el tener el estómago lleno por la exquisita comida del establecimiento o por efecto de la cerveza Peroni que tomaban que se relajaron y la charla fluyó sin inconvenientes.

—¿De dónde eres? —quiso saber Xav mientras le llenaba el vaso.

Charlie lo contempló y dudó antes de contestar. No estaba segura de hasta qué punto hablarle de ella, aunque no encontraba ninguna razón para no hacerlo.

—De una pequeña ciudad en Ohio, Bloomingdale. Hace años que vivo en Nueva York; soy más de aquí ahora.

—A la búsqueda del gran sueño americano —estableció él mientras iba a la pesca de una aceituna con su tenedor.

—Algo así. —En ese instante, era ella la que se había

ruborizado por completo. Si tan solo él supiera de qué forma había abandonado su pueblo de origen—. ¿Y tú?

—Siempre he vivido aquí —dijo al tiempo que se encogía de hombros.

—Me encanta este lugar —afirmó ella a medida que dejaba vagar la vista en torno.

—A mí también —concedió—. Muy pocas veces he venido a cenar, pero sí unas cuantas a almorzar algún que otro domingo.

—Debe de ser precioso durante el día —conjeturó al tiempo que clavaba su mirada un tanto más oscura que la de él, pero igual de azulina.

—¿Tienes familia? —inquirió él mientras metía un trozo de pizza perfectamente cortado con el cuchillo. Tenía unos modales impecables en la mesa; en cambio, ella prefería mil veces agarrar la porción y comérsela directamente de su mano que proseguir con el aleteo de los brazos al intentar cortar un bocado.

—Eh... no —mintió.

Él asintió y masticó despacio para después limpiarse la comisura con la servilleta de tela que mantenía sobre su regazo.

—Yo sí, aunque rara vez los veo —declaró él y por la expresión de su rostro se notaba que no era algo de lo que le agradara hablar.

—¿Por qué?

—No vemos la vida por el mismo cristal y nuestros intereses no coinciden, aunque no signifique que no los ame —declaró con un deje de amargura en la voz.

La conversación giró por temas personales, pero ambos parecían no querer profundizarlos, así que cambiaron a otros un tanto más superficiales. Transcurrió la velada sin percatarse del horario ni de que las personas a su alrededor desaparecían a medida que las agujas del reloj avanzaban.

Ella estaba disfrutando del último trozo de la tarta de manzana con helado de chocolate mientras él lo hacía del tiramisú que había pedido cuando apareció el camarero a anunciarles que iban a cerrar en unos minutos, por lo que Xav aprovechó para pedir la cuenta.

—Así que estás estudiando publicidad. —Ella asintió con la boca llena—. ¿Tienes pensado pedir un cambio de área? —preguntó.

—Pues sí. Eso tenía pensado en cuanto acabe y pueda ir con mi título bajo el brazo a pedir un ascenso —estableció con orgullo.

—¿Dónde estudias?

—En SUNY.*

—¿Por qué no te postulaste para el puesto de asistente?

—Pienso hacerlo más adelante. Ahora no podría con las horas extras que requiere.

—Señores, su cuenta —dijo el mozo al tiempo que les extendía un pedazo de papel y que dejó a Xav con la curiosidad de qué hacía ella fuera del trabajo que no podía realizar horas extras.

El frío inicial se había evaporado, el viaje de regreso fue ameno y sin silencios tensos. Pero al encontrarse junto al portón del edificio, prontos a la despedida, la

* State University of New York (Universidad Estatal de Nueva York).

incomodidad inicial hizo su aparición. Xav, con las manos hundidas en los bolsillos, le sonrió e iba a decir algo justo cuando ella se aproximó y unió sus labios con los de él, que no tardaron en responder. Sin embargo, al segundo él la detuvo y la separó, acunándole el rostro entre las manos y desconcertándola.

—No te hagas ni me hagas esto, Charlotte —pidió el hombre al tiempo que ella se desorientaba aún más.

—No comprendo.

—En la oficina todo se sabe y más si estamos en la misma planta —estableció y un aire de seriedad lo cubría como nunca antes ella le había visto, su semblante se tornó cansino y triste.

—Sí, pero sigo sin...

—Escuché que estás endeudada y que te rechazaron el adelanto que solicitaste —comentó y deslizó las manos desde su rostro hasta posarlas en los hombros femeninos.

En ese mismo instante, Charlie solo esperaba que se abriera un hueco en la tierra y que se la tragara entera. No podía estar más avergonzada salvo por lo que él dijo a continuación.

—Y supongo que sabes que soy uno de los herederos de Bolger y uno de los accionistas mayoritarios de la empresa. En fin, que estoy forrado de dinero.

Xav estaba tan colorado como si, al pronunciar las palabras, quien se sintiera más avergonzado fuera él y no la mujer que pretendía utilizarlo por su bolsillo y no valorarlo por quién era en su interior.

—Xav, yo...

—Solo dime cuánto necesitas —pidió al tiempo que

la soltaba y se apoyaba en la baranda de hormigón de la escalera.

—Diez mil dólares —murmuró ella mientras le rehuía la mirada y se cruzaba de brazos. De pronto la noche le pareció helada.

—Bien. El lunes los tendrás. —Al escuchar tal declaración que no esperaba, ella elevó la cabeza y clavó los ojos en los de él.

—Xav...

Ella se encontraba escasa de palabras, la culpabilidad y el asco la carcomían por dentro.

—No te preocupes, no voy a comentar nada, esto solo queda entre nosotros. —Se alzó de la barandilla—. Charlotte, entra a tu edificio, no me iré hasta que lo hagas —le dijo con tanta ternura en la voz que las lágrimas inundaron los ojos de ella.

Charlotte le dio un rápido beso en la mejilla, giró sobre sus talones y echó a correr.

Una vez en su apartamento, se apoyó en la puerta y dio rienda suelta a la amargura que la colmaba. Las gotas cristalinas se derramaban por su rostro a tropel y gemidos escapaban de sus labios. Se deslizó hacia el suelo, se abrazó a las rodillas y estalló en un llanto descontrolado como hacía tiempo que no le ocurría.

Lo más tonto era que se había olvidado de que aquel había sido el motivo por el que había salido con él: lograr que le prestara el dinero. Realmente había disfrutado de su compañía y había querido que se prolongara por más tiempo, quizás invitarlo a que subiera a tomar un café, pero hacerlo sinceramente, no como una excusa. Había tenido éxito en su cometido. Él iba a darle la cantidad que precisaba, no obstante ya no lo quería. Aunque no podía rechazarlo; si solo se tratara de ella lo haría en un segundo, pero no era así.

Se incorporó, tiró de su vestido azul oscuro hasta tenerlo arremolinado a los pies, tras unos pasos lo dejó atrás y se encaminó hacia la cama. Se dejó caer y se tapó con la colcha al tiempo que se ponía en posición fetal.

Se producían desgarros en su interior, entre la mujer que había dejado atrás y el monstruo en el que se iba convirtiendo que buscaba su lugar dentro. Más lágrimas empaparon la almohada.

No sabía cómo iba a poder mirarlo de frente otra vez. Solo pensar en lo que él estaría creyendo de ella, era como si una pala repleta de tierra le fuera arrojada encima y no pudiera escapar del hoyo en el que se había metido por sí misma.

22

La calidad de la presentación fue inmejorable, él era impresionante. Se había quedado prendada de la voz grave y pausada a medida que presentaba los brillos del nuevo giro que se le daría a la imagen de la empresa. Y no había sido la única encandilada, había notado cómo el hombre lo escuchaba con total atención y con el reconocimiento de estar frente a alguien que sabe lo que hace. Lo tenía comiendo de su mano al instante.

Estaban en el ascensor del Hotel Internacional Trump de Chicago, regresaban del salón comedor ubicado en el piso dieciséis y se dirigían a sus habitaciones. No habían intercambiado palabra desde que concluyera la reunión, en el vuelo solo hablaron de la presentación y de nada más. Ambos se habían asegurado de ello.

Ella estaba algo turbada y... acalorada, estaban tan cerca que podía sentir el calor que emanaba de él. Y estaba tan guapo con esos mechones negros sobre la frente... La caja metálica definitivamente era demasiado pequeña, le faltaba el aire.

Sam se alejó un par de pasos hasta quedar pegada a la pared opuesta en la que se hallaba él, quien la miró y enarcó una ceja como si le preguntara «¿Qué te pasa? No voy a comerte». Ella arqueó una ceja también, o al menos lo intentó, pero por la mirada divertida que pasó por los ojos masculinos suponía que había esbozado un gesto ridículo. Cuándo no, ella quedando en ridículo frente a un hombre que estaba para comérselo. ¡Tenía que dejar de pensar en él como en un pastel!

Las puertas se abrieron, él salió primero. Después de unos pocos pasos se detuvo y se giró tan repentinamente que ella casi chocó contra él. Clavó la vista ennegrecida en ella, era tan penetrante, que hizo que sus rodillas temblaran y el pulso se le acelerara. Puro placer reflejado en esos ojos, y miles de promesas de que tendría la noche más ardiente de su vida. Sin pronunciar palabra, comenzó a andar nuevamente.

La suerte ya estaba echada, no tenía escapatoria o, mejor dicho, ella no quería tenerla. Él llegó hasta su puerta, pasó la tarjeta por la ranura y entró sin cerrar. Ella siguió el mismo camino sin atisbo de duda.

Lo encontró apostado a los pies de la cama de espaldas a la entrada. Ella estaba ardiendo, el cuerpo le hormigueaba y la boca se le hizo agua de solo pensar en saborearlo de nuevo. Quería contemplarlo sin toda la vestimenta que lo cubría.

Alex se volvió y le extendió una mano que ella aferró al instante. De un tirón la acercó a su pecho, le tomó el rostro y dio inicio a un suave beso al que ella respondió sin que se lo tuvieran que pedir ni una sola vez. Era un experto, no cabía duda, sabía cómo hacer que una mujer se humedeciera en el acto y el raciocinio la abandonara.

Se le erizó la piel al ser bajadas las tiras de su vestido negro tan despacio que solo sintió un leve cosquilleo a lo largo de todo su cuerpo hasta que los dedos de los pies se le encogieron. A medida que las yemas como alas de mariposas iban deslizándole el vestido un ardor sin igual fue siguiendo la suave caricia.

Él aferró el cabello femenino en un puño y lo estiró hasta arquearle el cuello y como un vampiro se lo devoró. Ella jadeó ante el asalto, se acercó y se frotó contra él, ansiaba el contacto con aquel hombre que la enervaba, pero que al mismo tiempo la transportaba a un cielo del que solo él sabía el camino.

Unas manos la tomaron por debajo de los glúteos y la elevaron, los labios de Alex se posaron sobre un pezón, tiraron de él y lo torturaron con fervor mientras cargaba hacia el lecho en el que la dejó caer. Ella, tan solo cubierta por unas minúsculas bragas de color negro, lo contempló cuando se quitó la chaqueta y se llevó las manos a los botones de la camisa, que desabrochó muy despacio sin romper la conexión de sus ojos con los de ella.

Sam se lamió los labios a la espera de contemplar lo que predecía fuera el mejor torso que hubiera visto nunca.

El musculoso pecho masculino hizo aparición y solo pudo pensar en lo perfecto que era el hombre que tenía delante. La boca se le secó al tiempo que la colmaban unas ganas irrefrenables de deslizar sus uñas por aquellos músculos cubiertos levemente por un vello oscuro que desaparecía debajo de los pantalones. Esos mismos pantalones de los que él fue bajando el cierre tan lento que ella ardía como Juana de Arco en la hoguera ante la expectación.

Cuando los calzoncillos grises desaparecieron, los ojos de Sam recorrieron aquella deidad que se extendía frente a ella y por cada tramo sus palpitaciones iban en aumento como si estuviera al borde de un infarto.

Él gateó sobre ella hasta que su boca quedó a la altura de sus senos y sin perder un segundo descendió provocándole una súbita explosión en el interior. Sam se agarró a la cabeza de Alex, arqueándose, y acercándolo aún más al pezón que degustaba. Los ojos se le entornaban a cada lamida de la lengua de su verdugo y cuando pasó a ocuparse del otro pecho, la piel se le erizó y la sangre se le espesó al tiempo que su corazón bombeaba frenéticamente.

Se hallaba en un lugar que jamás había visitado, una especie de paraíso personal y que solo él hacía posible. Clavó los talones en el colchón y combó su espalda en un perfecto semicírculo al estirar él uno de sus brotes con los dedos mientras mordisqueaba el otro. Sus uñas volaron a la espalda masculina y arañaron sin piedad, arrancándole un gruñido profundo a su amante.

Alex se estiró y tomó el preservativo que había dejado sobre la mesita. Abrió el pequeño paquete con los dientes y en un rápido movimiento se enfundó. Se posicionó sobre la seductora mujer que tenía debajo. Fijó sus ojos en los chocolatosos y se vio envuelto en un torbellino de calidez. Tomó su rostro entre las manos y posó los labios sobre los de ella más suaves, dando inicio a un beso, lento y cargado de sentimiento; no tenía prisa. Quería disfrutarla al máximo, deleitarse en las sensaciones que estaba experimentando, en las locas palpitaciones, pero más que nada, en las chispas que tenía en el pecho y que se propagaban iluminando su ser.

—Abre las piernas para mí, cielo —pidió.

Sam obedeció de inmediato y un placer sin igual la invadió.

Un lento vaivén comenzó y dos cuerpos se transformaron en uno solo, moviéndose al unísono. Un cálido sudor los cubrió por completo haciendo centellear cada centímetro de piel ardiente. Los gemidos, jadeos y gruñidos llenaban el silencio y el aroma a la sensual excitación se expandía por la habitación.

Ella movió sus caderas, lo urgía a ir más rápido, pero él la aferró con sus manos, la mantuvo en el lugar y la hizo soportar la dulce tortura. Sam no resistía, quería que fuera como la última vez, rápido y salvaje, no tierno y repleto de sentimientos. No estaba preparada para las emociones que estaba despertando en ella.

No sabía cómo iba a quedar después de esa noche, se sentía en carne viva, con todos sus secretos a plena luz; sin embargo, no podía quitar la vista de los ojos que la contemplaban a medida que bombeaba dentro y fuera, lento y profundo. ¿Qué había ocurrido con el ogro que veía todos los días en la empresa? ¿Quién era este hombre tan dulce y tierno que la estaba matando?

Cuando vislumbró el precipicio al que se acercaban, Sam no pudo contenerse por más tiempo y soltó un alarido agudo que, a los pocos segundos y un par de envites más, fue seguido por un ronco gruñido.

Alex se desplomó sobre ella. La aplastaba, aunque

no se quejara y le encantaba sentirla en su totalidad. Después de unos minutos y recuperado el aliento, se desplazó a su lado y la atrajo contra su costado. Así, con ella acurrucada contra él, acariciaba su cabello, hombros y espalda mientras ambos se mantenían en silencio y sus respiraciones se normalizaban.

—Sam... —dijo él luego de media hora en que ninguno de los dos pronunció palabra alguna; sin embargo, ella evitó que prosiguiera al taparle la boca con la mano.

—No lo arruines con las palabras —murmuró con una vulnerabilidad que se vertía sobre ella a la par que plantaba la barbilla sobre el pecho del hombre y fijaba la vista en la de él.

Lo que ella no comprendió fue el dolor que vio en él. Es que ella no sabía que sus palabras habían hecho eco con las frases de su padre.

«Arruinas todo cuando hablas, idiota tartamudo.»

Alex la miró por un instante y tomó la mano sobre sus labios, la apartó suavemente y depositó un tierno beso en la palma. Dolor vertiéndose en cada herida ya cicatrizada, abriéndolas, y la sangre volvía a emanar.

—N-n-no —presionó los labios en una línea recta, tomó aire y prosiguió en un murmullo—. Sé que n-n-n... —se detuvo y reintentó hablar de un tirón, para lo que su voz se tornó de acero—... no soy bueno con las palabras y cada vez que lo he intentado contigo, todo se fue al diablo. Pero tenemos que hablar, Sam —estableció en un bajo tono y cargado de seriedad—. Aunque me cueste hacerlo con fluidez —agregó tan bajo que ella no hubiera estado segura de que había hablado si no hubiera visto los labios moverse.

Sam se percató de su error al oírlo tartamudear y el relámpago de dolor que vislumbró en la vista oscura. Lo había insultado sin darse cuenta.

—Lo haremos, pero no hoy y quizás no mañana...

—Quizás no mañana ni pasado, pero tenemos que ha-ha-ha...

Se calló, y golpeó el colchón con el puño. La frustración le anudaba las entrañas.

—Tranquilo —dijo ella, se elevó y le depositó un pequeño beso en los labios—. Solo dilo como te salga, no importa que tartamudees —declaró mientras le acariciaba la mejilla ya algo áspera.

Alex tomó aire.

—Te-te-tenemos que hablar, esto no puede seguir y tampoco puede dejar de ocurrir.

—Alex, lo que dices no tiene sentido —bromeó la joven al tiempo que jugueteaba con el vello del pecho de él.

—No, no lo tiene.

—Debería irme.

—No —negó rotundamente al punto que afianzaba el abrazo alrededor de ella.

—Alex... yo... —Sam tragó en seco, quería contarle tantas cosas; sin embargo, no pudo hacerlo.

—Demasiados secretos —declaró él.

—Permitámonos disfrutar lo que tenemos hoy —suplicó al tiempo que alzaba el rostro hacia él.

Alex le apartó unos cabellos que le caían sobre la frente y sopesó las palabras de la joven. Tenía sentimientos encontrados: por un lado, no quería postergar la charla; por el otro, temía confesar lo que sentía por ella, ni siquiera se atrevía a decírselo a él mismo. En cuanto al corazón, era un total inepto. Tal vez, como lo había acusado, por no tener uno dentro.

Le acunó las mejillas y le acarició los labios antes de darle un suave beso.

Si tan solo ese momento pudiera perdurar por toda la eternidad...

—Sam —la llamó Alex a la vez que la sacudía levemente.

—Mmm —balbuceó al tiempo que abría un ojo y era encandilado por el resplandeciente amanecer. Se descubrió, se sentó y sacó las piernas por un lado de la cama.

Alex se aproximó a ella y le acunó el rostro. Justo cuando acercaba sus labios a los de ella, Sam se giró hacia un costado esquivándolo, por lo que no vio el dolor que traspasó la mirada del hombre.

Él le acarició el cabello para luego apartar las manos y dejarlas caer, la imperturbabilidad resurgiendo en sus facciones. El rechazo dolía como una daga clavada en el centro del pecho y era una sensación con la que ya tenía una historia previa.

—No todo brilla a la luz de día —comentó a la par que giraba sobre sus talones—. Voy a darme una ducha, salimos en una hora —anunció con una voz gélida y, desnudo, se dirigió al cuarto de baño.

Sam clavó la vista en la espalda de él y emitió un sonoro jadeo, a lo cual Alex se detuvo al instante y la miró sobre su hombro.

—Las marcas en tu espalda. ¿Qué... te pasó? —preguntó con una expresión entre asombrada y angustiada al ver las cicatrices que lo recorrían de un color blanco, lo que atestiguaba lo antiguas que eran.

—Tú tienes tu historia y yo la mía. Quizás algún día podamos sincerarnos, hasta entonces... —dijo, dejando la frase sin finalizar.

Alex tenía cada músculo en tensión. Creyó como un estúpido que al fin había derribado las barreras femeninas, pero se había topado con alguien que las tenía mejor construidas que las propias.

—Nunca me presionas, no me exiges saber —expuso ella al tiempo que se cubría el pecho con la sábana, lo que le daba una falsa sensación de seguridad.

—No.

—¿Por qué?

—Porque cuando estés preparada para contarme qué es lo que sucede, por qué saltas cada vez que tu teléfono suena o por qué... no puedes estar conmigo... —dejó inconclusa la frase. Volvió a contemplarla por encima de su hombro— supongo que me lo dirás.

23

Lo vio acercarse a su escritorio con un andar lento, pero lo que más le llamó la atención fue la expresión cansina, la de un hombre que ya había pasado por la misma situación. Al estar delante de ella, le dedicó un ademán con la barbilla a modo de saludo y le extendió un sobre pequeño de color blanco.

Ella ya sabía de qué se trataba y con un nudo en la garganta que le impedía decir una sola palabra, lo tomó.

—Espera —pidió Charlie al tiempo que se incorporaba y se ponía frente a él—. Xav, quiero que sepas... —dijo mientras colocaba una mano sobre el brazo masculino, tragó y prosiguió—: que nunca he hecho algo parecido en mi vida. —Xav apartó el brazo e iba a volverse pero ella lo detuvo—. Por favor, créeme, yo no...

—Lo sé, Charlotte —afirmó al tiempo que posaba su palma sobre la mejilla de ella.

—No voy a poder devolvértelo —anunció, avergonzada.

—No tienes que hacerlo, es tuyo para hacer con él lo que quieras.

—Lo siento tanto... —murmuró al borde de las lágrimas.

—Yo también, y no sabes cuánto —dijo él antes de volverse y dirigirse a su departamento.

Charlie guardó la evidencia de lo en que se había convertido en la cartera. Era consciente de que había arruinado la única oportunidad de tener a un hombre de valía en su vida, y no sabía qué hacer para dar marcha atrás, volver al momento en que la había invitado a salir y aceptar sin segundas intenciones de por medio.

—Xav, acompáñame a mi despacho —le pidió Alex en el corredor.

Una vez dentro, lo miró con aquella mirada penetrante y estudió al hombre que tenía delante.

—He notado que en los últimos días tu rendimiento ha bajado bastante, estás distraído y...

—Lo siento, no volverá a ocurrir —anunció Xav al tiempo que cuadraba los hombros y clavaba la azulina mirada en la más oscura.

Alex se apoyó sobre la superficie de madera de su escritorio que tenía detrás y negó con la cabeza.

—No sé cómo lo consigo, pero siempre doy a entender lo contrario a lo que deseo expresar.

—No comprendo.

—Sé que la causa de tu reciente distracción es Charlotte. Todavía no defino si ella te rechazó o fue algo más. Hoy me inclino por esto último.

—¿Es que soy un libro abierto para todo el mundo aquí dentro? —preguntó Xav, exasperado de que pudieran descubrir lo que le ocurría tan fácilmente—. Mira, no voy a dejar que interfiera en el trabajo, estate tranquilo.

—Xavier, no estoy tan preocupado por tu desempeño como lo estoy por ti —dijo, dejándolo estupefacto—. Mira, chico, te aprecio y quiero que sepas que si hay algo que yo pueda hacer por ti, aquí me tienes.

El silencio se prolongó entre ellos, aunque no se tornó incómodo, sino que uno necesitaba ordenar sus ideas y el otro le dejaba el espacio para que lo hiciera.

—Pensé que ella era diferente y me equivoqué —expresó Xav, y sus palabras plasmaban lo agotado y dolido que estaba.

Alex no pudo evitar pensar en su propia situación con Samantha, él también había sido rechazado y no una sola vez, sino ya unas tres si sus cálculos no eran erróneos. Y él era bueno con las matemáticas.

—Sé lo que se siente.

—Voy a reponerme, Alex.

—Sé que lo harás, llevará tiempo, pero lo harás. Supongo que ella no es una más para ti; sin embargo, me parece que Charlie no es como tú crees y que, quizás, debas darle el beneficio de la duda. Cuando estés un poco más calmado, habla con ella, Xav.

Por un momento, Alex no estaba seguro de si se estaba aconsejando a él mismo o al hombre que tenía delante.

Desde que habían regresado del viaje, Sam y él no habían intercambiado más que unas cuantas frases y ninguna había sido sobre lo que había ocurrido entre ellos. Temía volver a ser rechazado y no estaba muy seguro de poder soportarlo nuevamente. En las pocas semanas que la conocía, su corazón había vuelto a latir y había sido apuñalado tantas veces que suponía que no aguantaría ni un solo golpe más.

—Tal vez no sea el más indicado con quien desahogarse, pero no dudes en recurrir a mí si lo necesitas.

—Gracias, Alex —dijo y contempló al hombre con nuevos ojos—. Has cambiado, no sé a qué se debe, pero me gusta este nuevo Alex y, si tienes unos minutos, creo que me haría bien hablar.

Tomaron asiento. Xav comenzó con su confesión poniendo a su jefe al corriente de lo que se sentía ser el hijo de un hombre tan poderoso, de lo que la gente que se había acercado a él siempre había buscado y sus aspiraciones de una vida común y corriente.

Sin buscarlo, un tipo de complicidad se estableció entre ellos al compartir haber sido lastimados por la mujer que les interesaba. Y sin pretenderlo, Alex ampliaba su círculo de allegados: ya había dejado entrar a Gabriel y, en ese instante, era el turno de Xavier.

Un llanto apagado provenía de uno de los cuartos de baño. Caminó despacio hasta posarse frente a la puerta y llamó dos veces.

—¿Está todo bien?

La puerta fue abierta y Charlie, con el rostro bañado en lágrimas, apareció tras esta.

—¡Charlotte! —Sam se asombró de ver a la aspirante a modelo en ese estado.

Charlie no podía detener el torrente de angustia que

la acuciaba ni las gotas que se derramaban por sus mejillas. Salió del cuarto y fue hacia el lavabo, donde se mojó la cara.

—¿Estás bien?

—Evidentemente, no —ironizó la rubia a la castaña mientras trataba de contener el llanto.

—Charlotte, sé que tú y yo no nos llevamos demasiado bien...

—Nada bien diría yo. —La cortó en medio de la frase.

—... pero si puedo ayudarte en algo...

Charlie le dirigió una mirada tan abnegada que Sam no pudo continuar hablando, notaba lo angustiada que se hallaba la recepcionista, una emoción que no lograba armonizar con ella.

—Lo arruiné todo —decía apoyada en el lavamanos—. Le hice tanto daño... y ahora no quería aceptarlo, pero lo necesito. Y él cree que yo... —No pudo continuar, un nudo se le alojó en la garganta y la ahogaba.

—Charlie... no comprendo nada de lo que dices —comentó Sam al tiempo que se acercaba a la mujer y le posaba una mano sobre el hombro.

Ella alzó la vista hasta clavarla en la de color chocolate, su expresión era tan compungida que Samantha no pudo evitar sentirse identificada con ella.

—Es Xavier —confesó Charlie mientras se limpiaba el rostro con el dorso de su mano.

—¿Qué sucede con Xavier?

—Tengo problemas económicos, supongo que ya estarás al tanto, parece que esos temas se saben al segundo por aquí.

Sam solo asintió a modo de respuesta.

—Pues me enteré de que Xavier tiene mucho dinero. —No hizo falta que añadiera nada más, la expresión de reprobación de la castaña le dijo que había adivinado el resto—. No soy una mala persona, Sam —le aseguró y una gota cristalina se vertió de uno de sus ojos—. Arruiné mi oportunidad con él.

—¿No te dio el dinero?

—¡Oh, sí, me lo dio! —exclamó y luego lanzó una amarga carcajada—. Sí, logré lo que me proponía con él y ahora...

—¿Y ahora? —preguntó Samantha con aspereza.

—Ahora no sé qué hacer, algo se torció en mi cometido y el embaucado no fue solo él, Sam, sino que yo también. Nos hice tanto daño... —Un profundo sollozo brotó de ella—. Caí en mi propia trampa y no sé cómo salir de ella.

Sam la sopesó por unos instantes y no podía dejar de pensar en su propia situación, en la trampa en la que había caído ella misma y de la que tampoco encontraba la salida.

—Es la hora del almuerzo, ¿quieres comer conmigo?

—¿En el comedor? ¿Con los demás? —preguntó, asustada y a sabiendas de que Sam tomaba su comida con todo el equipo, del que formaba parte Xavier.

—No. Tú y yo solas. He notado que siempre sales a esta hora, vamos donde quieras.

—Todos los mediodías voy al parque Battery.

—Perfecto.

A los pocos minutos se dirigían a los ascensores para sorpresa del resto de los compañeros de Samantha.

No era ningún secreto que las mujeres se llevaban bastante mal.

En el parque tomaron asiento en un banco frente al río Hudson y cada una desenvolvió la vianda que traían dentro de los bolsos.

Comieron en silencio con la compañía del viento como única música y parecía que la tranquilidad del río las iba hipnotizando y calmando.

—Se rumorea que entre Alex y tú hay algo, ¿qué hay de cierto en el asunto? —preguntó la rubia mientras le daba un gran mordisco al sándwich.

Samantha continuó con la mirada fija en el agua calma. No deseaba contestar, no quería hablar de ello, como si al no hacerlo le restara lo verídico. Deseaba poder volver el tiempo atrás y borrarlo todo. No haber ido a comprar café aquella mañana, no habérselo derramado encima... Se arrepentía y al mismo tiempo, no lo hacía. Porque, por más que lo negara, haber estado con él había sido una experiencia única, que tenía marcada a fuego en la piel como en el corazón.

—Puedes confiar en mí, Sam. No voy a contar nada —aseguró Charlie.

Tragó en seco y bajó la vista a su propio sándwich en sus manos al tiempo que a lo lejos se oía el graznar de unas cuantas gaviotas que revoloteaban y las conversaciones de las personas que paseaban en torno a ellas.

—Mucho y al mismo tiempo, poco —susurró. No estaba al tanto de lo que se andaba diciendo en los pasillos, tampoco le importaba demasiado—. No quiero hablar de ello, Charlie.

—Está bien.

—¿Por qué no me cuentas algo de tu vida?

—Yo... Eh... De acuerdo. Provengo de un pequeño pueblo. —Se notaba la reticencia que también tenía la recepcionista—. Tuve un problema con mi familia y me vine a vivir a Nueva York, a la búsqueda de una nueva oportunidad. Eso sería un buen resumen. ¿Y tú?

—Algo similar a lo tuyo. Un problema familiar me hizo dejar mi ciudad y me vine aquí en busca de un comienzo distinto.

Charlie asintió y no volvieron a pronunciar palabra.

Una amistad rara se fue gestando entre las dos, que no tardarían en contarse algunos de sus secretos bien guardados.

Revisaba las novedades en una de las cuentas cuando Alex entró por la puerta y se sentó frente a él. Notaba que desde el viaje estaba algo distraído, que algo había salido mal. No tenía ánimos como para preguntarle, era un maldito egoísta y así estaban las cosas.

—Me invitó Gabe a tomar unas copas, ¿vienes? —anunció Alex, sentado con aquella postura tan perfecta que siempre mantenía y que por dentro lo sacaba de quicio.

A veces le daban ganas de zamarrearlo y desarreglarle las ropas o el cabello.

Mark alzó la vista hacia su amigo y sintió unas garras estrujando su corazón, se alejaba de su hermano a medida que este dejaba entrar a más personas en su entorno. Se alegraba por él y al mismo tiempo, lo odiaba. Cuanto más mejoraba y evolucionaba a un ser humano más normal, él parecía hundirse aún más en un torbellino de perdición.

—No, gracias, Alex, tengo muchas cosas que hacer y, además, estoy cansado. Pienso irme a casa, mirar una película y a la cama —dijo, retomando su trabajo.

Mark se sentía un miserable, amaba al sujeto, lo que le provocaba unos celos irracionales acerca de cada uno que se le acercaba: Gabe, Sam...

—Mark... creo que te vendría bien. —Alex notaba que su amigo empeoraba, pero él no le largaba palabra alguna—. Solo iremos por un rato, volveremos temprano.

—No, Alex. Ve tú.

—Bien. ¿Qué te sucede? —preguntó de sopetón—. Y no me digas que nada, porque lo vengo notando. Algo te anda rondando y quiero saber qué es.

—Son imaginaciones tuyas, hombre. Nada me ocurre, ve con tu amigo y pasa un buen rato —auguró sin levantar la vista de la carpeta que tenía delante.

El murmullo de algunas personas que pasaban junto a la puerta llegó a los oídos de los dos hombres que estaban en completo silencio.

Alex se incorporó de su asiento, contempló a su amigo y salió del despacho sin mirar atrás.

Mark lanzó un puño contra la superficie de su escritorio, lo que provocó un ruido seco. No era culpa de Alex que se sintiera así, la oscuridad regresaba para absorberlo. Más bien nunca lo había dejado ir, solo le había dado un periodo de falsa tranquilidad.

Después de estar casi una hora repantigado en el

asiento y contemplando el cielo raso de la oficina sin hacer nada, decidió que ya era hora de irse a casa, donde podría hacer algo de provecho como mirar alguna película de las que tenía pendientes. Se sentía como un ser despreciable, se había comportado como un idiota con Alex. Ni él mismo se soportaba ya.

Con aquellas atribuladas emociones en su interior, se dirigió a los ascensores con pies pesados y hombros caídos. Al abrirse las puertas, supo que hoy no era su día.

—¿Vas a entrar? —preguntó Keyla con una sonrisa de oreja a oreja.

Mark dio unos pasos e ingresó en la caja de metal que lo llevaría al vestíbulo de la empresa. Se detuvo delante de ella, dándole la espalda y posando sus ojos en las puertas cerradas.

—Parece que papá te dio un lindo regalo, princesa —lanzó con aspereza.

—Sí —afirmó, entusiasta, la joven—. A pesar tuyo.

Ante las palabras femeninas, Mark dio media vuelta quedando cara a cara con ella.

—¿Por qué a mi pesar? ¿A mí qué me importa lo que él te dé? —escupió.

—Todavía no, pero va a hacerlo.

—¿A qué te refieres? —preguntó, acercando el rostro al de ella.

—No seas impaciente, ya lo sabrás. No te preocupes, que no le pedí tu renuncia —dijo al tiempo que se acomodaba las pulseras que tintineaban en su muñeca.

—Nunca te la otorgaría.

—No, nunca lo haría. —Y clavó la vista en la verdosa.

Él se acercó peligrosamente y posó el antebrazo derecho al costado de la cabeza de ella. Los alientos se entremezclaron, estaban tan cerca que solo los separaba un suspiro.

—¿Marcus? —susurró ella.

Un torrente de miedo la invadió al igual que un inmenso deseo surgió en su interior. Estaba tan acostumbrada a odiarlo, que se asustó ante las sensaciones que él despertó en ella.

Mark descendió los labios sobre los de la joven, los deslizó tan suave que ella dejó escapar un suspiro y pegó el pecho al torso masculino, profundizando el encuentro. Mark la rodeó con el brazo izquierdo y la estrechó contra él. Las piernas de uno y otro se entrelazaron, mientras ella le aferraba los cabellos y él la aprisionaba contra la pared.

El escueto *ding* al arribar el ascensor a la planta baja los sacudió del hipnotismo en el que habían caído. Se soltaron. Ella bajó los ojos a sus ropas arrugadas y se pasó las manos para tratar de alisarlas, aunque solo quería que se la tragara la tierra en ese mismo instante. Le había comido la boca a Marcus Sanders, el hombre que más odiaba y que más adoraba su padre. Y había sido el beso más ardiente que le habían dado en su vida, ninguna comparación con el de tantos años atrás.

Él vagó la mirada por ella, observó que las manos le temblaban y un intenso rubor le cubría las mejillas. Dio media vuelta y salió disparado del pequeño espacio metálico.

No cabía duda de que aquel no era su día. Se había vuelto loco y le había dado un beso de infierno a la princesa más odiosa de aquel reino. Pero que lo partiera un rayo ahí mismo si no lo había disfrutado. El corazón le latía como un caballo desatado y la sangre le corría en las venas, había vuelto a la vida en un instante. ¡Maldita sea! ¡Ella no se había quedado atrás!

Keyla había respondido bajo sus labios y lo estremecía al pensar cómo la lengua femenina había igualado a la suya en el juego. A grandes zancadas se dirigió a su automóvil antes de que la poca gente que andaba por la calle Water viera la erección nada disimulada que tenía en su entrepierna.

24

—¿Qué es lo que te ocurre? —arremetió Alex en un tono que no disimulaba su preocupación—. Hace unos días que te noto algo cabizbajo y no lo niegues que a mí no me engañas. ¿Han vuelto las pesadillas?

Ante esa última pregunta, Marcus alzó la cabeza y miró al hombre que tenía enfrente.

—Nunca se han ido del todo. —De pronto el suelo captó toda su atención—. Pero no se trata de eso.

No deseaba mantener esa conversación. No lo había querido días atrás y no lo quería ahora, pero Alex era insistente.

Se giró y caminó unos pasos hasta pararse frente a la ventana.

—Entonces, ¿qué es, hermano? —insistió Alex.

Mark continuaba de espaldas a su amigo, la cabeza gacha y el cuerpo tenso.

—Es que... Ahora tienes a Sam y a... Gabriel —dijo al fin—. Y siento que te pierdo. —No del todo cierto, pero sí en parte.

—Mark... —Alex fue hacia él, lo tomó de la nuca y acercó la frente hasta posarla pegada a la de su hermano del alma—. Sa-sa-sabes que no es así. Ade-de-demás, tú la pusiste en mi camino. —Un silencio se prolongó entre ambos—. Dime qué ocurre —suplicó en un bajo tono.

Una triste risa escapó de los carnosos labios del rubio. Mark se desasió del agarre de su amigo y se alejó de nuevo.

—Me siento... solo. No me malinterpretes, quiero que lo tuyo con Sam vaya sobre ruedas, y Gabriel... pues el tipo también me cae bien. Tú los tienes a ellos y a Sarah. Ya no somos nosotros tres contra el mundo. Me alegro por ti y por ella, pero yo... yo estoy solo, Alex. No tengo a nadie más. No puedo sacarme este dolor que tengo aquí —dijo al tiempo que se apuntaba al estómago—. Me siento perdido, y no desde ahora, sino desde siempre, creo. Pongo buena cara, soy el simpático y alegre cabeza hueca. Estoy harto, me siento mal, hermano. Tan solo sobrevivo, me arrastro por esta vida y ya no me quedan fuerzas.

Alex se acercó a él y lo estrechó contra su cuerpo, tan fuerte que podría haberlo quebrado de no haberse tratado de Mark, quien ya estaba tan roto por dentro.

Comprendía a la perfección lo que sentía, había estado allí, es más, aún lo estaba. Lo amaba tanto que temía por él, tanto que dolía verlo así. Buscó en su mente formas de aliviar el dolor que padecía, pero no encontró ninguna que fuera potable. Les habían cagado la vida, y sospechaba que a Mark se la habían cagado aún peor y sin posibilidad de arreglo.

—No estás solo —insistió Alex. Percibió cómo el hombre en sus brazos se estremecía y oyó los suaves sollozos—. Te qui-qui-quiero y na-na-nada ni nadie va a cambi-cambi-cambiarlo. —Bajó la voz para poder hablar de un tirón—. No importa cuántas mujeres o amigos encuentre, tú eres alguien especial para mí y mi vida no sería la misma sin ti. Así que hazte a la idea de que siempre me tendrás aunque no lo quieras. Además, también está Sarah, a veces envidio lo bien que te llevas con ella. —Terminó mientras acariciaba el rubio cabello de Mark.

Mark se aferraba al torso de Alex y por más vergüenza que sintiera, no podía dejar de sollozar.

—Lo siento —dijo al tiempo que sorbía por la nariz.

—No seas idiota. No hay nada por qué disculparse. Nos conocemos hace más de veinte años y solo hemos hablado en profundidad dos veces en nuestras vidas. Tenemos que cambiar. No sé exactamente cómo, pero tenemos que hacerlo. Abrirnos a nosotros o con alguien —argumentó mientras continuaba con las caricias sobre la cabeza del hombre que tenía en brazos.

—¿Te refieres a un terapeuta? —preguntó Mark al tiempo que alzaba el rostro del cuerpo de su amigo.

—Sí.

—Crees que estoy loco. —No era una pregunta, sino una simple afirmación mientras se enjuagaba las lágrimas con el puño de la camisa.

—No. Al menos no más que yo. Marcus, tuvimos vi-vi-vidas de mi-mi-mi... —descendió la voz hasta que fue un murmullo—... mierda y tenemos que sacarla fuera de alguna manera, si es que queremos avanzar.

—No puedo hablar de ello. Las pocas veces que lo hice, todo se fue al diablo.

Ambos sabían que era cierto, la única vez que Mark había tomado el valor de contarle a alguien sobre su pasado, se había arruinado en un parpadeo.

—Bien, hazlo conmigo. Una vez lo hiciste y aquí sigo, ¿verdad?

—No puedo —anunció al tiempo que volvía a rehuir la oscura mirada.

Después de la última experiencia, Mark no estaba dispuesto a hablar de ello con nadie, nunca más. Ya se sentía lo suficientemente sucio como para que se lo restregaran en la cara de nuevo. No, no sacaría sus secretos a la luz. Al fin y al cabo, de los errores se aprende.

—Eres importante —declaró Alex al punto que sostenía el atractivo rostro de su amigo entre las manos.

—Gracias —fue la escasa respuesta.

—No, escúchame bien. Tú. Eres. Importante. —Remarcó cada palabra de manera lenta y las acompañó con una intensa mirada.

—Yo... trataré. Más adelante, ¿está bien? Dame algo de tiempo, estaré bien. Solo necesito un respiro —prometió sin mucho énfasis.

—Lo entiendo. No vuelvas a ponerte esa máscara, al menos no conmigo —solicitó y aferró el hombro de su amigo—. Mark, estoy aquí... siempre. Pase lo que pase, venga quien venga y digas lo que digas. Yo tampoco concibo mi vida sin ti en ella, hermano. —Ahora era el hombre de cabello oscuro quien tenía los ojos empañados, aunque las lágrimas nunca fueron derramadas—. Además...

Alex se detuvo y negó con la cabeza.

—¿Qué?

—Ella no quiere saber nada conmigo. —Fue la escueta contestación.

—Pero ¿por qué? Yo... —rehuyó los ojos oscuros otra vez—... Alex, yo os escuché... en tu despacho, tú y ella estabais... bueno, ya sabes.

Claro que sabía a lo que se refería.

—Sí, tuvimos sexo. Esa vez y en el viaje.

—¿Y entonces...?

Mark no comprendía, había notado las miradas cargadas de tensión entre esos dos, cómo cada uno estaba pendiente del otro en todo momento... Además, jamás había visto a su amigo tan enganchado por una mujer y eso que le había conocido unas cuantas.

—Al día siguiente, le propuse algo no muy halagador para ella.

—¿Qué?

—Ser mi amante en secreto.

—¡Pero qué bestia! ¿Cómo le propusiste algo así a una mujer como ella? Ella no es para juguetear nada más, y tendrías que saberlo, hombre. A veces me sorprende que siendo tan inteligente, seas tan estúpido en ciertas ocasiones.

—Luego...

—¿Hay más?

—... le propuse algo más serio. Supongo que aún se sentía insultada. En realidad aún está ofendida; sin embargo, en el viaje estuvimos juntos y parecía perfecto. Pensé que todo saldría bien, que hablaríamos y solucionaríamos lo que hubiera entre nosotros, pero ha estado evitándome desde entonces. Sabes cómo soy, cómo me enredo para expresar lo que siento. Comienzo a tartamudear y las ideas se me escapan —dijo con las palabras cargadas de frustración mientras avanzaba unos pasos hacia el ventanal del despacho de su amigo.

—¿Y qué vas a hacer?

—No lo sé, no sé cómo comportarme con ella. Me está volviendo loco. —Con una mano se despeinó el oscuro cabello.

La sensación de impotencia no era ajena a Alex.

—No vas a dejarla pasar, ¿verdad? —Un silencio prosiguió—. ¿Verdad, Alex? Lo que sientes por ella no es algo de todos los días. Y no te atrevas a negarlo, porque si tú me conoces, yo te conozco aún más, hermano. Déjate de estupideces y pelea por la mujer.

—Lo haré. Tengo que ver cómo. No te preocupes —pidió mientras se giraba.

—Como si fuera fácil. Me preocupas —anunció con una sonrisa ladeada.

—Y tú a mí.

—Qué buen par que estamos hechos —dijo al tiempo que dejaba escapar una carcajada a la que también se unió Alex.

—Bien, ¿qué planes tienes hoy? —preguntó a Mark.

Algo que Mark no podía negar eran los cambios en la actitud de su amigo y que coincidían con el tiempo que ella estaba en la empresa. Sonreía más, estaba más comunicativo y abierto con la gente. Estaba cambiando y le gustaba el nuevo Alex.

—No sé.

—¿Hoy no tienes planeada ver ninguna película, ir a algún cine o algo así?

—Pues... este mes están dando un ciclo acerca de Douglas Sirk. ¿Qué opinas?

—Espero que sea una comedia y de acción.

—Claro, no te invitaría a nada menos —bromeó Mark—. Invita a nuestro nuevo amigo.

—¿A Gabriel? ¿Estás seguro? Podemos ir solo tú y yo.

—Vamos, invítalo. Me pareció que el muchacho también está algo solo. Y lo que dije antes de que me cae bien, es cierto. El hombre tiene un aura de tristeza a su alrededor. Quizás tendríamos que replantearnos a qué personas adoptamos, tal vez alguien que tenga una vida más placentera, no siempre con cicatrices profundas en su interior. Para ello ya estamos nosotros, ¿no crees?

Sin esperar respuesta, Mark salió del despacho y en medio del corredor se topó con Sam. Ella iba con unas cuantas carpetas en las manos cuando él la detuvo.

—Quería intercambiar unas palabras contigo.

—¿Pasa algo?

—Ni que lo digas, empezando con el hecho de que rechazas a mi amigo. Y parece que no fue solo una vez, sino un par —dictaminó con seriedad.

—Mark, yo...

—Mira. —La interrumpió con una mano en alto—. Alex no es una joyita que digamos, pero el hombre no es de madera. No puedo comprender cómo me equivoqué contigo, el que vayas jugando con él...

—¡No estoy jugando con él!

—Entonces, ¿qué? Os acostáis y luego lo mandas a freír patatas.

—Es algo entre él y yo —se irritó ella.

—Claro, lo sé. Ten algo en cuenta, que Alex posea problemas para expresar sus sentimientos no significa que no sienta. —Tras decir aquello, siguió su camino.

Sam quedó apostada en el lugar con una gran angustia pulsando dentro de su ser. Sin embargo, al llegar a la sala en donde estaba el resto del equipo, tomó asiento en la gran mesa y se dispuso a abrir la primera carpeta para dar comienzo a las tareas de la jornada.

A su alrededor, Xav, Nick, Andrew y Fred discutían la mejor forma de encauzar una campaña a la que debían darle un giro, ajenos a las emociones que bullían dentro de su compañera.

Justo cuando el estómago comenzó a hacerle unos ruidos tremendos, uno de ellos anunció que ya había llegado la hora de ir a ingerir algo sólido para alimentar al monstruo que ella tenía dentro. ¡Muy chistoso! Soltaron tremendas carcajadas. Si tan solo supieran que el monstruo no gruñía a causa del hambre, sino de los nudos que tenía en las entrañas...

Al final del corredor, Charlie estaba sentada en su escritorio hablando al teléfono. En cuanto posó los ojos en Xavier, calló de inmediato y quedó como suspendida en el tiempo hasta que quien estaba del otro lado de la línea le pegó un grito y la devolvió a la realidad. A él también se lo veía incómodo, y más cuando Sam se detuvo delante del escritorio de ella a la espera de que finalizara la charla telefónica.

—¿Sam? —la llamó Xavier.

—Voy a almorzar con Charlie, Xav —anunció y él simplemente asintió.

—Amor, me estás haciendo extrañarte. Sé qué es lo que quieres, y lo consigues, así que deja de darme celos y vuelve conmigo —bromeó Nick al tiempo que le pasaba el brazo por los hombros y le brindaba un beso en la mejilla.

—Vamos, chicos. Hoy necesito algo de compañía femenina —dijo ella.

—Pero ¿justo con ella? —le preguntó por lo bajo para que la otra mujer no lo oyera—. Después de haberle roto el corazón a Xav. A pesar de que ninguno ha confesado qué ocurrió, no somos tontos. Xav, muchacho, no me mires así, se nota a leguas que algo sucedió entre vosotros y que no fue feliz...

—¡Basta, Nick! Cierra el pico, ¿no ves que el chico está rojo como un tomate? —lo amonestó Andrew—. Ahora, el que Sam vaya con ella puede jugar a nuestro favor. Podrías ablandar a la arpía...

—¡No! —exclamó Xav que estaba al borde de explotar.

—Bueno, amor. Me pone triste no poder disfrutar de tu presencia entre tantos toscos machos, pero no hay remedio —continuó Nick.

Nick, Andrew, Fred y Xav se fueron hacia el comedor del edificio dejándola frente a la otra mujer.

En cuanto Charlie colgó el auricular, Sam no aguantó más. Estaba muy angustiada por las emociones que bullían en su interior y a las que no podía darle escape.

La rubia se percató de su estado y sin perder un segundo salieron del edificio.

—¿Vas a contarme qué ocurrió?

—No.

—Bien —dijo a sabiendas de que debía darle tiempo.

Estaban sentadas en el banco que solían ocupar cuando almorzaban en el parque Battery. El sol les daba en el rostro y hacía brillar la cabellera tanto de la rubia como de la castaña.

—Alex y yo nos acostamos.

Charlie casi se atraganta con su sándwich ante la inesperada confesión.

—Podrías ser un poco más sutil —dijo entre toses—. O al menos avisar —añadió entre más toses para después tomar un gran sorbo de su Coca Cola.

—Pasó dos veces, una antes del viaje y la otra durante —prosiguió mientras Charlie le clavaba los ojos abiertos de par en par sin dar crédito a lo que escuchaba. No podía conciliar la imagen de Alex teniendo intimidad con alguien, no porque no estuviera para comérselo, sino por la conducta fría que siempre mantenía—. Él ha querido que hablemos desde entonces y yo lo he evitado hasta ahora.

—¿Por qué?

—Es un idiota. No, no lo es.

—Ponte de acuerdo. ¿Lo es o no?

—Más o menos. Primero me propuso ser su amante, luego ser su novia y después no lo dejé hablar. No quiero tener nada con nadie, Charlie. ¿Puedes comprenderlo?

—Sabes que sí. Te han lastimado tanto como a mí. No me mires de esa manera, Sam, se nota a leguas que alguien te hirió y no quieres volver a sufrir. Yo tampoco lo quiero.

—Pero es diferente. Xavier es divino.

—¿Y Alex?

—Y Alex es Alex. No sé cómo es —expuso con irritación.

—Pero te has acostado con él dos veces —afirmó Charlie suavemente como si hablara con un niño.

—¡Y aun así no puedo descifrarlo! —estalló cargada de irritación y frustración.

—Tal vez deberías hablar con él —propuso Charlie por lo bajo mientras desenvolvía otro sándwich.

—No.

—Entonces tienes que centrarte en dar un paso adelante y dejar esto atrás —replicó con tristeza.

—Oh, lo siento. Tú tampoco estás como para consolarme.

—No te preocupes —sonrió—. Pretendo hacer uso del consejo que te di. Seguiré adelante...

—¿No piensas que os debéis dar una oportunidad?

—¿Y tú y Alex? Comprendo tus miedos, son similares a los míos. Sin embargo, según tú yo debería arriesgarme con Xav, pero no tú con Alex.

—Va a ser mejor que dejemos la conversación.

—Sí, va a ser lo mejor.

Xavier volvía del almuerzo con el resto del equipo. Al pasar delante de la entrada del despacho de su jefe, lo vio sentado detrás del escritorio trabajando en el ordenador. Dejó que los muchachos se adelantaran hacia el salón de trabajo y dio unos pasos hacia dentro.

—¿Sucede algo? —preguntó Alex con extrañeza al

ver a Xav parado en el vano de la puerta con las manos en los bolsillos.

—No. Sí. No lo sé.

—Ya veo.

Caminó hacia el primer asiento y se dejó caer en él.

—Cada vez que la veo...

—Quieres acercarte a ella —continuó la frase que el otro dejó inconclusa.

—Sí, y eso me carcome, sé la clase de persona que es.

—¿Lo sabes?

—¡Vamos! Salió conmigo por el dinero, no digo que no lo comprenda. Hace tiempo que se rumorea que anda mal económicamente.

—Xav... no siempre nos comportamos como debiéramos. Nuestras acciones a veces nos definen, pero no siempre somos lo que hacemos. Y hay veces que solo actuamos de la manera en que se espera que hagamos, porque no sabemos cómo comportarnos diferente y el intentarlo nos da miedo. Habla con ella.

Clavó la azulina mirada en la oscura, que parecía mil años más vieja que él. De pronto, su jefe se había convertido en una especie de Yoda, sin las arrugas y la calvicie y mucho más alto. Quiso poder descifrar esas profundidades que lo contemplaban como Alex lo había hecho con él, no obstante le fue imposible. Tenía los ojos velados y, aunque ya no transmitían la acostumbrada frialdad, tampoco dejaban a nadie penetrar en el interior.

—Voy a... seguir con lo mío.

Alex asintió y observó a Xav salir de su despacho. Esperaba haberle servido de ayuda, aunque no estaba seguro. No era la mejor opción para aconsejar a nadie y menos sobre relaciones de pareja. Enfocó la vista en la pantalla del ordenador y retornó al trabajo que había interrumpido la llegada del hombre.

Por más que lo intentó, no logró concentrarse. Su mente, maldita traidora, volvía una y otra vez a ella. Sam tenía que irse, era la única solución.

25

Arremangado y con la cabeza metida en su PC como tantas veces antes lo había encontrado. No importaba cuán temprano ella llegara, él ya estaba allí.

Un aura de soledad lo envolvía, la hacía querer correr a su lado y decirle que estaba para él, que no se hallaba solo. «Necesita que lo cuiden.» ¿De dónde había salido ese pensamiento? Era el hombre más viril, poderoso, seguro de sí, autoritario, fuerte... Podía seguir enumerando una cantidad de cualidades que se contraponían a lo que su mente le gritaba. Aunque, en ciertas oportunidades, había vislumbrado un aire de vulnerabilidad a su alrededor. Quizás sí debía ser cuidado. Pero no sería ella quien lo hiciera.

—Buenos días, señor Peters —lo saludó sin tutearlo de nuevo. Después del viaje había retomado la costumbre.

Él alzó la cabeza y se sorprendió al oírla. Ocho en punto, faltaba una hora para que apareciera alguien, ¿qué hacía aquí?

Trabajar en silencio, sin nadie alrededor y menos con una mujer que lo perturbaba con su sola presencia, era lo que le agradaba de llegar a su despacho antes que nadie más lo hiciera. No obstante, no era la primera vez que ella arribaba tan temprano.

—¿Qué haces a esta hora por aquí? Solo se te abonarán las horas extras que te pidamos.

—Ya lo sé —replicó Sam y dibujó una amplia sonrisa en su rostro—. No terminé ciertos puntos ayer, pensé en venir hoy antes para hacerlos. No se preocupe, no los demandaré por explotación —finalizó con una pequeña risa.

Él arqueó una ceja, ante lo que ella arqueó una también, y comenzó una batalla de cejas en alza. Ella podía jurar que vio las comisuras masculinas ondear, sin llegar a conformar una sonrisa.

Él regresó su atención al monitor haciendo caso omiso de ella. Por lo que Sam se dictaminó victoriosa del encuentro.

—Entonces ponte a trabajar —le ordenó sin más y siguió con lo que estaba haciendo como si ella no estuviera sentada frente a él.

A veces, era todo un ser detestable de primera línea, había que concedérselo. Pero ella suspiraba por él por más detestable que fuera.

¡Maldita sea!

Apenas salió de su despacho, él dejó de pretender que estaba trabajando.

¿Qué tenía que hacer ella allí a esa hora, perturbándolo de aquella manera? Le estaba dando demasiadas tareas, era cierto. Tendría que bajar el caudal si no podía con tanto, no quería que volviera a acusarlo de tener una cuestión personal en su contra.

Suponía que inconscientemente quería que fracasara, tal vez un pequeño castigo por los tantos que ella le hacía sufrir.

Lo volvía loco. Su mente estaba repleta de imágenes de aquella figura desnuda bajo él, su cuerpo la sentía y hormigueaba por su toque. Se le había metido bajo la piel, la deseaba tanto que dolía. Y no se reducía a una emoción física simplemente, todo su ser cobraba vida junto a ella. No iba a explorar ese camino aún, pero su corazón palpitaba al verla y el rechazo constante que le propiciaba lo estaba matando.

Se encontraba de mal humor y solo había empeorado desde que la viera apostada frente a él. Parecía que cada palabra intercambiada entre ellos solo lograba hundirlos en una batalla donde ella, él o ambos salían lastimados.

—¿Qué quería que hiciera con esto?

Alexander dio un respingo, había estado tan ensimismado que no la oyó entrar.

—¡Maldición! ¿No puedes anunciarte o algo? —espetó, alzando la voz.

—Lo siento, no pensé que... habiéndome visto antes, yo...

Él tenía tal expresión de «di la palabra equivocada y te extermino» que ella no logró pronunciar nada coherente.

—¿Qué quieres? —preguntó, volviendo a su tono habitual, calmado, gélido y acompasado.

—Yo... —Le temblaba la voz—... yo no recuerdo qué quería que hiciera con la cuenta Gardner.

—Quiero que te encargues de crear la imagen, la pauta publicitaria, en fin, la campaña entera.

Ella dejó caer la mandíbula. Era imposible, no podría tenerlo terminado para la hora de salida y él lo sabía.

—Yo...

—¿No puedes? —Ante el presente desafío ella arrugó el entrecejo.

—Claro que puedo, no volvamos de nuevo a lo mismo —estocó ella.

—Entonces hazlo y no me molestes con tonterías —dijo y la despidió con un ademán de su mano, otra vez tratándola como a un simple insecto.

La indignación la inundó por dentro. Dio media vuelta antes de que le saltaran las lágrimas. No iba a verla llorar, aunque le costara su última gota de dignidad.

Y había pensado en todas esas tonterías del hombre vulnerable y que necesitaba que lo cuidaran. ¡Que lo cuidara su abuela! ¿Quién se había creído? Todo tenía un límite y ella estaba llegando al suyo, la tenía cansada con sus malos tratos.

Una vez dentro de la sala, dejó que las lágrimas corrieran por su rostro libremente. ¡Malditos fuesen, Alex Peters y todos los hombres!

¿A quién engañaba? Sabía de qué se trataba, no había querido aclarar la situación en la que se encontraban y ahí tenía el resultado. Debía dejar el empleo. Le había prometido a Nick que no lo haría y no quería hacerlo, había hecho muy buenos amigos a quienes quería demasiado. Más lágrimas saltaron de sus ojos. No solo iba a dejarlos a ellos, sino también a él. Y aunque no le gustara admitirlo, le estrujaba el corazón el solo pensar en no volver a verlo.

—Hombre, ¿qué le pasa a tu asistente? Iba hecha una furia.

—Nada —fue la escueta respuesta.

—Ah, peleas de enamorados.

—Mark, déjalo estar. ¿Tienes preparada la presentación para hoy? —Cambió de tema sin demasiada sutileza y algo brusco.

—Sí, la tengo, Alex. ¿Quieres contarme qué sucedió? —preguntó el rubio al tiempo que tomaba asiento al otro lado del escritorio.

—No más de lo que tú quieres contarme sobre lo que te pasa a ti —estocó con la mirada fija en Mark.

Estaba siendo un hijo de puta y no le importaba.

—Bueno, si ya vamos a comenzar con esos aires... —Se masajeó la nuca—. Alex... estoy cansado, hermano.

—Lo he notado, pero no me dices nada. —El silencio se fue prolongando entre ellos, ninguno desviaba la vista de la del otro—. No sales como solías. Antes no había noche que te quedaras en casa si tenías una bella mujer que te hospedara en su cama. —El aludido bajó el rostro ruborizado y avergonzado—. ¿Mark? —Aguardó en vano a que su amigo dijera algo—. Dime de una maldita vez cuál es el problema.

—No lo sé —murmuró Mark—. Solo quiero estar tranquilo, no sé cómo explicarlo. Estar solo y aclarar mis ideas. Quiero que logremos nuestro sueño.

—Ya hemos logrado nuestro sueño, Mark.

—Sí —sonrió—. Lo hemos hecho. Me refiero al otro.

—Estamos cerca. Solo medio año más, según lo que nos adelantó Brian, y veremos lo que dice la diseñadora que te recomendó. No es lo que te perturba, no trates de cambiar el tema aquí.

—No. Como dije, no sé cómo explicarlo. Es algo que tengo dentro y...

—Te carcome —finalizó Alex por él.

—Sí. —Alzó la vista a la oscura mirada y vio allí lo que no sabía cómo definir acerca de él mismo—. Arregla las cosas con Samantha, Alex. No sé ya de qué forma decírtelo, no dejes pasar la oportunidad. Si no lo haces, serás un tremendo idiota y nunca lo has sido. No comiences ahora.

Se incorporó del asiento y dejó a Alex sumido en sus pensamientos. Mark había logrado poner la pelota de tenis en la cancha contraria y quería que se quedara allí. Aún no estaba preparado para abrirse y no creía que lo estuviera nunca.

Arreglar las cosas con Samantha... Parecía tan sencillo cuando lo decía así... Se le escapaba la manera de cómo hacerlo. Había intentado hablar sobre lo sucedido en varias ocasiones y ella no hacía más que rehuirle. Cada vez que había intentado tocar el tema, ella se iba con cualquier estúpida excusa. Le gustaría agarrarla, atarla a una silla y obligarla a escucharlo de principio a fin. Tal vez debería hacerlo, secuestrarla y tenerla todo un fin de semana para él solo.

Era incomprensible que, teniéndola tan cerca día tras día, la extrañara. Extrañaba a la mujer que había pasado la noche con él en Chicago, la que se había brindado sin reservas y había tomado todo de él.

La jornada había ido de mal en peor, no había logrado evitar confrontar con Samantha en cada momento. Y no solo con ella, sino con cualquiera que hubiera a su alrededor.

Lo atribuía a que ella era cortante con él, se conducía con una propiedad inusual, nada de sonrisas o conductas extravagantes. Ni siquiera había venido con su dichosa infusión. Odiaba el «sí, señor Peters» con el que ella se dirigía a él. Ciertamente había sido un día horrible.

También había tenido problemas con los clientes. Primero había olvidado su ordenador portátil para mostrar una presentación en formato web. Luego había llevado la carpeta equivocada a otra de las reuniones que tenía programada. Y al avanzar las horas, su día no había hecho más que empeorar.

Marcus también tenía un mal día y tampoco había tenido el éxito que ansiaba en sus reuniones. Veía que él continuaba mal y se había ido acentuando en el último tiempo. Quería ayudarlo, acercarse, solo que no conseguía cómo si su amigo no se abría voluntariamente.

No iba a dejar que cayera, era demasiado importante para él. Se saltaría todas las barreras que había edificado a su alrededor y hablaría con él, aunque ello implicara derribar las suyas propias. Por él lo haría. Era la clase de persona que se merecía lo mejor que la vida pudiera ofrecer y lo tendría, se aseguraría de que así fuera.

Había veces en que lo observaba y era pura luz, irradiaba luminosidad por doquier. Era la clase de tipo que todos querían tener cerca, porque sin proponérselo te hacía sentir bien, como él mismo experimentaba en carne propia cada día.

Agradecía esa mañana en la que se descubrieron en la escuela, cuando sus miradas se encontraron y lo supieron. Ellos eran dos caras de una misma moneda. No recordaba quién se había acercado a quién, suponía que Marcus había dado el primer paso, puesto que no se veía a él haciéndolo. Ciertamente no lo recordaba. Ya ni importaba, agradecía que hubiera sucedido. No debía ser consciente de cómo lo había salvado su amistad y lo había ayudado a transitar el arduo camino hasta que llegaron a donde estaban. Era la segunda persona más importante en su vida desde entonces.

Regresaron sus cavilaciones al trabajo, en el que todo estaba patas arriba. Los equipos también habían tenido dificultades, no pudieron terminar con algunos de los proyectos que necesitaban y se retrasaría la entrega de resultados para varias cuentas. Mientras se mesaba los cabellos, pensaba que era como si el universo se hubiera empeñado en hacerle la vida imposible desde la llegada de ella.

Lo último que había necesitado fue llamar a Sam hacía un rato para preguntarle sobre una de las carpetas. No la encontraba y sospechaba que se la había llevado, aunque ella le había asegurado que no había sido así. Habían discutido como nunca antes. No recordaba cómo había comenzado, él le había preguntado por el archivo, ella le contestó en un tono un poco elevado y una cosa llevó a la otra. En cuanto se dio cuenta, ambos se estaban gritando.

—¡Te digo que yo no las tengo! —explotó ella ante la insistencia de él.

—Entonces, ¿dónde demonios están? —estalló él a su vez.

A esas alturas ya no le había importado dónde estaban, solo quería desahogarse y con quién mejor que con la fuente de la frustración que lo consumía.

—¡No lo sé! ¡Eres inaguantable! ¡Ya no lo soporto más!

—¡Ya no vas a tener que hacerlo, de ahora en adelante Mark será tu jefe directo! ¡Trabajarás con él! —bramó y cortó la comunicación sin darle tiempo a replicar nada.

Hacía un rato que había llegado a su casa, se hallaba repantigado en su sofá con los pies cruzados sobre la mesa de centro. Miraba una tonta comedia en el televisor, sin ver nada en realidad. La discusión mantenida con Sam llenaba su mente. No hacía más que dar pasos en falso con ella, las relaciones para él eran un misterio y no estaba ni cerca de desvelar el secreto.

Sonó el móvil que tenía a la derecha de sus pies devolviéndolo al presente. Lo agarró y atendió sin revisar el visor que identificaba a la persona que llamaba.

—Ayúdame —suplicaba una voz, apenas audible y resquebrajada.

26

—¿Qué? —Separó el teléfono de su oreja y miró el visor. El nombre que aparecía escrito en la pantalla era el de... ¿Samantha?

—Ayúdame... —susurró, seguido de una tos seca y otra y otra—. Estaba dentro cuando abrí. —Tosió de nuevo, lo que le imposibilitaba hablar—. Va a volver, no puedo moverme, ayúdame.

Un sudor frío le recorrió la columna, el corazón se le agitó desbocado y una furia sin igual se desató. Le habían hecho daño y alguien pagaría.

—¿Dónde estás?

Más toses que le hacían imposible hablar, junto con gorgoteos y la respiración entrecortada que hacía difícil comprender lo que decía.

—En mi casa, vivo en... —comenzó un llanto por lo bajo.

—Tengo tu dirección, aguanta. En diez segundos estoy allí.

Sin más preámbulo tomó su chaqueta y corrió. Se concentró en mantener la sangre fría.

Ya en su coche abrió su portafolio, tomó el currículum de ella y buscó la dirección. Era cerca, pero no se acordaba con exactitud. Avenida B y la tercera. Dio vuelta a la llave y presionó el acelerador sin importar si se cruzaba con un policía o un millón de ellos.

La habían atacado al entrar a su casa y estaba incapacitada para moverse, para huir. Mil imágenes cruzaron por su cabeza, desechó cada una de ellas, necesitaba centrarse. Ya se enfrentaría con lo que fuera que se encontrara, primero debía llegar a ella.

No podía moverse, le dolía todo el cuerpo.

Se había enfrentado a él. Por primera vez no había huido, ¡quería tanto quedarse donde estaba y ya no seguir temiéndole! ¿A quién engañaba? Él la aterraba, siempre lo había hecho. Bueno, no exactamente siempre, pero casi.

Ella había luchado con uñas y dientes. Lo había pateado, golpeado, mordido, sin embargo nada había sido suficiente.

Apenas había puesto la llave en la cerradura, una sombra había salido de alguna parte, no alcanzó a percatarse de qué ocurría hasta que sintió el primer golpe, luego otro y otro. La insultaba mientras le mostraba unas cuantas fotos de ella con Alex y otras de ella con Nick. Era como si hubiera viajado al pasado y nunca se hubiera ido de aquella vida.

La había encontrado una vez más, pero ya lo presentía, solo que en esta oportunidad no había huido. Se había plantado y luchado por la vida que deseaba mantener.

En aquel instante no lograba abrir los ojos, solo pudo alcanzar su móvil con la mano izquierda y presionar algún botón. ¡Llamaba! ¡Sí, llamaba! Lágrimas la ahogaban, ¿o era sangre? Alguien vendría por ella, no sabía quién, tampoco le importaba. Había logrado pedirle ayuda y por primera vez estaba dispuesta a aceptarla. No dejaría que le volviera a hacer daño. Ansiaba la libertad como el aire que respiraba.

Se había marchado para beber alcohol. Después de golpearla solía emborracharse, a decir verdad, antes, durante y después, pero ella no tenía ninguna bebida alcohólica en su apartamento, por lo que había salido.

Iba a morir, lo sabía. Creía que su brazo derecho estaba roto, no podía levantarlo y tenía la boca repleta de sangre por el labio que le había partido. Ni quería pensar en el estado de sus ojos, que no lograba abrir. ¿Cuánto hacía que estaba en el suelo? No tenía idea.

Escuchó abrirse la puerta. Un escalofrío la recorrió y la respiración se le atoró. Moriría.

—¿Samantha?

Al oír esa voz inconfundible y que reconocería donde fuera, emociones a las que ya no podía poner freno ni negar la inundaron. Un llanto silencioso brotó de sus labios, le dolía el más mínimo movimiento por lo que ni siquiera lograba articular palabra.

Tenía un nudo en la garganta. En el apartamento había acontecido una lucha, las pertenencias de ella estaban desparramadas, tiradas, rotas. Tomó un par de fotografías que estaban desperdigadas por doquier, eran de ella y él en el aeropuerto, en otra aparecía ella abrazada a Nick en el parque. Recorrió la estancia con la mirada, no la veía por ninguna parte. Al cruzar la sala, se dirigió a la única habitación del apartamento y quiso morirse con lo que vio.

El rostro estaba cubierto de sangre, los ojos y boca hinchados, su ropa hecha jirones y tenía un brazo en una posición rara.

Corrió hacia ella, con desesperación, pensando que quizás fuera demasiado tarde. Sus manos temblaban cuando le apartó el cabello con sumo cuidado y volvió a llamarla:

—¿Sam?

—Gracias —susurró apenas audible.

—No te preocupes, cielo. Estoy aquí —le aseguró mientras trataba de pensar con claridad.

El estómago se le anudó y una rabia sin igual le subió por la garganta. Estaba tan golpeada, el rostro hermoso todo deformado, que no alcanzaba a darse cuenta de la profundidad de las heridas.

—Va a volver —murmuró ella.

Sin decir más, la levantó tratando de no causarle mayor daño. Sería imposible dado el estado en que estaba y apenas la elevó, ella soltó unos cuantos quejidos.

—Ya nos vamos —anunció.

Ella acomodó su cabeza sobre su hombro y observó que su brazo derecho colgaba en un ángulo extraño, supuso que estaba roto. Ella lo presionó contra su pecho y sollozó mientras le partía el alma con aquel sonido, suave y bajo.

La abrazó un poco más fuerte, quería hacerla sentir

segura, que supiera que no la dejaría. Presionó el botón del ascensor. Una variedad de emociones bullían dentro de él; por un lado, ansiaba esperar al hijo de puta que le había hecho esto y matarlo. Sí, sencillamente matarlo. Y por otro, quería ponerla a salvo lo antes posible.

¿Por qué alguien le haría algo así? No lo merecía, era una persona que amaba vivir, llena de alegría y una sonrisa constante en los labios. Unas ansias terribles de sangre, de gritar y ponerse violento con alguien lo embargaban. Anhelaba descuartizar, golpear, matar.

—Cielo, ya estás a salvo. No dejaré que vuelvan a tocarte, nunca más —le prometió, y él mantenía sus promesas.

—¿Usted es familiar? —preguntó el médico con una expresión desconfiada al hombre que estaba sentado en una de las sillas de plástico de la sala de emergencias del hospital.

Desde que ingresó con ella en brazos toda ensangrentada hacía una hora, le habían hecho diferentes radiografías y una resonancia magnética del cerebro. No había querido dejarla, pero al mismo tiempo, le urgía que la atendieran, que le dijeran que no era nada grave, que se pondría bien. Él mismo bien sabía que las heridas físicas se recuperaban, no así las que no eran visibles.

—Si no lo es, no puede permanecer con ella ni puedo darle el parte médico.

—Soy su prometido —dijo lo primero que se le vino a la mente.

El médico asintió.

—No tiene nada a nivel cerebral, al menos el examen neurológico salió normal y no aparece nada en esta resonancia. Pero para descartar un traumatismo vamos a tener que repetirla. Tiene el brazo derecho roto, fisura de una costilla y moretones que le cubren casi todo el cuerpo.

—¿Puedo verla?

—Bien, acompáñeme. Está en una habitación, en una hora ya podrá irse a su casa. En un caso así no estamos obligados a realizar ninguna denuncia —decía el médico al tiempo que lo conducía por el corredor y lo observaba de manera condenatoria—. Ella afirmó varias veces que usted no ha sido —dijo y quedó en silencio, esperando que ratificara o no lo que estaba diciendo.

—Yo no he sido —afirmó.

—Bien. ¿Sabe quién fue?

—No.

El médico guardó silencio mientras lo conducía por el corredor hasta donde ella estaba alojada temporalmente. Adormecida, con apósitos adhesivos a lo largo de su mejilla y ceja izquierda y el brazo derecho enyesado, así la encontró. Sus ojos ni se veían de lo hinchados y morados que estaban, eran dos pequeñas líneas negras mientras que su boca, dos chichones enormes.

Alex se sintió ahogar, le dolía el pecho y tenía un vacío en el estómago. Sabía lo que era, angustia e impotencia.

—Tiene una faja alrededor del torso para ayudar a soldar la costilla y aliviar un poco el dolor. Por suerte no fue una lesión grave, pero sí es bastante dolorosa. Debe hacer reposo al menos durante unos quince días, moviéndose lo mínimo posible. Le recetaré unos analgésicos bastante fuertes, solo debe tomarlos cuando le sea insoportable; también le daré unos que tomará cada doce horas. Es normal que el dolor empeore a la semana de sucedida la fisura. No se preocupe. Tiene que vigilar que respire normalmente. De ver que tiene dificultad, deberá traerla de inmediato. Igualmente, mañana debe regresar para realizarse la nueva R.M.N., con ello queremos descartar alguna lesión subdural. A veces aparecen tardíamente. Yo no me preocuparía, no perdió el conocimiento por un tiempo prolongado y estaba orientada y atenta al ingresar. De todas formas, en los días sucesivos, si presenta dolor de cabeza, mareos, desmayos, habla confusa, la nota más cansada de lo habitual o algo similar, de nuevo, la trae enseguida. ¿Qué más? Ah, sí, como ya ve, está enyesada. Tiene que tratar que no se moje el yeso. En unos quince días debería volver para que la controlemos, le daremos nuevas indicaciones y seguramente modificaremos algo la medicación. También le vendría bien realizar kinesiología por la fisura, para trabajar la movilidad y paliar un poco el dolor. Eso lo veremos más adelante. Le daré una cita para una consulta con oftalmología y controlar más profundamente el tema de la vista. La evaluación preliminar no evidenció daño alguno, pero quiero estar seguro. ¿Alguna duda?

El médico no paraba de hablar y Alex se mareaba con cada palabra que decía. Trataba de tomar nota mental de lo que tenía que hacer y qué no, pero imágenes similares a lo que le había sucedido a ella invadían su mente.

Imágenes en las que no era Sam quien recibía los golpes como un saco de boxeo, quien tenía fisurada no una sino varias costillas, quien residía tendida en la cama de un hospital. Los recuerdos se sucedían unos tras otros a tropel sin que los pudiera detener.

Se había prometido que nunca más sería así de vulnerable, jamás dejaría que nadie le hiciera daño de nuevo. Tenía que recordarse que no era él, si no ella, la que estaba allí.

—Mire, fue una noche difícil. ¿Podría darme las indicaciones por escrito? Lo único que mantengo en la memoria es que mañana tiene que volver a hacerse una resonancia más y después reposo absoluto —le dijo al médico mientras daba unos pasos hacia la mujer tendida en la cama.

—Por supuesto, le daré las indicaciones por escrito y las diferentes posologías de los medicamentos —concedió.

—¿Está sedada? —preguntó con preocupación en su voz.

Se la veía tan tranquila, acostada en la cama con todo su rostro deformado. Al menos ya no estaba cubierto de sangre, le preocupaba que hubiera perdido la conciencia. A pesar de que no tuviera signos neurológicos, él sabía los riesgos de que tuviera algún hematoma subdural y conocía la mayoría de los síntomas a tener en cuenta, se los habían enumerado en incontables ocasiones.

—Sí, se le dio un tranquilizante para que pudiera

descansar. También le voy a dar una prescripción para ellos. Sería conveniente que tomara uno por noche, le va a costar dormirse por el dolor. Bien, en una hora ya puede llevársela a casa. Vendrá una enfermera a avisarle.

Abrió los ojos. ¿Estaban abiertos? No los sentía así, tampoco podía ver del todo bien. ¿Dónde estaba? Comenzó a temblar. ¿Dónde se encontraba? El pánico amenazaba con invadirla. Intentó incorporarse, no se elevó más de unos centímetros cayendo y rebotando sobre el colchón. Un intenso dolor la inundó, no lograba moverse. Imágenes y más imágenes iban llenando su mente. La había encontrado, otra vez. Y se había ensañado con ella por haber escapado, por haber seguido a pesar de él, por haberle hecho frente, por todas las cosas que se le ocurrieran. Cualquier motivo era bueno para descargarse con ella, como solía ser.

¿Dónde estaba? Intentó de nuevo moverse. Maldición, esta vez le había dado duro. No conseguía levantarse y no alcanzaba a controlar los movimientos que agitaban salvajemente su cuerpo. Una mano le acarició el cabello con sumo cuidado. Oh, no.

—Shshsh, tranquila. Estás bien, estás a salvo —dijo alguien.

Una voz acerada. Alex Peters, su jefe, su odioso hombre. Lo había llamado y había venido en su busca, la había sacado de su calvario. Lo recordaba entrando con ella en brazos al hospital, gritando, exigiendo que la atendieran de inmediato. Más que todo recordaba lo aliviada y segura que la hizo sentirse el estar en sus brazos.

—Alex...

—Shshs, no hables. Sí, soy yo. Estás en el hospital. En unos minutos nos vamos a casa.

—No, él estar...

Trató de incorporarse pero no pudo.

—A mi casa. No volverás allí, no te preocupes, no voy a perderte de vista.

Él seguía acariciándola muy delicadamente. El mismo hombre que la había tratado pésimamente desde que la conoció, al que rechazó incontables veces y solo la había insultado como ella lo había hecho con él, había venido a rescatarla. Las lágrimas brotaron de sus ojos que ardían como lava hirviendo.

—Cielo, tranquila —suplicó al verla tan agitada—, no volverás a tu casa, lo prometo. Ahora el médico vendrá a darte el alta y te irás conmigo. Estás hecha un desastre y de seguro duele como mil demonios, pero no tienes nada grave. Debes hacer reposo por unos días y ya. ¿Hay alguien al que debería avisar?

No alcanzaba a verlo bien, pero distinguía su rostro frente al suyo, lo vislumbraba como un bello borrón. Le hablaba con tanta ternura como a un animalito asustado, así era, pensó, un cervatillo a punto de salir corriendo ante cualquier señal de peligro. Necesitaba esas caricias, las necesitaba de él.

—N-n-no —balbuceó al costarle articular palabra, el mínimo movimiento, el solo hecho de respirar, le generaba un dolor enorme.

—Bien. Entonces vienes conmigo —sentenció.

—Yo...

—Sam, me tienes a mí y no hay nada que puedas alegar para no venir a mi casa. Juro que allí estarás segura, no tengo intención de aprovecharme de una mujer que no puede participar activamente del juego —dijo, dibujando una sonrisa, o eso creyó dado que no podía verlo con claridad.

Estaba tratando de bromear. Quizás no era afortunado en la elección de palabras, aunque apreciaba el intento. Sí, vislumbraba su sonrisa. ¡Estaba sonriendo! Ojalá pudiera regodearse de ello, pero no podía y advertía también la lástima en su mirada. No quería que sintiera compasión por ella, tampoco estaba en una posición como para hacerse la orgullosa, ni siquiera podía alzar el mentón, ni eso le restaba.

—Quizás yo... —No pudo continuar, le dolía demasiado su abdomen al inhalar.

—¿Qué pasa? ¿No puedes respirar? —exclamó Alex con suma preocupación incorporándose y comenzando a dirigirse hacia la puerta.

Ella le tomó el brazo con su mano sana para detenerlo.

—... sea la que se aproveche de ti —dijo, tratando de dibujar una sonrisa que fue más bien una mueca horrorosa—. No tengo dificultad para respirar, solo me duele un poco al hablar —mintió, estaba muriéndose de dolor.

Él amplió aún más su sonrisa. Cielos, el hombre cambiaba totalmente cuando sonreía y eso que lo veía a través de unas estrechas rendijas. No se quería imaginar lo que sería si pudiera observarlo plenamente. No era como si le restara algo a su apariencia siniestra, sino que lo hacía más atractivo, bordeando lo irresistible.

—Mira, el médico aconseja que esperes unos quince días antes de saltar sobre mí. Estás avisada, dos semanas de reposo y luego tienes vía libre.

Sintió que unas fuertes carcajadas iban a salir de ella, él estaba tratando de animarla. Dios, qué dolor. Comenzó a revolverse, tratando de calmar su agonía.

—Lo siento, no debería hacerte reír. Olvidaba cuánto puede doler. No estaba pensando. Quédate quieta y dolerá menos, el truco es que respires despacio y de manera suave. No inhales bruscamente, así tu pecho se moverá menos y no dolerá tanto. Tendrás que quedarte en cama por un tiempo bastante prolongado. Tampoco puedes mantenerte quieta por un periodo demasiado largo, porque perderías movilidad. Eso tampoco queremos que suceda.

Continuó hablando como si fuera un experto en el tema, no como si el médico le hubiera dado tales indicaciones. Sin embargo, él había dicho: «Olvidaba cuánto puede doler.» Sin proponérselo, recordó las cicatrices antiguas que tenía en su espalda. Ella no era la única con un pasado oculto.

27

De un puntapié abrió la puerta del apartamento y con el codo maniobró para encender la luz. Ella escondió el rostro contra su hombro al darle de lleno la luminosidad sobre los ojos lastimados.

Muy despacio la depositó sobre el lecho y prendió la lámpara de la mesa contigua. No le pasó desapercibido lo turbada que ella estaba ni cómo le rehuía la vista y crispaba los dedos de su mano sana. Por supuesto que no estaba cómoda, se encontraba presa en su casa, porque no tenía otra opción, a nadie más a quien llamar. No era del todo cierto, él le había sugerido comunicarse con Nick, pero se había negado. A pesar de la situación, estaba encantado con tenerla con él. Sin embargo, no creía que él fuera lo mejor para ella, necesitaba alguien que tuviera mejores habilidades sociales que las suyas.

Sin pronunciar palabra, se dispuso a quitarle los zapatos y notó cómo se estremecía.

—Voy a ponerte más cómoda —dijo con indiferencia a la vez que se alzaba del colchón y de un cajón sacaba una camiseta gris.

Regresó a su lado y, clavando la mirada en las rendijas que habían tomado el lugar de los ojos femeninos, posó las manos en la cintura de la falda de ella y comenzó a bajársela por las caderas. Una ligera lágrima escoció todo el recorrido desde el ojo de Sam hasta rodar por su mejilla.

Fue cuidadoso al quitarle lo que le quedaba de la blusa, con presteza abrió los botones y elevándola un poco le quitó la prenda. Al ver su níveo cuerpo cubierto de moratones azulados, un hervor enfebrecido y unas ansias de asesinar lo colmaron. Tomó aire, trató de calmarse y prosiguió con su labor de ponerle la camiseta. Una vez logrado, pasó sus manos por debajo de la tela y le quito el sostén; le acomodó el cabello sobre la almohada y le acarició la cabeza un par de veces.

—Procura dormir —dijo con aquella impasibilidad habitual, y que escudaba las atribuladas emociones que bullían en su interior.

Alex se reía por dentro de lo paradójico de la situación. La tenía donde la quería, en su cama, vestida con su ropa, pero el momento y la forma no eran lo que había deseado.

Se incorporó para salir antes de que la voz rasposa de ella lo detuviera.

—¿Adónde vas? —preguntó con un temor que se filtraba por cada poro, lo que logró resquebrajar la armadura del hombre.

—Cielo... —dijo al tiempo que regresaba a su lado—... voy a estar en la habitación de al lado —afirmó mientras le tomaba los dedos entre los suyos.

Ella solo le brindó un breve asentimiento.

Era duro verla tan vulnerable y apagada. Abatida y vencida.

—Me quedaré hasta que te duermas —le aseguró, y la simple afirmación la calmó más que cualquier otra frase que pudiera haberle dicho.

Los escalofríos que la recorrían menguaron a medida que él le pasaba la palma por su cabello una y otra vez, hasta que la respiración femenina se normalizó y los ojos se le cerraron del todo.

Tenía un problema, no tenía nada ni en las alacenas ni en el refrigerador que pudiera darle para almorzar. Se hallaba rebuscando en la cocina, ya le había preparado un jugo con las últimas cuatro naranjas que le quedaban y una manzana cortada en cubos para que desayunara, pero debía darle algo más contundente al mediodía.

Hacía unas horas había llamado a Marcus y lo había puesto al tanto de lo ocurrido, obligándolo a prometerle que lo mantendría en secreto.

¿Qué demonios podía darle de comer? Estampó las manos contra el frío mármol de la mesa y, con la cabeza gacha, se llamó estúpido. Como si lo que fuera a darle de comer pudiera cambiar lo que ella sentía por él. Su relación no había pasado del plano sexual, a pesar de que en lo profundo de su ser presentía que no era así y la incertidumbre lo estaba matando. Exigir no era una de sus cualidades, pero que le cayera un rayo ahí mismo si no se moría por saber qué demonios estaba ocurriendo en la vida de ella y dónde lo dejaba eso a él.

Encendió el ordenador, sus dedos se movieron rápidamente sobre las teclas y tomó nota en un pequeño cuaderno.

—Sam —la llamó desde el umbral de la habitación.

Ella solo elevó un poco el rostro, aún le dolía el pecho al hablar, por lo que evitaba hacerlo lo más posible.

—Voy a salir por unos minutos —anunció Alex con la impasibilidad habitual que no reflejaba ningún pensamiento.

—Bien —dijo en un murmullo que le raspó toda la garganta y unas punzadas atacaron sus costillas.

No era buena tratando de contener sus emociones y él pudo notar el miedo filtrándose.

—Solo serán unos minutos. Cerraré con llave y, además, nadie sabe que estás aquí —le dijo en un tono que esperaba que sonara tierno.

Ella solo asintió.

A los pocos minutos de que él se hubiera retirado, se extrañó al sentir unas llaves abriendo la puerta. Una oleada de ansiedad, que no pudo contener, la invadió, luego fue el paso del terror y al final la extrañeza al oír la voz de una joven que canturreaba alegremente por el *living*. El canto se iba acercando hasta que una mujer quedó estupefacta en el rellano de la puerta.

La recién llegada caminó hacia el costado del lecho con sus ojos negros bien abiertos.

—¡Por Dios! ¿Qué te ha pasado a ti? —preguntó con su voz cantarina.

A pesar de tener los ojos hinchados, Sam podía distinguir la belleza de aquella mujer, con su cabello rubio como maíz maduro. No debía de ser mucho mayor que ella misma.

—¿Quién eres? —preguntó la extraña.

—¿Quién eres tú? —replicó Samantha.

—Sarah.

Cuando escuchó el nombre, la poca sangre que circulaba por el rostro de Sam se drenó de golpe. Fue como un baldazo de agua helada, aquella era la mujer de Alex, su novia, amante, lo que fuera. Era para quien él reservaba las palabras de cariño. Una sirena de alarma se encendió en su cerebro y un profundo dolor se le esparció por el pecho.

—¿Eres la novia de Alex? —preguntó Sarah, dejándola petrificada contra el lecho.

—No, ¿no lo eres tú? —pronunció y su voz parecía que atravesaba un canal repleto de arena para lograr salir.

Una carcajada sacudió a Sarah al tiempo que negaba con su cabeza en forma de respuesta.

—Claro que no —anunció la mujer, sopesando a la otra.

Sarah la recorrió con la mirada, era la primera vez que conocía a una mujer de Alex. El apartamento era su refugio y que ella supiera solo habían entrado contadas personas.

Nuevos ruidos de llaves y el sonido de la puerta que se abría y cerraba interrumpieron la breve conversación.

No pasaron ni dos segundos que Alex, con una bolsa en la mano, apareció ante las mujeres. Cuando distinguió a la nueva invitada, su rostro se ensombreció.

—¡Alex! —gritó Sarah al tiempo que salía disparada hacia él y se colgaba de su cuello.

—¿Qué haces aquí?

—Bueno...

Sarah descendió la vista al piso y puso tal semblante compungido que se notaba a leguas que era puro teatro.

—Ah, no. Lo llamas ya mismo y te disculpas. No vais a meterme a mí en medio de nuevo, Sarah —dijo el hombre que se desasía de la mujer y se acercaba con el paquete hacia la otra.

—Pero si no te he dicho qué fue esta vez...

—Y no quiero saberlo —anunció justo cuando comenzaba a sonar su móvil, se lo sacó del bolsillo trasero del pantalón y al ver la pantalla elevó los ojos al cielo—. Hola, Max —saludó al tiempo que posaba la vista sobre su hermana—. Sí, está aquí. No, no se quedará. —Ante esas palabras, Sarah dibujó un mohín con sus labios, se cruzó de brazos y volteó el rostro hacia la ventana—. Hablaré con ella y le diré que te llame. Bien, adiós.

—No voy a irme —añadió la mujer y Sam pudo distinguir la similitud entre ellos: ambos tenían ojos profundos, pero más que nada veía sus personalidades tercas, aunque uno más sombrío y serio, y la otra, jovial y alegre. Casi como una versión más joven de Mark.

Alex se desentendió de su hermana y se enfocó en Samantha.

—Te he traído algo de comer —estableció al tiempo que abría el paquete y le entregaba una fuente plástica con un tenedor.

Al instante ella reconoció el logo de Rockin'Raw y un calorcillo le subió por el cuerpo hasta instalársele en el corazón. Con una mano temblorosa alzó el sándwich que había dentro. Era el Rawboy. Cómo había sabido que era uno de sus preferidos era una total incógnita. No podía creer que se hubiera tomado la molestia de buscarle un almuerzo acorde a su estilo alimentario; ella no estaba en posición de ser exigente.

—Gracias —murmuró mientras trataba de contener las lágrimas que amenazaban con derramarse.

—¿Y yo qué voy a comer? —preguntó Sarah, con las manos en las caderas mientras lo miraba con expresión condenatoria.

—Tú te vas —afirmó Alex, al tiempo que la tomaba por el brazo y la sacaba de la habitación—. Tienes que disculpar a mi hermana.

¿Hermana? ¡Era su hermana! Samantha casi salta de la cama ante la felicidad de saber que los unía un lazo de sangre, no de otro tipo. El alma le volvió al cuerpo; él no estaba ocupado. ¿Y qué demonios le importaba? Si ya había dictaminado que no era indicado para ella.

Podía oír el intercambio entre hermanos, no debían de haberse ido más allá de unos pasos de su puerta. Lo sorprendente fue como ambos tonos de voz variaron al hallarse solos. El de él se suavizó hasta llegar a cierto nivel de ternura, y el de ella pasó a ser un tanto más calmado.

—¡Ay! —gritó ella mientras se desasía del fuerte agarre.

—Sarah —decía en un tono cansino; notaba que la situación era repetitiva—, no puedes seguir así. ¿Acaso no lo amas? ¿No te ama él? —preguntó con suma suavidad.

—Oh, Alex, lo amo con locura —afirmó al borde del sollozo—. Pero no sabes lo que ha hecho...

—No importa, Sarah; siempre es por alguna tontería. Esto tiene que parar. Ya no eres una niña, y él es un buen hombre que no aguantará eternamente, pequeña —declaró como si hablara con una chiquilla.

—Lo sé, pero no sé de qué modo hacerlo —declaró apesadumbrada—. ¿Por qué somos así? ¿Por qué no podemos ser como los demás? —le preguntó a su hermano.

Para Sarah, él era la persona que tenía todas las respuestas, a quien siempre acudía y quien siempre había estado allí; no importaba el momento o la causa y, en esa ocasión, no era diferente.

—Ven aquí —dijo, y Sarah se arrojó a sus brazos, que la rodearon al instante—. No lo sé o quizás sí. Tienes que buscar a un profesional, Sarah. Escucha... —pidió, al sentir cómo ella se tensaba—. Tienes una familia a la que amas, no tires por la borda lo que has construido con tanto esfuerzo. Quiero que seas feliz.

—¿Y tú? ¿Qué pasará contigo? ¿Alguna vez acudiste a alguien?

—No. Lo he pensado, pero no. Yo... no puedo, pequeña. No es lo mismo cuando se trata de mí —afirmó, y a ella se le llenaron los ojos de lágrimas.

Ella asintió contra el hombro de él; sabía lo que para él significaba hablar de su pasado: uno que había sido mil veces peor que el suyo. Afianzó el agarre a la cintura de su hermano, el ancla que necesitaba.

—Me iré a casa, hablaré con Max y seguiré tu consejo —dijo mientras se secaba los ojos con los dedos—. ¿Quieres que venga mañana a cuidar de tu amiga cuando estés en el trabajo?

No, no quería, y ella debió de percibir su reticencia; no por nada era su hermana.

—Alex, por lo que pude ver, casi no puede moverse y no deberías dejarla sola todo el día. ¿Y si necesita algo?

Había marcado un punto, alguien debía velar por ella, y no confiaba en nadie tanto como en Sarah. Y quizás Sam se sintiera más cómoda si la atendía una mujer.

—Bien.

Sarah esbozó una deslumbrante sonrisa, estaba extasiada de conocer a la mujer que escondía su hermano; a quien había visto cómo adoraba con la mirada. Esos ojos, gélidos para algunos, no podían mantener secretos con ella, que sabía cómo leerlos a la perfección. Solo ella, salvo Marcus, podía saber qué ocurría dentro de aquella armadura tan bien construida y, por un segundo, agradeció que alguien pudiera resquebrajarla, aunque fuera un poco para que el verdadero hombre que se escondía dentro viera la luz.

Cerró la puerta de la habitación del sucio hotel con tanta fuerza que casi se sale de las bisagras. Iba a recuperar lo que era suyo, costara lo que costase.

—¡Maldita perra! —gritó mientras abría una lata de cerveza que estaba sobre la mesa, junto con tantas otras ya vacías—. ¡Esta vez no escaparás! —Pateó una silla y la envió volando hacia el otro lado del cuarto.

Parecía que hubiera tenido alguna clase de batalla en el lugar; latas y botellas estaban desperdigadas por todas partes. Diversas prendas de ropa estaban tiradas sobre la desordenada cama y en algunos rincones de la habitación, como si se las hubiera dejado a medida que se las hubiera quitado. El olor nauseabundo invadía el ambiente y no ayudaba que ninguna de las ventanas estuviera abierta para poder ventilar el aire viciado.

Se bebió la cerveza de un solo trago, arrugó la lata y la tiró al suelo con frustración. Había estado gran parte de la noche calmando su rabia con alcohol, de un bar a otro hasta que la luz del día comenzó a fastidiarle los ojos rojizos, y los pies ya no respondieron a sus órdenes de ponerse uno delante del otro.

—¡Argh! Cuando te encuentre...

Antes de terminar la frase, dio un puñetazo a la pared, lo que causó que la pintura saltara y le dejara la mano palpitando de dolor. Bajó la mirada a los nudillos, que se veían rojos y agrietados; sin embargo, no por el golpe que acababa de dar, sino por unos cuantos que había propinado la noche anterior. Su mente se llenó de escenas del encuentro entre su exesposa y él. Se puso duro al instante. Estaba totalmente excitado y quería adentrarse en ella, pero la muy perra había desaparecido de nuevo antes de que pudiera hacerlo. Tenía que recuperarla. Ella era suya y de nadie más.

28

Pisó el freno, las ruedas chirriaron y vio cómo el muchacho volaba por el aire al igual que la bicicleta roja. Quedó petrificado hasta que su cerebro se puso en funcionamiento y cayó en la cuenta de lo que había sucedido. Salió del auto y se apresuró a llegar hasta el niño, que estaba desmayado delante del parachoques. La gente se arremolinaba a su alrededor y los observaban mientras murmuraban entre sí.

La desesperación lo invadió; palpó a la víctima del accidente, que no podía tener más de doce años. Parecía no tener nada roto, aunque una herida apareció en su frente, de la que manaba bastante sangre. Lo alzó despacio y se lo llevó al auto; alguien le abrió la puerta trasera y lo depositó en el largo asiento. Se sentó tras el volante y con el solo pensamiento de llegar lo más rápido posible al hospital, pisó el acelerador.

Al arribar corrió con su carga hasta que un hombre enfundado en un guardapolvo blanco salió a su encuentro. A la media hora, ya con una radiografía que establecía que no había ningún daño a nivel cerebral, tan solo un pequeño corte en la cara del muchacho, el médico lo condujo a donde estaba su víctima.

El niño balanceaba las piernas, sentado en la camilla de la sala de emergencias.

—Hola —lo saludó.

—Hola, ¿eres quien chocó conmigo? —preguntó alegremente mientras lo examinaba con interés.

—Sí, lo siento —dijo mientras se sentaba junto al niño—. Soy Xavier. ¿Tú?

—Daniel.

—Mucho gusto, Daniel. —Le extendió la mano, para sorpresa del muchacho, quien lo miraba con los ojos abiertos de par en par.

—Igualmente —dijo a la vez que dejaba deslizar su mano sobre la palma de Xav y la apretaba con fuerza.

—¿Qué hacías corriendo así con tu bici?

—Me escapé del cole —confesó con la cabeza gacha.

—Ya veo.

—Fue la primera vez. ¡Lo juro! —exclamó—. Es que... todos en la escuela lo hacen y yo también quería. ¡Pero no volveré a hacerlo, lo juro! —repuso atropelladamente.

—Daniel...

—Dan —lo interrumpió—. Nadie me llama Daniel, salvo mi mamá cuando se enoja.

—Gracias. Dan, tú puedes llamarme Xav, así me llaman mis amigos —dijo, y con aquella frase lo hizo sentir por segunda vez como un adulto y no un niñato.

Dan notó que el hombre era alguien importante. No sabía sobre muchas cosas, sin embargo distinguía el traje elegante, el corte de cabello y los modales de alguien que no estaba en su mismo estrato social.

—Gracias, Xav —replicó con una sonrisa.

—¿Sabes que llamaron a tu madre?

—Sí —afirmó, compungido.

—Ella vendrá enseguida —replicó al punto que pasaba un brazo por los hombros del niño—. Y seguro que no va a estar muy contenta.

—Lo sé —dijo al tiempo que su rostro se ensombrecía—. Va a matarme cuando se entere. Debía estar en el colegio, pero quería saltarme una clase para la que no había estudiado —dijo por lo bajo con unos labios temblorosos y los ojos empañados.

Xavier lo atrajo más hacia su costado. Así estuvieron: sentados uno pegado al otro mientras se contaban pequeñas cosas.

—¿Qué edad tienes?

—Doce. Ella se va a enfadar conmigo por haber roto la bici. Le costó mucho poder comprármela —dijo con aire abrumador—, siempre está trabajando y el dinero no alcanza. No me dice nada, pero yo me doy cuenta; ya no soy tan pequeño —aclaró el niño con gesto testarudo.

—Claro que no. En cuanto a la bicicleta, ya veremos qué podemos hacer. Además, ha sido mi culpa, yo debería darte otra.

Lo enternecía que se preocupara por su madre, a quien, por lo que decía, le costaba llegar a fin de mes, y parecía que no había un padre en el panorama; al menos, ni una sola vez lo había mencionado en la hora que llevaban hablando.

La cortina que les daba algo de privacidad fue corrida abruptamente y apareció una mujer desencajada.

—¡Dan! ¿Cómo has podido? —gritó al tiempo que lo tomaba por los hombros, haciendo que el niño saltara al suelo, y lo zamarreaba con violencia mientras le gritaba.

Xav, luego de salir de su asombro, fue a detenerla. Temía la rabia que plasmaban los ojos femeninos. Sin embargo, después del zamarreo ella tomó al niño en brazos y comenzó un llanto desesperado.

—Yo lo siento, mami —sollozaba Dan, aferrado al cuello de su madre.

—Lo sé, pequeño. No pasa nada, mami ya está aquí —lo calmaba mientras le acariciaba el cabello rubio oscuro, como el de ella.

Estuvieron abrazados, uno al otro, durante unos segundos, hasta que ella se percató del hombre que los contemplaba. Se apartó, se enjugó las lágrimas y posó la mirada en él. Abrió los ojos de golpe al reconocer de quién se trataba, y su semblante se transformó al completo, vertiéndose un intenso enfado en su rostro.

—¿Tú? ¿Tú lo has atropellado? —exclamó.

—Charlie, te juro que...

No pudo continuar porque una enloquecida Charlotte se le lanzó encima y le propinaba golpes con los puños donde fuera que cayeran.

—¡Basta! ¡Detente! —le gritó mientras la abrazaba fuertemente y le impedía forcejear.

En un segundo el enojo la abandonó y quedó sin fuerzas contra él, quien la sostenía pegada a su pecho.

Dio rienda suelta a la angustia que la había perseguido desde que la habían llamado por teléfono para decirle que su hijo había tenido un accidente. Un sinfín de imágenes en las que Dan se hallaba pálido y ya no respiraba la habían torturado.

—Es todo lo que tengo —balbuceó entre sollozos, se aferró aún más a Xav y enterró el rostro contra el cuello masculino—. Si le hubiera pasado algo...

—¡Mami! —sollozó el niño al ver el estado de su madre—. Lo siento, mami —dijo al tiempo que se aferraba al costado de la mujer.

Xav los rodeó con los brazos en silencio, a la espera de que madre e hijo se calmaran. Así estuvieron por largo tiempo. Charlie y Dan derramaban lágrimas y empapaban el traje de Xav a la vez que él trataba de consolarlos.

Ella tenía un hijo y de doce años. Hizo el simple cálculo mental:

Charlie tenía un año menos que él, así que lo había tenido a los quince; apenas una niña. La abrazó con más fuerza, a pesar de todo lo acontecido entre ellos, no podía dejar de tener emociones que afloraban cada vez que la veía.

—Lo siento —dijo ella al tiempo que se apartaba y arrastraba a Dan, quien se mantenía pegado a su costado—. Deberíamos irnos —le dijo a su hijo.

—¿Puedo llevaros? —preguntó Xavier. La ansiedad de verla partir se traslucía en él—. Charlie, deja que os lleve —le pidió al tiempo que tomaba sus dedos entre los suyos. Ella alzó los empañados ojos a los de él y, por un momento, Xav vislumbró el tormento que la embargaba—. Vamos —estableció, y tiró de ella para que lo siguiera junto con Dan.

—Aquí tienes —dijo, extendiéndole la taza de café.

Dirigió la vista hacia su hijo, quien, sentado en el sofá frente al televisor, jugaba con la consola de vídeo mientras ellos estaban a la mesa de la cocina. En realidad, cocina, salón y dormitorio eran un solo ambiente.

Xav tomó lo que ella le ofrecía y dio un pequeño sorbo a la bebida caliente, luego miró en torno al austero apartamento. Dos camas de una plaza en un extremo, contra la única ventana; a un lado, un escritorio y una estantería colmada de libros, suponía que serían de los estudios de Charlotte; un raído sofá, el televisor y la destartalada mesa de cocina con solo tres sillas conformaban el mobiliario del establecimiento.

—No lo hubiera hecho si no hubiera existido Dan —confesó Charlie mientras tomaba asiento a su lado. La mirada del hombre reflejaba que no tenía idea de qué hablaba—. El pedirte el dinero —añadió ella.

—No me lo pediste, yo te lo ofrecí —argumentó él.

—Yo nunca antes... —comenzó a decir sin rastro de la altivez que la caracterizaba, un semblante de indefensión la cubrió y a él le partió el corazón verla tan desesperanzada.

—Entiendo —dijo a la par que alargaba su mano y la posaba sobre la de ella, dándole un pequeño apretón. Ella sintió cómo un cosquilleo le subía por el brazo y se irradiaba por su piel, el toque masculino la abrasaba como carbón ardiendo—. Fuiste madre muy joven —afirmó sin preguntar—. ¿Su padre?

—No se hizo cargo de la parte que le tocaba, evadió el bulto, por decirlo de alguna manera. Fue algo de una sola noche, yo era inexperta y no había tomado las precauciones que hacían falta. Y él era... —sonrió ante el recuerdo de su estupidez—... era el chico por el que las chicas suspiraban. Si no hubiera sido tan tonta como para creerme cada promesa...

Él observó los dedos de ella crisparse.

—¿Y tu familia?

—Se podría decir que hizo lo mismo, cuando ya no pude ocultarlo con ropas holgadas y se enteraron... me echaron de casa —dijo y clavó la azulina mirada en la masculina, desafiante. La altivez provocaba un pequeño destello en sus facciones—. No pude quedarme en el pueblo, a él no lo señalaban, pero sí lo hacían conmigo. Mi familia hacía como si no me conociera, desviaban la vista apenas aparecía. Además, no tenía quién me alojara. Tomé mis pertenencias, el poco dinero que tenía ahorrado y...

—Y viniste a Nueva York —estableció, de nuevo, sin preguntar.

Trataba de imaginarse a una Charlotte de unos quince años, embarazada y sola, saliendo de un pequeño pueblo para establecerse en una gran ciudad como aquella. Un nudo se le formó en las entrañas al pensar en lo que podría haberle ocurrido.

—La ciudad de las oportunidades —dijo mientras dejaba caer la vista empañada sobre su hijo—. Fue duro en un comienzo, aún lo sigue siendo. —Esbozó una amarga sonrisa y continuó—: pero no me arrepiento. Él es lo más importante que tengo en mi vida y no retrocedería en el tiempo por nada del mundo.

—¿Cómo lograste subsistir en este nido de cuervos?

—¿Así ves a la ciudad de la estatua de la Libertad? —ironizó Charlie—. Como te decía fue duro, llegué aquí en una fría mañana de invierno. Recuerdo la desolación cuando bajé del autobús y enterré mis pies en la nieve. Encontré una pensión a muy bajo costo, un lugar de mala muerte que estaba repleto de prostitutas vendiéndose en las escaleras y drogadictos tirados en cada rincón demasiado idos como para entrar a sus propios cuartos. Me cansé de buscar trabajo día tras día. ¿Quién iba a contratar a una niña embarazada de cinco meses? —preguntó sin esperar respuesta con la tristeza de aquel entonces plasmándose en su voz—. Pero un día... una mujer que me entrevistó para un empleo me dio mi primera oportunidad. Me lo dejó bien claro, era para el área de limpieza y solo hasta que no me pudiera mover. Acepté en el acto, aunque era por unos pocos meses, significaba pan en la mesa todas las mañanas. —Sonrió y parecía iluminar la habitación con aquel simple gesto—. Sin embargo, no me despidieron cuando nació Dan, tuve mi licencia por maternidad y cuando me reincorporé, ella me otorgó una plaza en la guardería de la empresa, así podía desarrollar mi trabajo sin inconvenientes. Lo más difícil fue cuando decidí terminar el colegio para estudiar una carrera.

—¿Cómo te las arreglaste?

—Pedía los programas en la escuela, estudiaba los puntos correspondientes, leía los libros de cada curso y hacía los exámenes sin acudir a las clases. Fue más complejo, pero con mucho esfuerzo lo fui logrando. No podía dejar a Dan solo también por las noches para poder ir a la escuela, además tampoco lo hubiera aguantado. ¡Lo extrañaba tanto! —Volvió a sonreírle y Xav sintió cómo el corazón se le saltaba un latido—. Me fui presentando para distintos puestos, hasta que pude salir del área de maestranza y avanzar al de cafetería y por último a recepción hasta llegar a la compañía de Hayworth y ser recepcionista del sector creativo. —De pronto, el semblante femenino se ensombreció—. Aunque gane más, los problemas económicos nunca nos han abandonado, continuamos en números rojos.

—¿Qué problemas tienes? —preguntó—. Dime en qué puedo ayudarte —añadió al ver la expresión de desconcierto de Charlie.

—Ya has hecho suficiente. Xav... —En ese momento, fue ella la que posó su mano sobre el brazo de él—. El dinero, juro que te lo devolveré de algún modo.

—No hace falta —la cortó él al tiempo que negaba con la cabeza y apoyaba la espalda en el respaldo de su silla.

—Cancelé una deuda en el alquiler, no pude afrontar el gasto por algún tiempo y si no lo hacía antes de fin de mes nos echaban a la calle —explicó, aunque no le había pedido explicación alguna.

Las carcajadas de Dan ya recuperado del golpe mientras manipulaba el control del juego, llegaron a sus oídos.

—Entonces, me alegro de haberte ayudado —dijo al tiempo que esbozaba una sonrisa.

—Te lo devolveré y a mí me hace falta hacerlo, en cuanto pueda lo haré.

Él asintió y terminó de beber el café. Cuando iba a incorporarse para despedirse, Charlie le posó la mano sobre el brazo y lo detuvo.

—¿Por qué ocultas quién eres?

—No lo hago, solo quién es mi familia. La causa es que... no quiero que se acerquen a mí por la razón equivocada.

Con suavidad, sacó el brazo bajo la mano de ella y ella sintió que un puñal se le clavaba en medio del pecho.

Intercambiaron unas cuantas palabras sin importancia y él se fue.

Charlie posó la frente en la puerta y se dirigió al baño, la única estancia privada del apartamento. Se encerró dentro, se sentó sobre el excusado y se tapó el rostro con las manos. Ya no tenía más lágrimas por ese día, aunque un nudo se le atoraba en la garganta.

29

—¿Tienes pensado contarme qué fue lo que ocurrió? ¿Quién fue? —preguntó con falsa indiferencia al tiempo que tomaba asiento frente a ella sobre el colchón.

Ella descendió la mirada a la mano que tenía sobre su regazo, continuaba en el mutismo en el que se había sumido desde que Sarah había dejado el apartamento.

—No estoy obligándote —aseguró y a punto estuvo de incorporarse del lecho.

Las lágrimas comenzaron a rodar desde los ojos color chocolate y, sin alzar la mirada, las palabras abandonaron los labios femeninos tan bajas que él tuvo que acercarse para llegar a oír el murmullo.

—Provengo de un pueblo de Wyoming. Es hermosa y muy tranquila la vida en Frannie —comenzó y los recuerdos fueron llenando su mente, los buenos y los malos—. Todos nos conocíamos al ser tan pocos habitantes. Mis padres nacieron allí, mi mundo consistía en ese pequeño lugar. —Tomó aire y se dio ánimos para continuar. Rehuía la oscura mirada fija en ella—. Mi mamá vendía tortas a la casa de té y a los vecinos que quisieran comprarle y mi padre era dueño de la ferretería. Tenían puestas en mí todas sus ilusiones, desde niña se habló de que iría a la universidad, estudiaría como ellos no tuvieron oportunidad de hacer. Eran adorables. Me encantaba llegar a casa del colegio y encontrarme con alguna torta de chocolate o una tarta de frutas horneada especialmente para mí o jugar con mi papá en el jardín, mojarlo con la manguera para que me persiguiera haciéndose el enfadado y una vez que me alcanzaba, hacerme doler el estómago de las carcajadas que me arrancaba al hacerme cosquillas. —Calló por unos segundos en los que limpió la lágrima que caía por uno de sus pómulos. No encontraba la valentía para proseguir, porque lo que vendría no sería ni lindo ni adorable—. No podía haber pedido mejores padres. —Sonrió apenas y sintió un fuerte dolor cruzarle el rostro—. Mi mamá falleció cuando era una niña, apenas seis años, y mi padre a los dieciocho. Me sentí tan sola e indefensa..., no tenía a nadie más en el mundo. —Hizo una pausa y tomó una bocanada de aire. Se sorprendió al sentir una calidez que envolvía su mano, era él que la había tomado en la suya y le acariciaba los nudillos con el pulgar. Agradeció tan simple gesto y el que no interrumpiera, respetara sus tiempos y no preguntara nada—. Lo conocía de toda la vida... Era mi vecino, aunque no habíamos intercambiado más que unas cuantas palabras; tenía más edad y no nos atraían las mismas cosas. Nuestros padres eran amigos, por lo que nos veíamos en alguna reunión. Claro que cambió al ir creciendo, se fijó en mí. Era mayor y era más experimentado. Al fallecer mi padre, él estaba constantemente a mi lado, me acompañaba a todas partes, me traía regalos. Me sentía muy cuidada por él y sus padres, quienes eran adorables. Él sabía qué era lo mejor para mí y me aconsejaba en cada momento. —Rio sin emoción—. Yo seguía todas sus indicaciones. Al fin y al cabo, yo era ingenua y como tal, no confiaba en mi sentido para resolver y tomar decisiones. ¡Ay, qué afortunada me sentía! El tener un hombre como él a mi lado, tan seguro de sí y que sabía cómo proceder ante cualquier circunstancia. Las mujeres me miraban con envidia, mis compañeras de la escuela se preguntaban qué había visto en mí, una simple rata de biblioteca. ¡Era tan idiota y maleable! —Soltó una carcajada al tiempo que negaba con un breve gesto de la cabeza—. Sucedió tan rápido..., a los tres meses nos casamos y lo amoroso que era cambió como el día en la noche. Las actividades que realizaba ya no estaban bien. Mis amigos no eran los correctos y poco a poco los fui dejando de ver, los celos... las acusaciones de que me acostaba con cualquiera que me dirigiera una simple mirada... —Levantó la vista y se topó con la mirada masculina. Podía ver la comprensión en él y algo más que no podía dilucidar, pero que estaba allí y que la envolvía en alguna especie de manto protector—. No importaba qué hiciera, siempre estaba mal, la comida estaba demasiado cocida o todavía cruda —susurró con un nudo en la garganta—. Cualquier excusa era buena para descargarse conmigo, la casa no estaba arreglada como debiera, que si me cortaba el cabello era porque quería seducir a tal o cual hombre, si llegaba tarde era porque... —No pudo continuar, el nudo que tenía no la dejaba seguir pronunciando palabra. Los llantos fueron saliendo desde su pecho hasta hacerse audibles y no los podía contener por más tiempo—. La persona a quien amaba, de la noche a la mañana, se había transformado en un monstruo que controlaba mi vida entera —sollozó.

Ella continuó hablando en susurros y despacio, no tanto por lo doloroso que era para su cuerpo, sino para su alma el desahogar lo que venía soportando desde hacía tantos años. Estuvo más de una hora contando los pormenores de su existencia. Él solo escuchaba, no la interrumpió ni pidió que se explayara, tan solo con su mano en la suya y acariciándole los nudillos con el pulgar. El simple mimo en su mano la relajaba y le caldeaba el alma.

Las imágenes que llenaban su mente no le daban respiro.

—¿Te gusta provocarme acaso? —bramó Aaron al ver el nuevo corte de cabello que se había realizado.

Ella, tonta e ilusa, había pensado que le agradaría, puesto que se veía más madura y sensual con el nuevo estilo.

El rostro atractivo y bello se había transformado en las facciones del mismo diablo, sin rastro de la dulzura con que le había hablado en otros tiempos.

La tomó por los brazos y la sacudió como si fuera una coctelera.

—¿Para quién te lo has hecho? ¿Quieres que pierda el control? —gritó para luego propinarle una bofetada que le cruzó la mejilla y la lanzaba al suelo.

—¡No es para nadie! —se defendió ella inútilmente.

—¿Por qué siempre estás avergonzándome? ¿Quieres que todos vean lo puta que eres? —bramó con la locura plasmada en los rasgos.

—¡No soy una puta!

—¡Cállate! —bramó y la abofeteó de nuevo—. ¿Crees que no te he visto cómo te comportas cuando vienen tus amigos a casa? ¿Qué te he dicho al respecto?

—Cálmate, Aaron —rogó, sabía que enfrentarlo no la conduciría a nada.

Él era más fuerte que ella y no había forma que le ganara en una batalla física, y tampoco en la mental, dado que estaba fuera de sí.

—¡No quiero que invites hombres a mi casa! ¿Es que piensas que no sé qué haces a mis espaldas?

La tomó del cabello y la arrastró hasta el cuarto. Ella aún estaba en el suelo y no pudo ponerse de pie, la arrastraba raspándola contra el suelo de madera de la casa que compartían. Una vez en la habitación, había dejado las bofetadas de lado para dar lugar a los puñetazos que le habían desfigurado la cara. Una vez que se hubo cansado de tanto trajín, se sentó frente al televisor en el sofá que reservaba para él y procedió a embriagarse, como hacía siempre tras la paliza.

—¿Sam? —La llamada hecha en voz baja la devolvió al presente. Se había quedado en silencio atrapada en el pasado.

—Todo me daba miedo y llegó un día en que... las cosas que me hizo... no pude soportarlo más... —Soltó un sollozo desde lo más profundo de su alma—. Y escapé. No duramos casados más de un año. En cuanto me establecí tramité el divorcio. También comencé a estudiar como querían mis padres. Una vez me preguntaste sobre los cambios de empleo, cada vez que sentía que él estaba cerca, escapaba nuevamente. Antes de tomar este trabajo había resuelto que me quedaría, quería construir una nueva vida. Me gusta estar aquí, los amigos que he hecho, la oportunidad de crecer en mi puesto... Creí que al fin podía hacerle frente, me equivoqué.

—Tranquila —dijo al ver cómo se agitaba su pecho al respirar y sabía que debía dolerle—. Me encargaré —aseguró al tiempo que le acomodaba unos mechones de cabello detrás de las orejas.

Ella quería preguntarle a qué se refería, se sentía segura a su lado y sabía que no era justo con él, se estaba aprovechando de su persona. Había como una especie de magnetismo que los acercaba aunque ella luchara con uñas y dientes, aunque se dijera mil y una veces que lo odiaba y enumerara las características insufribles que poseía, seguía siendo el hombre que la ponía a cien y que la hacía sentir protegida como ningún otro. Dudaba de que él todavía necesitara llegar a la Ciudad Esperanza.

Cómo quería lanzarse contra su pecho y acurrucarse en el calor de sus brazos, pero apenas conseguía moverse y no podía, después de las veces que lo había rechazado.

Fue muy incómodo cuando tuvo que orinar, él la llevó hasta el cuarto de baño y la ayudó a bajarse las bragas. Ni siquiera eso podía hacerlo con un brazo enyesado y fajadas las costillas. El color del tomate era claro comparado al tono que había adquirido su rostro al sentir los dedos apenas rozarle la piel de las piernas, por más maltrecha que estuviera los cosquilleos no se detenían.

En la cena volvió a traerle algo de otro restaurante especializado en Raw Food. Aunque le había asegurado que podía comer cualquier cosa que preparara mientras no tuviera nada de origen animal, él, cabeza dura, seguía trayéndole unos platillos deliciosos solo para ella.

Lo oía ir y venir por el departamento, un ruido sordo fue acercándose hacia la puerta, como de algo siendo arrastrado. De pronto, apareció él empujando una mesa con un televisor encima. La acomodó frente a la cama, se acercó a ella y le tendió el control remoto. Ninguna palabra fue pronunciada antes de que volviera a salir.

Después de la confesión, casi no habían intercambiado más que un par de monosílabos y tenía esa actitud distante y helada con ella. Las palabras parecían costarle caro, Alex las resguardaba con suma avaricia. Se retractaba, él necesitaba continuar la marcha por el camino de ladrillos amarillos con urgencia.

El enfado regresó y se le instaló en el corazón, aferró el maldito control y prendió el televisor a todo volumen. Aunque a las pocas horas la mala película que estaba viendo la sumió en un sueño tan profundo que ni sintió que alguien tomaba el aparato de su mano y apagaba la pantalla.

Las ideas en la cabeza no paraban de darle vueltas, había unas cuantas soluciones que había encontrado al inconveniente que sufría su nueva residente. Tendría que comunicarse con Brian, discutirlas con él más ampliamente, al ser abogado sabría bien cómo resolver el asunto. Al día siguiente quedaría para encontrarse con él, también debía conseguirle algo de ropa a Samantha, se lo encargaría a Sarah, tal vez fuera a su apartamento a traerle un bolso. No se veía yendo a comprarle ropa interior ni adivinando la talla de su sujetador.

El hecho de tenerla bajo su techo y extendida en su cama, lo encendía con locura. Ni siquiera el saberla herida y toda amoratada hacía nada por enfriarlo. Estaba a punto de ebullición, por lo que se alegraba de tener un respiro de su proximidad y que Sarah la cuidara por unas horas.

Con el cuello de la botella de cerveza colgando de los dedos, se encaminó hacia el cuarto contiguo al suyo y se dejó caer en el inmenso sofá rodeado de hojas de dibujos, un par de caballetes y lienzos colmados de intensos colores. El aroma a óleo lo invadió y, como siempre, se relajó entre el perfume conocido y contenedor.

Unos golpecitos en la puerta la despertaron bruscamente. De inmediato una cabellera rubia y rizada hizo aparición con una deslumbrante sonrisa en el rostro.

—¡Hola! ¿Cómo estás hoy? Alex ya se fue. He traído algo de trabajo para hacer aquí. Soy escritora de cuentos infantiles, ¿te lo había contado? Creo que no, él me hace los dibujos. Alex, me refiero. ¿Lo sabías? No, claro que no. Para que Alex cuente algo no sé qué tendría que suceder. Ahora estoy trabajando en la historia de un pequeño conejo que se va a la ciudad junto con su amigo, un pajarillo. —Siguió con el soliloquio, parloteando sin parar mientras daba vueltas por la habitación como un hada saltarina vestida de vivos colores.

El pensamiento de Sam se había detenido en las palabras referidas a su jefe. ¿Él le estaba haciendo los dibujos? Recordaba que Mark le había dicho en la convención de cómics que él dibujaba; sin embargo, le había restado importancia. En cambio, ahora le carcomía la curiosidad.

—¿Tienes algunos de esos dibujos? —preguntó, cortando lo que fuera que Sarah decía.

—¿Cuáles?

—Los de Alex.

—¿No los has visto? Oh, claro que no —dijo antes de dar media vuelta y salir disparada de la habitación para volver al rato con un cuadernillo.

Sarah se arrojó sobre la cama, se acomodó al lado de Sam y le mostró las hojas con trazos en negro.

—Mira. Es un genio, ¿verdad?

Lo era, no cabía duda. Las fuertes líneas plasmaban retratos, en otros solo paisajes tan realistas que se sentía sumergida en otra dimensión o realidad. Un sentimiento de desvalimiento y soledad se vislumbraba debajo de cada obra, pero al mismo tiempo una gran fuerza.

—Claro que los dibujos que hace para mí no son como estos. Si no te los ha mostrado, no le digas que yo lo he hecho. Es muy reservado al respecto, cuando puedas levantarte tienes que ver sus pinturas. ¡Son magníficas! Están todas escondidas en el cuarto de al lado. Le he insistido en que haga una exposición, pero se niega rotundamente.

Sam estaba mareada con tanta palabrería. Las palabras que le faltaban a su hermano le sobraban a Sarah, casi podía sentir que estaba ante una versión femenina de Andrew. Aunque un punto a su favor era que, a pesar de que sus oídos dolían, era adorable y... había añorado tanto tener una amiga mujer. ¡Y ya tenía dos! Charlie, con quien, después de una buena conversación, había encontrado muchos puntos comunes, y ahora a la parlanchina que estaba sentada junto a ella.

Saltó del lecho y volvió a salir corriendo de la habitación, para regresar al segundo con un ordenador portátil.

—Aquí tengo la versión electrónica del primer volumen de la serie —dijo mientras le pasaba el ordenador.

Los dibujos eran preciosos, no en blanco y negro, sin tanta emoción profunda y más graciosos que los otros. No creía que hubiera habido tanto en el interior de aquel hombre que tan poco dejaba traslucir de su ser. Había tenido relaciones con él en dos ocasiones y sabía tanto como el primer día en que lo había conocido, aunque antes del día anterior, él tampoco sabía mucho de ella que digamos. Tenía que concederle que había intentado hablar en reiteradas oportunidades y ella había escapado. Parecía que su vida se reducía a eso, a escapar cuando las cosas se ponían calientes y algo peligrosas. Estaba tan arraigado a su repertorio conductual, que le era imposible desenvolverse de otro modo.

—Son preciosos —afirmó—. ¿Me dejas leerlo? No tengo mucho que hacer, solo ver las novelas de la tarde, y me aburren un poco.

—Claro, querida. Pero no puedo dejarte el portátil, mañana te traeré mi versión en papel, aunque Alex debería tener uno por aquí, si lo encuentro te lo doy. Voy a prepararte algo de desayunar y para mí también, estoy muerta de hambre. Solo tuve tiempo de llevar a Gennie al jardín de infancia y venirme. No te preocupes, ayer Alex compró un sinfín de cosas para ti y me dejó un listado infinito de cómo atenderte. No sé con quién cree que está tratando —decía mientras estaba por salir, pero se detuvo—. Lo siento, Max dice que hablo sin parar cuando estoy ansiosa, y tiene razón. Es solo que... eres la primera mujer que le conozco a mi hermano.

—No soy su mujer —declaró Samantha y esperaba haber sido lo bastante contundente, pero por la sonrisa que la joven le brindó, supo que no la había creído ni por un segundo.

—Claro que no lo eres —dijo a la vez que le guiñaba un ojo antes de dirigirse a la cocina.

30

—¿Dónde está? —preguntó Nick antes de cerrar la puerta del despacho de Alex—. Y no lo niegues. Qué casualidad que ayer ninguno de los dos viniera a trabajar. La llamé millones de veces a su móvil, pero lo tiene apagado. Sé lo que ocurre entre ambos y no trates de negarlo —lo increpó y posó las manos sobre el escritorio, su semblante no dejaba dudas de que si no obtenía lo que quería, los puños comenzarían a salir disparados por doquier.

—Nick, yo no he querido meterme entre vosotros...

—¿De qué hablas? ¿Meterte entre nosotros? —Sonrió sarcástico—. Alex, eres un idiota de primera, soy un homosexual declarado. Creí que eras más perceptivo, hombre. Ahora, dime dónde demonios está.

Alex lo contemplaba en silencio mientras se hallaba sentado en su butaca, sin poder evitarlo sus labios se estiraron hasta formar una especie de sonrisa, apenas una mueca. Los celos que le había dado verlos abrazados y ahora resultaba que a Nick solo le interesaban los hombres. Realmente qué idiota había sido, no pudo ver más allá de sus narices. Y cayó en la cuenta de que la había culpado al igual que su ex de ser una sensual provocadora. Eso le borró la sonrisa de un plumazo.

—Si le has hecho algo, te juro que...

—Yo no le hecho nada, Nick. Toma asiento, no va a agradarte lo que voy a contarte.

La voz profunda de Alex llenó el silencio de la sala, con lentitud le relató lo acontecido la noche anterior. Los ojos negros fueron testigos de las emociones que fueron transformando los rasgos del hombre que tenía delante y que evidenciaban el gran cariño que profesaba por la mujer que se resguardaba en su casa.

—Quiero verla. —Estableció el pelilargo rotundamente.

Alex asintió en silencio.

—Cuando me vaya, te vienes conmigo.

—¿Qué tiene pensado hacer? —preguntó después de incorporarse y dar un par de pasos por el despacho.

—No me ha dicho nada al respecto; por lo pronto, pensaba hablar con Brian Sanders, el primo de Mark, para ver qué opciones tenemos. Supongo que lo primero es hacer la denuncia en la policía y no creo que ella quiera hacerlo —dijo, serio.

La frustración se le filtraba por los poros, tenía que hacerlo por la vía legal, aunque su corazón pedía a gritos que liberara al salvaje que traía dentro e hiciera justicia por su propia mano.

—¿Cómo está ella? —preguntó Nick, ya más sereno, sin poder evitar que sus ojos se empañaran.

—Le hará bien hablar contigo —dijo al tiempo que se alzaba del asiento no sabiendo qué respuesta darle.

Nick emprendió la retirada, se detuvo de nuevo y se giró hacia su jefe.

—¿Vosotros en qué estado os encontráis?

—En ninguno —decretó con voz severa, a la vez que llegaba junto a Nick.

—¿Y está en tu casa?

—Y está en mi casa.

—¡Oh, amor! —exclamó Nick al acercarse a Sam.

—Nick —sollozó ella.

—Sh... sh... Tranquila, aquí estoy —dijo mientras se sentaba a su lado y la rodeaba con los brazos.

Ella se aferró a él y derramó las lágrimas que ya no podía contener.

Alex, que contemplaba la escena en silencio, tomó del brazo a su hermana y juntos salieron de la habitación dándoles la intimidad necesaria.

—Amor, ¿por qué no me contaste lo que sucedía? —Le pidió y luego le besó la cima de la cabeza—. Podría haberte ayudado.

—Es que... me da vergüenza —dijo mientras descendía la barbilla contra su pecho—. No quería que supieran lo estúpida que había sido.

—Todos cometemos errores y no por eso nos culpamos la vida entera. Ahora hay que ver cómo vamos a solucionarlo —dijo en un tono tan dulce que le arrancó nuevos sollozos.

—¿Vamos?

—Claro, no esperarás que te deje sola en esto, ¿no? Porque eso no va a pasar.

Se sumergieron en un agradable silencio, ella se apoyó más en él mientras Nick le acariciaba el hombro del brazo derecho, el enyesado.

—Sam, ¿cómo está todo con Alex? —preguntó de golpe, sacándola del ensimismamiento.

—Nos acostamos en el viaje —soltó de sopetón.

—Ya veo. Me suponía que algo así podría llegar a suceder, pero pensé que habías decidido que tenía que acabar.

—Así era. No pude resistirme. ¡Oh, Nick, no sé qué hacer! Trato de alejarme de él, es como un imán contra el que no puedo luchar y me acerca cada día aún más. Antes de esto, me despidió —susurró y si no fuera porque su cara era de color violeta por los moretones se podía ver que estaba roja como un tomate.

—¿Qué? No lo creo.

—Bueno, en realidad me dijo que de ahora en adelante mi jefe es Mark.

—Ah, eso no es lo mismo que despedirte. ¿Has hablado con él acerca de lo que sucede entre vosotros? Alex no parece la clase de persona que se ande acostando con mujeres de la oficina, es más, creo que nunca lo ha hecho.

Ella negó con la cabeza en un movimiento apenas perceptible.

—No he querido, no poseo la suficiente fuerza para hablar con él.

—¿Qué es lo que sientes?

—Por favor, ya no quiero hablar más del asunto.

—Contéstame, amor, ¿qué sientes por él?

—No lo sé —sollozó—. ¡No lo sé, y tampoco quiero saberlo! Quiero extirparlo de mi alma.

—Alex no es un hombre que pueda borrarse fácilmente, penetra en el ser de uno, amor. Tú también has dejado mella en él, todos nos hemos dado cuenta cómo se comporta cuando andas alrededor, y los cambios en él. Está más comunicativo. Antes solo intercambiaba un par de palabras con nosotros, sin embargo, ahora mantiene verdaderas conversaciones. Hasta Xav lo considera un amigo, más que su jefe. —Sonrió—. Sí, no me mires con esa cara de sorpresa. El otro día se encerraron en su despacho y algo sucedió ahí dentro, porque entre ellos hay algún tipo de entendimiento que no existía antes. A mí siempre me ha caído bien, además le interesas, sino no estarías aquí —aseguró y la dejó pensativa con sus palabras.

—¿Qué hago?

—Habla con él, amor. Sincérate. Más que nada, sincérate contigo misma. Con respecto a tu exmarido, ¿qué harás?

Sam se removió incómoda y lanzó un profundo suspiro.

—Tampoco lo sé.

—¿Denunciarlo?

—Eso nunca solucionó nada.

—Alex y yo vamos a hablar con el primo de Mark, es abogado, él sabrá cuál es el mejor camino para mantenerlo alejado de ti. No te preocupes. ¿Me das permiso para contar en el trabajo lo que te pasó? Deberías tener toda la comprensión de tus amigos.

Ella le brindó un breve asentimiento.

—También diles que aún no estoy preparada para verlos, también cuéntale a Charlie.

—¿Charlie? ¿Charlotte, la mujer de Xavier? —preguntó extrañado del pedido.

—Es mi amiga, Nick. No es tan mala como se muestra, es una pantalla nada más.

—Está bien, amor. Se lo diré. Te dejo, voy con Alex a lo de Brian, supongo que luego él te dirá lo que hemos resuelto, así podrás aprobarlo o no.

Sin poder evitarlo, una sacudida eléctrica atravesó a Nick al pensar en el abogado.

—Primero habría que realizar la denuncia. Una vez hecha se establece una orden de alejamiento, aunque en la práctica solo sirve una vez que el maldito ha vuelto a agredir —aclaró Brian a los hombres que tenía sentados del otro lado de su escritorio.

—¿Entonces qué hacemos? —preguntó Nick con suma ansiedad.

Brian le dedicó una mirada como si estuviera cubierto de excremento.

—Se hace de todas formas la denuncia y se pide la orden de alejamiento como medida cautelar. Lo bueno es que ella ya no está en su apartamento. Una vez hecha la denuncia, se va contra él en lo penal. Se pide una orden de captura para enjuiciarlo. Si queréis, me encargo yo —ofreció el abogado con la mirada fija en Alex, evitaba a toda costa dirigir sus azulinos ojos al pelilargo.

—Te estaríamos muy agradecidos. Hablaré con ella —expuso Alex mientras se incorporaba y alargaba la mano al abogado, quien se la estrechó en el acto.

—Nicholas, ¿puedes quedarte unos minutos? Quiero hablar de algo contigo —pidió el abogado para sorpresa de ambos hombres, pero más para el aludido.

—Bien, te espero fuera —dijo Alex antes de salir del despacho y cerrar la puerta tras de sí.

Nick dirigió sus ojos a los más claros, que lo observaban con un odio sin igual.

—Quiero que te mantengas alejado de mí —advirtió el abogado—. Y que no vuelvas a dirigirme una de esas miradas nunca más.

—¿Una de esas? ¿De qué estás hablando? Mira, yo entiendo que el que sea homosexual te...

—No tengo ningún inconveniente con que seas homosexual —lo interrumpió Brian.

Nick esbozó una sonrisa de suficiencia y un hoyuelo apareció en su mejilla izquierda.

—Ah, ya veo cómo es la cosa. No es que sea gay, soy yo el que te incomoda. A mí también me gustas, hombre, y no por eso armo tanto escándalo.

Brian rodeó el escritorio en un instante y con la misma velocidad aferró las solapas de la chaqueta de Nick y lo estampó contra la pared. Con su rostro marcado por el enfado muy pegado al castaño de pelo largo, le dijo:

—Escúchame bien claro. No me gustas. No quiero tener nada que ver contigo. No te quiero cerca, ¿comprendes? —aseveró con voz ronca y pausada mientras clavaba sus ojos en el hombre que lo atormentaba.

—Lo comprendo, chico. No te preocupes, me mantendré alejado de ti. —Sonrió—. No amenazaré más tu estabilidad. Pero quiero que sepas... que me pones a mil, abogado —confesó.

Nick lo tomó por el cuello y apretó sus labios contra los de él, hambriento por saborearlo y tenerlo tan cerca. Se sorprendió al sentir que respondía a su beso, que los labios debajo de los suyos se movían al unísono. El calor que lo abrazó se extendió hasta instalársele en la entrepierna y el cosquilleo se propagó por su piel cuando Brian pegó el pecho al de él y posó las manos a cada lado de su cuerpo.

Lo acercó aún más con una mano sobre el cuello y otra en la cintura del abogado, ambas caderas se pegaron y Nick sintió que la dureza de la excitación de Brian hacía juego con la propia. Introdujo la lengua en la boca y se deleitó con el sabor a pecado en esplendor del hombre tan correcto. Un gemido escapó de sus labios, justo cuando Brian se apartaba. Tenía los ojos abiertos de par en par y un semblante de puro espanto que fue como un baldazo de agua fría para Nick.

—Brian... escucha, bebé —pidió con dulzura—. No...

—Vete... por favor, Nick, vete —rogó con una expresión angustiada mientras se alejaba.

—Como quieras —concedió con ternura al ver lo escandalizado que estaba—, me voy. Sabes dónde encontrarme.

Le dirigió una última mirada que fue como una daga al corazón antes de salir. La angustia que visualizó en Brian lo golpeó, quería correr hacia el tipo, tomarlo en brazos y decirle que estaba bien, que no había nada de qué avergonzarse. Pero sabía que su consuelo no sería bienvenido.

—¿Está todo bien? —preguntó Alex al ver la cara que traía Nicholas.

—Sí —aseguró, aunque no pudo engañar ni por un segundo a su jefe.

Alex había sido testigo de las miradas que se habían lanzado esos dos apenas habían iniciado la reunión, algo ocurría allí y, si no se engañaba, una atracción sexual había flotado en el aire, aire que se había espesado tanto que casi no se había podido respirar dentro de la oficina del primo de Mark. No daba crédito a que no se hubiera percatado de la condición sexual de Nick, saltaba a la vista que deseaba al abogado con intensidad.

—Nick, no te metas en problemas —dijo al tiempo que lo detenía con una mano en el brazo de él y al ver que iba a protestar, añadió—: Por ti, lo digo.

Nick alzó el rostro y le sonrió.

—Gracias. No tengo intención de abrir ese armario, jefe.

31

En los últimos días se sentía como Atlas y que el mundo entero descansaba sobre sus espaldas. El peso de enfrentarse a ella cada día, de poner buena cara ante sus compañeros y cumplir con las tareas que tenía planificadas para la jornada era cada vez más arduo. Sin embargo, estaba a unos pasos de la recepción donde se encontraba la joven que lo mantenía en vilo desde hacía tanto tiempo y parecía que el resto de los empleados hubieran desaparecido para restar solo ellos dos.

Una mano invisible lo atraía a esa mujer; aunque quisiera pasarla por alto, no lo conseguía. Su corazón palpitaba más fuerte al tenerla cerca y la sangre le bullía con una aceleración sin igual. Odiaba que su cuerpo no pudiera controlar las sensaciones que lo invadían, tampoco podía negarlas, solo ella lo ponía así. Se moría por besar de nuevo esos labios que solo había probado una vez.

No iba a caer en la tentación de aquella mujer que tanto daño le había hecho.

—Hola, Charlotte —saludó con un tono indiferente, aquel que últimamente reservaba solo para ella.

Charlie alzó el rostro hacia él y Xav pudo notar que

los ojos claros estaban rodeados de ojeras oscuras, las mejillas estaban más pronunciadas y los labios se veían tensos. Por un segundo estuvo tentado de preguntar qué le sucedía, pero recordó que no era su problema y que ella había dejado bien claro lo único que buscaba en él. Bien podía adquirirlo de algún otro a quien no le rompiera el corazón.

—Hola —susurró Charlie y bajó la mirada a los papeles que tenía en el escritorio.

Le dolía tanto estar cerca de él...; su alma estaba hecha añicos, no lo culpaba a él, sino a ella misma. Y cada vez que lo contemplaba, el recuerdo de lo idiota que había sido la golpeaba en plena cara y las ansias de correr hacia él y lanzarse a sus brazos, la carcomían.

—¿Te has enterado de lo que ocurrió con Sam?

Le dolió tanto que a Samantha la llamara con aquel acortamiento de su nombre que evidenciaba el cariño y la confianza que sentía por su amiga y que con ella ya no lo hiciera...

—Sí, he hablado con ella por teléfono, pero no me permite ir a verla. También he hablado con Nicholas y tampoco cree que sea conveniente por el momento.

—Da miedo, ¿verdad? El no poder ver qué tal está. Me hace pensar que su estado debe de ser bastante grave.

—Por cómo la oí, sí lo es —contestó ella.

Charlie temía por Sam y esperaba que las imágenes que se le cruzaban por la cabeza fueran peores de lo que eran en la realidad.

Se mantuvieron en un incómodo silencio por unos cuantos segundos hasta que él siguió su camino hacia su despacho.

Charlie sintió que podía volver a respirar con libertad, aunque el dolor en el pecho se había instalado para no irse jamás. Se le estaba haciendo muy duro continuar con sus actividades cotidianas: atender el teléfono con una voz agradable, tratar con la variedad de clientes con quienes tenía reuniones el equipo y con sus jefes. Ni qué hablar de poner buena cara frente a su hijo, quien tenía la inteligencia suficiente como para percatarse de que algo le sucedía.

Llegó al apartamento y, antes de abrir la puerta, encontró debajo unos cuantos sobres. Al levantarlos, el alma se le cayó a los pies, algunos eran publicidades y otros, facturas. Cuando entró, dejó la cartera sobre la mesa de la cocina y tomó asiento. Dio una profunda inspiración y se dispuso a romper un extremo de los sobres.

—¡Mamá! —exclamó Dan al entrar en el apartamento—. Hablé con Xav y me dijo que puedo elegir la bici que quiera que él me la compra.

—¡No! —gritó ella fuera de sí.

—¿Por qué no?

—Porque yo lo digo. ¿Y cómo es que lo has llamado? ¿De dónde sacaste su teléfono?

—Él me dio su tarjeta. Mamá, él me dijo que me la compraría...

—¡He dicho que no!

—¡Te odio! Eres injusta y no me quieres nada —exclamó Dan con la angustia cargada en cada palabra.

El niño corrió con las lágrimas rodando por sus mejillas, se lanzó sobre la cama y hundió el rostro en la almohada.

Charlie podía oír los llantos ahogados de su hijo. Bajó la vista a las facturas que tenía entre las manos. Buscó la cartera y sacó su billetera, la abrió y vio los ciento cincuenta dólares que le quedaban hasta dentro de veinte días en que recibiera su nuevo cobro. ¿Cómo iban a sobrevivir hasta entonces?

Se sostuvo la frente con una mano y el miedo a sentirse de nuevo en un pozo del que no podía salir la asaltó con gran intensidad. Se incorporó con una lentitud semejante a como si le hubieran tirado unos cuantos años encima. Se dirigió hacia la pequeña estantería colmada de libros junto a la cama de su hijo, hizo caso omiso del niño que lloraba en silencio y sacó un par de volúmenes de los estantes.

Regresó a la mesa, se sentó de nuevo y comenzó a estudiar para el examen que tendría al día siguiente. Releyó el mismo párrafo tantas veces que tuvo que desistir al no lograr concentrarse. Su mente volaba hacia miles de caminos en lugar de permitirle poner atención al libro.

Su vida se estaba yendo al traste, su hijo la odiaba, el mejor hombre que había conocido se sentía defraudado por ella. Ya no quería llorar más. Desde que había escapado de Bloomingdale no había llorado ni una sola vez, pero en los últimos días lloraba a diario tanto que podría haber vuelto a llenar el río Hudson.

Sin poder evitarlo, nuevas gotas cristalinas se deslizaban por sus mejillas, iguales a las que despendían los ojos de su hijo. Apoyó los ojos en las manos y dejó volver a salir la frustración que sentía.

Cada mes se encontraba en la misma situación.

¡Cómo le gustaría sentirse segura alguna vez! Había algunos a los que la vida no se lo ponía fácil, es más, vivir era un trabajo tan arduo que muchas veces se había cuestionado si valía la pena, pero luego posaba la vista en aquel niño de cabello rubio y ojos azules tan similares a los suyos y sabía que sí. Agradecía que no tuviera casi ningún rasgo de su padre, porque Dan era solo suyo. No importaba lo que ocurriera o lo que tuviera que hacer para mantenerlo a salvo, todo valía la pena por el hecho de tener a ese niño en su vida. Era lo que le daba fuerzas y le alegraba la existencia, aunque no se notara en aquel instante en que las lágrimas bañaban su rostro.

—Sarah, me ha encantado tu libro.

—¿En serio? —exclamó la joven—. ¡Cuánto me alegra de que me lo digas! Cada vez que a alguien le gusta algo que he escrito, siento un calorcillo en el centro del pecho. Me enorgullece tanto que mis cuentos se estén vendiendo tan bien..., nunca me hubiera imaginado triunfar. No es que sea famosa, pero para mí el ver mis cuentos publicados es un logro tan grande que...

—¿Sarah? —cortó el monólogo que Sam intuía sería interminable—. Todavía no me has comentado nada sobre tu familia.

—¿Sí? ¿Con todo lo que hablo? —Rio ante su propio descuido—. Pues estoy casada con el hombre más maravilloso del mundo, es guapísimo, con el cabello castaño y ojos adorables, pero lo mejor son sus labios. ¡Ay, si te dijera lo que puede hacer con ellos! —Rio con picardía al tiempo que se ruborizaba—. Es médico, ¿sabes? —De pronto su rostro se ensombreció y su voz bajó unos tonos—. Aunque hemos tenido unos cuantos problemas últimamente.

—Por eso estabas aquí el otro día. Perdona, no pude evitar oír lo que te decía Alex.

—Sí, es algo que parece que logro con facilidad. Cada vez que Max, así se llama, hace algo que no me agrada, siento que ya no me ama y me escapo de casa. Vengo aquí, donde Alex me hace entrar en razón. Es como si fuera la voz de lo que hay que hacer, sé que siempre sabe lo que está bien y lo que no. Quiere que haga terapia, y sé que debo hacerlo, pero temo...

—¿Qué temes? —preguntó extrañada del interior oscuro que Sarah dejaba vislumbrar.

—Hablar. Hay cosas que están muy profundas en mí. Todos me ven saltarina, despreocupada y alegre; mi interior es un tanto distinto y no quiero que ciertas cosas salgan a la luz. Están muy bien donde se encuentran con candado de siete llaves y tú debes saberlo mejor que nadie —susurró para sorpresa de Sam.

Ambas se contemplaron en silencio y Sam asintió. Comprendía a qué se refería Sarah.

—Lo amo, ¿sabes? Y me moriría si hiciera algo que provocara que me dejara. Así que he pedido hora con un terapeuta —dijo en un tono bajo, aunque no acerado como el de su hermano.

—Bien por ti.

—Tengo un miedo terrible, pero Alex sabe por qué me dice lo que me dice y no confío en nadie como en él. Volviendo a lo bueno de mi vida —continuó con la voz alegre—, Max es un amor. No sabes lo que ha tenido que luchar. —Rio—. Alex sufrió mucho cuando tuvo que hacerse a la idea de que Max era distinto a los hombres con los que había salido antes, creo que en algún punto pensaba que estaríamos juntos para siempre. Tuvieron sus diferencias y Max se aguantó las miradas asesinas de mi hermano.

—Sé a lo que te refieres —intentó reír, aunque desistió cuando sus costillas palpitaron y casi la hicieron gritar de dolor.

—Y tengo una hija divina, Gennie. Es la niña más hermosa que hay sobre la faz de la tierra. Es alegre y pizpireta, eso lo heredó de mí, pero además es analítica como el padre. Hace miles de preguntas y todo le interesa. Tiene cinco años. Debieras verla con Alex, lo adora, él se vuelve masa maleable en sus pequeñas manos, creo que es la única que puede hacer con él lo que desea.

Le parecía increíble que una niña lograra acabar con la bestia a la que todos temían, Sam tendría que verlo con sus propios ojos para creerlo.

—Ahora está haciendo sus primeros pasos en la escuela, es tan buena alumna... Es inteligente como su padre, le encanta el dibujo como a su tío y disfruta del cine con su tío Mark. Él siempre se la lleva a los festivales infantiles. No me puedo quejar de ninguno de sus tíos, siempre están presentes en su vida. Mi último trabajo tiene como protagonista a una niña que descubre un mundo debajo de su cama y mi musa inspiradora es mi Gennie, hasta lleva su nombre. Creo que va a convertirse en una saga, tengo que presentarle el manuscrito a Alex para que me dé su opinión. Él siempre es mi primer crítico, tiene buen ojo para saber cuándo debo dar un giro en la historia, si algo no va o debo intensificar algún pasaje.

Continuó hablando sin parar mientras vagaba por la habitación ordenando las sábanas sobre la cama y la arropaba, o reorganizaba algunas revistas que tenía ella en la mesita; parecía no poder quedarse quieta en un solo lugar y menos en una posición.

Fue a la cocina y a los pocos minutos retornó con una bandeja repleta de platos especialmente elaborados para ella.

—He estado experimentando con diversas recetas; pobre Max, que fue mi conejillo de indias. Te he preparado una ensalada Taboulle pero en lugar de trigo utilicé coliflor rallada mojada con jugo de limón. Investigué en la red y leí que así la comen los que practican tu alimentación —dijo al tiempo que extendía la bandeja con expectación.

—¡Sarah! No merezco tantas molestias.

—Ni lo menciones, me encanta experimentar platos nuevos. Alex me ha contado alguna de las preparaciones que llevabas al trabajo y no puedo ver la hora de probar algunas de tus recetas. Claro que cuando estés recuperada —anunció mientras se balanceaba sobre los pies.

Definitivamente sufría un severo caso de hiperactividad, pensaba Sam. No podía permanecer quieta ni un solo segundo y cambiaba de un tema a otro tan rápido que la mareaba.

—Lo prometo.

—Bien, ahora prueba el almuerzo. ¿Quieres que

te cuente las ideas que tengo para mi nuevo proyecto?

—Claro.

—Pues Gennie está jugando en su cuarto y un muñeco rueda debajo de su cama cuando...

Samantha comía a la par que trataba de mantener el hilo de los comentarios de Sarah, dado que saltaba de un tema al otro de improviso. Era tan divertida y alegre que era como un respiro al drama en que Sam se encontraba. Adoraba a su nueva amiga y no podía asimilar que esta mujercita fuera la hermana del hombre oscuro y amargo que era su jefe.

Dejó el tenedor suspendido en el aire al pensar en él, cerró los ojos con fuerza. Lo extrañaba, anhelaba al hombre con el que había pasado aquella noche en Chicago. Había sido muy tierno, al igual que estaba siendo en esos días en su apartamento. La cuidaba con tanta delicadeza y, sin embargo, jamás se había propasado con ella ni siquiera había vuelto a intentar hablar sobre lo sucedido entre ambos. No obstante, había momentos en que era un iceberg, acerado y hasta cruel con sus modos. La mantenía en vilo su paradójica personalidad.

Sentía que era ella la que no lo entendía y la que estaba siendo egoísta. Apretó la mano alrededor del cubierto con tanta fuerza que se hizo daño en la palma, por lo que lo dejó caer sobre el plato. El ruido sobresaltó a Sarah, quien la miró con una interrogación plasmada en el rostro.

—¿No está bueno?

—Oh, sí, es solo que...

—¿Qué?

—Nada.

—Sam, yo hablaré demasiado, pero también soy buena escuchando. No voy a presionarte, si en algún momento necesitas a alguien puedes contar conmigo.

Igual que él, no presionaba.

—Gracias, es muy importante para mí contar contigo.

La mujer la miró por unos segundos a la espera de que se sincerara, pero Sam permaneció en silencio, a lo que Sarah continuó:

—Bueno, como te decía, estaba pensando en incluir a un ser mitológico, alguna arpía ladrona quizás, ¿qué te parece?

No tenía ni idea de qué hablaba, solo podía pensar en un dios de cabellos y ojos oscuros.

32

—¿Dónde dices que estás? En unos minutos llego.

Xav se guardó el móvil en el bolsillo de la chaqueta, miró por el espejo retrovisor y giró en la primera calle. A los cinco minutos había llegado a la esquina de la avenida Madison y la calle 120, en Harlem. Lo vio al instante apostado contra un poste de luz del parque Marcus Gavery, el sol le iluminaba la expresión enfurruñada que se disipó al instante en cuanto lo divisó.

—¡Xavier! —exclamó el niño y corrió hacia él.

—Hola, muchacho —lo saludó al tiempo que le revolvía el cabello rubio—. ¿Damos una vuelta?

Xav examinó la ropa del joven: una camiseta, un par de pantalones algo gastados hasta la altura de la pantorrilla y unas zapatillas que deberían ir mejor al cubo de la basura. Iban bordeando las rejas del parque hasta que llegaron a la apertura y entraron.

—Me pareció al teléfono que te ocurría algo —abrió la conversación Xavier.

—Mi mamá no quiere que acepte la bici, ¡es tan egoísta! Estoy seguro de que me odia, que quiere hacerme pagar por haberme escapado del colegio —contestó en tono enfadado.

—No creo que se trate de eso —dijo con tranquilidad al punto que observaba a una viejecita alimentar a una gran cantidad de palomas a su alrededor.

—Entonces, ¿por qué? Está superenojada conmigo todo el tiempo, el otro día se puso como una loca cuando se enteró de que te había llamado. Tal vez puedas hablar con ella por la bici... —rogó al mismo tiempo que unía las palmas y componía una expresión compungida de cachorrito mojado.

—Dan, tu madre y yo...

—¿Qué?

—No estamos en muy buenas relaciones.

—¡Lo sabía! También te trató mal, ¿no? ¡Me odia! —exclamó y pateó una pequeña piedra que había a su paso.

—Ella no te odia y tampoco me trató mal —explicó mientras lo detenía por el brazo.

—Entonces, ¿por qué?

—Es complicado. Tu madre y yo hemos tenido nuestros malos entendidos...

—Pero —lo interrumpió—, ¿por qué no quiere que acepte la bici? Al fin y al cabo tú me la rompiste —estableció, indignado.

—Creo que lo mejor será que arregle este tema con ella, ¿te parece? —ofreció Xavier a la espera de calmar el enojo del muchacho y sabiendo que ansiaba el pretexto para hablar con ella.

—No va a entrar en razón, está siempre en mi contra.

—No creo que sea así.

Caminaron unos minutos en silencio rodeados por el ruido del piar de los pájaros que sobrevolaban el parque y por unos niños que correteaban por los alrededores.

—¿Sabes si hay algo que le esté preocupando? —aprovechó Xav para sacarse las dudas que lo carcomían.

Últimamente, la veía muy demacrada y nerviosa. Y como no se atrevía a enfrentarla, como un cobarde iba a sacarle información al muchacho.

—¿A mi madre? Sus exámenes, supongo. Estuvo estudiando mucho para uno los otros días, parece que es la época en que tiene uno tras otro.

—¿Algo más? —preguntó Xav a la par que tomaba asiento en un banco y esperaba a que Dan hiciera lo mismo.

—Lo de siempre, supongo —dijo el niño con el rostro sombrío mientras se acomodaba en el banco—. El dinero nunca alcanza —confesó luego de unos segundos—. Yo le he dicho miles de veces que puedo dejar la escuela y buscar un trabajo.

Xav sonrió ante la declaración que mostraba la ingenuidad propia de sus cortos años.

—¿Y?

—Casi me mata —respondió con un mohín que por poco le saca una carcajada al hombre—. Dice que tengo que terminar mis estudios, pero nunca puedo comprarme las zapatillas que me gustan y debo conformarme con la ropa de segunda mano. —Se detuvo en el discurso y dirigió la vista a lo lejos sin ver nada—. Mis amigos a veces se burlan de mí. No puedo hacer ciertas cosas porque no tengo el dinero, como ir al cine o a McDonald's, tampoco tengo zapatillas de marca como Nike o pantalones Levi's y ahora ni siquiera una bici.

Xav observó a aquel niño con su vestimenta gastada y las facciones entre tristes y enfadadas. ¡Qué diferentes crianzas habían tenido! Él con toda la opulencia de un castillo de oro y ese pequeño con toda la falta material que a él le había sobrado; sin embargo, tenía algo mucho más importante de lo que aún no se percataba. Su madre lo amaba y lo cuidaba como una loba lo hace de sus cachorros, con uñas y dientes ante cualquier amenaza. A través de la mirada de un muchacho que todavía no entendía las responsabilidades y preocupaciones de los adultos, era lógico que aún no viera todo lo que su madre hacía para subsistir. Hasta tratar de embaucarlo para que le diera dinero.

Sin embargo, para ser justo, Daniel era un preadolescente mucho más maduro de lo que se esperaría de un niño de doce años y percibía las necesidades por las que pasaban aunque se quejara de la falta de comodidades.

Le inspiraba una gran ternura, lo que lo sorprendía puesto que no estaba habituado a estar con niños. Aquel muchacho tenía algo que le llamaba la atención y le agradaba las conversaciones que mantenían. Debía hablar con su madre al respecto, si ella no estaba de acuerdo, él no podía continuar su relación con Daniel.

—Hablaré con ella por la bici, pero no prometo nada. Acuérdate que yo no soy santo de su devoción —agregó ante la mirada de admiración de Dan.

—¿Por qué os peleasteis? —preguntó al cabo de un rato.

—Cosas que ocurren.

—¿Y no puede solucionarse?

—Por el momento, no lo creo.

—Tal vez debieras regalarle algo. A las mujeres les gustan los chocolates y las flores. ¿Por qué no le compras unos bombones y unas rosas? —le aconsejó, arrancándole una sonrisa a Xavier ante esa muestra de ingenuidad.

—Quizás siga tu consejo.

—Seguro que así te la ganas y la convences de que acepte la bici. Mi cumpleaños es en unos días, siempre vamos a cenar con mamá. ¿Por qué no vienes?

—¿No deberías preguntarle primero? —preguntó, sabiendo que Charlie no estaría muy feliz al contar con su presencia en el festejo.

—Si le pregunto, dirá que no. Además, siempre me deja invitar a un amigo y bien puedes ser tú. ¿Vendrás? —arremetió el muchacho con algo de suspicacia.

—Lo pensaré. ¿Vamos por un helado?

Los ojos de Dan se iluminaron a la vez que asentía. Se dirigieron a la heladería con toldos de color rojo y blanco a unos metros frente a ellos mientras Xavier meditaba sobre la invitación. Por un lado, no quería volver a encontrarse con Charlotte fuera de la empresa, por otro, deseaba verla, tenerla cerca, sentirla. Además, el niño le había calado bien hondo y, aunque quisiera evitarlo, le agradaba pasar tiempo con él.

Regresó a la empresa y la vio. Los colores claros la encuadraban; ella, que era toda tonalidades intensas. Solo quería gritarle «No me mires así», sus ojos clavados en él lo estaban desquiciando, esa boca apenas abierta lo tentaba a devorarla. La deseaba tanto que dolía.

Pasó de largo sin dedicarle una simple mirada, a pesar

de que quería hablar sobre su hijo. Necesitaba tiempo. Primero debía armarse y solo cuando lo estuviera, la enfrentaría sin dejarle notar cómo lo destruía por dentro.

En su huida se topó con Alex. El hombre parecía estar distraído, algo muy raro en él, aunque sabiendo la situación en la que se encontraba era comprensible. El amor, la emoción que te hace levitar y sentirte a escasos centímetros del sol, es el mismo sentimiento que puede destruirte en tan solo un instante y llevarte a seis metros bajo el suelo.

—¿Cómo está? —le preguntó, haciendo alusión a Samantha.

—Mejor, en pocos días ya podrá irse —anunció en un tono que no podía precisar si la noticia era buena o mala.

—Y estás temiendo el momento.

Alex alzó su mirada y la posó en la más clara.

—Sé que llegará, siempre lo he sabido.

—Entonces, disfruta lo que resta, quizás en el camino deis un giro.

Continuó sus pasos hasta adentrarse en su estudio, dejó a su jefe apostado en el rellano de la puerta de su despacho mirando las carpetas que traía en las manos, pero Xav sabía que no veía nada. Su pensamiento estaba centrado en la mujer que tenía bajo su techo, al igual que el suyo en la que tenía a escasos metros de él.

«Disfruta lo que resta.» ¿Lo estaba haciendo? No, lo estaba padeciendo. Tenerla en su habitación, en su cama, entre sus sábanas y no poder tocarla, estrecharla, lo consumía, día a día.

Estaba sufriendo como un maldito condenado. No

podía evitarlo, no iba a dejarla a su suerte y tampoco parecía que lograba mantenerse lejos de ella. Era como un imán y él un maldito metal que se veía atraído en contra de su voluntad.

—¡Qué cara, hombre! —exclamó Mark justo cuando Alex volvía a su sillón giratorio.

—Tú no tienes una mejor. ¿Ocurre algo? —preguntó el moreno antes de que lo hiciera su amigo.

—Primero cuéntame de Sam. ¿Cómo está?

—Mejor, en un par de días ya podrá levantarse y al menos deambular por el apartamento. El gran problema es la costilla que le causa gran dolor ante cualquier movimiento, hasta respirar le produce molestias. De todas formas, está soldando bien.

—¿Y tú? No me vengas con que estás bien, porque no me lo creo. Tienes a la primera mujer en mucho tiempo que se te ha metido bajo la piel y que no quiere tener nada contigo. Dime la verdad —pidió al tiempo que Alex lo maldecía por lo bajo por la síntesis tan acorde que había hecho de su situación.

—M-m-me está ma-ma-matando —confesó a regañadientes—. La tengo allí y no quiere que intercambiemos ni dos pa-pa-palabras, como si lo nuestro nunca hubiera existido. No lo comprendo —gruñó y dio un golpe al escritorio.

Mark se vio sorprendido por la efusividad mostrada por Alex, el amigo impasible que no evidenciaba emoción alguna había quedado en el olvido.

—Debe de ser difícil confiar en un hombre, cuando uno al que amaste mucho te maltrata ante la menor oportunidad —concluyó Mark muy despacio.

—Lo sé. No soy como él —susurró más para él mismo que para su amigo.

—¡Yo mejor que nadie lo sé, Alex! No vuelvas con esas ideas en la cabeza, no eres como él. —Sabiendo que no se refería al ex de Sam sino a alguien más—. Está bien muerto y así se va a quedar. Uno puede copiar el modelo o hacer uno muy distinto y tú hiciste esto último —agregó con seriedad.

—Sí, lo hice —concedió sin mucho entusiasmo y no tan convencido—. No quiero hablar más de ello. Ahora, dime qué sucede.

—Si te cuento, me matas.

Alex se sorprendió por cómo los ojos azules rehuían los suyos y el rostro de Mark se ruborizó al completo.

—Ya me veo venir las malas noticias.

—Una que ni te imaginas —dijo al tiempo que se adentró en el despacho y se dejó caer en una de las butacas—. Tuve una situación con Keyla.

—Siempre tienes situaciones con Keyla, ¿qué le dijiste esta vez?

—No es lo que le dije, sino lo que hice. Alex... —Continuaba sin mirarlo, lo que le daba escalofríos—... le comí la boca. ¿Entiendes? No es que la besé, sino que literalmente le comí la boca. —Se pasó la mano por el cabello revolviéndolo.

—¿Y luego? —preguntó, impasible.

—Nada, salí disparado como alma que lleva el diablo. Esto fue hace un par de días y desde entonces no ha aparecido por aquí o, si lo ha hecho, no la he visto.

—Mierda, Mark. ¿Tenías que meterte con la hija de

Hayworth? ¿Acaso no es suficiente con insultarla en toda ocasión? ¿Con todas las mujeres que tienes?

Mark golpeó la superficie del escritorio con un puño como había hecho él hacía unos minutos.

—¡Ella no es como el resto! —Exclamó sorprendiéndolos a ambos—. Quiero decir —hizo una pausa y aspiró profundo—, que no es la clase de mujer que me atraiga. No lo pensé, solo sucedió. No sé qué fue lo que me llevó a ello. Estábamos discutiendo sobre ya ni me acuerdo qué y una fuerza irrefrenable me forzó a besarla. Era como si algo se hubiera apoderado de mí, la tenía ahí en el ascensor a escasos centímetros y en un instante solo pude contemplar su boca, sus labios rellenos y húmedos y no me pude contener. Además, yo no la insulto, solo dejo entrever mi malestar cuando está cerca.

—Vamos a tener problemas, te lo digo. Solo espero que Keyla no vaya contra ti. No comprendo el odio que le tienes, no es lo que parece y lo sabes. Te dejas engañar por esa máscara de mujer altiva y egocéntrica.

—No es un engaño, las de su clase son así, te miran desde lo alto como si fueras un pedazo de basura —afirmó con tal enfado que desconcertó a Alex, nunca llegó a comprender qué es lo que había sucedido entre ellos.

—Mark, no eres un pedazo de basura y nunca lo fuiste ni cuando estuviste en el fondo, así que déjate de tonterías. Es la hija del jefe supremo y debemos hacer una tregua con ella, al menos por ahora. Salvo que... te sientas interesado en Keyla.

Mark solo pudo agradecer que las puertas del ascensor se habían abierto, porque aunque no quisiera confesarlo, tal había sido la sacudida que sintió por ella que no estaba seguro de que se hubiera detenido en el beso.

—¿Qué? ¡Ni hablar! La detesto. Es una mujercita insufrible que solo viene a pedirle no sé qué juguetes nuevos a su papi. ¡Ni siquiera es una mujer, es una niña! —bramó, enfurecido.

—Pues tenlo en cuenta, porque le has comido la boca a una niña, entonces.

Mark le ofreció una expresión mortífera, se incorporó y salió del despacho echando humo.

Había pensado que hablar con su amigo iba a calmarlo; sin embargo, en lugar de eso, había echado leña al fuego. ¿Por qué la había besado? La había devorado y lo peor era que había hecho mella en él, la ansiaba. Añoraba su sabor dulce y tenerla en sus brazos, había sentido tan frágil aquel pequeño cuerpo contra él... Mierda, mierda, mierda, ya estaba duro como una piedra.

Esa misma noche, en que Alex bajaba de su auto y se dirigía al destrozado apartamento de Sam, otro auto estacionó a pocos metros y lo observaba entrar en el viejo edificio.

Unos minutos después lo vio salir con un bolso colgado del hombro. Lo reconoció como el hombre con quien Sam se había ido unas cuantas veces del trabajo y había hecho su escapada romántica a Chicago. Cuando el sujeto entró en su auto, él puso en marcha el suyo y lo siguió hasta el edificio de apartamentos en el barrio del Soho.

Intuía que ella estaba con él y ella le pertenecía, no era de nadie más. Quien se atrevía a tocar su pertenencia debía pagar y ese tipo pagaría.

Quedó embobado en cuanto la vio. El cabello arremolinado alrededor del rostro aún cubierto de moretones azulados y algunos ya amarillentos, seguía siendo preciosa.

—Te traje algo de ropa —dijo antes de dejar un enorme bolso azul oscuro sobre la cama.

—Gracias —contestó y se ruborizó al pensar en él registrando su ropa interior y escogiendo cuál tomar.

—¿Qué estás viendo?

—Una mala comedia, acaba de comenzar.

—¡Mis preferidas! —anunció y para sorpresa de Sam, se acomodó a su lado y cruzó los pies a la altura de los tobillos.

—¿Cenaste?

—Sí, Sarah me ha dejado algo. Es muy buena cocinera.

—Y que lo digas. ¿Comes palomitas de maíz? —le preguntó.

—Eh, sí, creo —contestó ella que no salía de su asombro.

Se incorporó y salió del cuarto. Sam podía oír el ruido de cacharros siendo golpeados, a los pocos minutos él regresó con una gran fuente repleta de palomitas hechas en el microondas. Volvió a acomodarse junto a ella y se introdujo un gran puñado en la boca.

Sam estaba a punto de lanzar una carcajada al ver a ese individuo siempre tan serio masticando casi sin poder cerrar la boca del todo.

—Te gustan este tipo de películas, entonces —dijo ella, estableciendo un hecho.

—Mmm —tragó y continuó—: Sí, así es. ¿A ti?

—¡No! —Rio—. Lo mío son más las románticas como *Orgullo y prejuicio* de Joe Wright o las italianas, las adoro.

Él le dirigió una ceja alzada con tal cara de horror que Sam no pudo contener las carcajadas.

—¡Basta! Me duele de tanto reír —se carcajeó.

—¿Yo? Si no he hecho nada —bromeó él mientras volvía a meterse un puñado de palomitas en la boca—. Buenísimo, es una de Adam Sandler. Son las mejores.

Sam estiró la palma y tomó todas las palomitas que le cupieron y se las metió en la boca, claro que unas cuantas cayeron por los lados. Alex fue el que lanzó una carcajada en esa ocasión sobresaltándola. Era la primera vez que Sam lo oía reír de esa forma tan relajada.

—Mmm, qué dulces, están deliciosas.

Se la quedó observando como un estúpido, no podía dejar de contemplarla. Era bella, aunque no fuera la clásica belleza, sino algo que emanaba desde su interior y que atraía como las flores a las abejas. Sus ojos del color del chocolate, la piel tersa y la naricita... toda ella lo fascinaba.

Bajó los ojos a sus labios que se ondulaban de manera lenta y sensual. El aire se tornó tenso y espeso como la miel. Se giró y clavó la vista en el televisor que mostraba a Adam Sandler charlando con Christopher Walken sobre un control remoto rogando por que no se notara la dureza que tenía entre las piernas.

33

Tenía que hablar con ella. Había estado evitándolo el día anterior, ya no podía aguardar más. Además, ¿qué es lo que esperaba? La situación entre ambos no cambiaría.

Se aproximó al mostrador y le llamó la atención con un movimiento de la mano mientras ella hablaba al teléfono.

—Charlotte, tengo que hablar contigo —manifestó una vez ella dejó el auricular del teléfono, en un tono pausado y serio.

Charlie tragó en seco y alzó la vista hasta conectar con los ojos azules. Un escalofrío le recorrió la médula espinal, no sabía a qué atenerse con él. Ya no había nada entre ellos, en realidad nunca lo había habido, solo el dinero que le había prestado. ¡Ay, si quería que se lo devolviera...! ¿Cómo iba a hacerlo? No tenía ni un centavo y parecía que iba de mal en peor.

—¿Podemos hacerlo en algún otro lugar? Es la hora del almuerzo, podemos ir a la cafetería de la esquina y hablarlo allí... por favor —rogó.

Al entrar en la cafetería, Xav apartó una silla para

que ella tomara asiento y luego él lo hizo en la silla del otro lado de la mesa.

—No puedo devolverte el dinero. Quizás en unos meses pueda darte un anticipo —dijo mientras apoyaba la frente en el pulpejo de la mano—. Juro que te lo devolveré —susurró.

—No se trata de eso —le aseguró—. Quiero que hablemos de por qué no aceptas que le reemplace a Dan la bicicleta por una nueva —dijo un poco más brusco de lo que pretendía.

—No —dijo rotunda.

—Charlie...

El oírlo pronunciar el apelativo que hacía semanas que no decía, le caldeó el alma y una añoranza le hirvió en las entrañas.

—Aunque sea deja que le compre una usada —pidió, suavizando el tono.

—No, Xavier. Has hecho demasiado y en este momento no puedo darme el lujo de deberle nada más a nadie.

—No me deberías, sería lo justo. —Después de una pausa, preguntó—: ¿Quieres contarme qué dificultades tienes? Y no digas que ninguna, se nota que las cosas no van mejor y en la oficina corren los rumores.

—Lo sé —carcajeó—. No puede guardarse ningún secreto donde hay tantas mujeres juntas. —La sonrisa murió en sus labios y la expresión se le tornó taciturna—. El apartamento tiene algunos inconvenientes, tengo una fuga de agua en uno de los techos y mi vecino se niega a abonar la mitad del arreglo. También tengo algunos problemas con una de las estufas, en definitiva las facturas se acumulan. ¿Sabes? Me gustaría por una vez no preocuparme, sentirme libre. Hace tanto que no me siento así... —Sonrió—. Pero no cambiaría la libertad ni por un segundo, eso te lo aseguro.

—¿Podría...?

—No, no lo hagas. No me rebajes así, Xavier. Ya lo he hecho yo y no quiero volver a sentirme de ese modo jamás. Juro que te pagaré lo que te debo y con el tiempo volveré a comprarle una bicicleta —dijo en un tropel de palabras.

—Ya veremos.

—¡Xavier, lo digo en serio! —casi gritó.

—Y yo te digo que ya veremos, Charlie.

Y para sorpresa de ella, él le sonrió y fue una sonrisa amplia y genuina como hacía tiempo que no le dedicaba.

Al dejarla sobre el cobertor, después de traerla del baño, los ojos negros se clavaron en los de ella y Alex no perdió la oportunidad de rozar, tiernamente, los labios femeninos con los suyos. Una corriente eléctrica los sacudió en el acto como una explosión.

Antes de que su capacidad de razonamiento se viera enturbiada por el deseo de aquel abrasador beso, ella lo apartó de inmediato. Sin embargo, el cuerpo de ambos daba evidencias de la excitación que les corría por las venas, las pupilas dilatadas, las respiraciones agitadas, el más mínimo toque hacía mella en ellos.

A pesar de la brisa fresca de otoño que hacía ondular las cortinas, el ardor se apoderaba de la mujer y el hombre, sin que hubiera nada que pudiera evitarlo.

—Tenemos que hablar de nosotros —expuso él con extrema seriedad.

—No hay un nosotros.

—Samantha, tú y yo...

—¡No quiero otro hombre dominante en mi vida! —exclamó con fervor, cortando lo que fuera que él fuese a decir.

—¿Otro? —preguntó con una voz tan acerada y escalofriante—. ¿M-m-me estás comparando con esa bestia? —Apenas un susurro que podría astillar los vidrios de las ventanas de tan acerado que era.

En cuanto las palabras la abandonaron, ella se percató del error que había cometido y al ver la expresión tanto distante como dolida de él, supo que no había vuelta atrás.

—Alex...

—Tienes razón, no hay un nosotros —sentenció antes de salir de la habitación, dejándola sola con la angustiosa situación que había generado.

Parecía que no importaba qué hiciera, se las ingeniaba para herirlo. Pero ¿cómo se hería a alguien sin corazón?

La había cuidado con tanto esmero y dulzura desde hacía días, que a cada hora que pasaba a su lado, su resolución de mantenerlo alejado se tambaleaba. El miedo que la embargaba sacaba lo peor de ella como en aquel instante, atacaba antes de salir herida. Era un mecanismo de defensa demasiado arraigado en su interior.

—Hola —la saludó Sarah con aquella voz cantarina al tiempo que entraba en el cuarto media hora después de que su hermano se hubiera ido como un témpano de hielo.

Samantha la miró extrañada, dado que se había marchado hacía tan solo unas pocas horas.

—Me dijeron que te vienes a pasar unos días a mi casa —anunció con falsa alegría y con la expresión cargada de compasión.

El alma de Sam bajó hasta sus pies en una milésima de segundo. La estaba echando y la exiliaba a la casa de su hermana.

Él apareció en el rellano de la puerta y sin dirigirle la mirada, comenzó a poner algunas cosas dentro de un bolso. Era la indiferencia personificada, debían otorgarle un Oscar por su majestuosa actuación de «nada ha ocurrido hace menos de una hora». No pudo evitar que los ojos se le llenaran de lágrimas, aunque evitó derramarlas a toda costa, no iba a darle el placer de verla llorar. Lo odió por lo que estaba haciendo y más se culpaba a ella por ser la causante del escollo entre ellos, pues, ¿por qué iba a ser una hipócrita? Ella era la primera culpable, así que no iba a arrojar ninguna piedra.

Le pasó el bolso a su hermana, luego se acercó a ella y volviendo a clavarle los ojos, fríos y velados, le pasó las manos bajo el cuerpo y la elevó.

Ella se aferró a él y enterró el rostro contra el hueco del cuello masculino. Estaba siendo desgarrada por dentro, quería decirle que lo lamentaba, pero... no estaba segura de hacerlo. Creía en las palabras que había pronunciado. Él era dominante; no obstante, al mismo tiempo, sabía que Alex era diferente a su ex, y en más de un sentido.

Aspiró contra su cuello y el aroma varonil inundó sus fosas nasales, el perfume inconfundible que solo le correspondía a él. A pesar de lo que ocurría, se relajó contra el pecho masculino. No había lugar en el que se sintiera como en casa, en el que la seguridad la rodeara como aquellos brazos que la mantenían en alto. Las emociones contradictorias revoloteaban en su interior dejándola azorada y confusa.

—¡Tío! —gritó una pequeña que entró corriendo como una tromba en la habitación que Sarah le había destinado a Samantha.

—Hola, pequeña —saludó Alex a la niña de rizos oscuros al tiempo que la levantaba en brazos con una sonrisa de oreja a oreja.

Samantha quedó encandilada por la expresión del rostro otrora endurecido y ahora, mudado en ternura; y por la dulzura con la que tomaba y le hablaba a la chiquilla, pero más que nada por el amor que ella le profesaba a su tío. La sobrina besuqueó sonoramente con la boca manchada de chocolate a Alex dejando unos trazos amarronados en su mejilla. Él no se quejó ni la reprendió, tan solo la abrazó más fuerte.

—Sarah, yo ya me voy. ¿Lo tienes todo? —preguntó a su hermana quien asentía y puso los ojos en blanco, puesto que estuvo repitiéndole indicaciones mil y una vez durante todo el trayecto.

—¡No! —exclamó la pequeña, aferrándose al mismo cuello al que antes Sam había estado aferrada.

—Gennie, les pediremos permiso a tus papis para venirte conmigo el fin de semana, ¿te parece? —le ofreció mientras le acariciaba la carita pecosa y trataba de borrarle los restos de la golosina con el pulgar.

—¿Y seguiremos con las clases? —cuestionó Gennie y se evidenciaba las ansias de que así fuera en sus facciones aniñadas.

Mientras Samantha observaba atónita el intercambio producido entre tío y sobrina, Sarah acomodaba las pocas prendas en unos cajones. Insólitamente, se hallaba escasa de palabras y Sam podía notar las miradas de reojo que le dirigía cada dos segundos.

—Hola —saludó un hombre un poco más bajo que Alex y de cabello más claro, aunque rondaba la misma edad.

—Max —respondió al punto que le palmeaba la espalda con la niña aún en brazos—. Te presento a Samantha. —El hombre le dedicó un ademán con la barbilla a lo que ella alzó una mano a modo de saludo—. Se quedará con vosotros por un corto tiempo —anunció a su cuñado, quien fijó la mirada en la de Alex, aunque no pronunció palabra, aceptando la situación de la que ya se encontraba al tanto por su esposa.

—Sí, amor —afirmó Sarah al tiempo que se colgaba del cuello de su marido y él la tomaba por la cintura, como si fuera un movimiento habitual—. Así no te quejarás más de que te vuelvo loco con tanto parloteo, ahora tengo alguien más con quien hablar —aseveró entre risas, robándole una sonrisa al hombre evidenciando lo profundo que era su afecto.

Otra punzada de dolor atravesó el corazón resquebrajado de Samantha y giró el rostro hasta fijar la vista en el paisaje detrás de la ventana.

—Querida, sabes que adoro tu parloteo —dijo con cariño mientras le daba un golpecito con un dedo en la nariz—. Samantha, eres bienvenida a nuestra casa —anunció Max aún con un brazo alrededor de su mujer.

—Gracias.

—Bueno, hechas ya las presentaciones —dijo Sarah entre palmadas alegres—, Max, Gennie y yo prepararemos la cena —dijo y empujó a Max fuera del cuarto; no obstante, al tratar de tomar a su hija de los brazos de su hermano, Gennie se resistió.

—¡No! Quiero quedarme con el tío Alex —declaró la pequeña a la vez que se pegaba a él.

—Gennie, ¿qué tal si te prometo que el sábado vendré por ti? También puede venir el tío Mark, ¿quieres? —Le ofreció y el rostro de la niña se iluminó a la par que asentía con entusiasmo—. Bien, ahora ve con mami y papi —dijo y se la tendió a Sarah.

El aire pareció espesarse en cuanto quedaron solos, la turbación entre ellos era palpable tanto como la atracción que los rondaba.

—Alex... —susurró, lo que fuera que iba a decir murió en sus labios.

—Ne-ne-ne... —Hizo una pausa, respiró profundo y continuó—: Necesito alejarme de ti, Sam. Tengo que volver a respirar —dijo mientras se agachaba a su lado junto a la cama en la que estaba sentada—. Odio lo que has hecho conmigo, que el tartamudeo haya vuelto, que sentimientos adormecidos me duelan por dentro...

Él había hecho un gran esfuerzo por abrirse, sin

embargo en ninguna ocasión había conseguido confesarle lo que padecía en su interior, ella no se lo había permitido. Entendía su temor, él también lo tenía bien profundo, las barreras que había edificado no dejaban que saliera a la luz; esas barreras que había decidido demoler por la mujer que tenía enfrente. Y en ese instante, las emociones que se habían despertado bullían por escapar y ella no le permitía liberarlas.

—No me dejes —suplicó Sam al borde del llanto.

—No puedo dejarte si nunca estuvimos juntos, cielo —estableció él con suma dulzura mientras le tomaba las manos entre las suyas. Se apiadó al ver la angustia que la invadía—. No te estoy abandonando, voy a estar pendiente —aseguró y le depositó un beso suave en la palma—. Estarás bien aquí, te cuidarán. —Iba a alzarse, pero se detuvo—. Solo una cosa antes de irme, si yo soy el hombre de hojalata, tú, cielo, eres el león del cuento —declaró con un tono ronco y cargado de sentimiento, dejando de lado la voz gélida que lo distinguía.

—Estás sonriendo —susurró al ver el gesto en el rostro masculino y con la yema le trazó los labios.

—Últimamente lo hago con frecuencia —afirmó ensanchando la sonrisa.

Le rozó la mejilla en un suave beso y desapareció.

La había abandonado, se había ido. Tenía razón, ella era el león, temerosa y sin valor para dar el paso que hacía falta. La aterraba volver a confiar en un hombre y más en uno como él, tan seguro de sí mismo y que siempre esperaba salirse con la suya.

Su pobre corazón estaba hecho añicos, lo sentía resquebrajarse con cada lágrima que se desprendía de sus ojos. Un órgano que ya se hallaba vulnerable y que apenas suspendía de un hilo para continuar palpitando y que acababa de ser reducido a una montaña de pequeños pedacitos a sus pies.

Qué par que eran, él sin corazón y ella sin valor, ambos con carencias esenciales que podían salvarse a través de un largo recorrido. Sin embargo, debía admitir que no era del todo cierto, él tenía aquel palpitante músculo en su pecho, tal vez un poco adormecido. Se lo había demostrado en los pasados días, cómo se había hecho cargo de ella, las molestias que se había tomado para alimentarla y... cada vez que la alzaba en brazos para ayudarla a bañarse o al usar el excusado. Cerró los ojos con fuerza, trataba de alejar las sensaciones que los recuerdos hacían emerger, pero era inútil, el hombre se había metido debajo de su piel y no había forma de sacarlo.

Lo odiaba. Lo odiaba con todo su ser por dejarla con aquel vacío en su interior y con la incertidumbre que la embrollaba. Pero más que nada, lo odiaba por lo que le hacía sentir, por los sentimientos profundos que él avivaba. Las lágrimas se secaron y de sus ojos partían llamaradas de fuego al igual que las sentía en sus entrañas caldeando su cuerpo al completo. ¿Cómo esperaba que una simple mortal pudiera relacionarse con un dios? Y menos con uno que fuera tan altivo y dominante como él, a tal extremo que la convertía en la reina de los leones del *Mago de Oz*.

34

Unos golpecitos en la puerta la sacaron de sus pensamientos y apareció Sarah con una enorme sonrisa.

—Te traje algo de comer —dijo y empujó la puerta con el hombro, dejando ver la pesada bandeja cargada de platos—. Tenemos una rica ensalada de rúcula, tomate, espinaca y aceitunas negras, además un ceviche de hongos y *zucchinis*. Espero que te guste. La ensalada la preparé yo, el ceviche confieso que lo compré. No sé bien cómo alimentarte, me encantaría que me dieras ideas. También compré estas extrañas galletas que llaman *crakers*, probé un par, ¡son riquísimas! Alex me habló del extraño horno que tienes, parece que va a traerlo y me enseñarás a usarlo. Me encanta la cocina y me gustaría aprender. Bueno, a comer, Sami —concluyó mientras se sentaba en la cama junto a ella y le dejaba la bandeja sobre las piernas.

Todavía le resultaba una total incógnita cómo podía hablar con tal velocidad sin quedarse sin aire y mantener la expresión rozagante. Contempló los platos delicadamente adornados mientras Sarah continuaba parloteando, pero ella ya no la escuchaba. Estaba muy agotada.

Oía el tenue sonido del televisor que provenía de la planta baja, eran Max y Gennie viendo dibujos animados. Los gritos de alegría de la niña y las risas del padre llegaban a través de la puerta entreabierta del cuarto. Sam envidiaba a Sarah. La mujer poseía la felicidad plena: un hombre que la amaba y una adorable criatura de rizos rubios como su madre y ojos negros como... su tío.

—¿Quieres contarme qué fue lo que ocurrió entre vosotros? —preguntó Sarah con un tono suave a la par que Sam pinchaba con el tenedor unas hojas de espinaca y un trozo de tomate.

Alzó la mirada, la escrudiñó y sopesó si hablarle del enfado que tenía en su interior y del causante del mismo. Suponía que se lo debía, al fin y al cabo ella la había hospedado en su casa sin reparos. Extrañamente, Sarah aguardaba su respuesta con suma paciencia y en silencio.

—Le dije algo que le molestó —confesó al tiempo que se encogía de hombros.

—Sami, tiene que ser algo más que eso. Como que conozco a mi hermano que no se molesta fácilmente y menos pierde los estribos como lo hizo hoy —aseguró Sarah y tenía la misma determinación en el rostro que mostraba su hermano cuando estaba convencido de algo.

Dejó el tenedor sobre la bandeja y jugueteó con un dedo con los pliegues del cobertor color anaranjado estridente.

La casa estaba salpicada de colores en cada esquina, un pintor parecía haber sacudido sus pinceles cubiertos de pintura y dejado su impronta en cada habitación. El cuarto en el que se hallaba tenía las paredes pintadas de amarillo, las mesas de noche de un verde hoja y las cortinas de un suave lila, sin olvidar el cobertor color zanahoria.

Era como la viva imagen de Sarah, vestida con diversos colores que en cualquier otra persona parecerían de lo más ridículo, pero que en ella quedaban perfectos. Su personalidad era muy avasallante y se mostraba en su exterior, era preciosa dentro de su excentricidad.

Tragó el nudo que tenía en la garganta, sabiendo que no le había contestado la pregunta y que la contemplaba con aquella mirada intensa directa a sus ojos. Sarah también podía penetrar en su interior, no había secreto que pudiera guardársele, parecía ser cosa de familia.

—Lo comparé con mi ex —murmuró y se sorprendió ante el jadeo que emitió la joven.

Mientras la miraba horrorizada, Sarah sacudía la cabeza de un lado al otro, tenía la boca abierta y las mejillas sonrojadas.

—No pudiste... —dijo sin aliento—. ¿Acaso no sabes? ¿Él no te contó? Claro que no, ¿de quién estoy hablando? Alex nunca lo hubiera... ¿Qué fue lo que te dijo? —Una pregunta tras otra salía de los labios sin darle tiempo a Sam de pronunciar palabra, tampoco entendía muy bien qué era lo que Sarah decía—. Oh, ahora ya entiendo. Tengo que llamarlo —hizo un ademán de incorporarse del lecho, pero una mano la detuvo por el brazo.

—Sarah, no comprendo. ¿Qué...?

—¡Ay, Sam! —Sollozó—. Es que si supieras...

—Saber, ¿qué? —interrogó cada vez más impaciente por la falta de respuestas.

Sarah volvió a tomar asiento junto a ella y quedó ensimismada por un instante. Tomó la resolución de contarle qué era lo que sucedía con Alex, sabía lo que él sentía por la mujer, no era que se lo hubiera dicho, él no era así, sino que lo había observado los pasados días. Estaba enamorado de Samantha y suponía que ella también. Aunque eran tan testarudos que no se daban cuenta o no se soltaban como para disfrutarlo.

—Alex y yo compartimos el mismo padre —comenzó en un tono monótono, muy distinto al cantarino que Samantha le conocía, casi como si no fuera la misma Sarah, sino alguien muy apagado—. La madre de Alex los abandonó cuando él tenía unos cuatro años, se fue con otro tipo o algo así; al poco tiempo, papá se casó con mi mamá. Ella falleció cuando yo tenía dos años —dijo y la angustia se filtraba por cada palabra. Sam le tomó la mano con la suya sana y le dio un pequeño apretón—. Papá no era un buen hombre... al menos no con Alex —añadió, los ojos se le llenaron de lágrimas y Sam sintió cómo la angustia se iniciaba en su interior. No quería saber más, presentía algo de lo que vendría a continuación—. Bebía a todas horas y odiaba a su hijo, el hijo de la mujer que lo había engañado y dejado, el que no podía hablar correctamente. A la muerte de mi madre, fue cada vez peor. De los insultos y menosprecios constantes pasó a las bofetadas y de estas a los golpes y los azotes. A esas alturas, Alex tendría unos siete años, supongo. No recuerdo mucho cuándo o cómo comenzó, yo era un bebé aún. Pero recuerdo las veces que me encerraba dentro del armario y me decía que me quedara allí hasta que él me buscara.

A veces pasaban horas, pero regresaba y muy golpeado. Nunca hablaba o se quejaba, era como si estuviera muerto en vida. Solo seguía las rutinas, levantarse, asearse, ir al colegio y volver al infierno. —Las lágrimas corrían por las mejillas de ambas, aún tomadas de la mano. Sarah inspiró profundamente y continuó con su relato—: Yo esperaba que algún día no estuviera a la salida del colegio esperándome, que, quizás, una tarde se escapara como hizo su madre. Por un lado, lo deseaba, por otro, me hubiera muerto si él me hubiera dejado. Papá solo existía para golpear a Alex. Casi ni teníamos dinero para alimentarnos y vivíamos de la buena voluntad de una vecina que a veces nos daba algún sobrante. —Sorbió por la nariz y se limpió el rostro con el doblez de la mano—. Tantas veces terminó en el hospital que me moría de miedo de que alguna vez no se recuperara, que muriera. —Sarah clavó los ojos oscuros en los más claros—. Él prometió que no lo haría y así fue, se recuperaba una y otra vez, no importaba lo que él le hiciera, se reponía y volvía a cuidarme. Jamás me levantó la mano, nunca. Papá sí lo hizo un par de veces, pero solo algunas bofetadas, Alex siempre se interponía llevándose lo peor. A veces creo que lo provocaba a propósito con tal de que no se descargara conmigo. Cuando tenía trece y Alex dieciocho, papá murió repentinamente. A esas alturas ya no se metía con mi hermano, había crecido y le hacía frente con facilidad. ¡Qué alegría cuando murió! Horrible, pero verdad. Pensé que al fin éramos libres, sin embargo, luego vinieron toda otra clase de problemas. El Estado no creía que Alex pudiera hacerse cargo de una pequeña; a pesar de que ya hacía unos años que tenía un empleo, no era lo suficiente para mantenernos. Antes de llevarme, él se arrodilló a mi lado y me dijo que podría comenzar a repartir golpes, sin embargo no surtiría efecto, que pelearía con uñas y dientes por mí, pero lo haría de la manera correcta. Y me dijo... que me había jurado no dejarme nunca y mantendría su palabra. —Finalizó sin aliento, se limpió el rostro y posó la mirada en sus palmas.

—¿Y qué ocurrió? —preguntó Sam con el corazón en la garganta, unas imágenes de la espalda de Alex repleta de cicatrices se instaló en su mente y lo que esas marcas atestiguaban le rompía el corazón. Se había equivocado tanto con él...

—Alex luchó. Primero puso la casa en venta, no fue mucho lo que recibió por ella. También estaba Mark, él ayudó. No sé si sabes que se conocen desde el colegio. Bueno, ambos habían decidido trasladarse a Nueva York y consiguieron un mejor empleo aquí. Al poco tiempo, compraron un pequeño apartamento con el dinero de la venta y, en ese momento, decidieron luchar por mí. Contrataron un abogado y fueron contra el Estado por mi tenencia. Finalmente, Alex consiguió ser mi tutor legal, para ese entonces yo ya había vivido unos seis meses en un orfanato. ¡Qué felicidad cuando vine aquí! Era un apartamento bien pequeño, solo tenía una habitación, la mía y un pequeño *living* con cocina incorporada. Era hermoso. Volví al colegio y Alex y Mark trabajaban, estudiaban y se turnaban para cuidarme —comentó, recuperando algo su alegría habitual.

—¿Mark también vivía con vosotros? —preguntó

Sam, le extrañaba que también el rubio hubiera dejado a su familia para irse con los hermanos.

—Sí, él tiene su propia historia, quizás inclusive más triste que la nuestra. Él es mi otro hermano, no de sangre, sino de alma y corazón. Sin él no sé qué hubiéramos hecho, sobre todo Alex. Mark ha sido su cable a tierra desde siempre, como Alex el de él. Espero que entiendas el alcance de la acusación que dejaste caer sobre mi hermano, Sam. Podrá ser todo lo que se te ocurra, controlador, altivo, frío, prepotente, pero te juro que jamás le alzaría la mano a nadie. Y si uno se toma la molestia de conocerlo y darle la oportunidad, descubre que debajo de esa frialdad hay una persona de oro. Siempre está cuando uno lo necesita, no importa para qué. Como habrás visto, es adorable con Gennie, y si alguien es así con un niño, que aguanta todas sus demandas y moniquerías, no puede ser tan malo.

—No, no puede serlo —murmuró Sam.

Una mano invisible le oprimía el pecho y le quitaba el poco aire que tenía en los pulmones. ¿Qué sabía ella de él? Nada. ¿Qué sabía él de ella? Lo poco que le había contado. Cerró los ojos con fuerza y trató de evitar que más lágrimas fueran derramadas, sin conseguirlo. Recordaba las veces que él había intentado explicarle la clase de relación que quería, de esa manera torpe y equivocada, y la cantidad de veces que quiso hablar y no se lo había permitido.

Miró a Sarah, tan llorosa como ella, y con un semblante angustiado y cargado de pena.

—Lo siento —susurró Sam.

Le encantaría retroceder en el tiempo, el tema era:

¿Cuán atrás? Antes de que él le hiciera la primera propuesta, antes de su primer encuentro sexual o, inclusive, antes de que le tirara el café encima.

—Si me disculpas, Sami, voy a hablar con él. No lo dirá ni quizás se le note; sin embargo, yo sé que debe estar dolido. Tampoco entiendo del todo por qué le dijiste algo así, él te ayudó mucho. Te alojó en su casa y te cuidó, se hizo cargo de algo que no era su problema —replicó al tiempo que los ojos lanzaban llamas.

Podría ser agradable y simpatiquísima, pero era una mamá gallina con respecto a las personas que amaba y su hermano estaba en uno de los primeros puestos.

No pudo responderle nada, ¿qué podría haber dicho a su favor? ¿Que él le había hecho la vida imposible desde el inicio, pero que luego se acostaron y todo cambió?

Los sucesos que habían transcurrido desde la mañana en la cafetería se sucedieron en su mente: uno tras otro. Cada situación vivida con él la lanzaba a un torbellino de emociones: desde el odio a la alegría, haciendo antes un alto en la excitación y el calor que se había extendido desde su corazón hasta bien profundo en su alma. Estaba perdida.

Sam tomó su móvil de la mesa de noche y, con dificultad, presionó las teclas hasta poder enviarle el mensaje de texto a Charlie. Necesitaba aclarar sus ideas con alguien que no estuviera tan involucrado con su jefe, ni siquiera podía hacerlo con Nick. Él adoraba a Alex.

35

—Soy igual a él —balbuceó Alex.

—¡No lo eres! —exclamó Mark, harto ya de la fijación de su amigo con el tema.

—¿De quién demonios habla? —preguntó Gabe—. ¡Maldición, hombre! ¿Tenías que beber tanto?

—¿Qué querías demostrar? —cuestionó Mark con el esfuerzo plasmado en la voz.

Ambos hombres tenían un brazo alrededor de la cintura de un Alex completamente embriagado, lo cargaban del Bar McSorley's, donde habían tomado unas cuantas cervezas, hasta el Maserati *quattroporte* de Gabe.

—¡Que soy la bestia que puedo ser! —gritó Alex dando un traspié, lo que ocasionó que quienes lo llevaban casi cayeran al suelo junto con él.

La oscuridad no le dejaba ver por dónde iba y estaba tan mareado que los pies se tropezaban uno con otro.

A pesar de que no era demasiado tarde, en la calle no había ni un alma, solo un par de vagabundos en una esquina que los miraban con una mueca mientras ellos se las ingeniaban para transportar a su pesada carga. Detrás aún podía escucharse la música y el parloteo proveniente del bar.

—¡Maldita sea, qué pesado es el tipo! —puntualizó Gabe mientras con gran esfuerzo volvía a elevarse con el hombre a cuestas—. Vamos, ya falta poco. Lo tengo estacionado junto al plateado, es aquel negro de allí.

—¡Gracias a Dios! Por un instante se me pasó por la cabeza dejarlo aquí tirado —mintió un malhumorado Mark. Nunca en lo que llevaba de conocer a su amigo lo había dejado atrás.

—¿Acostumbra a beber así?

—No. Es la primera vez que lo veo pasarse con el alcohol. No sé si te habrás dado cuenta pero es un tipo de lo más controlado. Siempre pensé que un poco de caos es bueno para la vida y que a él le hacía falta, esa historia del yin y yang. Quizás me equivoqué —sentenció al tiempo que pensaba en la mujer que lo había hecho ponerse en aquel estado.

Alex continuaba balbuceando incoherencias a las que ninguno de los dos hacía caso.

Al llegar al vehículo, Gabe abrió la puerta trasera y lo arrojaron dentro como a un saco de patatas.

Hacía un par de horas que se habían encontrado en McSorley's para tomarse unas cervezas, iba a ser una noche tranquila, sin embargo parecía que Alex había ido con otras intenciones en mente.

—Entonces, ¿cómo está tu invitada? —preguntó Gabe al tiempo que daba un sorbo a su cerveza y apoyaba los codos sobre la superficie de la mesa que había visto tiempos mejores.

—¡Huy, hombre no vayas por ahí! —aconsejó Mark al moreno de ojos plateados, mientras negaba con la cabeza en un breve gesto sin perder la resplandeciente sonrisa.

—Ya no está —declaró Alex y fijó la mirada en el fondo de la jarra.

Las personas que caminaban de un lado al otro con jarras de cerveza, las mesas contiguas ocupadas y las tenues luces del establecimiento los cobijaban y los resguardaba de ser oídos.

—¿A qué te refieres con que no está? —preguntó Gabe con el ceño fruncido—. No se pudo recuperar tan pronto si estaba como me habías contado.

—Tuvieron una leve discusión —le contestaba el rubio en voz baja, aunque lo suficiente fuerte para hacerse escuchar entre las voces que los rodeaban—. Y él la echó —añadió a la vez que apuntaba a su amigo, quien daba vueltas al vaso en su mano.

Al principio solo habían charlado sobre los nuevos cambios que Gabe quería hacer a su empresa. Sopesaron los pormenores de los detalles, plantearon ideas diversas, mientras Alex dibujaba diagramas en el revés de una servilleta de papel.

Poco a poco los negocios habían ido quedando de lado, puesto que era un encuentro amistoso. Mark y Alex habían incorporado a Gabe en las salidas y él se había unido encantado, su vida social era totalmente inexistente. Se sentía parte de un grupo, claro que de uno pequeño y extraño, de tan solo dos integrantes, y actualmente de tres.

—Yo no la eché —replicó Alex, apesadumbrado.

—Ah, no, ¿y cómo lo llamas? —preguntó, sardónico, el hombre rubio a su lado.

Lo único que Alex ofreció a modo de respuesta fue un encogimiento de hombros y terminarse de un solo trago el resto de la cerveza.

El murmullo del gentío que había en el viejo establecimiento, un estandarte en lo que a bares irlandeses en Nueva York se refería, les llegaba a los oídos, convirtiendo las palabras de los tres en uno más.

Una camarera pasó junto a ellos, Alex alzó su jarra vacía y le hizo un ademán indicando que le trajera otra.

—Tómalo con calma, amigo —replicó Mark clavando la verde mirada en la oscura, Alex ya iba por la cuarta y no acostumbraba a beber.

—Aún no estoy ebrio —aseveró, sin hacerle caso a la expresión censuradora de su amigo.

—¿Es que quieres estarlo? —preguntó Gabe con aquella voz ronca y profunda que podría erizar la piel de hasta el mismo diablo.

—Tal vez —dijo al tiempo que pasaba la mirada por las paredes recubiertas en madera y repletas de pequeños cuadros con fotografías en blanco y negro y antiguas publicidades de cervezas irlandesas.

—Gabe, hemos oído que tienes un hermano del que nadie sabe nada —dijo de pronto Mark, haciendo que el aludido se atragantara con la bebida y tosiera unas cuantas veces antes de poder pronunciar algo.

El cambio radical de tema sorprendió a los dos morenos por igual.

—Sí —confesó el de la vista plateada—. Un gemelo.

—¿Y dónde está? Es algo que nos viene intrigando,

¿por qué no está contigo en la dirección de Chocolatería McDougal?

Era Gabe el que observaba el fondo de su jarra en ese instante, al igual que antes lo había hecho el hombre sentado frente a él.

—Está de viaje.

—¿Y cuándo vuelve? Hace más de seis meses que trabajas con nosotros y nunca lo hemos visto —puntualizó el rubio a la vez que notaba que algo había detrás de la ausencia del gemelo.

—No va a volver... por ahora.

—Si no quieres, no tienes que contarnos nada —concedió Alex al notar la renuencia del hombre—. Nosotros no te hemos confesado nuestros secretos, tú no tienes que hacerlo con los tuyos —finalizó con los ojos fijos en los verdosos. Cuestionaba el motivo de Mark de inmiscuirse en la vida del otro.

—Lo siento, viejo. —Se encogió de hombros—. Solo quería sacar un nuevo tema de conversación que fuera algo más ligero, pero creo que no lo conseguí —declaró Mark al tiempo que sonreía a la camarera que traía la jarra de cerveza roja ordenada por Alex—. A mí tráeme una Stout, preciosa —pidió y luego le dedicó un guiño que provocó un intenso rubor en la joven—. Volvamos entonces al tema de Sam.

—Oye, hombre, déjalo estar —pidió Alex a sabiendas de que deseaba un imposible—. O, ¿por qué mejor no nos hablas de Keyla? —contratacó.

—Eso es jugar sucio —musitó Mark—. Me preocupo por ti, viejo. Tienes que sacar la mierda que tienes dentro. Me has evitado para que no podamos ahondar en el asunto, así que lo lamento, pero tengo que agarrarte aquí frente a Gabe —replicó el rubio con un semblante tan serio como muy pocas veces su amigo le había visto.

—Hay cosas que tú no sabes de mí, de nosotros —explicó Alex al moreno del otro lado de la mesa.

—Mientras no me digáis que sois amantes y que queréis hacer un trío, no hay problemas —bromeó el presidente de la fábrica de chocolates más importante del país.

—¿Qué fue exactamente lo que te dijo? —preguntó Mark sin recuperar su alegría habitual.

—Dijo que era... —aspiró hondo—... igual de dominante que su ex —informó.

Gabe no pronunció palabra, su atención estaba puesta en las emociones que traspasaron el rostro de Mark. Había habido algo en la frase que se le escapó y presentía que a los demás no les había sucedido lo mismo.

—¿Qué? ¿Cómo pudo decir algo así? —inquirió su socio—. Tú. No. Eres. Como. Él —remarcó, aunque no hacía alusión al ex de Samantha.

—Aún no —sentenció Alex.

—¡Nunca! Jamás lo serás y lo sabes —aseguró Mark con fervor sin quitar la vista del rostro de su amigo, y como Alex proseguía negándole sus ojos, lo tomó por las mejillas y lo obligó a mirarle—. No lo eres, hermano. Que te entre en esa cabezota tuya —dijo al tiempo que le dio un par de golpecitos en la frente con un dedo.

—Veo que me perdí algo. No creo que sea el momento de que me lo aclaréis —afirmó a la vez que se percataba de que los hombres iban a explicarse—. Solo quiero que sepas, Alex, que si me necesitas, me tienes

—agregó Gabe—. Tú, también, Mark, para lo que sea que suceda con la tal Keyla.

—¡Nada! —gritó Mark, enfadado.

—Gabe...

—Gabe —cortó Mark a Alex, presintiendo la confesión que vendría—, nuestra historia es bastante... ¿cómo decirlo? Traumática sería la palabra elegante.

—Chicos, de verdad, no es asunto mío. Cuando estéis listos me lo diréis.

—Gracias —dijeron al unísono.

La conversación había girado sobre otros derroteros menos hirientes y profundos, como si fuera un acuerdo tácito establecido entre los tres.

Y ahí estaban, en aquel instante, pensaba Mark mientras dirigía su verde mirada al hombre que dormía en el asiento trasero del vehículo. La culpa lo corroía, culpa por haberla elegido a ella, culpa por no haber detenido a su amigo en cuanto pidió su cuarta jarra de cerveza, culpa por no saber cómo ayudarlo. Al mismo tiempo pensaba que tal vez le hacía falta descontrolarse un poco y que eso le pusiera algunas ideas en orden.

—Mañana se va a sentir como en el infierno —afirmó Gabe.

—Sí —contestó con pesadumbre.

—¿A quién se refería? Sé que dije que no iba a meterme, pero, viejo, la curiosidad me carcome.

—A su padre, el diablo del mismísimo infierno. El idiota siempre ha creído que el tipo habita en su interior. No entiende que el que fuera su padre no lo hace a él heredero de su mierda —dijo Mark encabronado al máximo con Alex. Si no estuviera tan borracho, le daría un par de sacudidas, a ver si escarmentaba de una buena vez.

Gabe no dijo nada al respecto, simplemente absorbió lo que el rubio le iba sintetizando de la historia del hombre que tenía detrás. Habían entablado una buena amistad, aunque extraña, en la que las cosas no se contaban, no obstante se presentían. Ciertas conductas empezaron a cobrar sentido a medida que Mark hablaba, y que le habían hecho a Gabe cuestionarse sobre el pasado de su nuevo amigo. Asimismo, también percibía el sufrimiento en Mark y que detrás de su hilarante personalidad había otra historia sin muchas alegrías. Esos dos hombres habían padecido y más de lo que él pudiera imaginar.

Volvieron a cargarlo hasta llegar al apartamento y luego hasta la cama donde lo dejaron caer.

—¿Te vas a quedar con él? —preguntó Gabe a los pies del lecho mientras Mark le quitaba los zapatos negros a Alex.

—No. Una vez lo acomode, me voy. Va a apreciar el estar solo por la mañana —expuso el rubio.

—Entonces, te espero y luego te llevo a tu casa.

—Te lo agradezco, viejo.

Gabe se acercó por un costado y alzó el torso de Alex con el fin de quitarle la chaqueta gris oscura y le abrió un par de botones de la camisa, a la vez que Mark le quitaba el cinturón. Una vez lo hubieron puesto más cómodo para que pudiera descansar la borrachera, se retiraron. Mark cerró la puerta con su copia de la llave.

—¿Hace mucho que os conocéis? —preguntó el moreno una vez de nuevo en el Maserati.

—Unos veinte años —dijo Mark con la habitual sonrisa retornada a su rostro.

—Vaya, toda una vida.

—Sí, ese energúmeno es como mi hermano. Las hemos pasado juntos, buenas y malas.

—Lo imagino. Y esta sería una de las malas —estableció al tiempo que se detenía en un semáforo hasta que cambiara a verde.

—Sí. La superará, una vez que tanto él como ella entren en razón. Aunque, en su defensa, en esta ocasión creo que es ella la que tiene que recapacitar y lanzarse a la piscina —replicó mientras sintonizaba una emisora de clásicos de los ochenta.

—Así que lo rechazó —afirmó a la vez que hacía un sutil giro con el volante.

El vehículo se deslizaba como si planearan, era de un andar ligero y suave.

—Algo así. ¿Tú estás con alguien? —preguntó a la vez que miraba como pasaban las calles acercándose cada segundo más a su dirección.

—¿Es una propuesta? —bromeó Gabe.

—¡Eso quisieras! —carcajeó Mark.

—No, estoy solo —declaró con una restablecida seriedad.

—Con razón. Habíamos abierto la inscripción al club y ni me había enterado —ironizó Mark al punto que Gabe aparcaba el auto frente a la entrada del edificio del rubio.

36

—¡Por Dios, preciosa! ¿Qué te han hecho? —gritó Charlie apenas vio a Sam—. Habría que castrarlo. Vamos, no me miréis así, es lo que todas pensamos. Así que tú eres la hermana del ogro.

—¿Así lo veis? —preguntó Sarah entre indignada y divertida mientras entraba en la habitación detrás de Charlie.

—¡Charlie! —la amonestó Sam, quien se encontraba recostada en la cama.

Dejó a un lado el libro que leía, otra obra para niños de Sarah. Le encantaban, se había vuelto su fan número uno. En realidad era el bosquejo de una idea, y se lo había entregado primero a ella para que le diera su opinión.

—Bueno, lo lamento, pero es que tu hermano hay veces que da miedo —se disculpó Charlie con una divertidísima Sarah, que apenas podía contener la risa.

Tomó asiento frente a su maltrecha amiga sobre el cobertor.

—Ni que lo digas, a mí me aterra, ¡brrr! —bromeó Sarah, lo que hizo que las otras dos saltaran en carcajadas—. Iré a preparar algo para merendar mientras charláis en privado.

—Gracias, Sarah, eres un amor —acotó Charlie—. Es hermosa —añadió en voz baja una vez que la hermana de Alex salió de la habitación.

—Sí lo es, y tiene un gran estilo. Solo a ella esa combinación de colores podía sentarle de esa manera tan exquisita. ¡Un turbante amarillo, la blusa fucsia y los pantalones verdes! Y mira los colores de esta habitación, ¿a quién se le ocurriría combinar cortinas lilas con paredes amarillas? —dijo al tiempo que con una mano señalaba a su alrededor.

—Cierto —acordó y antes de que Charlie pudiera preguntar nada, Sam lo hizo.

—Cuéntame, ¿cómo va todo con Xav?

—Creí que venía a que me dijeras qué ocurrió con Alex, por qué te echó de su casa y no sobre mis desencuentros con Xavier —decretó. Tampoco ansiaba abordar el tema.

—Bien, pero luego me cuentas —concedió a regañadientes.

—Hecho.

Habían hablado por teléfono casi a diario. Sam no le había permitido a Charlie visitarla, no quería que la viera con el rostro deformado y azulado. Sin embargo, la extrañaba, sus charlas, sus confidencias con respecto a los hombres que las mantenían en vilo constante.

—Pues... uff... Charlie, metí la pata hasta el fondo —dijo al tiempo que desviaba la mirada ante la expresión de interrogación en el rostro de la rubia—. Lo comparé con mi exesposo —confesó en un tono más bajo.

Los haces de luz provenientes de la ventana a su derecha la iluminaban, especialmente sus mejillas que adquirieron un color rojo tomate indisimulable.

—¿Lo comparaste con un maldito hijo de puta? —preguntó Charlie, indignada—. Yo lo llamé ogro, pero lo tuyo es demasiado —afirmó despacio y observando las emociones que atravesaban la mirada de su amiga.

—¡Ay, Charlie! ¿Qué voy a hacer? —preguntó a la espera de que le diera la solución, con tal ingenuidad que le sacó una sonrisa a la rubia.

—Lo amas, ¿verdad? Lo amas y ahora no sabes cómo hacer para que las agujas del reloj retrocedan. —Le tomó las manos pensando que habían sido igual de estúpidas—. ¿Qué puntos de encuentro hallaste con ese malnacido?

—Alex es muy dominante, controla todo, siempre está serio. —Recordó la noche en que rieron viendo una película tonta, comieron palomitas y él rio a carcajadas—. No se relaja ni una sola vez y es insufrible, amargado. —Más escenas que contradecían sus palabras volaron a su mente como al abrazar a su sobrina y darle volteretas en el aire.

—¿Pero? Porque hay un pero.

—Pero es encantador y dulce, tierno... Me trata como si fuera de porcelana, me cuida como nadie lo ha hecho en mucho tiempo y, a pesar de que diga lo contrario, valora cada cosa que digo. Hasta hizo que Sarah me preparara comida especial y se ha vuelto loco buscando en restaurantes platillos específicos para traerme cada noche. Me tenía a su merced en su casa y ni una sola vez se aprovechó de la situación, no me pide nada, no me recrimina nada, es como si ya esperara ser descartado y aceptase que no le diera ni una oportunidad —fue diciendo cada vez más abatida y dándose cuenta de cuánto había llegado a conocer a su jefe, al hombre que había tenido en sus brazos y lo poco que lo había valorado.

—No parece ser una persona tan detestable, más bien alguien que también mantiene fuertes sentimientos por ti —dijo Charlie en un tono suave.

—Le he dicho cosas horribles, una y otra vez. Lo hice sentir no apreciado, como si no fuera una persona elegible. ¡Ay, lo he tratado tan mal! —Exclamó al borde de las lágrimas—. Fui muy cruel en reiterados momentos. Ha sido tan dulce conmigo en estos días... No me ha presionado a contarle nada, siempre tan paciente y lo he rechazado tantas veces... No imagino que quiera algo de mí ahora.

—Sam, debes hablar con él y remediarlo. Vas a perderlo si sigues de ese modo y él merece la pena, aunque no se note a simple vista.

Sam se enjugaba la lágrima solitaria que caía por una de sus mejillas cuando Sarah abrió la puerta y entró con una gran bandeja repleta de galletas caseras y jugo exprimido de naranjas.

—Ya podéis dejar de hablar mal de mi hermano —bromeó Sarah, haciendo caso omiso de los ojos empañados de la castaña.

—Llegas justo a tiempo, Charlie iba a comentarnos sus andanzas con su enamorado —cambió drásticamente de tema.

Charlotte le dirigió una mirada asesina a su amiga.

—¿Qué? Dijiste que me contarías las novedades —bromeó Sam con la voz algo ronca.

—Vamos, Charlie, me encantan las historias románticas —exclamó Sarah dando palmadas—. Aunque... —Clavó la vista en la rubia dándose cuenta de su reticencia— creo que lo dejaré para otra ocasión, debo ayudar a Gennie con un encargo del colegio —mintió para alivio de Charlie, sospechando que aún no tenían la confianza suficiente.

—Ah, pero de mí no te escapas, dale rienda suelta a tu lengua y dime qué anda pasando entre vosotros —pidió Sam una vez hubo salido del cuarto la hermana de su jefe.

—Ya lo sabes, nada ha cambiado —dijo al tiempo que trazaba un entramado invisible en el edredón.

—Tú has cambiado, Charlie. Al menos tus sentimientos hacia él —dijo Sam y se reclinó hacia delante dando más énfasis a sus dichos.

—No han cambiado, creo que siempre fueron los mismos, pero era demasiado terca como para aceptarlos. Aunque no soy la única por aquí —declaró y sonrió.

—No es lo mismo.

—A mí me parece que sí lo es, Sam.

—No tienes ningún impedimento para estar con Xavier. Sí, has metido la pata hasta el fondo, sin embargo, sé que él te perdonará. Es transparente, se nota lo que siente por ti a una legua de distancia. Debes sincerarte con él, lo que te ocurre por dentro cuando él está cerca...

—Cómo tiembla el suelo bajo mis pies y me falta el aire cada vez que lo veo —confesó y la ilusión bañó su rostro...

—Sí.

—... las ansias de arrojarme a sus brazos y que todo lo demás desaparezca...

—Eso también.

—Ahora, no me digas que eso mismo no es lo que te ocurre cada vez que ves a cierto hombre taciturno y algo autoritario —ironizó Charlie.

—Yo no lo llamaría algo autoritario —susurró Samantha.

El corazón comenzó a palpitarle erráticamente al pensar en él, una piedra se le instaló en las entrañas y parecía que el aire no le entraba en los pulmones. Desde que había salido de su casa, las sensaciones de cosquillas habían dejado lugar a un ahogo constante, como si él fuera el oxígeno que necesitara para sobrevivir.

—No me has contestado —puntualizó Charlie a la vez que tomaba una de las galletas y se la llevaba a la boca.

—Porque no es una pregunta que merezca respuesta.

—Sam, estás tratando de eludir todas las balas —dijo, sarcástica, al tiempo que masticaba.

—No tengo nada que agregar, no es lo mismo. Retomemos tu relación con Xavier y cómo podemos solucionarla —sugirió a la par que se llevaba el vaso de jugo a los labios.

—Esto está riquísimo —declaró y alzó una de las galletas caseras de Sarah—. No hay tal relación y tampoco solución —dijo con un tono que mostraba una tristeza profunda—. Lo he arruinado para variar.

—No todo puede estar perdido. Tan solo tienes que ponértele delante y desembuchar lo que llevas dentro, no dejarte nada. Estoy segura de que él comprenderá la situación que te llevó a hacer lo que hiciste. No dejes que la terquedad, el orgullo o la vergüenza te hagan perder a alguien valioso.

—Mira quién lo dice. Tú estás haciendo lo mismo con Alex y lo sabes. Lo amas y por alguna estúpida razón lo estás dejando partir —le espetó, cansada de que no viera su propia encrucijada.

—Yo...

—No hay excusa que valga.

—Estoy arruinada —juzgó Sam.

—¡Qué tremenda estupidez es esa!

—Es cierto, estoy repleta de demonios —dijo, dejando salir el enfado que estaba guardando.

—¿Acaso no lo estamos todos? Sam, yo puedo asegurarte que tengo unos cuantos que vienen detrás de mí hace años y por más que cambie el rumbo, siempre que miro por encima de mi hombro allí están. Nadie está exento de ellos, Alex tampoco —apuntó con efusividad—. Es así, hazme caso. Tan solo hay que seguir evitando que nos atrapen y hacer nuestra vida a pesar de ellos —dijo al tiempo que volvía a tomarle una mano y le daba un fuerte apretón.

—Qué par. —Rio—. Somos un desastre —sentenció y ambas rieron juntas.

—Ni que lo digas —expresó al tiempo que retiraba la bandeja vacía de la cama y se acomodaba sobre un codo junto a su amiga.

—¿Cómo está él?

—¿Quién? Ah, te refieres a tu enamorado.

—¡No es mi enamorado! —exclamó con una sonrisa mientras le arrojaba un almohadón a la rubia que se cubrió con los brazos.

—¡Cuidado, que me vas a tirar este exquisito jugo! Hablando en serio, le has hecho mella, querida. Está hecho una piltrafa, nunca lo había visto así. Está desaliñado y si es posible, mucho más ogro que nunca —dijo sin poder disimular la sonrisa.

—¡No es un ogro! —le espetó Samantha con mejor ánimo mientras volvía a recostarse contra el gran almohadón a su espalda.

—Si tú lo dices..., claro que el amor es ciego o al menos eso me contaron.

—¡Oh, cállate! —ordenó, soltando una carcajada.

Después de unos minutos en los que se calmaron las risas y las caras serias volvieron a instalarse en las dos mujeres, Sam preguntó:

—¿Qué vas a hacer?

—Supongo que hablar con él. Me aterra, nunca he tenido una relación seria. Después de lo que me hizo el padre de Dan, solo estuve con tipos de una sola noche y ninguno como él. Es tan... —sonrió— divino, sencillamente divino.

Las facciones de Charlie resplandecían y era algo que Sam podía notar. Envidiaba en silencio a su amiga, ella no tenía la misma libertad de hablar con Alex, había algo que se lo impedía. El terror que tenía de volver a confiar, de entregarse a un hombre nuevamente y no se refería en el plano sexual, sino a entregar su alma. Escalofríos recorrían su espina dorsal cada vez que pensaba en ponerse en aquel estado de vulnerabilidad, en el que había jurado nunca más posicionarse. Otorgarle poder sobre su persona a un hombre le daba pánico y no creía que pudiera superarlo.

El timbre de la puerta sonó, ambas se callaron al instante. Se oía la voz de Sarah con su musicalidad habitual, aunque también llegaba otra más profunda y pausada. El corazón de Sam se saltó un latido, era él. La boca se le secó y el nudo se le instaló de nuevo en la garganta al igual que en el estómago. Su cuerpo cosquilleaba de las ansias de sentirlo, de besarlo, de contemplarlo de nuevo.

Alex había visitado a Sarah y su familia en varias ocasiones, pero no había subido a verla. Lo extrañaba y se odiaba por esa emoción que la corroía. Anhelaba verlo, acariciarlo, tocarlo.

Sam estaba recuperada, al menos podía deambular libremente por la casa, subir y bajar las escaleras sin problemas, aunque tenía algo de dolor en las costillas que se iría con el tiempo. Sin embargo, nunca había bajado cuando él había venido.

La voz de Gennie estalló en un grito de alegría sin dejar lugar a dudas de quién se trataba la nueva visita.

Solo por un segundo, Sam clavó la mirada en la puerta de la habitación a la espera de que se abriera y ver a su jefe aparecer tras ella, pero nada de eso sucedió. Él se mantuvo en la planta baja durante toda la visita y ella en la planta alta, como siempre.

—¿Sabes que en unos días será el cumpleaños de Daniel? —dijo Charlie algo incómoda al notar el anhelo en Sam.

—¿Qué? Ah, sí, me lo habías comentado. ¿Qué es lo que tienes planeado? —preguntó sin apartar la vista de la puerta.

Continuaron charlando de los planes para el festejo de Dan y luego de algunas otras cosas sin importancia.

Mientras tanto, en el piso de abajo, y una vez Gennie hubo salido a jugar al jardín, los dos hermanos conversaban.

—¿No vas a subir a verla?

—No —fue la rotunda respuesta.

—Alex, estás siendo un niño. Te hizo daño, lo entiendo, pero deseas subir y ella también lo quiere —apuntó su hermana mientras terminaba de enjuagar la vajilla.

—Eso no lo sabes —respondió, observando a su sobrina corretear por el césped.

—Claro que sí. Se muere por ti, eres tan terco como una mula y no quieres dar el brazo a torcer.

—No sabes lo que dices. Mi brazo parece un trapo de lo retorcido que está, ya ni orgullo me ha quedado en lo que a ella respecta, Sarah —confesó sin emoción. Guardó las manos en los bolsillos del pantalón y dio un profundo suspiro.

Ella avanzó con lentitud y posó una mano sobre su brazo. El rostro femenino mostraba lo afligida que se sentía por su hermano mayor.

—Alex...

Él simplemente posó una mano sobre la de ella y se la presionó en muestra de que se sabía comprendido en sus sentimientos.

—Déjalo estar, pequeña. Algunas cuestiones no están hechas para todos.

—Eso no es cierto, tú tienes derecho a...

—¡Basta! —rugió al tiempo que apoyaba ambos puños sobre la mesa de la cocina—. De s-s-s... ¡Argh! —emitió un gruñido tan alto que sobresaltó a Sarah—, ser así, no será con ella —declaró en un tono acerado.

Sarah se acercó y abrazó al hombre fuerte que tenía delante. Lo veía tan roto, más de lo habitual.

—Odio las palabras, Sarah.

—Lo sé —dijo y afianzó los brazos alrededor de Alex.

—¿Cómo está? —preguntó después de unos segundos, algo más calmado.

—Sanando. Podría volver al trabajo en cualquier momento.

—¿Te ha dicho que lo hará? Supongo que no —dijo al ver que su hermana no contestaba—. Escapará.

—¿A qué te refieres? —preguntó Sarah, sin comprenderlo.

Como era habitual, Alex se mantuvo en silencio cuando se metía en un tema un tanto escabroso para su corazón. Últimamente, se encontraba transitando una montaña rusa emocional y era algo que le provocaba grandes náuseas. Estaba determinado a no volver al parque de diversiones que le causaba tal malestar y retornar a su apacible y abúlica vida.

Mientras Sarah lavaba las tazas del café que habían estado tomando, Alex escribía una nota mental de lo que debería hacer para encontrar su centro. Al tocarse la mandíbula, estableció el punto número uno: darse un buen afeitado.

Descendió la mirada por las ropas que traía puestas

y vio las arrugas que lo cruzaban. Segundo, no dormirse con la ropa puesta de nuevo. ¡Dios, estaba hecho un asco! Raro que Sarah no hubiera mencionado nada al respecto. Su incisiva hermana, a quien nada se le escapaba, estaba más contenida de lo normal.

—Hice caso a tu consejo, tal vez deberías tomarlo tú mismo —dijo ella, sacándolo de sus pensamientos.

—¿Qué consejo? —preguntó sin comprender a qué se refería.

—Buscar un terapeuta.

Alex alzó la mirada en un segundo y la clavó en la cabellera de la mujer de espaldas a él.

—Estás más hecho mierda que yo —puntualizó ella con su voz cantarina.

—Gracias, hermana —respondió, sardónico.

—Vamos, Alex. No es algo que te sorprenda, tú mismo lo has mencionado en incontables oportunidades —dijo, girándose hacia él con las manos cubiertas de espuma.

—No suena igual cuando lo dices tú.

—Porque mi voz no parece que fuera a arrasar con la humanidad sobre la tierra —ironizó y le brindó una deslumbrante sonrisa—. ¿Lo harás?

—Lo pensaré.

Alzó un dedo y lo apuntó haciendo que varias burbujas mojaran las ropas masculinas.

—Más te vale —dijo con una expresión en el rostro que nada tenía en común con la mujercita alegre que acostumbraba ser. Se giró y volvió a encargarse de la vajilla que lavaba—. Temo el día en que tú caigas —murmuró.

—No caeré.

—Eso espero, tienes más motivos para hacerlo de los que tengo yo. No podría soportarlo, eres nuestra columna en la que apoyarnos, de Mark y mía —dijo tan seria que unos escalofríos surcaron la espalda de su hermano.

—Y siempre estaré aquí —aseguró con convicción.

Aunque había habido ocasiones en las que le hubiera gustado contar con su propia columna que aguantara su peso. A quien haber recurrido cuando tuvo que convertirse en padre de una adolescente y tratar de que todos lograran salir adelante sin destruirse en el intento.

Sacudió la cabeza de un lado al otro, no podía quejarse, al menos había salido del agujero al que nunca podría haber llamado hogar. Desvió la mirada hacia el techo y el ahogo retornó. La mujer que ansiaba y por el que todo su cuerpo y su corazón zumbaba estaba a escasos metros de él y nada podía hacer para acortar la distancia que los separaba.

37

Tomaron asiento en una de las mesas junto a la ventana, Charlie depositó la bandeja que traía con la comida y se dispusieron a desenvolver las hamburguesas con entusiasmo y sin disimular sus sonrisas. Parecía que las diferencias con su hijo se habían disuelto por arte de magia, lo que la tenía muy feliz y más en ese día tan especial.

Al alzar la mirada, Charlie se topó con una clara y la sonrisa se le congeló.

—Hola.

—¡Viniste! Sabía que lo harías —gritó Dan, entusiasmado, al tiempo que se alzaba hacia el recién llegado.

—Feliz cumpleaños, Dan.

Xavier le dirigió un ademán con la cabeza a Charlie en forma de breve saludo mientras tomaba asiento junto al muchacho. Le revolvió el cabello y la alegría le iluminó el rostro a Daniel. El contemplar el afecto entre ambos fue como una puñalada en el corazón para Charlotte.

—¿Sabías que vendría? —preguntó Charlie a su hijo, reflejando cierta amonestación en el tono.

—¡Claro! Yo lo invité. Tienes que pedirte algo de comer —sugirió Dan ajeno a la expresión acusadora de su madre.

El corazón de Charlie se volvió de piedra al darse cuenta de cuál era la causa del entusiasmo de su hijo, o más bien quién. Y ella, estúpida, había pensado que las cosas entre ellos estaban mejor.

—¿Qué estás comiendo? Se ve bien —dijo Xav al tiempo que señalaba la hamburguesa con queso y pepinillos de Dan.

—Toma la mía, iré a traerme otra —anunció y de un salto se fue corriendo hacia las cajas a pedir otro menú.

—Lo lamento, sé que no te agrada que haya venido, pero el muchacho insistió tanto... Me quedaré un rato y me iré, le diré que tenía otro compromiso, pondré cualquier excusa.

Charlie lo miraba y no podía articular palabra. Lo que había planeado decirle después de la charla mantenida con Sam, se le desvaneció de la mente. Recorrió con la mirada el cabello rubio que ya tenía un poco más largo de lo habitual y que en las puntas parecía casi platinado, los ojos tan azules con espigas verdes y grises, las pequeñas arruguitas que atestiguaban que reía con asiduidad...

Se lamió los labios resecos y posó los ojos en aquellos labios finos que solo había saboreado una vez y los anheló como nunca antes había anhelado nada. Podía oír que él continuaba excusándose, pero no escuchaba ninguna palabra de las que pronunciaba.

Observó el cuello y la porción que dejaba a la vista los botones desabrochados de la camisa que traía puesta, la boca se le hizo agua. Ansiaba al hombre, y el hacer el mínimo movimiento que pudiera amenazar que lo perdiera por siempre, la aterraba. Sin embargo, pensó que ya nada podía arruinar más la relación de lo que ya estaba.

Extendió la mano y la posó sobre la del hombre que calló de inmediato y clavó la vista en sus manos unidas con el entrecejo fruncido y luego la alzó a ella, confuso.

—Xavier...

—Bien, aquí está. Estoy muerto de hambre —expuso Dan sin percatarse de la tensión que había entre los dos adultos con los que compartía la mesa en el bullicioso local—. ¿No está buena, Xav? No le has dado ni un mordisco.

Tardó en contestar unos segundos, seguía compenetrado en la mujer que tenía delante y a quien no lograba dilucidar.

—Te estaba esperando —dijo en tono ligero—. Te tengo un regalo afuera.

—¿Un regalo? ¿Por qué no lo has traído adentro?

—Paciencia, muchacho. Después de comer con calma... —puntualizó, remarcando cada palabra—... lo tendrás.

Charlie iba a enfadarse como nunca con lo que tenía fuera esperando al chico, pero se lo debía. Además, qué importaba que se enfadara aún más con él, aunque... No comprendía qué era lo que había sucedido hacía unos instantes. Levantó la vista a la hermosura que tenía sentada frente a él y deseó poder leerle el pensamiento. Estaba resplandeciente, como siempre, con su cabello rubio peinado de aquella manera despeinada y los labios pintados de un rojo que lo tentaba a saborearlos.

Se atragantó con sus pensamientos, tosió para recuperar el aire y dio un gran sorbo al vaso de gaseosa.

El niño y él charlaron de un sinfín de temas, su madre solo intervino en un par de ocasiones. Sabía que le había arruinado los planes que tenía con su hijo, sin embargo, las insistencias del muchacho más las ansias de estar junto a ella aunque fuera una vez lo llevaron a presentarse sin importar qué.

—Entonces, Luk opinó que Katniss solo lo hacía para lograr el apoyo de los patrocinadores, pero no creo que sea así, aunque hasta que no salga la nueva película en noviembre no lo sabremos.

—Siempre puedes leer el libro.

—¿Lo has leído? —preguntó con los ojos del mismo tinte que los de su madre abiertos de par en par.

—Sí, los tres —dijo y dio un nuevo mordisco a la hamburguesa.

—Cielos, ¿los tres? ¿Y, es así o no? —preguntó Dan con la boca llena.

—Ah, no, chico, vas a tener que averiguarlo por ti mismo. O esperas a que salga la nueva peli o te lees el segundo de la trilogía.

—Pero no es lo mismo que la película.

—En eso tienes razón, es mejor —puntualizó con una enorme sonrisa.

Dan le dedicó una mirada rápida a su madre y pronunció en voz baja:

—Mamá siempre me hace la pelota para que lea más.

—¡Dan! —exclamó su madre, indignada.

—¡Es cierto! —se defendió.

—Pues si tienes que hacerlo, ¿qué mejor que con temáticas que te agraden? Tengo unos cuantos que puedo recomendarte, empezando por esos —contestó Xavier en un tono suave que esperaba calmara la pequeña riña.

—¡Genial! —gritó con entusiasmo.

Los ojos de Charlie y Xav se encontraron y chispas saltaron entre ambos, ajenos a que al otro le ocurría lo mismo.

Xav desvió la vista y sonrió al muchacho que estaba tan feliz de que él se hallara allí. Pasara lo que pasase no iba a apartarse de él, no le importaba lo que su madre dijera, se había encariñado con Daniel.

En cuanto comieron el último bocado, Dan no perdió oportunidad en insistir hasta el cansancio a que salieran a por su regalo, por lo que los tres se encaminaron hacia la puerta del local.

Xav alzó una llave, se la entregó a Dan e hizo un ademán hacia la bicicleta roja encadenada a un poste de luz. Fue tal la alegría que estalló en Dan, que parecía que le hubiera dado la llave de su primer auto a un adolescente.

—¿Es mía? —preguntó con incredulidad.

Afirmó con un movimiento de cabeza y el muchacho lanzó un chillido mientras corría hacia ella.

Temía mirar a la mujer que se encontraba a su lado. Estaría enfadada con él, se lo debía a Daniel y lo que ocurría entre su madre y él no tendría que interferir en su relación con el muchacho. O eso esperaba.

—Charlotte, sé que no querías que le comprara

otra. Es lo justo. Le destrocé la anterior —comenzó a explicarse.

Ella continuaba en silencio y le rehuía la mirada, como lo había hecho durante casi todo el almuerzo. Lo estaba sacando de quicio esa apatía que mostraba con él.

—Mira, por más que no me soportes, Dan y yo somos amigos y sé que eres su madre, pero...

Ella se giró hacia él y le tapó la boca con los dedos, sorprendiéndolo. Los ojos femeninos se empañaron y abrió los labios como si fuera a decir algo, pero lo que fuera nunca salió de ellos.

Xavier tomó la mano que lo cubría.

—¿Charlie?

Ella sacudió la cabeza de un lado al otro.

—Mamá, ¿puedo ir con Seb a mostrarle mi nueva bici?

Charlie miró a su hijo y asintió. El niño no esperó más confirmación que esa para saltar sobre ella y salir disparado hacia el parque.

Las manos de Xav y Charlie seguían entrelazadas. Él le apretó un poco para llamarle la atención, puesto que ella estaba con la mirada perdida por donde se había ido su hijo.

Necesitaba saber qué era lo que le ocurría a esa mujer que le quitaba el aliento y lo ponía en llamas en un instante. Ya había sido demasiado duro pasar las últimas semanas como si nada hubiera ocurrido entre ellos, pasar el cumpleaños sin quedarse mirándola embobado, tratando de que el corazón no se le saliera del pecho de lo fuerte que le golpeaba y aún más después de los mensajes contradictorios que ella le había estado enviando.

—¿Vas a decirme qué ocurre? ¿Es por la bicicleta? —Esperó una respuesta en vano—. ¿El que haya venido? —preguntó, impacientándose ante la falta de contestación—. Será mejor que me vaya —anunció antes de soltarle los dedos.

—¡No! —gritó y miró en torno a la gente que pasaba junto a ellos antes de clavar sus azulinos ojos en él—. Quiero hablar contigo —murmuró.

—¿Y bien? —preguntó luego de unos segundos de silencio, incómodo y tenso—. ¿Precisas más dinero? —demandó, sardónico y cansado.

—No —sollozó.

Los ojos se le aguaron ante la sugerencia, no dejaba lugar a dudas de lo que pensaba acerca de ella. ¿Cómo iba a confesarle lo que sentía? Tragó hondo y dejó escapar el aliento con lentitud.

—Lamento todo, Xavier.

—¿El qué? ¿Haber aceptado el dinero, el haberme despreciado cuando creías que no era nadie, el haber salido conmigo, el...?

—¡Sí! Lamento todo eso y más. —Cortó y echó a andar al tiempo que él se acomodaba a su lado y le igualaba el paso—. Pero no lamento el haberte conocido, el haber salido contigo y aún menos el haberme dado la oportunidad de dejarme llevar por unos segundos.

Xav la aferró del brazo y la detuvo en un movimiento brusco.

—No comprendo. ¡Di lo que tengas que decir de una vez y sin rodeos! —demandó.

—No puedo, ¿está bien? —chilló, algo histérica, sin importarle si esta vez los miraban los transeúntes alrededor de ellos.

La soltó y sacudió la cabeza de un lado al otro.

—Entonces, Charlotte, me marcho.

Ahora fue ella quien lo asió del brazo. No podía dejar que se fuera, ¿quién sabía cuándo volvería a tener el valor de enfrentarse a él?

—Tengo tanto miedo... —murmuró y los ojos se le llenaron de lágrimas, las que evitó con todas sus fuerzas que fueran derramadas.

No deseaba quedar como una damisela a la que había que rescatar. Era fuerte, se había enfrentado a toda adversidad que se le presentara desde hacía años; sin embargo, frente a él se sentía indefensa y eso la aterraba.

Xavier la contemplaba en silencio a la espera de que aclarara a qué se refería. Veía las atribuladas emociones que se le reflejaban en el rostro, pero no iba a ponérselo fácil como ella no lo había hecho para él.

—No sé cómo hacer para no perderte —confesó finalmente.

—¿Qué? Te he oído —exclamó al ver que ella se disponía a repetir la frase—. No te comprendo —dijo más calmado.

Charlie tensó la mandíbula ante la frustración que la inundaba.

—Te amo, ¿de acuerdo? ¡Te amo! —gritó y salió corriendo dejando a un estupefacto Xavier en plena vereda colmada de gente que iba y venía.

Apenas cerró la puerta de su apartamento y apoyó

la espalda sobre esta, alguien comenzó a golpearla con fuerza.

—¡Abre, maldita sea!

Charlie se sobresaltó y con la respiración agitada de lo rápido que había corrido, se apartó y miró el panel de madera que los separaba. Nunca lo había oído tan enfadado.

—Sé que estás dentro. ¡Abre!

—Cálmate antes —pidió ella al separarse unos pasos.

—¿Cómo quieres que me calme? ¡Me sueltas que me amas y huyes despavorida! —bramó fuera de sí al tiempo que zarandeaba la puerta por el picaporte.

—No quiero saber qué piensas de mí, no quiero que me desprecies.

—¿Que te desprecie? ¿Como has estado haciendo tú conmigo? ¡Abre la maldita puerta! —gritó y golpeó de nuevo la placa de madera que los separaba.

—¡Sí, no! —gritó Charlie a su vez.

—¡Ponte de acuerdo! —exclamó sin dejar de dar puñetazos.

—¡Basta ya! —gritó ella—. Temo volver a confiar, que me hagas daño, que le hagan daño a mi hijo... Y me aterra el vacío que hay en mí desde que me diste el cheque, el agujero que creaste en mi interior y que solo tú puedes colmar —dijo en voz tan baja que dudaba de que él la hubiera oído al tiempo que acariciaba la superficie de madera con las yemas.

—Charlie, por favor, abre la puerta —rogó ya más tranquilo, aunque se le notaba la respiración agitada.

Ella dio vuelta a la llave y abrió el cerrojo con lentitud. Xavier empujó la puerta y antes de que ella pudiera hacer nada, la tomó en brazos y le comió la boca con voracidad.

Una corriente eléctrica los sacudió, los latidos se desbocaron y la inanición tanto tiempo mantenida se dio un festín.

Ella se tomó con fuerza al cuello de Xavier y dio rienda suelta a toda la frustración y ansia que la embargaba: le devolvió el beso como si fuera un manantial en medio del desierto.

Con una patada, Xavier cerró la puerta y con Charlie en alza se encaminó hacia el centro del pequeño apartamento.

Estuvieron devorándose perdidos en la noción del tiempo, ella con los brazos enlazados detrás de la nuca masculina y Xavier presionándola contra su pecho como si temiera que desapareciera a la menor oportunidad. La cama estaba a escasos pasos, no obstante, refrenó sus impulsos de arrojarla allí y desprenderla de cada prenda que llevaba encima. La deseaba con locura, pero antes debía hacer las cosas bien. Se separaron con las respiraciones entrecortadas y los ojos dilatados.

—Vamos a dejar algo en claro, tú y yo estamos juntos —proclamó mientras le rozaba la mejilla con los dedos.

Ella asintió.

—Esto es serio, Charlie —aclaró para que no hubiera lugar a dudas.

Ella asintió de nuevo.

—Te casarás conmigo. —Los ojos de ella se ampliaron de golpe—. No ahora, pero es lo que quiero contigo. Todo, lo quiero todo. Una relación, familia, y lo que ello trae aparejado. Verte despeinada y con mal aliento en la mañana, malhumorada si no has dormido bien, enojada cuando olvide traer el jabón para la ropa que me pediste...

—No tengo mal aliento —dijo con una sonrisa de oreja a oreja.

—Supongo que no. —Sonrió—. Y lo comprobaré. Yo también te amo, preciosa.

Ella se lanzó a los brazos de Xavier, él la apretó contra su pecho y enterró una mano en su cabello.

—No me importa tu dinero —puntualizó ella al alzar el rostro—. Escúchame bien, no estoy interesada en tu bolsillo o tu cuenta bancaria. ¡Xavier! —exclamó al ver que él no decía nada.

Xavier sonrió con picardía.

—Lo sé, amor. Sé que no es mi dinero lo que buscas, eres demasiado orgullosa como para rebajarte tanto —aseguró y le acarició la mejilla húmeda.

—Ya lo hice antes.

—Sí —concedió y acunó el rostro de ella entre las manos—. Y noté la factura que ello te cobró. —Limpió con los dedos pulgares las lágrimas que caían por las mejillas femeninas.

—Te amo, Xavier. No sabes cómo me has hecho sufrir en estas semanas —declaró y apoyó la mejilla contra su hombro.

—Estamos a la par, amor.

Ambos estallaron en carcajadas sin separarse de los brazos del otro. Charlie ya no tenía nada que temer y sí mucho que hablar con su futuro marido. ¡Su futuro marido! No podía creerlo.

Sin que pudiera refrenar sus dedos, estos comenzaron a desprender los botones de la camisa gris perla que él traía puesta. Los ojos de Xavier descendieron a las manos femeninas y una sonrisa se dibujó en sus labios al tiempo que clavaba los ojos en los de ella que brillaban con la misma excitación que los de él.

En un baile lento se fueron acercando al lecho a escasos pasos.

38

—Entonces, corrió detrás de mí y trató de tirar mi puerta a golpes —contaba con marcado entusiasmo.

—No puedo creerlo. ¿Seguro que hablas de Xavier? —preguntó Sam, pasmada.

Sentadas a la mesa en la cocina de la casa de Sarah y Max, Charlie relataba los eventos sucedidos el día anterior. La había llamado por teléfono y Sam no había comprendido demasiado lo que había sucedido, un desvarío entre gritos y risas de alegría.

—¡Vamos a casarnos! —exclamó la rubia.

—¿Qué?

—Eso que te digo. Le grité en plena calle que estaba enamorada de él y salí corriendo. Luego estaba él golpeando y gritando fuera de mi apartamento. ¡Ay, Sam! Fue tan romántico. Él se volvió loco como nunca lo había visto y cuando me besó...

Charlie resplandecía y Samantha estaba feliz por ella, ambos se merecían estar juntos y habían sufrido bastante por lograrlo. La envidia la amenazaba, pero la mantuvo a raya. Estaban enfrascadas en la conversación, cuando la puerta se abrió y entró Nick.

—Hola, amor —la saludó con aquella dulzura que lo caracterizaba.

Estaba muy guapo con el pelo atado en una cola de caballo y vestido con un traje oscuro.

Sam se alzó de un salto, ya totalmente recuperada, y corrió a lanzarse a los brazos de Nicholas.

—¡Nick! Hacía días que me tenías olvidada —reclamó con un falso enfado.

—Eso nunca, amor. Es que estuve con mucho más trabajo desde que cierta jovencita no se ha reintegrado —bromeó y le dio un par de golpecitos en la nariz.

—Lo lamento.

—Es broma, aunque no lo del trabajo que tenemos acumulado —confesó y dirigió una mirada a la rubia que estaba a la mesa—. Charlie. —La saludó con un ademán de la cabeza.

—Hola, Nicholas.

—Vamos, chicos, tenéis que hacer las paces. Tú eres mi mejor amigo y ella mi mejor amiga. Sois las personas que más quiero y no podéis seguir odiándoos.

—¡No nos odiamos! —exclamaron al mismo tiempo y luego los tres estallaron en carcajadas.

—No nos odiamos —repitió Nick—. Y menos ahora que es la novia de Xavier —agregó en un tono que demostraba que la noticia no lo ponía del todo feliz.

—Sé que no te agrado, pero lo amo —declaró Charlie sin apartar la vista de los ojos del hombre.

—Eso espero, muñeca. Porque él se merece lo mejor y no has sido muy agradable con él.

—Lo sé y deseo remediarlo. —Charlie se alzó y se

acercó a él—. Nick, te juro que lo amo y tengo intención de ser alguien que lo merezca.

—Quiero creerte. Sin embargo, recuerdo que antes de que supieras quién era él te desentendías de sus insinuaciones sin problemas —apuntó, sardónico y con seriedad.

—¡Nick! Por favor —rogó Samantha.

—Está bien, Sam. Él tiene razón —concedió Charlie, apesadumbrada.

Nicholas suspiró y tomó la mano de Charlie de improviso.

—Muñeca, todos merecen una segunda oportunidad —dijo antes de besarle el reverso de la mano—. Además, como mencionó Sam, somos sus mejores amigos, lo que nos convierte en amigos también.

Charlotte sonrió ante la ocurrencia de aquel hombre tan carismático que tenía delante.

—Vine a hablar contigo, Sam, de algo importante —dejó caer.

Ella lo miró con una expresión de interrogación y aguardó a que él continuara mientras iba a tomar asiento. Charlie la siguió y se sentó junto a ella mientras que Nick se acomodaba frente a ellas.

—Esto ya no puede seguir, lo tienes hecho un desastre. Nunca lo había visto de esa forma. Está distraído, desaliñado, gruñe a todo momento y mucho más que antes. No logra llevar el ritmo y el trabajo se nos acumula, comete errores...

—Él no comete errores —aseveró Sam, al menos nunca lo hacía en lo laboral.

—Ahora sí, amor.

—Es cierto, Sam —afirmó Charlie con un leve asentimiento de la cabeza.

—No, ¿tú también? Era mejor cuando no os llevavais bien —ironizó.

—No comprendo qué es lo que te impide estar con él —apuntó Charlie, clavándole la mirada—. Son puras excusas, como las mías con Xavier.

—Más si lo amas —agregó Nick—. Y no nos vengas con que no.

—Claro que lo ama, ¿no ves cómo se ilumina cada vez que habla de él? Y el otro día lo oímos, solo lo oímos, y ella resplandeció —le contó Charlie a Nick haciendo caso omiso de las expresiones condenatorias de su amiga.

—Vosotros no entendéis.

—¿Qué? ¿Que tienes miedo? —preguntó Charlie.

—¿A lo que dirán por tu pasado? —cuestionó Nick con una sonrisa irónica.

Sam observó a las dos personas que tenía delante y ambas tenían razones para temer amar. Sin embargo, Charlie había tenido el valor de enfrentarse a Xavier y Nick seguía buscando a una persona que lo valorara por quién era.

—Os quiero, lo sabéis ¿verdad? —preguntó con el cariño filtrándose en cada letra.

Nick se levantó y la rodeó con un brazo al igual que hizo Charlie desde el otro lado.

—Bien, amor. La cuestión es ¿y ahora qué harás?

—Irá a buscarlo y a gritarle que lo ama —afirmó Charlie sin darle lugar a réplica.

Samantha llegó al apartamento de Alex y le extrañó encontrar la puerta entornada. Apenas la abrió escuchó la voz de él y un cosquilleo la recorrió desde la punta de los pies hasta el centro de su estómago. Oyó la voz de otro hombre y cuando distinguió de quién se trataba el alma le cayó al suelo.

Se acercó despacio y la boca se le secó al ver a la persona a quien más temía en el mundo.

—¡Ella es mía! No tienes derecho a entrometerte entre un hombre y su mujer —dijo su ex mientras apuntaba con un arma a Alex en medio del salón.

Alex alzó la vista y se quedó pálido al ver a Sam parada a escasos pasos de su exmarido y del arma que este sostenía.

—¡Ah, pero si es mi flamante esposa! —exclamó su ex un tanto ido.

—Aaron, ¿qué haces? —preguntó con voz ahogada al sujeto quien en otra época había creído amar y que ahora amenazaba con matar al hombre que sí amaba con todo su ser.

—Voy a deshacerme del obstáculo que hay entre nosotros —aclamó con vehemencia y la más pura locura se plasmaba en sus facciones.

—No lo es, Aaron. Yo no siento nada por él —dijo sin apartar los ojos de su ex; no quería constatar si Alex creía lo que decía, esperaba que no—. Por favor, déjalo ir y...

—Si vienes conmigo, lo pensaré —le espetó.

—¡No! —gritó Alex—. ¡Ni se te ocurra acercarte! —bramó a la mujer.

Sam se detuvo, aterrada a dar un paso en falso.

—Si vuelves a abrir la boca, te juro que...

—Samantha, quédate donde estás —ordenó Alex con todo el peso de su voz autoritaria, sin embargo el terror que tenía Sam a que Aaron le disparara pudo más.

Ella dio un paso hacia su ex, a su vez Alex hizo lo mismo, con lo que Aaron embistió a Alex contra la pared y ambos se entremezclaron en un forcejeo. Sucedió tan rápido que Samantha no podía dilucidar dónde terminaba uno y comenzaba el otro.

De pronto, se oyó un disparo y el mundo pareció detenerse. Un sudor frío la cubrió y su corazón comenzó a correr de tal forma que casi se le salía del pecho. En sus oídos un «no» ensordecedor se sucedía tras otro y tras otro. Tomó una lámpara sobre una mesilla a un costado, la alzó y la partió sobre la cabeza de su exmarido, noqueándolo.

—¡Alex! —gritó al verle el abdomen cubierto de sangre, corrió hacia él, pero la detuvo con un ademán.

—Trae el cable de la lámpara —ordenó él al instante y se incorporó como si no estuviera emanando sangre de su torso.

Ella corrió y le alcanzó lo que quedaba del artefacto con manos temblorosas. Alex arrancó el cable y con gran maestría le ató las manos a Aaron a la espalda. Pateó el arma hacia un costado y se sacó el teléfono móvil del bolsillo de su chaqueta.

Antes de poder hacer una llamada, se tambaleó y la habitación a su alrededor pareció girar. Trató de sujetarse de la pared, pero manoteó en el aire y cayó como una bolsa de patatas al suelo.

—¡Alex! —volvió a gritar Sam, se arrodilló a su

lado, se quitó el abrigo de lana que traía puesto y lo presionó con fuerza contra la herida que no dejaba de sangrar—. No hables —ordenó ella esta vez.

Él le extendió el teléfono.

—Llama a Mark —dijo con la respiración entrecortada y los ojos negros clavados en los de color chocolate.

—Por favor, guarda silencio —rogó en medio de un sollozo.

—Vive a solo dos calles. Marca el número y pásamelo —dijo con lo último del tono autoritario que le restaba.

Ella así lo hizo, necesitaba que alguien viniera y quién mejor que Mark para hacerse cargo de la situación. Bien sabía que ella no podía, estaba al borde de un ataque de pánico y solo podía preocuparse por parar la hemorragia y que el aire entrara y saliera de sus pulmones para no desmayarse. No podía dejarse llevar por la locura que la invadía, debía asegurarse de que él estuviera a salvo. Lo amaba tanto..., eso mismo había venido a decirle; pero siempre su pasado se interponía para hacerle ver que no iba a lograr ni unas migajas de felicidad.

—Mark. —Tosió Alex—. Necesito que vengas. —De nuevo la tos seca no le dejó continuar—. Sam está aquí, su exmarido me disparó y... —Cortó la llamada y le anunció—: Ya viene.

A los diez minutos un hombre entró como una tromba para encontrar a Alex al borde de la inconsciencia, una Samantha cerca de la locura y un hombre maniatado y desmayado en un costado.

—¡Alex! —exclamó Mark junto al hombre con el torso bañado en sangre.

Se arrodilló, lo contempló de arriba abajo y por un segundo latigazos de hielo le recorrieron toda la médula espinal. No podía perderlo. Fue lo único que atravesó su mente: no podía perderlo.

—Llamé a la ambulancia, no han llegado —balbuceaba entre sollozos—. ¡No puedo detener la hemorragia! —gritó Sam con los ojos repletos de lágrimas y el rostro manchado de rojo y bañado en sudor.

Alex abrió los ojos de golpe, lo tomó del cuello de la camisa y lo acercó a él.

—Cuídala, hermano. —Fue lo único que susurró antes de perder el conocimiento, como si hubiera estado esperando la llegada de su amigo y saber que ella estaría a salvo para dejarse ir.

—¡Alex! —gritó Sam y comenzó a llorar con desesperación.

Mark contempló al hombre que era lo más cercano a un hermano, al hombre que más amaba sobre la faz de la tierra y a quien le debía su cordura.

Le tomó el pulso en el cuello, aún latía. Muy leve pero podía sentirlo, estaba vivo.

—Sam —dijo en un tono bajo—. ¡Samantha! —Exclamó para acallar los gritos desenfrenados de la mujer—. Está vivo, solo se ha desmayado —dijo en tono firme y gélido—. Continúa presionando como hasta ahora.

Ella se mordió los labios para tratar de evitar el llanto desconsolado y asintió con lentitud. Los dedos estaban entumecidos aferrando lo que había sido un hermoso abrigo de lana de color turquesa y presionándolo contra el abdomen de Alex. Las lágrimas continuaban corriendo por sus mejillas dejando estelas rojas. Parecía que estaba inmersa en una pesadilla, le dolía el estómago y sentía todo su cuerpo rígido, no obstante la adrenalina la dominaba, lo que la hacía estar como en una sensación de irrealidad constante.

—Mark...

—Calla —ordenó con el tono más frío que ella le hubiera oído nunca—. En este momento odio el día en que te elegí para él.

—Por favor —susurró ella.

Mark le dirigió una mirada mortífera.

—Samantha, no soy yo mismo en este instante. ¡Cállate de una santa vez! —bramó a la temblorosa y llorosa mujer.

La odiaba; aunque en el fondo entendía que no era culpa de ella, la odiaba. Contempló el rostro pálido de su amigo y maldijo el día en que la entrevistó y se le ocurrió que sería gracioso ver al impasible Alex vérselas con una mujercita con cierta fiereza. La miró y se dijo que estaba siendo injusto con ella, sin embargo no podía evitarlo.

El alivio fue tal al oír el sonido de la ambulancia que ambos pudieron volver a respirar.

39

Hacía dos horas que habían llegado al hospital. Un pálido y agonizante Alex había sido puesto en una camilla y transportado a toda velocidad al área de cuidados intensivos a la que Sam y Mark no tenían acceso. En ese momento lo estaban operando, supuestamente era un procedimiento sencillo; como el médico les había explicado, no había comprometidos órganos vitales.

Para ser Alex un hombre no demasiado sociable, había gran cantidad de personas que habían ido llegando preocupadas por su estado. Alrededor de Samantha estaban sentados en las butacas de color azul marino Charlie tomada de la mano de Xavier, Fred, Andrew y Nicholas, quien la rodeaba con un brazo y le decía alguna que otra palabra de aliento. Sin embargo, ella continuaba con la mirada perdida en la sala de espera de color blanco, adornada con algunas pocas imágenes enmarcadas. Surcos ya secos de las lágrimas derramadas atravesaban sus mejillas. Alguien le había limpiado la sangre del rostro, no podía precisar quién, aunque sus ropas, como las de Mark, seguían teñidas de rojo.

También estaban Gabe y Brian en un rincón intercambiando alguna que otra frase en un tono bajo.

Los murmullos indistinguibles apagaban el silencio de la estancia, aunque estaban sumergidos en un aire lúgubre.

Mark, parado junto a una de las ventanas, miraba la plaza de estacionamiento y aguardaba a que llegaran Sarah y Max, quienes estaban de visita en la casa de los padres de él a unos cuantos kilómetros de Manhattan. Observaba cómo salían y entraban autos sin prestarles la menor atención, solo necesitaba algo que lo distrajera del dolor y terror que lo atenazaban. Su semblante no dejaba vislumbrar lo que le sucedía por dentro, era bueno guardando las emociones, tal vez hasta mejor que su agonizante amigo.

Una mano lo tocó en el brazo y se sobresaltó, pero no quiso darse por enterado y continuó con la mirada en el cristal. Estaba demasiado nervioso y su alma estaba repleta de ceniza como la restante de un incendio masivo.

—Marcus —lo llamó una voz suave.

Cerró los ojos e inspiró hondo. No estaba preparado para enfrentarla, por lo menos no aquel día. Con lentitud se giró y se topó con una mirada violeta que solo expresaba compasión. Los mensajes habituales de odio y asesinato inminente no estaban presentes.

—Mi padre no estaba en casa, por lo que me pasaron el mensaje a mí. ¿Cómo está? —preguntó con suma suavidad como si hablara con un león enjaulado.

Trató de decir algo, pero la ceniza que sentía en la boca no le permitió emitir sonido. Estaba tan cansado...

Tenía los músculos agarrotados, parecía que había estado tratando de trepar el monte Everest y diez años se le hubieran sumado de golpe. Carraspeó y logró decir:

—Lo están operando, aún no sabemos nada.

Keyla simplemente asintió y le apretó con suavidad el antebrazo.

—Te dejaré tranquilo, solo quería que supieras que estoy aquí... para ti —agregó.

—No —dijo y puso su mano sobre la de ella—. Quédate —pidió, y aún con la mano sobre la femenina volvió a contemplar la plaza de estacionamiento.

Por insólito que pareciera la mujer con la que batallaba en cada ocasión, en ese preciso instante era a quien necesitaba a su lado, no había ninguna otra con la que se sintiera más cercano y cómodo. Saberla allí, sin precisar hablar, lo tranquilizaba. El silencio no se tornaba incómodo a su lado y su toque lo tranquilizaba.

Más personas fueron llegando, mientras aguardaban noticias.

Sam estaba sorprendida de la cantidad de individuos que se preocupaban por su jefe, ese ser malhumorado y autoritario. Seguro que ni él mismo estaba al tanto de con quiénes contaba. Tenía las manos heladas y parecía que la frialdad iba avanzando; si no fuera porque inhalaba y exhalaba y percibía el latir en su pecho, podría jurar que estaba muerta. Su corazón así se sentía.

De pronto, un grito desgarrador resonó en la sala sobresaltando a cada uno:

—¡Mark! ¡Mark!

El aludido alzó la cabeza y olvidándose de la mujer que tenía a su lado, dio media vuelta y echó a correr hacia la entrada. El nudo en su estómago se acentuó ante la desesperación que percibió en aquella llamada.

—¡Sarah! —gritó a su vez.

Un camino se abrió entre las personas y en cuanto ella lo divisó también fue corriendo hacia él para arrojarse a sus brazos que ya la esperaban abiertos.

—¡Dime que no se va a morir! —exigió contra el cuello del rubio—. ¡Dímelo!

—Claro que no, pequeña —aseguró mientras le acariciaba el cabello y la mantenía pegada a él—. Aún lo necesitamos y él jamás nos dejaría solos. Es demasiado testarudo para eso. —Sarah asintió y dio rienda suelta a un llanto desconsolador.

Cada persona en la habitación miraba con fijeza la escena que se desarrollaba. La mayoría ni siquiera sabía que Alex tenía una hermana, puesto que no era de los que comentaban su vida privada, por lo que no sabían quién era la misteriosa mujer que se abrazaba a Mark con desesperación.

Keyla tampoco sabía quién era ella y no era como si le importara a quién abrazaba Marcus, sin embargo no podía negar la ola amarga que le surgió desde el estómago hasta la garganta. Se giró y clavó la mirada en el vidrio, trataba de ver la playa de abajo, pero la escena que se reflejaba en el cristal captaba su atención sin poder evitarlo.

—¿Qué pasó? ¿Cómo fue? ¿Qué te dijeron hasta ahora? —soltaba Sarah.

—Calma —murmuró Mark al separarse un poco de ella y le acunó el rostro entre las palmas—. Aún no han dicho nada.

—Hola, Mark —lo saludó un hombre serio y de cabellos castaños.

—Max —dijo Mark al estrecharle la mano.

—¡Ay, Max! Mi hermano... —sollozó Sarah y se arrojó a los brazos de su marido, quien la tomó en el acto y la arrulló como si se tratase de una niña.

—¡Sh!, ¡sh!, todo saldrá bien —la consoló.

Mark vagó con la mirada y se detuvo en la joven que estaba sentada y rodeada por sus empleados. Tenía que acercarse a Sam, pedirle disculpas y darle algo de aliento, pero no tenía ánimos para ello. Quería gritar, romper algo, ponerse realmente violento, sin embargo estaba estático. Siguió vagando y se topó con unos ojos violetas fijos en él.

Se había olvidado de ella. Sus ojos se conectaron y por un segundo la situación que estaba transitando desapareció para solo existir esos ojos turbadores. Sacudió la cabeza de un lado al otro y se desembarazó del encantamiento, tenía que alejarse de Keyla, era peligrosa, al menos para él.

Dio unos pasos y se acercó a Samantha, prefería ese mal a uno peor.

—Sam.

Ella alzó el rostro y observó al hombre que siempre había sido afectuoso con ella. Las lágrimas le descendían por las mejillas, no había podido evitar que siguieran cayendo en las últimas horas.

Nick se alzó de la butaca y le dejó el lugar a su jefe, quien tomó asiento junto a la asistente de Alex.

—Cariño, siento mucho cómo te he tratado. No es tu culpa lo que ha sucedido.

—Sí, lo es. Tienes razón, si yo no hubiera...

—No —la cortó—. Nada es culpa tuya. El culpable es tu exmarido, no puedes hacerte cargo de las responsabilidades de ese hijo de puta.

—Si él muere, yo... —Se le apagó la voz de tan solo pensar en que no sobreviviera.

—No lo hará, cariño. Lo conozco más que nadie y nunca se dejaría vencer. Además, sabe que algunos dependemos de él y no nos dejaría en la estacada.

Ella no comprendió a qué se refería, pero tampoco le importaba, quería creerle con toda su alma, por lo que se aferró a las palabras de Mark y mantuvo la esperanza en alza.

Mark la rodeó con un brazo, la acercó a su costado y le dio un breve beso en la coronilla. La pobre aún continuaba con el que había sido un hermoso vestido azul cubierto de sangre. Él mismo tenía parte de su camisa grisácea y los pantalones vaqueros con espigas de manchas rojizas.

Poco a poco la sala fue quedando en silencio, ya nadie tenía nada más que comunicar. Los rayos del sol habían dado lugar a la noche, las luces de los tubos fluorescentes lastimaban la vista de cada uno de los que seguían a la espera de noticias. Algunos caminaban de un lado a otro con las manos en los bolsillos, otros bebían el horrible café de la máquina expendedora, los demás continuaban sentados mirando el vacío o el suelo de baldosas verde oscuro, casi negro.

En el momento en que las puertas vaivén de la sala se abrieron y un hombre de bata celeste apareció, cada persona se giró con expectativa. El silencio mortuorio y la tensión en el ambiente eran tan palpables que se podría sentir hasta la caída de un alfiler.

Mark y Sarah se apresuraron a acercarse al médico, quien ante la cantidad de preguntas de que fue víctima, dijo:

—Podemos afirmar que está fuera de peligro. Se encuentra sedado y en una habitación en el piso de terapia intermedia donde estará en observación para luego pasar a sala.

—¿A sala? —preguntó Sarah con ansiedad.

—El sector donde se traslada a los pacientes una vez que ya están definitivamente fuera de peligro y se vigila que se mantengan estables hasta darles de alta.

El médico les dio algún detalle más y les informó que en una media hora aproximadamente podrían pasar a verlo tan solo los familiares directos.

Estaba fuera de peligro. El aire volvió a entrar en los pulmones de Sam sin dificultad. El corazón le regresó a la vida, parecía que había transcurrido años desde que había decidido esa mañana darse el valor suficiente para confesarle sus sentimientos y que estuviera tirado en el suelo y sangrando.

Caminó hacia atrás, alejándose del gentío alrededor del médico, y cayó sobre la butaca. Reclinó la cabeza sobre el respaldo y cerró los ojos. Se limitó a dejar entrar el aire y luego hacer que saliera.

Dijera lo que dijese Marcus, sabía que ella había traído el pasado consigo, que nunca se libraría de él y que no podía arrastrar a Alex con ella.

Abrió los ojos con suavidad. Parpadeó un par de veces y se vio embestido por unas manos que lo aferraron con ferocidad y un cuerpo que se arrojó sobre él. Por el grito se percató de quién era.

—Sa-sa-sa... —una violenta tos no lo dejó continuar.

—Alex, Alex, Alex. No vuelvas a hacerme pasar por esto otra vez —balbuceaba Sarah, entre sollozos.

—Sarah —la cortó su marido—. Amor, no lo agobies.

—Oh, perdona —dijo, retirándose un poco de encima del torso de su hermano, y se enjuagó las lágrimas que empañaban sus ojos.

Alex volvió a parpadear, le costaba centrar la vista en las dos personas que tenía delante. Vagó la mirada y al querer acomodarse en la cama un dolor lo atravesó tan fuerte que lanzó un gruñido.

—No te muevas —pidió Sarah—. Tienes que quedarte quieto, descansar. Solo podemos estar cinco minutos más y después entrará Mark. Está desesperado por verte.

—¿Sam?

Sarah compartió una mirada incómoda con Max.

—¿Dónde está ella? ¿Está bien? —preguntó Alex, preocupado al no recibir respuesta.

—Ella está bien —contestó Sarah con cuidado.

—Quiero verla —exigió.

—¡Eh!, ella no está. Estuvo —se apresuró a agregar—, pero se escabulló sin que nos diéramos cuenta una vez que nos informaron de que estabas en recuperación.

Había vuelto a escapar. Hacía tiempo que estaba

esperando que lo hiciera, no obstante dolía, su corazón estaba oprimido de tal manera que temía que en cualquier segundo explotaría.

Cerró los ojos con fuerza y apretó la mandíbula.

Un vacío enorme se hallaba en su estómago y no era el que la bala le había dejado, sino otro más profundo, uno que no sabía si alguna vez se volvería a llenar.

—Lo siento, Alex. —Sarah le acarició la frente y le acomodó el cabello que le caía desordenado—. Saldremos para que pueda entrar Marcus.

Él asintió. No quería ver a nadie, ni siquiera a su hermano del alma.

Marcus permaneció en la puerta una vez que Sarah y Max salieran. Observó a su amigo y después de un par de respiraciones, se acercó a la cama de la habitación tan blanca que lastimaba los ojos.

Tomó asiento en la silla junto a la cama. Ninguno pronunció palabra, solo conectaron las miradas. Mark tomó la mano de Alex entre las suyas, apoyó los codos en el colchón y posó la frente sobre las manos entrelazadas. Alex lo tomó por el cuello y lo acercó a su pecho. Estuvieron por unos cuantos segundos abrazados.

Cualquiera que entrara podría malinterpretar la relación que los unía, no obstante el lazo invisible era tan fuerte..., más que una amistad, y tampoco era comparable a una relación de hermanos, era un vínculo indescriptible. El respirar de uno dependía de que el otro siguiera en su vida, si uno faltase no se sabía a ciencia cierta si el otro podría continuar igual.

—Estoy bien, Mark —anunció Alex con cierta dificultad.

Marcus carraspeó antes de contestar.

—Lo sé, hermano, lo sé. Nunca lo dudé —mintió y esbozó una media sonrisa—. Ella desapareció.

—Sarah me lo dijo.

—La encontraré y la traeré de vuelta —aseguró Mark.

—No. —Ahora fue Alex el que dibujó una mueca que no llegaba a ser una sonrisa—. No tiene el valor para quedarse.

Mark volvió a entrelazar las manos con las de Alex sobre el torso de él y asintió. Los dos habían notado que algo la asustaba y que cambiaba de trabajo cada pocos meses, pero no habían sospechado de qué se trataba. Aunque los indicios habían estado presentes: siempre se sobresaltaba ante el mínimo ruido, desconfiaba de cualquier acercamiento por parte de algún hombre y sufría un temor constante que se reflejaba en su mirada color chocolate.

40

—¡No necesito una enfermera! —exclamó Alex mientras Sarah lo empujaba en una silla de ruedas por el pasillo del hospital y Mark caminaba a su lado.

Al llegar al ascensor, Mark presionó el botón.

—He dicho que no quiero una enfermera —reiteró ante la falta de respuesta—. ¡No soy un niño!

—Pues ahora mismo sí que lo pareces —bromeó Sarah. Su buen humor se había restablecido desde que su hermano había vuelto a ser el hombre autoritario y exigente habitual.

—Marcus...

—A mí no me vengas con esa. Tienes que hacer reposo y moverte lo menos posible, ¿me quieres explicar cómo vas a atenderte? —expuso su amigo, apelando al razonamiento.

Alex le dedicó una mirada mortífera a lo que el rubio le respondió con una amplia sonrisa, parecía que él también había vuelto a ser el hombre risueño que solía ser.

Los tres habían transitado por una montaña rusa emocional y no les agradó el paseo para nada.

—Entonces, serás un buen niño con ella y harás todo lo que la señorita enfermera te pida. Si así lo haces, mami te traerá un dulce —bromeó Sarah.

—Muy gracioso —acotó Alex de un pésimo humor.

Una vez se abrieron las puertas metálicas, subieron al ascensor y se presionó el botón que indicaba la planta baja.

—Podría quedarme en tu casa —le indicó Alex a Sarah, que estaba parada detrás de él.

—Oh, claro que no, hermanito. Estoy agobiadísima con mi trabajo, mi última obra me está comiendo todo mi tiempo libre y además Gennie tiene mucho que hacer este año en el jardín. Pronto voy a tener que molestarte para que me hagas los nuevos dibujos...

Alex puso los ojos en blanco y se giró hacia Mark que estaba a su derecha, junto a la botonera del ascensor.

—¿Y contigo? —preguntó casi en una súplica.

—¿Conmigo? ¿Confías en mí para que cuide de ti? Por favor, Alex, sería una pésima enfermera. Ni siquiera puedo atender una planta, siempre se me secan. Además, no estoy nunca, mi amplia agenda social me tiene demasiado ocupado —ironizó Mark, sabiendo que Alex no tenía idea de que ya casi no salía de casa, a lo sumo iba a algún cine local para contemplar una película vieja.

—Bien, ya veo —dijo componiendo esa máscara de impasibilidad, como si no lo corroyera por dentro que las dos personas que más amaba se desentendieran de él.

Con dificultad, Mark lo ayudó a sentarse en el asiento delantero de su auto. Alex trató de colaborar, pero parecía que toda su fuerza había sido drenada de golpe. Se acomodó lo mejor que pudo, apoyó la nuca en el respaldo y cerró los ojos. Necesitaba recuperar el aliento, el mínimo esfuerzo lo agotaba sobremanera.

¿Dónde estaría ella?, esa pregunta lo importunaba constantemente. ¿Qué sería de ella? ¿Ya habría conseguido un nuevo trabajo? Apretó los párpados con fuerza. No saber nada de Sam, si estaba bien, si tenía el dinero suficiente... Al menos su exmarido estaba preso por intento de homicidio y no saldría libre, él se aseguraría de ello.

Se giró hacia la ventanilla y contempló los edificios que se iban borroneando a medida que el auto avanzaba. ¡Maldita fuera la cobardía de Samantha! Porque eso era, una cobarde.

Sin percatarse había cerrado sus puños sobre las rodillas y tensado las mandíbulas.

—Calma, hombre. No es para tanto —dijo Mark, malinterpretándolo—. Es una viejecita que hace años que se dedica a cuidar pacientes imposibles, como te decía, perfecta para ti —bromeó ante lo que Alex solo emitió un gruñido—. La pobre está un poco excedida de peso, sin embargo mantiene unos buenos músculos, podrá contigo sin problemas.

Sarah lanzó una carcajada, Alex volvió a gruñir y a enfocar la vista en el paisaje de la ciudad que se veía por su ventanilla. Ellos se burlaban de él mientras estaba sostenido por pequeños pedazos de cinta adhesiva, pues así se sentía, como si en cualquier momento su ser ante la menor brisa se pudiera quebrar en miles de pequeños trozos sin que pudiera volver a reconstruirse.

Casi había pasado una semana desde que había sido hospitalizado y ella se había desentendido de él, sin una señal de humo para anunciarle que seguía viva. Tal vez fuera lo mejor, tal vez un disparo certero al corazón era lo que se merecía por prenderse de una mujer que no hizo más que menospreciarlo cada vez que se le acercaba.

Al mismo tiempo, ella mantenía profundos sentimientos hacia él, pero había sido tan cobarde que no se había atrevido a enfrentarlos y aceptarlos.

Mark bajó del vehículo una vez que hubieron estacionado frente a la entrada del edificio en el que vivía Alex, seguido por Sarah.

—Sarah, tú tómalo por un costado y yo por el otro. Tranquilo, hombre, déjanos a nosotros —le ordenó a Alex cuando quiso levantarse por sí solo, aunque al instante que lo intentó un dolor agudo lo atravesó por todo el lado izquierdo de su cuerpo.

Lo levantaron y se dirigieron hacia la entrada vidriada, abrazándolo uno por cada lado.

Al arribar al apartamento, Alex tenía la respiración agitada y precisaba tomar asiento, si no en cualquier momento se iría de cabeza al suelo.

—Bueno, hermano, te dejamos con tu enfermera —anunció Mark al dejarlo sentado en el sillón de color claro del salón.

—¿Ya está aquí? —bramó Alex—. Despáchala —ordenó con la voz acerada y el tinte autoritario.

—Olvídalo, si no la quieres, hazlo tú.

—¿Sarah, tú también te vas? —preguntó al ver que ella se encaminaba hacia la puerta.

—Lo lamento, hermanito, pero tengo que recoger a Gennie de la guardería.

—Si falta una hora para que salga —acotó con una ceja alzada, su expresión habitual, lo que hizo que su hermana sonriera de oreja a oreja.

—Te amo —confesó ella, y luego le dio un sonoro beso en la mejilla, le sonrió y con un ademán de su mano se despidió.

Se oía el sonido del agua correr en la cocina.

—Vamos, no podéis dejarme con una extraña.

—Alex, compórtate con ella —le ordenó Mark conteniendo una carcajada, lo que hacía que se le formara una mueca muy graciosa en sus facciones.

—Eso, hazle caso al tío Mark y compórtate —repitió Sarah, mientras lo apuntaba con el dedo índice e imitaba el entrecejo fruncido de Alex.

Ambos salieron y lo dejaron solo, a la espera de que la dichosa enfermera saliera de la cocina, fuera lo que fuese que estuviera haciendo allí.

Escuchó los pasos acercándose y se detuvieron a su espalda.

—Eh, ¿señora? —preguntó al tiempo que intentó voltear la cabeza y alzarse un poco en el sillón, pero de nuevo ese maldito dolor lo hizo casi doblarse por la mitad.

—¡Quédate quieto! —gritó ella y corrió hacia él, bordeando el sofá.

Alex al oírla abrió los ojos de par en par y se le cortó la respiración.

—¿Qué...?

No podía continuar, su corazón corría a tal velocidad que estaba seguro de que en cualquier momento estallaría.

—¿Qué demonios haces aquí? —preguntó más brusco de lo que pretendía, pero al menos había salido la frase entera sin tartamudear.

Samantha hizo caso omiso del tono arisco de Alex, se acercó a él y se sentó a su lado. La mirada oscura no perdió detalle del avance de ella, la escudriñaba de pies a cabeza. Parpadeó un par de veces, sí, estaba allí con él. Era realmente ella. Se embebió con su imagen, temiendo que desapareciera ante el mínimo aliento.

La había ansiado tanto que el tenerla a un suspiro de distancia lo estaba matando. La punta de sus dedos hormigueaban del anhelo de acariciar su mejilla, continuar por su cuello y seguir más abajo hasta verla desnuda ante él. ¡Maldición! Estaba caliente y apenas podía moverse.

—Desapareciste —afirmó.

Ella asintió sin pronunciar palabra, permanecía con la mirada clavada en él. Inclinó la cabeza hacia un lado y se deslizó la lengua por los labios resecos.

—¿Vas a decir algo? ¿O continuarás mirándome como una idiota? —le preguntó, irritado e impaciente.

Sam acercó el rostro al de él y esbozó una sonrisa. Alzó una mano, la mantuvo en el aire y despacio le acarició el cabello negro, acomodándoselo detrás de la oreja.

—Sam...

—Quería contarte del viaje que hice —declaró ella como si tal cosa mientras sostenía un mechón de cabello negro entre los dedos.

Él enarcó una ceja ante tan extraño tema y sin comprender nada.

—Me costó realizarlo y me llevó su tiempo, pero finalmente lo hice. Tal vez conozcas el lugar, se llama Ciudad Esmeralda —agregó, huyéndole la vista y rozando la barba incipiente de la mandíbula masculina con la yema del índice.

El corazón de ella corría una carrera de caballos y la sangre le bullía en las venas a la espera de una respuesta del hombre que tenía delante, sin embargo él continuaba contemplándola, impasible como el día que lo conoció. Ahora conocía quién estaba debajo de la máscara que lo mantenía a resguardo.

—Entonces seguí un camino pavimentado por ladrillos amarillos y me topé con un sujeto de lo más curioso.

—¿Ah, sí?

—Sí —dijo ella sin aliento y temblando—. Un mago, quizás hayas oído hablar de él, se llama Oz.

—Creo que algo he oído, sí.

—Pues él es muy poderoso y puede corregir cualquier carencia que tengas. Fui ante él y le pedí que me diera valor.

—¿Cómo resultó el pedido?

—Me lo otorgó.

—¿Le pediste un corazón para mí también?

—Eso es lo curioso, Alex, tú siempre lo has tenido. La dificultad reside en que, al ser un hombre de hojalata, lo tienes un poco oxidado por la falta de uso. Pero ya llegué a una solución: tú me ayudas a practicar el uso de mi nuevo valor y yo aceitaré tu corazón siempre que lo requiera —concluyó, manteniendo el aliento.

—Así que la leona ya tiene el valor que hace falta —agregó él con los ojos oscuros fijos en los de ella—. Y eso que creí que Oz era un farsante.

Sam asintió con un movimiento breve. Unos temblores la sacudían y unos escalofríos le recorrían la columna vertebral. El nudo en el estómago se le pronunciaba con cada segundo que pasaba sin que él mostrara que no era demasiado tarde. Sin embargo, él continuaba con su maldita impasibilidad y aquella cara de póquer.

—Y mi corazón está oxidado, eso sí es nuevo. Aún hay algo que me preocupa —afirmó, sacudiendo la cabeza de un lado al otro.

—¿Qué?

—¿Dejaste la publicidad por la carrera de enfermería?

Sin poder evitarlo, una carcajada salió de los labios de Sam.

—No, claro que no. Era una gran oportunidad para volver a meterme en tu casa y no podía desperdiciarla.

—Y tal vez, cuando esté mejor, en mi cama.

—Y en tu corazón.

—En ese cachivache oxidado, cielo, hace tiempo que ya habitas —anunció con una sonrisa que si no fuera porque le daba el sol directo, Samantha hubiera jurado que había iluminado toda la estancia por sí sola—. Ven aquí. —Le tomó el rostro entre las manos y la besó: primero con lentitud, y a medida que se pronunciaba el beso, con mayor voracidad. Ella respondió con igual medida de desenfreno dando rienda suelta al amor que estaba dispuesta a sentir sin miedos y sin ningún tipo de reparo.

—Te amo, hombre de hojalata —dijo con la voz cargada de emoción.

—Por fin, leona. Yo también te amo.

Alex retomó el beso y la rodeó con los brazos. Sam se pegó a él y disfrutó de las caricias masculinas, feliz de haber adquirido el valor de estar con el hombre que amaba.

Habían obtenido lo que les hacía falta para amar, porque ¿de qué sirve un corazón si no se tiene valor? Ya estaban listos para darse la oportunidad que postergaban y dejar fluir los intensos sentimientos que brotaban en lo profundo de sus almas.